resta

a BLEEDING STARS novel

A.L. JACKSON

A.L. Jackson
www.aljacksonauthor.com
Cover Design by RBA Designs
Photo by Wander Aguiar Photography
Editing by AW Editing and Story Girl Editing
Formatting by Mesquite Business Services
Translated by Paola Ciccarelli

Print ISBN: 978-1-946420-33-6
eBook ISBN: 978-1-946420-27-5

resta

Bleeding Stars

Un sasso nell' oceano
Annego in te
Come un fulmine a ciel sereno
Aspettami
Resta
Per sempre al tuo fianco

Prologo

WILLOW

Raramente sappiamo quando la nostra vita sta per cambiare. Quando la strada su cui abbiamo viaggiato finora devierà. Quando lo stagnante conforto che abbiamo ritagliato per noi stessi prenderà una drastica piega verso sud, o quando tutto ciò che conosciamo giungerà a una brusca e straziante fine.

Forse avrei dovuto capirlo allora. Quando il campanello sopra la porta tintinnò.

Suppongo che fossi troppo immersa nel mio lavoro per notare quel momento. Troppo persa nella sensazione del legno sotto le mie mani mentre lo plasmavo e lo levigavo per eliminare il marciume e il degrado ed esporre la vera bellezza nascosta sotto.

Forse avrei dovuto interpretare il modo in cui improvvisamente il mio cuore accelerò come una premonizione. Un presagio. Un avvertimento per prepararmi ai detriti disseminati sulla strada davanti a me.

Invece, andai a sbatterci contro.

I miei occhi si socchiusero contro i raggi accecanti del sole del tardo pomeriggio che si riversavano come un'alluvione die-

1

tro l'uomo che improvvisamente occupava l'intera soglia.

Un'indecifrabile figura scolpita in ombre e silhouette.

Un mistero incorniciato dal fuoco più luminoso.

Forse avrei dovuto prepararmi all'impatto.

Alla collisione che non avrei mai potuto prevedere.

Fece un singolo passo in avanti, mostrandosi completamente a me.

Mi fissò per un tempo lunghissimo, scrutandomi come se mi conoscesse, prima di piegare la testa e rivolgermi un sorriso impertinente. Un sorriso che aveva il potere di travolgermi con la stessa forza di un camion in corsa che aveva perso i freni.

Forse avrei dovuto prepararmi.

Forse avrei dovuto essere più forte.

Forse avrei dovuto aggrapparmi più saldamente alla promessa che mi ero fatta di non lasciarmi scottare.

Mai più.

Non potevo immaginare che adesso mi trovassi proprio al centro delle fiamme.

1

ASH

Mi vantavo di essere il ragazzo più affabile che si potesse incontrare. Diffondevo l'amore ovunque andassi. Mi piacevano quasi tutte le persone che incrociavano il mio cammino.

Ecco perché questa stronzata che stava succedendo non era affatto divertente.

L'adrenalina pompava forte nelle mie vene e rimbombava nelle mie orecchie. I peli sulla mia nuca erano rizzati in segno di avvertimento.

Osservai le ombre della notte buia e umida. Le cicale frinivano tra gli alberi e il silenzio era infranto, di tanto in tanto, solo dal motore di un auto che sfrecciava in lontananza.

La stradina che avevo deciso di percorrere dopo aver lasciato il locale era completamente deserta, i piccoli negozi e ristoranti chiusi per la notte. Un tenue bagliore proveniva dai lampioni che fiancheggiavano la strada principale a circa mezzo miglio di distanza.

Desideravo prendere il cellulare che tenevo in tasca ma sapevo che, anche se fossi riuscito a fare una telefonata, nessuno dei miei amici sarebbe arrivato in tempo.

Alzai le mani in aria per placare gli animi e feci un passo indietro. «Non ho idea di cosa tu stia parlando» gli assicurai in tono calmo e disinvolto.

Ma in realtà lo sapevo. Ricordavo perfettamente la ragazza di cui parlava, quella che si era strusciata contro di me due sere prima. Ovviamente, aveva convenientemente evitato di nominare Billy o qualunque cazzo fosse il nome di questo stronzo.

Di solito, me la cavavo benissimo da solo. Non avevo problemi a ricorrere ai pugni quando l'occasione lo richiedeva. Non era un segreto che avessi preso parte a più di una rissa. Ero abituato ad uscirne vincitore. Diamine, la maggior parte delle volte bastava che i bastardi mi lanciassero una sola occhiata affinché si tirassero indietro e se la dessero a gambe.

Non ero sicuro che quei precedenti avrebbero giocato a mio favore stanotte.

Il tizio che mi aveva affrontato al *Charlie's* circa un'ora fa, e a cui avevo detto di andare dritto all'inferno, si era appena fermato dietro di me ed era balzato giù dal suo grosso pick-up.

E non era venuto da solo.

Quattro suoi amici si stagliavano alle sue spalle, ragazzoni di paese che avevano chiaramente alzato troppo il gomito e che erano desiderosi di fare a botte.

«Mi chiami anche bugiardo adesso, dopo esserti scopato la mia ragazza?» sbraitò lui.

Volevo fargli un favore e dirgli che avrebbe fatto meglio ad aprire gli occhi e a trovarsi una nuova ragazza se stavamo davvero avendo questa conversazione. Ma ero piuttosto certo che dirglielo non mi avrebbe fatto guadagnare nessun punto.

«Ehi, amico, mi dispiace se la tua ragazza ti ha tradito. Ma non vado a letto con una donna se so che ha qualcuno a casa che la aspetta. Non è proprio da me.»

Almeno questo era vero.

Chiusi una mano a pugno e la battei sul palmo opposto, divaricando le gambe. O avrebbe recepito il messaggio e se ne sarebbe andato per la sua strada, o avrei dovuto risolvere la questione a cazzotti. Con un cenno del mento, indicai il suo pick-up in folle. «Ti suggerisco di risalire in auto e di sistemare le cose con lei, perché io non c'entro nulla.»

Girai sui tacchi, dando loro la schiena, e cominciai ad allontanarmi.

Si dice che l'esperienza sia l'insegnante più difficile.

In realtà, io direi che è una stronza, perché non sembrava mai essere nei paraggi quando avevo più bisogno di lei.

Mi ero trovato in situazioni simili abbastanza spesso da sapere che era meglio non comportarmi da spaccone quando non c'era anima viva in giro a pararmi le spalle.

Sapete cos'altro si dice?

Che l'orgoglio viene prima del crollo. Considerando che indossavo l'orgoglio come un marchio, gli eventi successivi non avrebbero dovuto sorprendermi.

Un sibilo fendette l'aria densa nello stesso istante in cui qualcosa di simile al terrore mi percorse la pelle. Udii lo schianto ancor prima di registrare il colpo alla nuca.

Ruggii quando un dolore lancinante trafisse i miei sensi.

L'oscurità offuscò la mia vista.

Torbida e accecante.

Risucchiandomi nelle sue profondità.

Cercai di resistere, sbattendo le palpebre nonostante lo straziante tormento.

Barcollai in avanti, ma riuscii a restare in piedi. Tentai di voltarmi indietro, le mani strette a pugno e pronte a colpire.

Perché se dovevo andare a fondo, avrei trascinato il bastardo giù con me.

L'istante in cui mi girai, colsi un luccichio di metallo un attimo prima che una spranga si abbattesse su di me.

Provai un dolore agonizzante quando entrò in contatto con il lato del mio viso.

All'impatto, la mia testa oscillò di lato, e il mio corpo seguì a ruota quando mi cedettero le ginocchia.

Precipitai velocemente a terra.

L'aria fuoriuscì dai miei polmoni in un rantolo doloroso quando sbattei con forza sull'asfalto butterato.

Il sangue cominciò a sgorgare, disegnando una ragnatela sul mio viso e gocciolando a terra.

Mi sforzai di sollevarmi su mani e ginocchia.

Di alzarmi in piedi.

Di fare qualcosa, cazzo.

Un grosso stivale si abbatté sul mio stomaco.

Un suono strozzato eruppe dalla mia bocca quando crollai di nuovo sul pavimento, e nell'istante in cui un clamore di passi discese intorno a me, capii che le cose non sarebbero finite bene.

Il mio corpo fu assalito da mani, piedi e quell'asta di metallo.

«Stronzo» sbottò un'altra voce. La mia attenzione sfrecciò verso di lui, e i miei occhi si spalancarono un attimo prima che il suo pugno entrasse in contatto con il mio viso.

Quella fu l'ultima cosa che vidi prima che il mio mondo diventasse tutto nero.

2

WILLOW

Uscii dalla piccola caffetteria e la porta si chiuse silenziosamente alle mie spalle. Sollevai il viso verso il cielo che si stava schiarendo con il sorgere di una nuova alba, quell'ora nebbiosa che tingeva il mondo di infinite sfumature di grigio, viola e blu.

Di calore e speranza.

Dio sapeva che ero aggrappata ad essa, appesa a un filo che si stava consumando in fretta.

Sagge querce secolari si stagliavano verso il firmamento, protendendo i loro rami sottili verso l'esterno, quasi a voler proteggere la solitudine dei vecchi edifici che costeggiavano la strada del quartiere storico.

Tirando un respiro profondo, inalai il profumo rinvigorente del mio caffè. L'aria densa era già impregnata del caldo estivo di Savannah. Bevvi un piccolo sorso del liquido bollente e mi avviai verso il mio piccolo negozio mentre il sole saliva lentamente oltre l'orizzonte.

La mia casa.

Il mio santuario.

Avrei fatto tutto il possibile affinché restasse tale.

Mentre svoltavo l'angolo e iniziavo a percorrere la stretta e pittoresca stradina, frugai in tasca per recuperare le chiavi. Il mio cellulare squillò, così ressi il caffè e le chiavi in una mano e infilai l'altra nella borsa per prenderlo.

Sospirai.

Emily.

Si dice che bisogna guardare il lato positivo delle cose, giusto? Almeno non era Bates. Non ero sicura di poter tollerare i suoi discorsi manipolatori oggi.

Accettai la chiamata e mi portai il telefono all'orecchio. «Ehi.»

«Sei sveglia?»

«Certo che sono sveglia.»

«Il mattino ha l'oro in bocca» disse lei in tono allegro.

Emisi una risata ironica. «Non se qualcuno gli ha tappato la bocca.»

La linea cadde nel silenzio, poi sentii Emily sospirare. «Ricordati che l'incontro è alle tre.»

Fui pervasa dalla tristezza. «Come potrei dimenticarmene? Solo... non sono sicura di essere pronta a compiere questo passo.»

Avevo bisogno di più tempo.

Ok, la verità era che avevo bisogno di un miracolo.

Ma dato che avevo smesso di credere nei miracoli nello stesso momento in cui avevo smesso di credere a tutto il resto, il tempo sembrava essere l'unica cosa che potevo chiedere.

Da bambina, avevo avuto così tanta fede. Avevo creduto nei sogni, nei desideri e nel destino. Avevo creduto che prima o poi la luce sarebbe sbocciata persino nella notte più buia. Quello che faceva più male era che ciò che avevo sognato erano cose che la maggior parte della gente considererebbe modeste.

Semplici e oneste.

Anche se non avevo chiesto molto, era tutto ciò che avevo sempre desiderato. Tutto ciò di cui avevo avuto bisogno.

L'avevo atteso con ansia.

Ci avevo contato.

Ma questo prima che tutte le cose più importanti della mia vita mi venissero strappate via.

Una ad una.

Mio padre.

Mia sorella.

Mia madre.

Una sferzata dopo l'altra. Finché la mia carne non si era scottata e lacerata, e il mio cuore non aveva sanguinato.

Due anni fa, Bates mi aveva inflitto l'ultimo duro colpo.

Annientando completamente le mie convinzioni.

«Devi prendere una decisione, Will, o qualcun altro lo farà per te, e so che non lo vuoi.»

«Lo so.»

Emily emise un sospiro. Potevo quasi vedere la mia più cara amica camminare avanti e indietro per la sua stanza. «Ci vediamo dopo, ok? Ti chiedo solo di riflettere sulle altre opzioni che ti restano.»

Il problema era che nessuna di quelle opzioni era di mio gradimento.

«D'accordo» promisi, prima di terminare la chiamata e voltarmi verso il mio negozio con la chiave in mano. Il metallo stridette quando la feci scivolare nella vecchia serratura.

Un suono profondo e gutturale trafisse l'aria.

Sommesso.

Stagnante.

Sofferente.

Mi pietrificai. Il terrore si impadronì di me quando con la coda dell'occhio vidi la sagoma scura abbandonata su una piccola zolla erbosa alla mia sinistra.

Un altro gemito incoerente.

La paura strisciò lungo la mia spina dorsale come un'onda agghiacciante. Con cautela, mi voltai. Da lontano, osservai l'uomo vestito tutto di nero che giaceva disteso a pancia in giù sul prato, la faccia girata dall'altro lato. Lentamente, avanzai nella sua direzione mentre il mio cuore batteva come un tamburo nei confini del mio petto stretto in una morsa.

Sperai che fosse solo un barbone, un vagabondo che si era

scolato un'intera bottiglia durante la notte e che ne stava pagando le conseguenze stamattina.

Questo finché non vidi i suoi capelli biondo scuro incrostati di sangue. La maglietta strappata e lacerata.

Il battito martellante del mio cuore accelerò ancora di più quando feci un altro passo in avanti, continuando a mantenere una certa distanza mentre gli giravo intorno.

Sussultai.

Il suo viso era ricoperto di sangue.

La sua guancia era squarciata da un profondo taglio, il labbro inferiore era spaccato e la barba era impregnata di rosso vermiglio, detriti e terreno. Le sue braccia muscolose e ricoperte di tatuaggi erano cosparse di lividi.

Quell'uomo era il ritratto frantumato del caos e del disastro.

Dio solo sapeva in che guai si era cacciato.

Quando gemette di nuovo, mi inginocchiai accanto a lui. Le mie mani tremavano in maniera incontrollata mentre componevo freneticamente il 911 e sussurravo senza sosta: «Andrà tutto bene, andrà tutto bene. Te lo prometto, andrà tutto bene.»

«911, qual è l'emergenza?»

«Io... ehm... c'è un uomo davanti al mio negozio. È stato picchiato brutalmente. C'è sangue ovunque.»

«Può dirmi la sua posizione?»

Snocciolai l'indirizzo, strisciando maggiormente verso lo sconosciuto e scrutandolo in viso.

«Va bene, l'ambulanza sta arrivando. Respira?»

«Sì» risposi immediatamente, ma allungai comunque le dita tremanti e le premetti sul suo collo per sentire il suo battito. Era flebile e irregolare.

Lui emise un lamento e sbatté le palpebre. I suoi occhi risaltarono contro il rosso scuro e denso del sangue.

Erano azzurri.

Così azzurri e intensi da trafiggermi l'anima, così confusi da penetrare quel posto vacante e diffidente nel mio cuore.

Gesù.

Nonostante le numerose ferite, la straordinaria bellezza che mi fissava di rimando era impressionante.

«Va tutto bene» ripetei, lasciando che le mie dita sfiorassero il lato del suo viso, attenta a non toccare una delle sue ferite mentre gli offrivo il conforto di cui sapevo aveva bisogno.

Lui trasalì e, in maniera quasi indecifrabile, mormorò: «Ti prego.»

Dalla strada principale provenne il suono di una sirena che si fece più rumoroso quando l'ambulanza svoltò sulla stradina normalmente tranquilla e silenziosa.

«Shh» sussurrai. «Non preoccuparti. Andrà tutto bene, te lo prometto.»

3

ASH

Una fredda luce bianca splendeva dall'alto.

Sangue.

Schizzi.

Impronte.

Macchie.

Dolore, orrore e shock.

Un singhiozzo mi sfuggì dalle labbra. Caddi in ginocchio, la presi tra le braccia e la cullai ripetutamente mentre supplicavo e imploravo.

No.

Il suo corpo era gelido, il viso cinereo.

Agonia. Agonia. Agonia.

«No. Anna, no. Dio, ti prego, no.»

Mi misi seduto di scatto. Disorientato, ansimante e ricoperto di sudore, mi sforzai di respirare. I miei occhi sfrecciarono freneticamente per la stanza buia.

Giacevo in un letto d'ospedale con una flebo nel braccio, circondato dal *bip bip* dei monitor. Dall'altro lato della porta, si udiva il debole brusio dell'attività frenetica del personale infermieristico.

«Merda» sibilai, cercando di scuotermi di dosso l'asfissiante terrore dell'incubo. Uno che non facevo da anni, cazzo. Uno che non sarei mai stato in grado di sopportare.

Perciò lo ricacciai indietro.

Al luogo a cui apparteneva.

Dimenticato.

Perché alcune realtà non dovrebbero mai esistere.

«Oh, no. Col cavolo che mi siedo su quella cosa. Posso benissimo camminare con le mie gambe.» Con difficoltà, mi alzai dal letto d'ospedale, sussultando vistosamente quando una lancinante fitta di dolore mi trafisse il fianco.

Cazzo.

Ed io che pensavo che Savannah sarebbe stato un luogo rilassante. Un rifugio sicuro dalla frenesia di Los Angeles.

«Ne sei certo?» Un sorrisetto curvò la bocca di Baz, che mi stava prendendo in giro con una sedia a rotelle come se fossi un invalido, impennandola e spingendola avanti e indietro al centro della stanza. «È da stamattina che non vedo l'ora di portarti a fare un giro. Una piccola vendetta per tutti i casini che ci hai fatto passare negli ultimi tre giorni.»

Mi costrinsi a stare dritto. «Ah! Non ho nessuna intenzione di darti le redini di quella slitta. Probabilmente, mi romperesti *davvero* qualcosa.» Allargai le braccia. «Inoltre, sono come nuovo.»

Ok. Quella era una maledetta bugia. In realtà, mi sentivo come se fossi stato investito da un tir. Ma non avrei permesso ad un gruppetto di stronzi di abbattermi.

Mi passai una mano sulla testa indolenzita e mi guardai intorno. «Mi hai portato i vestiti?»

Baz gettò un borsone sul letto. «Sì.»

«Grazie a Dio. Negli ultimi tre giorni il mio culo ha giocato a bubusettete con le infermiere. Le poverette non sapevano più dove sbattere la testa.»

Sul serio, tanto valeva che andassi in giro nudo per quel poco che mi copriva questo ridicolo camice.

Mi voltai e cominciai a tirare fuori i vestiti puliti dalla borsa, parlando contemporaneamente con Baz da sopra la spalla. «La cosa peggiore di tutta questa situazione è stato essere fuori uso. Questo sì che è stato doloroso. Avere tutti quei bocconcini che entravano e uscivano dalla mia stanza, che stravedevano per me, e non poter fare maledettamente nulla al riguardo.» Ammiccai. «Davvero tragico.»

Baz sbuffò. «E io che pensavo che quel pestaggio ti avrebbe insegnato una lezione o due. Spero che quella ragazza ne sia valsa la pena.»

Già, per nessuna ragazza valeva la pena patire una merda simile. Sopratutto, non per una che mi aveva mentito spudoratamente quando le avevo chiesto esplicitamente dell'anello che portava al dito. Di sua nonna un corno!

Mi sforzai di fare un largo sorriso, combattendo il pizzico di amarezza che voleva mettere radici nel mio petto. «Era terribilmente scatenata e sexy. Nessun uomo ha la capacità di resistere a quel tipo di disastro.»

Baz scosse la testa. «Come ti pare, amico, continua pure a raccontarti queste stronzate.»

Un'atmosfera triste calò nella stanza. Posai la mia maglietta preferita sul letto ed emisi un lungo e profondo respiro. «Ho fatto una cazzata, amico. Mi dispiace. L'ultima cosa che volevo era deludere te e gli altri.»

I *Sunder* avrebbero dovuto cominciare a registrare il nuovo album la settimana prossima, motivo principale per cui eravamo venuti a Savannah. Tre anni fa, avevo acquistato una grande vecchia villa qui. La mia casa lontano da casa. Un luogo tranquillo dove prendermi una pausa dal ritmo frenetico di Los Angeles. Pensavo che mi sarebbe servito un alloggio sensazionale dove potermi rilassare e intrattenere le donzelle ogni volta che ero in città, considerando che questo sarebbe stato il quartier generale di Baz. Lui e sua moglie Shea si erano sistemati in questa cittadina in modo permanente dato che volevano crescere qui i loro figli.

Benché ce l'aspettassimo da un pezzo, Baz aveva ufficialmente lasciato la band l'anno scorso, e suo fratello minore Austin aveva preso il suo posto come leader.

Baz aveva comprato la villa del nostro manager a Tybee Island. L'abitazione era già dotata di un favoloso studio di registrazione, quindi era logico che fosse lui a produrre il nostro prossimo album anziché stare sul palco.

Sì, voleva stare lontano dai riflettori e dalle tournée, dal caos e dalla baldoria che circondavano questo pazzo stile di vita, ma ciò non significava che volesse allontanarsi dalla musica. Men che meno da noi, questa meravigliosa e disomogenea famiglia che si era formata quando non eravamo altro che piccoli teppistelli e che in qualche modo era riuscita a creare qualcosa di grande.

Ognuno di noi aveva preso una casa qui a Savannah per i mesi che trascorrevamo nello studio di registrazione.

Baz piegò la testa di lato come se stesse cercando di leggermi nel pensiero e un'ondata di senso di colpa mi investì duramente.

Non era un segreto che i *Sunder* avessero patito una tonnellata di problemi. Avevamo a malapena superato tossicodipendenze, pene detentive e la morte del nostro batterista, Mark. Tutto il mondo aveva praticamente aspettato che cadesse l'ultima goccia e che i fili che ci tenevano uniti si sbrogliassero completamente. La verità era che il destino dei *Sunder* era rimasto nel limbo per molti anni.

E adesso che le cose stavano finalmente andando di nuovo per il verso giusto? Avevo inflitto al gruppo l'ennesimo colpo, e sarei stato fuori dai giochi per almeno sei settimane.

Il rimpianto mi contorse lo stomaco.

Mettere i bastoni fra le ruote alla band non era stato esattamente nei miei piani.

Baz emise un sonoro sospiro. «Lo so, Ash. Lo so. Ma devi sapere che ci hai fatto spaventare a morte. Tua sorella era fuori di sé per l'angoscia. Le nostre ragazze sono preoccupatissime e i ragazzi vogliono dare la caccia a quei figli di puttana. Sappiamo entrambi che questa è l'ultima cosa di cui ha bisogno la band. Non possiamo permetterci altri guai, amico. Uno di questi giorni non sarai così fortunato, ed io verrò svegliato da una telefonata che non voglio ricevere. Questa è stata già abbastanza brutta.»

Fortunato.

Una strana sensazione mi attraversò il corpo. Il barlume di un ricordo.

Occhi color cioccolato. Una tenera, dolce carezza. Profumo di pesca.

Suppongo che la commozione cerebrale mi avesse fottuto il cervello più di quanto credessi.

Sbattei le palpebre per schiarirmi la mente e mi costrinsi a dire: «D'ora in poi, starò più attento. Te lo prometto.»

Entrambi sapevamo che era molto più facile a dirsi che a farsi.

Avevo scelto di vivere la mia vita come se ogni giorno fosse l'ultimo.

In maniera spericolata.

Abbracciavo con piacere il caos, la sfilza infinita di donne e le notti interminabili.

Il mio motto era: vivi al massimo e muori da re.

Non volevo vivere in nessun altro modo.

La mia devozione era interamente e unicamente riservata a questa famiglia. Ai ragazzi e alla band. Alle loro mogli e ai loro bambini. Alla mia sorellina.

Oltre a questo?

L'unica cosa che volevo da ogni giorno era un po' di divertimento. Allungare la mano e prendere tutto il piacere che il mondo aveva da offrire. Accoglierlo con tutto me stesso senza sprecare un singolo giorno, senza le morbose conseguenze di essere legato a qualcuno.

Avrei lasciato quelle cazzate ai miei fratelli.

Per quanto mi riguardava, questo era più sicuro che avere un assaggio di *serenità* e poi vederselo strappare via. Soltanto gli sciocchi si mettevano a repentaglio. Innamorandosi come se potesse durare per sempre. Sobbarcandosi il fardello e le responsabilità prima di rendersi conto di non poter reggere tutto quel peso.

Avevo imparato quella lezione nel peggiore dei modi parecchio tempo fa.

Qualcuno bussò alla porta aperta. Mi voltai e vidi il nostro batterista, nonché mio coinquilino, Zee, sulla soglia. «Lyrik e Austin stanno aspettando in macchina qua fuori. Sei pronto ad andare?»

«Sì. Dammi solo il tempo di cambiarmi. A meno che uno di voi due coglioni non voglia farmi un bagno prima che vada via?» chiesi in tono scherzoso, sperando di alleggerire l'atmosfera. Odiavo che fossi io il responsabile di quest'aria pesante. Non era proprio da me.

Ma potevo vedere la preoccupazione scritta sui loro volti mentre si domandavano cosa avrei fatto ora. Perché, come Baz aveva detto riferendosi ai ragazzi, la vendetta suonava maledettamente allettante in questo momento.

Inclinai la testa in direzione della porta, in un'implicita richiesta di uscire dalla stanza.

Baz sbuffò col naso. «Come se non avessimo visto il tuo culo nudo un milione di volte. Da quand'è che sei diventato timido?»

«Ho solo bisogno di un minuto, amico.»

La verità era che non volevo che vedessero il disastro che si celava sotto questo camice.

Baz corrugò la fronte, poi annuì come se avesse capito. Sia lui che Zee uscirono fuori per darmi un po' di privacy.

Mi cambiai lentamente, cercando di non guardare i lividi che coprivano ogni centimetro del mio corpo, i punti di sutura che legavano i tagli e la grossa fasciatura che celava le graffette metalliche dell'operazione sulla parte inferiore sinistra del mio addome.

La prova che non ero invincibile.

Buffo come mi fossi rifiutato di pensare alla morte finché non me l'ero trovata di fronte.

Pochi minuti dopo, Baz schiuse la porta. «Tutto bene?»

«Sì.»

Insieme a Zee mi aiutò a raccogliere le mie cose, dopodiché indicò la sedia a rotelle con un gesto del mento. «Sicuro di non averne bisogno? A una delle infermiere che "stravedevano" per te verrà un colpo.»

Scoppiai a ridere. «Cavolo, no. Non si può tenere a freno un bravo ragazzo come me.»

Zee proruppe in una grassa risata. «*Bravo*? Penso che ci siano almeno un migliaio di donne sparse per il mondo che ti definirebbero in tutt'altro modo.»

Ondeggiai i fianchi, ma il movimento non venne fuori entusiastico come al solito. «Hai ragione, amico. Affermerebbero tutte che sono il *migliore.*»

Lui scosse la testa e sottovoce borbottò: «Il solito coglione.» Ovviamente, non riuscì a trattenere il sorriso che gli spuntò sul viso.

Zoppicai lungo il corridoio fino all'ascensore, lasciandomi scortare dai ragazzi. Erano fatti così. Erano sempre lì, al mio fianco. A pararmi la schiena.

Le porte automatiche dell'ospedale si aprirono quando attraversammo l'uscita e il luminoso sole di Savannah mi accecò brevemente non appena uscii sotto la luce per la prima volta in tre giorni.

Inspirai l'aria calda e umida.

Un'ondata di gratitudine montò nel mio petto.

Ero grato che avessi un altro giorno da vivere.

Che potessi continuare ad abbracciare questa pazza vita.

Una forte intensità mi circondò completamente.

L'energia sfrigolò nell'aria.

I peli sulla mia nuca si rizzarono.

Non come l'altra notte. Ma per un diverso senso di consapevolezza.

Spostai lo sguardo verso il piccolo SUV argentato situato all'altro lato del parcheggio e incrociai i grandi occhi color cioccolato che mi fissavano. Anche attraverso il finestrino, era impossibile non riconoscerli.

Erano così fottutamente familiari.

Il mio petto si serrò in maniera così dolorosa da essere quasi piacevole.

«Andiamo via da qui.» La mia attenzione si spostò su Baz che aprì la portiera anteriore del passeggero. Annuii e riportai gli occhi sul SUV. Non riuscivo a resistere all'attrazione che mi attirava in quella direzione.

Perché chiunque lei fosse?

Non c'erano dubbi che mi avesse salvato la vita.

E quello era un debito che non avevo la minima idea di come ripagare.

4

WILLOW

L'intenso sole di Savannah illuminava le finestre che si affacciavano sulla strada che correva davanti al mio piccolo negozio.

Neanche un'anima viva aveva oltrepassato la soglia per tutto il giorno, il che costituiva gran parte dei miei problemi, ma non potevo fare a meno di trovare conforto nella solitudine.

Riuscivo a malapena a distinguere i suoni smorzati e sommessi di Emily che lavorava nel retrobottega: il *click-clack* della tastiera, il debole rumore metallico dello schedario che si apriva e si chiudeva, il ronzio di un ventilatore obsoleto.

L'umidità avvolgeva l'atmosfera polverosa della stanza mentre i grossi granelli di polvere danzavano lentamente tra i fasci di luce che fendevano le finestre. Il vecchio condizionatore ronzava in sottofondo, facendo del suo meglio per controbilanciare il caldo ma con ben pochi risultati.

Una quiete calma riempiva lo spazio, interrotta soltanto dal suono rilassante della carta vetrata che facevo scorrere sul legno ripetutamente.

Scratch. Scratch. Scratch.

Per rivelare la bellezza nascosta sotto.

Sedevo dietro al bancone dipinto di un rustico verde acqua, piegata sopra al pezzo d'antiquariato che avevo trovato abbandonato accanto a un cassonetto. Lasciato lì come spazzatura putrefatta senza valore.

Era quasi buffo il fatto che traessi il mio più grande conforto dalle reliquie malridotte che erano state lasciate a marcire. Ma mia madre mi aveva insegnato a riconoscere il valore degli oggetti scartati. A trovare ciò che era nascosto sotto la vernice scrostata e le crepe scheggiate.

A guardare al di là della superficie.

Sopraffatta da un'ondata di tristezza, il mio petto si serrò dolorosamente. Cercare più a fondo era ciò che avevo fatto per tutta la vita. Vedere il meglio nelle persone che amavo.

Donando loro il mio sostegno e il mio incoraggiamento.

La mia fiducia.

Poco a poco, quella fiducia era stata smussata via.

Per un istante, serrai gli occhi per contrastare l'assalto dei ricordi. Digrignai i denti e aumentai la pressione sulle venature del legno, sfregando via la parte corrotta per esporre il buono che c'era sotto.

Trovando la bellezza che sapevo era lì.

La bellezza di cui mi fidavo.

Mi persi in essa, affascinata dal mio lavoro. Ero così concentrata che trasalii quando il campanello sopra la porta tintinnò. Sorpresa, la mia testa scattò verso l'alto e il mio cuore accelerò, battendo in maniera irregolare contro le mie costole.

I miei occhi si socchiusero contro i raggi accecanti del sole del tardo pomeriggio che si riversavano come un'alluvione dietro l'uomo che improvvisamente occupava l'intera soglia.

Era scolpito nelle ombre.

Un'oscura sagoma di mistero retroilluminata da un anello di fiamme ardenti.

Fuoco.

Potevo sentirlo sfrigolare nell'aria. Energia, potenza e calore.

Reale quanto l'umidità che si attaccava alla mia pelle fradicia di sudore.

E dal modo in cui il mio cuore saltò un battito e un piccolo brivido di paura mi percorse il corpo, capii che questo era l'uomo che non ero riuscita a togliermi dalla mente per tutta la settimana. Colui che mi aveva rubato il sonno. Il ricordo del suo viso malconcio mi aveva lasciata con un profondo senso di preoccupazione, e la terrificante bellezza nascosta sotto mi aveva sommersa di curiosità.

Alla fine, fece un singolo passo in avanti.

Mostrandosi completamente a me.

Il respiro mi si mozzò in gola e la paura aumentò di una tacca nello stesso istante in cui una scarica di attrazione corse nelle mie vene come metallo liquido.

Rimasi immobile. Mi pietrificai con la mano ancora stretta intorno alla spugna abrasiva mentre lo guardavo fisso.

Come se fosse una terrificante opera d'arte.

Una statua di pietra spezzata.

Affascinante.

Magnetica.

Imponente.

Con la gola secca, feci vagare gli occhi su di lui, come se un bisogno primordiale mi spronasse a cercare le sue ferite. Tracciai i punti di sutura che correvano proprio sotto il suo occhio e i lividi scuri che li circondavano, le ferite e le macchie giallastre che deturpavano l'intricato enigma d'inchiostro inciso come un puzzle sulle sue forti e vigorose braccia.

Il calore divampò.

Pensarlo sembrava peccaminoso, ma pareva che il trauma che aveva subito l'avesse solo reso più simile a un guerriero conquistatore tornato a casa dopo una battaglia.

Ogni centimetro del suo corpo scultoreo fremeva di energia. La maglietta nera che indossava, e che aderiva perfettamente al suo ampio petto, non faceva altro che accentuare i suoi muscoli possenti e scolpiti.

L'avevo visto da lontano. In quel momento, quando infine avevo ceduto al bisogno di rivederlo, mi ero convinta che volevo soltanto accertarmi che stesse bene. Perché Dio sapeva che vedere quest'uomo abbandonato per terra, fratturato e spezzato, mi aveva colpito profondamente.

Vederlo ora?

Era travolgente.

Come l'intensità che turbinava intorno a noi mentre se ne stava lì a fissarmi con quegli occhi azzurri come se mi stesse scrutando a sua volta.

Poi mi rivolse il sorriso più irriverente che avessi mai visto.

Due fossette spuntarono sulle sue guance, profonde e messaggere di malizia. In quell'istante, sembrava quasi... adorabile. Senza dubbio, questo lo rendeva cento volte più pericoloso di quanto avessi mai immaginato.

«Ehilà, dolcezza.» La sua voce era altrettanto profonda quanto quelle fossette. Ruvida e roca, scivolò sulla mia pelle come una rude carezza.

Che cosa mi prendeva? Questa non ero io. Ma sapevo che questa folle connessione che sentivo con quest'uomo nasceva dal fatto che mi ero imbattuta in lui nella sua ora più buia. Quasi fossi diventata sua partner. Prendendomi cura di lui in un momento che non avremmo mai dovuto condividere.

Deglutii e mi alzai lentamente, tentando di rimuovere dai miei vestiti parte della polvere e delle briciole del mio lavoro. Il mio sorriso era timido mentre giravo con esitazione intorno al bancone.

«Sei qui.» Le parole uscirono dalla mia bocca in un sussurro ansimante.

Lui allargò le braccia facendo un ampio sorriso e il suo tono assunse una nota giocosa. «Che c'è? Non dirmi che non sei eccitata di vedermi. Cioè, è impossibile dimenticarsi di me, e ho pensato che ormai sentissi la mia mancanza. Perciò, eccomi qui.»

Lo disse come una battuta disinvolta. Solo da quel sorriso, avrei pensato che fosse sempre un bonaccione se la situazione in cui si era trovato non fosse stata così seria.

Il suo tono si fece profondo. «Dimmi che non ti sono mancato.»

Deglutii rumorosamente.

Apparentemente, il suo ego era grande quasi quanto il resto

di lui.

Doveva aver percepito la mia titubanza, perché quel sorrisetto arrogante mutò in qualcosa di più genuino, in un sorriso che mi sconquassò nel profondo. «Mi chiamo Ash. Ash Evans.»

Conoscevo il suo nome. L'aveva pronunciato il poliziotto che mi aveva interrogata, chiedendomi quello che sapevo e ogni informazione che potevo dargli, ovvero nulla, dal momento che non avevo mai visto quest'uomo in vita mia prima di allora.

«Io sono Willow. Willow Langston.» La mia voce venne fuori nervosa. Perché era così che questo ragazzo mi faceva sentire: timida e tremante.

La sua testa si piegò di lato e il suo sorriso si allargò ulteriormente mentre i suoi occhi scivolavano su e giù lungo il mio corpo. Come se stesse cercando di trovare qualcosa nascosto dentro di me.

«È un piacere conoscerti ufficialmente, Willow. Sembra che ti debba dei ringraziamenti o delle scuse o forse entrambe le cose.»

Mi contorsi nervosamente le mani. «Non devi ringraziarmi. Ho fatto quello che chiunque altro avrebbe fatto. Sono felice di vederti in piedi.»

Lui ridacchiò con una punta di incredulità. «Non ti devo ringraziare? Ti devo molto più di un semplice grazie. Mi hai salvato la vita.»

Corrugai la fronte. «No... io... stavo solo andando al lavoro. Se non ti avessi trovato io, l'avrebbe fatto qualcun altro.»

«Sì, e probabilmente sarebbe arrivato un secondo troppo tardi. O forse si sarebbe girato dall'altra parte. Non importa che avrebbe *potuto* essere qualcun altro. L'unica cosa che conta per me è che sei stata *tu*.»

L'energia vorticò nella stanza, riempiendo l'intero spazio. Annuii lentamente. «Ok, allora, prego.»

Rimasi scioccata quando la sua risata – improvvisa, sonora e spensierata – riverberò nell'aria densa.

Sembrava che fosse sbalordito dalla semplicità della mia affermazione. Come se pensasse che fosse la cosa più carina che avesse mai udito. L'atmosfera che lo circondava si fece più leggera, in netta e sconcertante contraddizione con l'intensità che lo avvolgeva quando era entrato nel negozio pochi istanti prima.

La mia testa vorticò e il mio cuore riprese a martellare come un tamburo.

«Oh no, Willow. Mi hai trovato disteso qui fuori come un sacco di immondizia a deturpare l'ingresso del tuo bel negozio di prima mattina. Sono piuttosto sicuro di aver rovinato qualsiasi programma tu avessi per quel giorno. Probabilmente, ti ho anche fatto rivoltare lo stomaco perché non ero proprio un bel vedere. Sono qui per farmi perdonare. Qualsiasi cosa tu voglia, chiedila e sarà tua.»

Wow.

«È una promessa terribilmente ambiziosa quella che stai facendo, Mr. Evans.»

«Una promessa che intendo mantenere.»

Mi si serrò lo stomaco. Non conoscevo questo ragazzo. Ma quello che sapevo con certezza era che era molto più di quanto potessi gestire. La mia vita sembrava già fragile e incerta. Pronta a spaccarsi da un momento all'altro. Ed eccolo qui, a scuotere le mie fondamenta ancora di più.

«Come ho detto, non è necessario.» Il mio rifiuto aveva tutta l'aria di essere una forma di difesa.

Lui inclinò la testa e si passò i denti sulla crosticina sul labbro inferiore. I suoi capelli biondi caddero di lato. Capelli che erano rasati su entrambi i lati e più lunghi in cima. Quell'acconciatura non faceva altro che accentuare la sensazione che fosse una specie di glorioso vendicatore con un sorriso malizioso e una lingua ribelle.

«Che ne dici di cominciare con una cena? È il minimo che possa fare.»

Uno sciame di farfalle si librò nel mio stomaco, sbattendo freneticamente le ali. Perché ero attratta da quest'uomo come non mi era mai successo con nessun altro finora. Neppure con Bates. Con lui era stato un lento innamoramento. Il tipo di amore che cresceva poco a poco. Quello che si supponeva dovesse essere permanente.

Le sensazioni che mi faceva provare quest'uomo erano una ragione sufficiente per stargli lontano.

«È una pessima idea.»

«Pessima, eh?»

Annuii.

Sì. Una terribile, orribile, pessima idea.

Perché dentro non mi era rimasto più niente che potesse essere strappato e fatto a pezzi.

E in qualche modo sapevo che quest'uomo mi avrebbe ridotta a brandelli.

Lui socchiuse gli occhi prima di voltarsi e cominciare a vagare per il mio negozio come se fosse un semplice cliente che dava un'occhiata ai miei prodotti. La sua presenza era maestosa mentre allungava le sue grandi mani per far scorrere le dita sul legno e sulle decorazioni dei riciclati pezzi d'antiquariato appesi alle pareti.

Contemporary Comfort era sempre stato il sogno di mia madre. Aveva sempre desiderato un piccolo negozio d'antiquariato ubicato nel cuore del centro storico di Savannah, e l'aveva aperto nel giorno del suo quarantaseiesimo compleanno, quando avevo quattro anni. Io e mia sorella eravamo praticamente cresciute circondate da levigatrici e svernicianti nel retrobottega che fungeva sia da falegnameria che da deposito.

Questo posto era sempre stato il mio conforto e il mio svago, prima di diventare il mio tutto.

Era l'ultima cosa che mi era rimasta.

La rabbia vibrò nel mio spirito.

E ora, per colpa di Bates, avrei perso anche questo.

Il mio inaspettato visitatore toccò il cartellino del prezzo in vecchio stile legato a una sedia a dondolo con un sottile filo di spago. L'avevo dipinta di un rosso bordeaux e levigata fino a far comparire piccole chiazze di legno bianco.

Un cipiglio gli corrugò la fronte, e continuò a fare la stessa cosa, pezzo dopo pezzo. Per qualche ragione, mi sentivo a disagio nel vederlo scorrere i miei articoli. Avevo la sensazione che, scavando nella mia arte, stesse frugando nella mia mente.

Provavo uno strano dolore al petto, un istinto che mi spronava a supplicarlo di smetterla, ma mi scoprii incapace di formulare le parole.

Lentamente, si voltò e mi fissò negli occhi. La sua domanda suonò come un'accusa. «Perché tutto è scontato del cinquanta per cento?»

«Perché sto cercando di liberarmi di alcune cose.»

Bugia. Bugia. Bugia.

Ero sicura che la mia menzogna fosse palese. Non ero mai stata brava a nascondere le cose. Le mie emozioni potevano essere lette come un libro aperto. Ecco perché negli ultimi due anni mi ero praticamente nascosta qui, dove mi sentivo al sicuro.

La sua fronte si corrucciò. «Da dove viene questa roba?»

Cercai di schiarirmi la gola. «La trovo e poi la rivendo.»

Continuò a fissarmi con i suoi ardenti occhi azzurri che si socchiusero in due fessure. I suoi pesanti stivali echeggiarono sul pavimento di legno quando avanzò nella mia direzione, e il mio cuore prese a battere ad un ritmo forte e costante man mano che mi si avvicinava.

«Allora perché sembra tutto... uguale? E non intendo nel senso stretto del termine, quanto piuttosto che proviene tutto dallo stesso posto. Dalla stessa mano.»

Mi pietrificai per lo shock. Ero completamente sbalordita che quest'uomo che sembrava così fuori dall'ordinario si fosse preso la briga di notare una cosa del genere.

Esitai, prima di ammettere con voce roca: «Perché trovo ciò che è rotto e lo rimetto in sesto.»

La consapevolezza aleggiò tra di noi e, un attimo dopo, lui piegò la testa di lato con espressione eloquente. «Uhm. Trovare ciò che è rotto e rimetterlo in sesto sembra essere la tua specialità, vero?» mormorò con voce carica di sottintesi.

Fui percorsa dai brividi quando avanzò di un altro passo.

Dio, dovevo farlo uscire da qui. Perché mi stava offuscando i sensi. Stava distorcendo il mio giudizio. Facendomi desiderare cose che non dovevo nemmeno prendere in considerazione.

Chiunque fosse quest'uomo, viveva a milioni di anni luce dal mio mondo, ed era chiaro che io non avrei mai potuto far parte del suo universo.

Inoltre, conoscevo i tipi come lui. E quelli come lui non volevano affatto ciò che io avevo da offrire.

La parola "guai" era scritta in caratteri grossi e luminosi su ogni centimetro del suo corpo.

Le sue labbra si strinsero in una sottile linea pensierosa mentre si avvicinava.

Sbattei le palpebre e abbassai lo sguardo a terra, desiderando di fuggire e nascondermi. Tuttavia, i miei piedi erano inchiodati al pavimento.

«Dimmi perché stai svendendo tutto.»

«Perché sta andando in bancarotta.»

Entrambi ci voltammo di scatto verso la voce che si intromise tra di noi. Emily era in piedi sulla soglia della porta che dava sul retro, spifferando i miei affari come se avesse il diritto di farlo.

La mia bocca si spalancò per la sorpresa. «Emily!» la rimproverai subito in tono duro.

«Che c'è?» rispose, scuotendo la testa come se fosse delusa da me. La sua bionda coda di cavallo oscillò alle sue spalle quando uscì da dietro al bancone. «È soltanto la verità, Willow. Forse se la smettessi di mentire a tutti quelli che ti circondano, smetteresti di mentire anche a te stessa.»

Le volevo bene.

Davvero.

Ma in quel momento avrei voluto strozzarla per avermi messo in imbarazzo in questo modo, proprio davanti a quest'uomo che stava già distruggendo qualcosa dentro di me.

Ash riportò gli occhi sul mio viso prima di guardarsi di nuovo intorno per il negozio. «Ah, sì?» domandò in tono quasi provocatorio. «Quanto le serve?»

La sua attenzione ritornò sulla donna che si supponeva fosse la mia migliore amica. Colei che era stata al mio fianco nel bene e nel male. Eppure, eccola lì a tradirmi. «Cinquantamila dollari.»

«Affare fatto» disse lui, come se fosse una cifra irrisoria.

Il mio corpo ribollì di rabbia e le mie mani si serrarono a pugno lungo i fianchi. Non sapevo con chi dei due fossi più arrabbiata. «Oh no... per niente al mondo accetterò dei soldi da te. Non sono una mendicante, Mr. Evans.»

«Te lo devo» ribatté lui, gli occhi azzurri fiammeggianti.

«Non se ne parla proprio. Mia madre mi ha insegnato a lavorare sodo per quello che voglio.» Sbattei il piede a terra come una bambina petulante. «E ti assicuro che non cambierò idea. In qualsiasi problema io mi trovi, mi ci sono cacciata da sola e da sola me ne tirerò fuori.»

Le parole uscirono dalle mie labbra prima che potessi fermarle.

«Quindi mi stai dicendo che devi guadagnarteli?» Il suo tono scherzoso tornò a tutta forza, e dannazione, il mio cuore riprese a battere in quel folle ritmo martellante.

Socchiusi gli occhi. «Non sono la puttana di nessuno.»

Lui scoppiò a ridere. Così forte da starnazzare. «Oh, dolcezza, non fraintendermi, portarti a letto sembra l'idea migliore che tu abbia avuto finora. Probabilmente, ne avresti anche bisogno, e ti assicuro che non rimarresti delusa. Ma avevo qualcos'altro in mente.»

Sconcertata, lo fissai senza aprire bocca, in attesa che si spiegasse.

«Vedi, ho questa grande vecchia casa che potrebbe fare al caso tuo. È stata rinnovata quasi del tutto, tranne che per la mia camera da letto che ho tenuto per ultima perché volevo qualcosa di estremamente speciale. Penso di aver appena trovato ciò che cercavo.»

Scossi la testa. «Io non...»

«Che ne dici di venire a casa mia e riversare nella mia stanza tutto l'amore che chiaramente riversi in questo posto? Decorala. Dipingila. Riempila con i mobili che hai restaurato. Lascia il tuo tocco dappertutto. Il mio budget è *grande*.»

Il doppio senso era palese.

«E credimi, dormirò meglio la notte.»

Inspirai bruscamente.

«E le darai cinquantamila dollari più i costi di ristrutturazione?» chiese la mia migliore amica che pareva non avere problemi a gettarmi in pasto ai lupi. Sapevo che le sue intenzioni erano buone e che stava solo cercando di aiutarmi, ma avevo la sensazione che stesse soltanto peggiorando le cose.

«Con molto piacere» rispose Ash. «In anticipo e per intero.»

«Questa è una pessima idea» sussurrai di nuovo, ma lui fece un ulteriore passo in avanti. Era così vicino che potevo respirare il suo profumo mascolino, sexy e pericoloso.

Avvolse una ciocca dei miei capelli intorno alle sue dita e se la portò al naso. Inspirò profondamente, poi contro la mia guancia bisbigliò: «Pesca... proprio come pensavo.»

Si allontanò da me, afferrò una penna dal bancone e scribacchiò il suo indirizzo su un pezzo di carta. Poi si diresse verso la porta e mentre usciva disse in tono disinvolto: «Ci vediamo lunedì, dolcezza.»

Mi lasciò così, confusa e a bocca aperta nel bel mezzo del mio negozio.

5

ASH

Sedevo in auto a fissare l'insegna di legno appesa accanto alla porta che ondeggiava sui cardini di metallo.

Sul legno era inciso il nome del negozio.

Contemporary Comfort.

Scolpito accanto alle parole c'era il logo del negozio: un soffione sfiorito. Il gambo era curvo e i piccoli ciuffi bianchi si sollevavano dal talamo come se fossero stati soffiati via dal vento. Danzavano lungo la parte superiore dell'intaglio, diventando sempre più piccoli fino a scomparire.

Corrugai la fronte in un cipiglio e strinsi il volante con forza.

Non potevo fare a meno di sentirmi scosso.

Sconcertato.

Come se dovessi a questa ragazza più di quanto potessi mai darle.

Non era d'aiuto il fatto che mi si mozzasse il fiato solo a guardarla.

Cazzo.

Era stupenda.

Con quei grandi occhi color cioccolato.

Il viso simile a uno di quegli antichi cimeli esposti nelle ve-trinette del suo bancone.

Il corpo un tempio di seduzione che mi faceva tremare le ginocchia.

Per non parlare di quella lieve, vellutata cadenza strascicata. Ogni parola che usciva da quelle labbra rosse e piene arrivava dritta al mio uccello.

Il tutto era avvolto da questo talento strabiliante che avevo riconosciuto nel momento in cui avevo oltrepassato la soglia del suo negozio.

La somma di ciascun elemento dava vita a questa timida, dolce e fiera ragazza affascinante.

Avevo dovuto fare appello a tutto il mio autocontrollo per non seppellire il viso in quelle ciocche color mogano e inspira-re a fondo il profumo di pesca. Quell'odore mi aveva persegui-tato da quando mi ero svegliato in quel letto d'ospedale. Ci era voluta tutta la mia forza di volontà per non sfregare il naso lungo la sua pelle cremosa che sarei stato pronto a scommette-re era più dolce dello zucchero.

Ero abituato ad allungare la mano e a prendere le cose che volevo. Ad averle servite su un piatto d'argento come un'offer-ta.

Amavo e allo stesso tempo detestavo che la sua prima rea-zione fosse stata quella di rifiutarmi. Il fatto era che di solito mi piacevano le cose facili, e nel mio mondo di cose *facili* ce n'era-no un sacco.

Non questa ragazza.

Quello che mi confondeva di più era questa strana familiari-tà che non voleva abbandonarmi. Avevo la sensazione di essere legato a lei in maniera primordiale.

Sapevo che dipendeva dal fatto che mi aveva salvato la vita.

Si era legata a me in un modo che nessuno di noi due pote-va capire.

Si dice che i traumi facciano questo alle persone, che intrec-cino le loro anime. E io non riuscivo a scrollarmi di dosso la sensazione che la mia anima fosse intrecciata alla sua.

Oltre a questo? Nei suoi occhi caldi come cioccolato fuso, avevo visto ardere la stessa curiosità che provavo io per lei. Quell'attrazione che rimbalzava tra di noi.

Simile a un combustibile.

Ero certo che mescolando insieme le due cose avremmo dato vita ad un incendio.

Sarebbe stato davvero stupido da parte mia anche solo prendere in considerazione una cosa del genere. Avevo la sensazione che non fossi l'unico a non poterselo permettere. I miei limiti non erano stati scolpiti nella pietra per nulla.

Lanciai un'ultima occhiata alle grandi finestre che scintillavano e luccicavano sotto i raggi del sole. In qualche modo sapevo che lei era ancora lì in piedi a fissare fuori.

La determinazione si impadronì del mio spirito.

Almeno, salvare questo posto era qualcosa che potevo permettermi.

6

WILLOW

Il costoso SUV grigio scuro che si staccava dal bordo del marciapiede sembrò riportarmi alla realtà. Una scarica di confusa rabbia mi percorse di nuovo il corpo.

Rivolsi tutta la mia attenzione a Emily, che stava riorganizzando alcuni ninnoli dietro al bancone come se non avesse nessuna preoccupazione al mondo.

«Che ti è saltato in mente?» chiesi, facendo un passo nella sua direzione.

Lei alzò lo sguardo e mi fissò con i suoi occhi azzurri colmi di finta innocenza. «Cosa intendi?»

«Sai esattamente cosa intendo. Come hai potuto dire quelle cose a un completo sconosciuto? Mi hai fatta apparire patetica e disperata.»

Un verso di scherno proruppe dalla sua gola. «Nel caso non l'avessi notato, Will, sei disperata. Ho esaminato i libri contabili un centinaio di volte, cercando qualcosa... *qualsiasi* cosa che potesse aiutarti. Il mese prossimo non avrai più soldi per tua madre, per la casa e il negozio. *Verrà* avviata la procedura di pignoramento. Non ti accorderanno altre proroghe. Hai già

34

usufruito di ciò che sono disposti a darti. E sai come si dice: a mali estremi, estremi rimedi. E quel *rimedio* è appena uscito dalla porta.»

Io ed Emily Matsy eravamo amiche sin dalla seconda elementare, ed era intervenuta per aiutarmi quando le cose erano precipitate.

Molto, molto in basso.

Era l'unica persona rimasta in vita di cui mi fidassi. Il fatto che stesse lavorando praticamente gratis per me da due anni per mantenere a galla questo posto, era la prova di dove fosse riposta la sua lealtà. Sapevo che stava soltanto cercando di proteggermi, tentando di trovare una soluzione come l'avevo implorata di fare.

Scrollò le spalle come se quella soluzione fosse chiara come il sole. «Gli hai salvato la vita, Will, e adesso lui vuole salvare te. Questo è ciò che si dice "equo". Quel ragazzo è entrato qui con l'intenzione di ripagarti, e non avrebbe potuto trovarti in un momento migliore.» Piegò la testa di lato con fare lezioso e carino. «Arriverei persino a definirlo "destino".»

Destino.

Repressi una risata amara.

Bé, avevo già appurato molto tempo fa che il fato non era dalla mia parte, quindi la sua argomentazione non le stava facendo guadagnare alcun punto.

Corrucciai la fronte per la frustrazione. «La decisione non spettava a te. Non sono nemmeno qualificata per fare un lavoro come quello che mi ha chiesto di fare... figuriamoci uno per cui mi pagherà *cinquantamila dollari*.»

Quello in sé e per sé era una follia. Una pazzia.

«E se combinassi un casino? Se lo deludessi? Inoltre, non lo conosco neppure, e dovrei presentarmi a casa sua lunedì?»

Il panico, la curiosità e quell'attrazione che non volevo provare fecero a turno le capriole nella mia pancia. Sbattei le palpebre e, in tono quasi supplichevole, dissi: «Santo cielo, Em, chi ha cinquantamila dollari a portata di mano? Cioè, l'hai *visto*? Potrebbe essere un trafficante di droga o un sicario o magari uno di quei motociclisti come in quella serie TV che mi hai costretta a guardare.»

Sì, sì. Doveva essere così. Nessun uomo poteva essere così spudoratamente bello senza avere qualche scheletro oscuro nascosto nell'armadio.

Le sopracciglia di Emily scomparvero sotto la sua frangetta e le parole fuoriuscirono dalle sue labbra in un borbottio incredulo mischiato a una risatina esterrefatta. «Non esci molto, eh, Will?»

«E questo cosa c'entra?»

Scosse la testa, ridendo sommessamente. «Davvero non sai chi è? La settimana scorsa, quando eri completamente distratta e agitata – e non fingere di non avermi dato un motivo per notarlo – non l'hai cercato su internet?»

Nervosamente, sfregai il pollice contro i polpastrelli delle dita. «Certo che no. È da maleducati.»

Non che presentarsi all'ospedale perché non riuscivo a smettere di pensare a lui non lo fosse.

Certo, ero rimasta in auto, incapace di costringermi a scendere e ad andare dentro. Ero rimasta seduta lì per quasi venti minuti, riflettendo all'infinito sulla mia stupidità, finché lui non era uscito fuori.

Mi aveva rubato il fiato quando si era fermato, guardandosi intorno con quel suo sguardo ipnotizzante, come se percepisse la mia presenza.

In quel momento mi ero resa conto che dovevo smetterla di intrattenere pensieri pericolosi su un uomo chiaramente pericoloso.

E poi oggi, inaspettatamente, era entrato nel mio negozio come se niente fosse.

Con un sospiro, Emily si voltò verso il bancone posteriore, afferrò l'iPad che aveva lasciato lì e cliccò qualcosa. Dopodiché, lo fece scivolare sul bancone nella mia direzione.

«Cos'è?»

«Guarda tu stessa.»

Titubante, feci un passo in avanti, poi un altro, abbassando gli occhi con cautela, quasi avessi paura di scoprire i segreti rivelati sullo schermo.

resta

Il mio stomaco fece una capriola e quella spaventosa attrazione divampò.

Sunder.

L'uomo che aveva ossessionato i miei giorni e perseguitato le mie notti si trovava su un palcoscenico insieme a un gruppo di uomini. Ognuno di loro era bellissimo. Magnifico e minaccioso. Ribelle, audace e sicuro di sé.

Ma l'unico che riuscivo a vedere era l'uomo in piedi sulla destra con un basso appeso intorno al collo, il possente corpo atteggiato in una postura che trasudava potenza e un sorrisetto arrogante su quel viso fin troppo attraente.

Ash Evans.

Ero davvero un'idiota. Avrei dovuto capirlo da sola.

Tutta Savannah era in fermento per i suoi nuovi leggendari abitanti che avevano preso d'assalto la cittadina tre anni prima. La celebre band di Los Angeles era arrivata in città e aveva innescato un tumulto di gossip e congetture.

I paparazzi erano discesi qui come avvoltoi, e all'improvviso le cose da queste parti erano diventate molto più interessanti.

Questi ragazzi erano stati sia una rovina che un vantaggio.

Ma mai, nemmeno in un milione di anni, avrei immaginato di imbattermi in uno di loro perché non ero esattamente il tipo di ragazza che frequentava i luoghi che bazzicavano i tipi come loro.

E, naturalmente, quello che aveva incrociato la mia strada doveva essere colui che mi faceva fremere, dubitare e desiderare.

Un'impetuosa collisione.

Un bellissimo caos.

Ash Evans era famoso per tutte le cose che disprezzavo: quello stravagante, sordido stile di vita da rockstar, sesso occasionale e giorni sprecati.

Non ero certa che un *rockettaro* fosse più sicuro di qualsiasi altra opzione avessi scartato.

«Non so se posso farlo» dissi in un sussurro.

Emily chiuse di scatto il vecchio registratore di cassa. «No, Will? Pensi davvero di non poterlo fare? Vuoi rinunciare al sogno di tua madre? Quel sogno che ha instillato in te? Arrenderti e rinunciare quando hai una soluzione proprio a portata di mano? Va bene, fai pure. Ma ti assicuro che te ne pentirai per il resto della tua vita. Sei stata tu a dirmi che saresti stata disposta a fare qualsiasi cosa per salvare questo negozio. Perché significava *tanto* per te.»

Aveva ragione. Ma questo sembrava... diverso.

Terrificante ed esilarante. Una combinazione rischiosa.

Emily socchiuse gli occhi azzurri e mi fissò intensamente. «Ma prima che tu decida di gettare tutto al vento, penso che dovresti farti un paio di domande... come ad esempio perché stai rifiutando la sua offerta.»

Dall'altro lato del bancone, fece un passo verso di me e continuò a parlare in tono penetrante e severo. «Perché sì, l'ho *visto*. E ho visto anche il modo in cui ti guardava, così come ho notato il modo in cui tu guardavi lui.»

«Io...» Quella singola parola era un mormorio confuso dei miei dubbi e delle mie insicurezze. In me stessa. Nell'uomo misterioso che suscitava in me qualcosa che non volevo provare. In tutte le scelte che avevo fatto finora nella mia vita e in quelle che volevo prendere per il mio futuro.

Vorticarono tutte intorno a me come un'imminente tempesta.

Emily deglutì rumorosamente, spostando l'attenzione sulla parete alle mie spalle prima di riportarla su di me. «So che hai paura di uscire dalla tua campana di vetro. Di voltare pagina. Ma è ora. Hai perso già così tanto in questi anni, e so che sembra più di quanto tu possa sopportare.»

«Em...» la supplicai.

Lei mi interruppe scuotendo la testa con fermezza. «E quel che è peggio è che Bates sta cercando di insinuarsi di nuovo nella tua vita dopo tutto quello che ti ha fatto. Ma sono passati due anni, Will. Due anni in cui sei riuscita a malapena a tirare avanti dopo il suo tradimento. Due anni in cui sei riuscita a stento a stare a galla. Se continui in questo modo, annegherai.»

Abbassai lo sguardo sui miei piedi mentre assimilavo le sue parole.

Emily si diresse verso l'ufficio sul retro, poi esitò sulla soglia, prima di voltarsi di nuovo verso di me. «E pensi sul serio di non essere qualificata per quel lavoro? Dopo tutte quelle lezioni di interior design che hai seguito? Quei sogni che hai fatto? Ti mancava così poco per finire, Will. In qualche modo, Bates ti ha indotto a credere che non fosse importante. Che tu non fossi abbastanza brava. Permetterai a tutte le bugie che ti ha propinato di condizionare la tua vita? Perché non una sola parola di ciò che ti ha detto *conta* a meno che tu non glielo permetta.»

L'aria fuoriuscì dai miei polmoni in un soffio mentre la mia migliore amica spariva nel retro. Premetti le mani sul bancone, cercando di recuperare il controllo delle mie emozioni. Di trovare una soluzione. Tutti gli insegnamenti che mia madre mi aveva inculcato fluttuarono intorno a me, appena fuori dalla mia portata.

Insegui i tuoi sogni.

La solitudine mi travolse e, senza pensarci su, afferrai la borsa e mi fiondai fuori dal negozio.

«Ciao, mamma» mormorai dolcemente mentre le scostavo un ricciolo di capelli grigi dalla fronte. Premetti un lungo bacio lì. Inspirai il suo profumo. Mi riempii i polmoni del familiare odore di borotalco, lillà e una traccia di questo orribile posto.

Lei trasalì e sbatté le palpebre, guardandomi con espressione confusa mentre interrompevo il suo viaggio verso quel luogo e quel tempo lontano in cui era andata.

Mi appoggiai allo schienale della sedia, dandole spazio, mentre con gli occhi tracciavo il ritratto davanti a me. Un ritratto composto da un mosaico di linee e rughe, un viso segnato dall'età, dalle risate e da anni di duro lavoro.

Era sempre stata la mia roccia. Le mie solide fondamenta. La mia definizione di forza. Probabilmente era per questo che vedere il suo corpo e la sua mente tenuti in ostaggio dalla malattia faceva ancora più male. Il lento deterioramento che infine l'aveva costretta a letto.

I suoi vitrei occhi marroni si accesero quando mi riconobbe e le parole uscirono a malapena dalle sue labbra screpolate. «Willow? Sei tu, tesoro?»

Il dolore mi trafisse come una lama tagliente. Feci un sorriso triste, ricacciando indietro le lacrime mentre le sfioravo delicatamente la guancia con la punta delle dita. «Certo che sono io.»

Un angolo della sua bocca tremolò, prima che il suo sguardo diventasse distante e lei si perdesse di nuovo nei meandri della sua mente.

Odiavo vederla in questo stato.

Ogni giorno appassiva sempre più per colpa della malattia che le era stata diagnosticata subito dopo la nascita di mia sorella. Crescendo, avevo sempre saputo che mia mamma aveva la sclerosi multipla. Era una frase comune in casa nostra, qualcosa che io e mia sorella sussurravamo timorosamente in quei momenti in cui ci abbracciava e, con occhi tristissimi, ci sussurrava: «È solo una brutta giornata. Passerà.»

Si era sempre ripresa.

Fino al giorno in cui non era successo più.

Lo stress peggiora le cose.

Così aveva detto il dottore.

Di certo non era stato d'aiuto il fatto che mio padre ci avesse abbandonate di punto in bianco quando quelle "brutte giornate" erano diventate più frequenti e ravvicinate.

Dopo che avevamo perso Summer? Mia madre era peggiorata rapidamente e non si era mai più alzata dal letto.

Stadio terminale.

Era così che lo chiamavano.

Forse ero stata una bambina sciocca, ma non mi ero preparata per questo – per questa fase finale – quando le sue braccia e le sue gambe avrebbero smesso di cooperare. Quando la dolorosa spasticità avrebbe preso piede e i suoi muscoli si sarebbero irrigiditi per gli spasmi che non l'avrebbero mai più lasciata andare.

Oltre a ciò, avevo dovuto restare a guardare impotente mentre anche la sua mente cedeva, e la sua lucidità andava e veniva con la malattia e con le medicine che le davano per farla stare meglio.

Delicatamente, spostai la mano chiusa a pugno che teneva premuta troppo forte sotto il mento e, con voce altrettanto delicata, dissi: «Come ti senti oggi, mamma?»

Non ricevetti alcuna risposta, a parte il suo sguardo distante. I miei occhi si colmarono di lacrime, avvicinai maggiormente la sedia al letto e, con voce sommessa, mi confidai con l'unica persona che mi aveva sempre capita.

«Il negozio è nei guai, mamma.» Mi morsi il labbro e distolsi lo sguardo per un istante prima di riportarlo sul suo viso. «Non volevo che accadesse. Mi dispiace tantissimo. Non avrei mai voluto essere così sconsiderata col tuo sogno.»

Un sogno che era diventato anche il mio.

Passai le dita tra i suoi capelli. «A volte l'amore si mette in mezzo, vero?»

Mi aveva sempre insegnato che l'amore era la cosa più importante di tutte le cose che avremmo mai ricevuto nella nostra vita. Solo, non sapevo come riconciliare le due cose: scegliere di amare e quello che mi era costato alla fine.

La mia gola sembrava irritata quando continuai. «Ma ho la possibilità di sistemare le cose. Di salvare il negozio. Lo desidero con tutta me stessa, mamma, ma sono terrorizzata al pensiero di rovinare di nuovo tutto.»

Il cambiamento era sempre rischioso, e dopo Bates avevo trascorso gli ultimi due anni ad assicurarmi di andare incontro a meno *rischi* possibili, isolandomi dal mondo che sembrava intento a divorarmi finché non mi fosse rimasto più nulla. Buffo come adesso rischiassi comunque di perdere tutto.

«Cosa ne pensi, mamma? Vale la pena correre il rischio?»

Non mi aspettavo una risposta, ma i suoi occhi vacui si inchiodarono nei miei, dolci e colmi dell'amore e della fiducia che aveva sempre avuto in me. «Vale sempre la pena rischiare per *inseguire i propri sogni*. Sempre, Willow. Sempre.»

Una lacrima scivolò lungo la mia guancia e il suo sorriso tremolò mentre si sforzava di rimanere concentrata su di me, ma i suoi occhi cominciarono a chiudersi mentre iniziava a perdersi nei recessi della sua mente.

Desideravo disperatamente aggrapparmi a lei per un altro momento ancora.

Avvolsi la mano intorno al suo pugno serrato e lo strinsi. *Mamma... sei l'unica persona che mi rimane. Non lasciarmi. Ho così tanto bisogno di te.*

La mia supplica silenziosa rimase inascoltata mentre i suoi respiri rochi e affannosi rallentavano man mano che scivolava nel sonno.

Boccheggiai quando il dolore si abbatté su di me e cercai di soffocare i miei singhiozzi, sentendomi più sola di quanto non fossi mai stata finora.

Pezzo dopo pezzo.

Cuore dopo cuore.

Perché tutti quelli che amavo mi venivano strappati via?

Assurdo quando l'ultima cosa che vuoi è stare da sola, eppure ti nascondi in modo da evitare che qualcun altro ti venga portato via.

Il viso di mia sorella balenò davanti ai miei occhi. Così vivace. Così pieno di vita.

Se n'era andata.

Ma mia madre...

Abbassai lo sguardo sul suo volto segnato dalle intemperie.

Mia madre mi aveva sempre insegnato che se qualcosa era abbastanza importante, non dovevi mai arrenderti o rinunciarci. Mi alzai in piedi, le premetti un bacio sulla fronte e, contro la sua pelle, bisbigliai: «Sempre.»

7

ASH

«Quegli stronzi sono ancora là fuori, amico.» Lyrik si passò una mano tatuata tra i capelli neri come la pece.

«Già.»

«Allora, cosa facciamo in proposito?»

«Non sono sicuro che ci sia qualcosa da fare... non ho nemmeno un nome.»

Solo cinque fottute facce che mi schernivano nei recessi della mente e una sfilza di cicatrici da mostrare.

«E se ti imbattessi di nuovo in loro?»

Feci un sorrisetto ironico. «Spero proprio che tu sia con me.»

«*Pff*... hai bisogno che io ti pari il culo? Un bastardo grande e grosso come te? Sono deluso che tu non sia riuscito ad affrontarli da solo. È davvero imbarazzante.» La sua bocca si contorse in una smorfia di scherno che mi meritavo assolutamente, considerando che di solito ero io a prendere in giro loro.

«Talvolta un uomo deve ammettere quando è in inferiorità numerica.»

Lyrik mi osservò con i suoi occhi scuri, la sua chitarra preferita adagiata sulle ginocchia. Premette le dita sullo strumento e strimpellò un singolo accordo, mettendo in mostra le nocche superiori su cui era scritto *Canti la mia anima*. Tuttavia, adesso, anche sulle nocche inferiori teneva inciso qualcosa: su quelle della mano sinistra c'era scritto *Blue*, mentre su quelle della mano destra era tatuato *Adia*, dato che il ragazzo aveva finalmente trovato qualcosa di reale per cui cantare.

«Sei sicuro di non voler incalzare la polizia affinché li rintraccino? Non sei stato esattamente di grande aiuto quando ti hanno interrogato.»

Feci scorrere le dita lungo le corde del mio basso, suonando qualche nota. «No, amico, sai che non è così che sistemiamo le cose.»

Lui scosse la testa. «È proprio questo ciò che mi preoccupa.»

«Prima che io oltrepassi la soglia di casa tua, ho bisogno che tu capisca che non sono qualificata per fare ciò che mi hai chiesto di fare.»

L'energia crepitò tra di noi.

Come un fottuto cavo scoperto.

Per tutto il week-end mi ero chiesto se me lo fossi immaginato. Non sarei rimasto sorpreso se il colpo alla testa mi avesse reso un po' matto. Ma adesso stavo pensando che potesse essere questa ragazza l'unica colpevole delle strane sensazioni che provavo.

Ebbene sì, forse avevo trascorso gli ultimi tre giorni a domandarmi se si sarebbe presentata. E in tal caso, cosa avrebbe significato.

Rimuginando sul perché avessi insistito tanto che venisse qui.

Dio sapeva che avrei potuto staccarle un assegno e lasciarla in pace.

Che male c'era se avevo provato sollievo nel trovarla sulla porta di casa mia, a torcersi le mani delicate con una borsa appesa alla spalla? Indossava un paio di jeans attillati e un maglione largo e super sottile che avvolgeva le sue curve in maniera perfetta. Era tutta onde color mogano, occhi simili al cioccolato e dolce splendore.

Volevo posare la bocca su di lei e assaggiarla a lungo.

«Chi lo dice?» chiesi con voce profonda.

Lei scosse la testa con uno sbuffo agitato. «Lo dice il fatto che non ho una laurea e nemmeno tanta pratica. Non ho mai neppure provato a cimentarmi in un lavoro di questa portata prima d'ora.»

Scrollai il capo con decisione. «Detto dalla ragazza che ha un negozio pieno di fantastici mobili che ha restaurato lei stessa. Non ti offrirei questo lavoro se non fossi sicuro che mi darai esattamente quello che cerco.»

Allargai le braccia, indicando l'enorme villa che torreggiava intorno a noi. «Questa è la mia piccola, dolcezza. L'istante in cui le sono passato davanti, mi ha chiamato a sé, e ho capito subito che dovevo averla. L'ho rimessa a nuovo sin da allora.»

I miei amici mi avevano detto che ero pazzo quando avevo sganciato i soldi per questa villa fatiscente lo stesso giorno in cui mi ero imbattuta in essa.

Trovare questa vasta piantagione era stato come essere catapultato in un'altra epoca.

In un tempo molto più semplice.

Avevo immaginato che sarebbe stata il mio rifugio. La mia casa lontano dallo scintillio e dal glamour di Los Angeles. Il mio santuario lontano dall'infinito susseguirsi di strade, palcoscenici e concerti quando eravamo in tour.

Qui a Savannah, dove faceva più caldo dell'inferno e le luci della ribalta erano più soffuse. Dove le fotocamere non mi venivano puntate in faccia ogni volta che uscivo da una porta e il sonno arrivava prima rispetto a tutte quelle nottate piene di donne e alcol, in cui la stanchezza mi sopraffaceva solo dopo che il sole sorgeva all'orizzonte.

Diamine, di tanto in tanto, persino io avevo bisogno di una tregua dal folle stile di vita che vivevo.

«Non sto dicendo che non credo nel mio lavoro, Mr. Evans. Ho solo bisogno che tu mi dica che capisci che non ho mai accettato un incarico di tali proporzioni finora. Mi stai pagando un mucchio di soldi, e ho la sensazione che tu lo faccia principalmente per obbligo morale piuttosto che per le mie capacità.»

Scrollai una spalla, immaginando che l'onestà fosse la scelta migliore. «Può darsi. Ma quello che so per certo è che ho qualcosa da offrirti dopo che mi hai salvato la vita, quindi, per favore, non negarmelo. Inoltre, tutte quelle cose nel tuo negozio mi hanno lasciato a bocca aperta. Sei incredibilmente talentuosa, e so che lo sai anche tu.»

Un timido sorriso tremolò sulle sue labbra deliziose, e abbassò lo sguardo sulle assi di legno del portico. «Sei ridicolo.»

Una risata scaturì dalla mia gola. «Mi hanno chiamato in modi molto peggiori, dolcezza.»

I suoi occhi luccicarono quando mi guardò da sotto le ciglia. «Perché non ne dubito?»

«Perché sei una ragazza intelligente, suppongo.» Le feci l'occhiolino, adorando la disinvoltura che sembrò calare tra di noi. Spalancai la porta. «Accomodati.»

Tirando un respiro profondo, Willow entrò dentro. Il suo sguardo perlustrò l'intero atrio. I suoi occhi tracciarono la grande scalinata ricurva che conduceva al primo piano e l'alto soffitto incorniciato da modanature.

La casa era davvero splendida, modestamente.

«Wow. È incredibile. Questo posto potrebbe stare in una rivista.» La sua voce era colma di meraviglia.

«Ti piace?»

Mi rivolse un sorrisetto ironico. «Solo un bugiardo direbbe di no. Probabilmente, qualcuno geloso e che vorrebbe essere te, *rockstar*.»

Pronunciò l'ultima parola come se stesse rivelando un profondo, oscuro e sporco segreto. Facendomi sapere che sapeva esattamente chi ero, quando era stato lampante che non ne aveva avuto la minima idea quando ero entrato nel suo negozio tre giorni fa.

Feci un passo nella sua direzione, poi un altro.

Quell'elettricità sfavillò tra di noi.

Lei indietreggiò verso il muro.

«Bé, sono lieto di sapere che non sei una bugiarda, *country girl*.» Mi avvicinai pericolosamente alle sue labbra rosse e carnose mentre lo dicevo.

Cosa stavo facendo? Non era da me mettere piede su un terreno pericoloso come questo. Dovevo tornare su un campo sicuro. Allontanarmi da questa ragazza che era chiaramente troppo dolce.

Moderatamente sicura di sé.

Timidamente forte.

Buona.

I ragazzi come me distruggevano le ragazze come lei, perché non restavamo mai.

Ma non potei fare a meno di tracciare il suo splendido viso con gli occhi. Non potei impedire alle mie dita di contrarsi per il desiderio di toccarla.

Solo un piccolo assaggio.

Willow si schiarì la gola, infrangendo l'intensità del momento. Mi obbligai a fare un passo indietro.

«Andiamo di sopra?» domandò.

«Suvvia, dolcezza, hai davvero bisogno di chiederlo? Sai che sarebbe il mio piacere più grande.» Lo dissi con tutta la bonaria malizia che riuscii a racimolare, sperando di camuffare tutta la serietà che si celava dietro le mie parole.

«Paletti, Mr. Evans» disse, avviandosi già verso le scale. «Se dobbiamo lavorare insieme, devi capire che cosa significa.» Indicò alle proprie spalle col pollice, parlando con quell'eccitante cadenza del Sud. «Ho visto un dizionario in una di quelle librerie nel salotto. Forse è meglio se gli dai un'occhiata.»

Iniziai a salire le scale dietro di lei. «Comprendo benissimo il significato del termine, dolcezza. Penso solo che i tuoi paletti siano un po' troppo alti e larghi. Non ti lasciano molto spazio di manovra, no?»

«Oddio... sei...» Mi lanciò un sorriso da sopra la spalla, gli occhi color cioccolato spalancati in un'espressione scherzosa. «Ridicolo.»

Scoppiai a ridere di gusto.

Questa ragazza...

C'era qualcosa di particolare in lei.

Qualcosa di diverso dalle donne che incontravo nei sordidi club e squallidi locali. Era così diversa dalle donne che si attardavano dopo un concerto, in attesa di quell'ambito invito nel backstage. Più che pronte a darsi. Colme di carnale bramosia.

Facili.

Una volta giunti in cima alle scale, la condussi a sinistra. La sua contemplazione era quasi incredula mentre esaminava rapidamente lo spazio che la circondava. «Quanto è grande questo posto?»

«Parecchio. Otto camere da letto, per l'esattezza. Poco meno di seicento metri quadri.»

Ero sempre stato attratto dall'eccesso e dalla stravaganza, prendendo più del necessario.

Beni materiali.

Donne.

L'adrenalina era ciò che bramavo.

Che si trattasse della merda con cui mi ero pompato le vene prima che la morte e una perdita così brutale mi mostrassero che non potevo continuare su quella strada, o del folle brivido di eccitazione che provavo nello stare su un palco.

Selvaggio.

Spericolato.

Insaziabile.

Quello ero io. Lo avevo accettato parecchio tempo fa.

«Eccoci qua.» Girai intorno a lei e spalancai le doppie porte della mia camera.

Willow sembrava guardinga mentre entrava nell'enorme stanza che occupava quasi un intero lato del piano superiore. Il pavimento di legno duro era sbiadito e consumato, e il mio enorme letto sedeva come un'isola al centro di esso, un guazzabuglio di cuscini, lenzuola sgualcite e coperte aggrovigliate.

Mi grattai la nuca. «Come ho detto, questa è l'unica stanza che non ho ancora toccato. Tutto è proprio come il giorno in cui mi sono trasferito, eccetto che per lo strato di polvere che ho fatto rimuovere.»

«È meravigliosa» sussurrò mentre girava lentamente su se stessa, assimilando l'aura della stanza. Come se stesse permettendo alle vecchie mura di parlarle.

Sul suo viso mozzafiato c'era un'espressione serena, tenera e incantata.

Così dannatamente intrigante.

Il suo sguardo si spostò verso la spettacolare vista che dava sul retro. Anch'io, certe volte, ne rimanevo ancora ammaliato. Le maestose finestre si affacciavano sul vasto cortile posteriore, oltre la grande distesa di prato, fino al piccolo ruscello che si snodava lungo il bordo del boschetto di alberi che cresceva come un muro vivente a protezione della proprietà.

Willow estrasse un taccuino dalla borsa, se lo sistemò nell'incavo del gomito destro e afferrò una matita. La sua mano sinistra cominciò a svolazzare furiosamente su un foglio mentre osservava l'ambiente che la circondava.

Assorta. Quasi stregata.

«Bellissimo» mormorò tra sé e sé. Il movimento della sua mano e l'ispirazione che ne scaturiva sembravano aumentare la sua energia, trasformandola in qualcosa di feroce e potente che brillava nell'aria densa.

Rimasi a guardarla imbambolato.

Alla fine, sollevò la testa di scatto. Come se si fosse appena ricordata che ero ancora lì. «C'è così tanto su cui lavorare qui. È... stupefacente. Questo pavimento e le modanature. Tutto lo spazio in generale. Ma quello che mi interessa sapere è che cosa vuoi che dica questa stanza di te. Cosa vuoi vedere quando entri qua la sera e cosa vuoi sentire quando ti svegli la mattina?»

Potevo percepire il sorrisetto che mi curvò la bocca.

«Non mi dispiacerebbe avere qualche foto sexy di te sulle pareti. Stampe belle grandi.»

Il problema era che non ero sicuro se fosse la verità o una

battuta.

Agitai la mano in direzione dell'ampia parete vuota situata di fronte al mio letto e al lato opposto delle finestre. «Potresti coprire tutta questa parete. Non mi dispiacerebbe affatto svegliarmi al mattino con una vista simile. E anche addormentarmici. Iniziamo da lì. Il mio personale Feng Shui.»

Almeno, il mio tono di voce era giocoso e civettuolo.

Lei rise sotto i baffi, però rimase concentrata sullo scarabocchiare qualcosa sul suo taccuino. Vero, teneva la testa abbassata, ma ciò non significava che mi sfuggì il sorriso timido e leggermente compiaciuto che balenò sulla sua bocca. «Sei ridicolo. Assolutamente ridicolo. Sai che non succederà, vero? Ma ho capito che ciò che vuoi è il sesso.»

Sì, volevo decisamente fare sesso.

«Che la stanza abbia un'atmosfera seducente, giusto?» precisò, inarcando un sopracciglio nella mia direzione.

«Sì. Sexy. Un po' oscura. Ma voglio che sia anche spassosa.»

Willow aggrottò la fronte. «Non sono sicura di seguirti.»

Le rivolsi un sorrisetto. «Non c'è dubbio che una camera da letto debba sprizzare pace, conforto e tutto il resto. Ma stai dimenticando un altro elemento importante. Una stanza da letto dovrebbe anche essere il luogo dove una persona si diverte di più.»

«Posso solo immaginare il tipo di divertimento che stai insinuando, Mr. Evans.» Si schiarì la gola, cercando di nascondere quella sua dolce risatina.

«Oh, non fraintendermi, dolcezza. Sono un fan sfegatato di *quel* genere di divertimento. Come ho detto, rendila sexy. Ma penso che tu non stia lasciando correre abbastanza l'immaginazione per questo progetto.»

Allargai le braccia, indicando l'ambiente circostante. «Sono un uomo incline al divertimento. Voglio che questa stanza lo dimostri. L'ultima cosa che desidero è che sia soffocante o che io non riesca a lasciarmi andare come voglio.»

«E questo cosa comporterebbe esattamente?»

Con passo lento e predatorio, cancellai la distanza tra di noi. Forse stavo soltanto cercando una scusa qualsiasi per metterle le mani addosso. Chi diavolo poteva biasimarmi? «Diciamo che io voglia ballare...»

Le tolsi il taccuino e la matita dalle dita, mettendoli da parte, e la presi per mano.

Un brivido di nervosismo le percorse il corpo. Era sia a disagio che eccitata. Desiderava chiaramente uscire dal suo guscio e giocare ma, allo stesso tempo, quella sua timida forza le diceva che avrebbe fatto meglio a scappare.

I suoi occhi color cioccolato si soffusero, curiosi e dilatati. Aperti. Come se avesse dato qualsiasi cosa per vedere dentro di me. Come se volesse scavare tra i miei demoni. Scovare i miei peccati. Scoprire se c'era qualcosa di buono da portare alla luce.

Provai di nuovo quell'assurdo senso di familiarità. La bizzarra sensazione che in qualche modo la conoscessi. O forse era solo il mio istinto che mi diceva che dovevo conoscerla meglio, avvertendomi al contempo di tenerla a distanza.

Fanculo la distanza.

Le diedi un leggero strattone alla mano, facendola barcollare in avanti. Le nostre dita si intrecciarono e rimasero bloccate tra i nostri petti. Feci scivolare l'altra mano verso il basso, fino a posarla alla base della sua schiena. E l'attirai a me.

Il calore sfrigolò nell'aria.

Elettricità e fuoco.

Accidenti, potevo quasi percepirlo scorrere sulla mia pelle.

Facendola ondeggiare dolcemente, la tenni stretta contro di me. «Magari mi va di ballare piano.»

La sospinsi all'indietro e le sollevai la mano sopra la testa. «O magari voglio lasciarmi andare e ballare per l'intera stanza.»

In un rapido gesto, le feci fare una piroetta.

Willow strillò per la sorpresa. I suoi capelli si allargarono intorno a lei come un'aureola scura, e un sorriso smagliante le illuminava il viso quando la trassi di nuovo tra le mie braccia.

«O magari voglio scatenarmi un po'. Fare capriole sul pavimento, saltare sul letto, qualunque cosa mi vada di fare.»

Rise liberamente mentre danzavamo e oscillavamo. La feci roteare e fare un casqué, prima di bloccarla improvvisamente contro il muro, facendo aderire il suo delizioso corpo al mio.

Fui travolto da una voglia irrefrenabile. Da un impulso in-
controllabile che mi fece desiderare di premere il naso contro la
pelle nuda del suo collo delicato. Di inspirare il suo odore, a
partire dall'orecchio fino a quella sensuale clavicola.

Potevo quasi sentire il profumo di miele che emanava dalla
sua pelle.

Mi venne l'acquolina in bocca.

Merda.

Eccomi qua, di nuovo in cerca di guai.

Le nostre bocche erano a un soffio di distanza. Quella fugace atmosfera rilassata venne sostituita dagli improvvisi respiri
affannosi che uscivano dalle sue labbra.

Ogni cosa vibrò e tremò.

Willow mi fissò intensamente, scrutando il mio viso, guardandomi con un'espressione simile a quella con cui aveva
guardato la mia casa.

Come se fossi uno di quegli oggetti spezzati che voleva
scolpire e modellare. Come se vedesse qualcosa sepolto dentro
di me che doveva essere resuscitato. Ma questa ragazza non
aveva la minima idea che non ci fosse alcuna possibilità di *ag-
giustarmi.*

Catturandosi il labbro inferiore tra i denti, sollevò timidamente la mano e fece scorrere le unghie arrotondate delle sue
calde dita lungo la barba che mi copriva la mascella. Il suo tocco si fece ancora più delicato quando le fece scivolare verso
l'alto, sfiorando a malapena la nuova cicatrice che mi segnava la
pelle proprio sotto l'occhio.

Il mio uccello si contrasse e il mio petto si serrò.

Era così dannatamente piacevole.

Così giusto e così fottutamente sbagliato.

La sua voce era un mormorio roco. «Sai che ero preoccupata per te? Quando ti hanno portato via in quell'ambulanza, l'u-
nica cosa a cui riuscivo a pensare era l'uomo che avevano portato via. Non riuscivo a smettere di visualizzarti legato a quella
barella. Uno sconosciuto che mi aveva toccata profondamente
senza dire una parola.»

Qualcosa di estraneo mi percorse i sensi, elevandosi da quel luogo che avevo messo sottochiave tanto tempo fa. Volevo calpestarlo, cazzo. Invece, cedetti a quell'impulso e sfregai il naso contro la sua fronte, seppellendolo tra i suoi capelli.

«Peaches» bisbigliai.

Sapeva che valeva lo stesso per me?

Quel piccolo accenno di ricordo mi aveva perseguitato giorno e notte.

Con mani incerte e tremanti, mi carezzò le spalle. Piano ed esitante.

Il suo respiro divenne affannoso quando le fece scorrere lungo le mie braccia.

E quegli occhi. Erano gentili, caldi e curiosi mentre le sue dita tracciavano le linee e le sfumature dei tatuaggi che coprivano interamente le mie braccia.

Sussultai.

Non che le ragazze non mi toccassero di continuo. Ma lo facevano sempre e solo per prendere le due cose che potevano ottenere da me.

Una notte di sfrenato sesso selvaggio e un nome da sbandierare.

E merda, l'avevo sempre considerato una vittoria. Il distacco emotivo. Pelle contro pelle senza un briciolo di intimità.

Con il suo tocco, sembrava quasi che Willow si stesse insinuando nelle fibre del mio essere. Come se quella pazzesca creatività che si riversava dalla sua mente brillante passasse attraverso le sue dita per diventare un tutt'uno con l'arte che ricopriva la mia pelle.

Potevo percepirla segnarmi come un fuoco lento.

Emisi un respiro tremolante.

A quel suono, i suoi occhi scattarono di nuovo verso i miei.

Le sue labbra si schiusero e la sua espressione si riempì di confusione.

Lussuria. Bisogno. Desiderio. Paura.

Tutte quelle emozioni balenarono sui lineamenti delicati del suo volto.

Non avrei dovuto. Sapevo che non avrei dovuto. Ma non c'era nulla che potessi fare per fermarmi.

Coglievo sempre, sempre l'attimo.

Questo ero io.

La schiacciai maggiormente contro il muro, premendo il mio turgido e voglioso uccello contro la sua figa coperta dai jeans.

Alla disperata ricerca di una frizione.

Ansioso di trovare sollievo.

Ogni cosa intorno a noi scoppiettò, e avrei potuto giurare che la stanza prese a vorticare e che il pavimento si mosse sotto i nostri piedi.

Willow boccheggiò per la sorpresa, gli occhi sgranati. Le sue unghie mi pizzicarono la pelle quando le affondò nelle mie spalle.

Tenendosi forte.

Cosa mi stava facendo questa ragazza?

Mi chinai in avanti, avvicinando la bocca al suo orecchio. La mia voce venne fuori in un roco sussurro. «Mi vuoi?»

Non dovetti aspettare molto per la sua risposta.

Improvvisamente, l'orrore si impadronì della sua espressione.

Dolore, tristezza e senso di colpa.

Si liberò dal mio abbraccio e si voltò verso le finestre. I raggi del sole di Savannah risplenderono intorno a lei quando poggiò la fronte contro il pannello di vetro, le spalle che si alzavano e si abbassavano ad ogni respiro che prendeva.

Mi avvicinai piano alle sue spalle e appoggiai entrambe le mani sulla finestra sopra la sua testa. Intrappolandola.

«Peaches» mormorai di nuovo, tentando di cancellare il rimorso che la stava chiaramente assillando.

Le sue parole risuonarono con fermezza. «Non credo nell'amore a prima vista, Mr. Evans.»

La confusione mi travolse, prima che un cupo ringhio rimbombasse nel mio petto. Lo stesso petto che stavo premendo contro la sua schiena, lasciando che la mia durezza si mischiasse alla sua morbidezza.

Dio. Volevo affondare in lei.

Piegandomi in avanti, le sfiorai l'orecchio con la bocca. «Chi ha parlato di amore, Peaches? Quello che c'è tra di noi? È lussuria.»

Staccai una mano dalla finestra e la posai sul suo addome che tremolò e fremette al mio tocco. «Lo senti? Senti come tutto intorno a noi ribolle? Minacciando di traboccare? È una fiamma che aspetta solo un fiammifero.»

Quella lussuria corse rapidamente nelle mie vene, acquistando velocità. Potevo sentire il suo cuore martellare contro le sue costole attraverso il tessuto sottile del suo maglione.

La mia voce si abbassò di un'ottava. «Dimmi che mi vuoi. Dimmi che anche tu lo senti.»

Lei inspirò bruscamente, e percepii il dolore intriso nella sua domanda. «È per questo che mi hai portata qui?»

L'angoscia nel suo tono mi colpì duramente, perciò mi costrinsi a indietreggiare e a darle un po' di spazio. Sembrò trascorrere un'eternità mentre racimolava la sua risolutezza. Lentamente, si voltò a guardarmi. «È così?» chiese.

L'ignoto vorticò intorno a noi: domande, confusione e incertezze. «Non lo so» ammisi infine.

La rabbia e la delusione distorsero la sua espressione. «Non lo sai? Mi offri *cinquantamila dollari* per ridecorare una sola stanza, che guarda caso è proprio la tua camera da letto, e non lo sai? Dimmi, Mr. Evans, mi hai portata qui perché facessi *davvero* qualcosa per te, o volevi solo venire a letto con me? Forse avevi soltanto bisogno di liberarti di un po' di senso di colpa, così, già che c'eri, hai deciso che avresti potuto prendere qualcosa anche per te stesso? Qual è delle due?»

«Willow» mormorai, sapendo bene che la mia verità contraddiceva completamente le mie azioni. «Devi sapere che non era mia intenzione turbarti.»

«Non era tua intenzione turbarmi?» Le sue mani si chiusero a pugno contro il suo petto in una sorta di croce protettiva. «Questo... quello che fai...» Agitò la mano verso il punto in cui l'avevo appena bloccata contro la finestra. «Forse per te non sarà una cosa importante, ma per me lo è.»

Quando vidi i suoi occhi velarsi di lacrime, desiderai prendermi a calci per averla messa alle strette, cazzo.

Recuperò di fretta e furia le sue cose.

«Willow» dissi, tentando di fermarla mentre si metteva la borsa in spalla.

«Direi che abbiamo finito qui» dichiarò.

«E dai, Willow.»

Lei mi ignorò e si precipitò fuori dalla porta.

Mi afferrai i capelli tra le mani e imprecai verso il soffitto. «Cazzo!»

Perché questo ero io. Avventato nei momenti che dovevano essere trattati con cura. Quelli che dovevano essere chiaramente affrontati con cautela. L'avevo capito nell'istante in cui l'avevo incontrata che lei era diversa.

Il senso di colpa mi attanagliò il petto. L'avevo ferita e detestavo averlo fatto.

La cosa che mi terrorizzava di più era che non sapevo perché me ne fregasse qualcosa.

8

ASH

«Ehilà, tesoro, cosa posso portarti?»

Alzai lo sguardo verso la voce rauca dell'anziana donna che serviva da bere dietro al bancone. Gettò un tovagliolo di fronte a me, che sedevo su uno sgabello muovendo nervosamente il ginocchio su e giù. La mia attenzione vagò per il piccolo locale dove non avevo mai messo piede finora.

«Una Guinness andrebbe benissimo.»

«Arriva subito.»

Vero, avrei dovuto tenere un profilo basso, restare nell'ombra, dal momento che non sapevo quando mi sarei potuto imbattere in uno di quegli stronzi dell'altra notte.

Bé, chiamatemi pure *spericolato*.

Ma non c'era alcuna possibilità che restassi a casa un secondo di più. Dopo quello che era successo prima con Willow, avevo trascorso l'intera giornata sentendomi quasi come se fossi sul punto di impazzire.

Ero irrequieto. Ansioso. Sentivo il bisogno di provare il brivido dell'*adrenalina*, quella scarica di piacere carnale scorrermi nelle vene.

Senza dubbio, era giunta l'ora di tornare nella mia zona sicura. In quel reame dove mi ero condannato da solo anni fa.

Non c'era posto migliore di questo per togliermi Willow dalla mente.

«Ecco a te» disse la barista, posizionando il boccale di fronte a me. «Giornata storta?»

Ridacchiai mentre avvolgevo le dita intorno al manico. «Qualcosa del genere.»

Ero uno stronzo. Non c'era da stupirsi che Willow se la fosse data a gambe. Le avevo fatto pressioni quando non avrei dovuto. Ma di certo questo non le dava il diritto di restituirmi i cinquantamila dollari che avevo trasferito sul suo conto corrente, cazzo.

Glieli avevo rispediti indietro.

Erano suoi. Lavoro o no.

«Bé, speriamo di riuscire a raddrizzartela. Non c'è posto più felice al mondo de *La Tana*.» Con un gesto della mano, indicò il misero, fatiscente e sudicio pub, ridacchiando alla propria battuta.

Un sorriso curvò un angolo della mia bocca e sollevai il boccale nella sua direzione in una sorta di brindisi.

Aveva ragione.

Questo posto avrebbe fatto al caso mio.

Trangugiai un sorso di birra, prima di voltarmi e mettermi al lavoro. Mi guardai intorno per il locale umido e buio occupato da pochi tavolini e da una fila di logori tavoli da biliardo collocati in fondo. Tradizionali lampade da biliardo che pendevano dal soffitto gettavano un alone giallo sull'ambiente circostante. La sala era popolata da una manciata di persone venute qui per farsi una bevuta e da un paio di vecchietti trasandati seduti al bancone che probabilmente consideravano questo posto casa loro.

Lei mi trovò ancor prima che io trovassi lei.

Facile.

Probabilmente, la pollastrella che stava avanzando nella mia direzione mi avrebbe schiaffeggiato se avessi pronunciato quella parola ad alta voce.

Facile non perché fosse sexy, hot e decisamente scopabile. E credetemi, lo era eccome.

La sacrosanta verità? Non intendevo quel termine in modo offensivo, quanto piuttosto come un complimento per entrambi.

Nessun vincolo.

Zero conseguenze.

Chi cazzo avrebbe potuto considerarlo come un qualcosa di negativo?

Di certo non io.

La bionda dalle gambe lunghe non esitò neppure un istante a passarmi le dita tra i capelli.

A quanto pareva, anch'io tenevo scritto in faccia *facile*.

«Ash Evans» biascicò, facendo le fusa come una gattina.

Istintivamente, la mia bocca si piegò in un sorrisetto. Mi morsi il labbro inferiore mentre le cingevo la vita con una mano. «In carne ed ossa» dissi.

Fece scorrere i polpastrelli lungo il colletto della mia maglietta. «Mi piacerebbe vedere di più.»

«Davvero?»

«Mmhmm.»

Apparentemente, la timidezza non era il suo forte.

Questa ragazza era proprio adatta a me.

Così tanto che scattai in piedi e la trascinai verso il breve corridoio che conduceva ai bagni, dove la spinsi contro il muro e affondai le dita nei suoi capelli, schiacciando la bocca contro la sua.

Cercando sollievo.

Cercando di tornare a chi ero.

A ciò che conoscevo.

Perché *Peaches* aveva invaso la mia mente.

E questa ragazza era tutta un profumo floreale.

Tale odore non mi aveva mai infastidito prima d'ora.

Mai.

Ma non riuscivo a scuotermi di dosso la sensazione che qualcosa non andasse.

Un sapore acido si stabilì nel mio stomaco. Cercai di riversare la mia frustrazione su questa ragazza.

Cioè, dai.

Ero l'anima della festa, dannazione, e per questo genere di *festa*, di solito ero l'ospite più accomodante del mondo.

Ma la voglia non voleva proprio venirmi. I miei baci aggressivi divennero fiacchi. Alla fine, lasciai ricadere la fronte contro la sua ed emisi un grugnito esasperato.

Dio.

La poveretta che tenevo premuta contro il muro reclinò la testa all'indietro con espressione confusa. «Qual è il problema?»

Quella sì che era una bella domanda.

«È solo che... ho passato un paio di settimane un po' strane.»

Lei inarcò un sopracciglio. «Non sei dell'umore adatto per mostrarti all'altezza della tua reputazione?»

Una breve risata scaturì dalla mia gola e il rammarico mi fece scuotere la testa mentre facevo un passo indietro. «Suppongo di no.»

Mi aspettavo che inveisse contro di me per essere un completo stronzo. Invece, mi diede una pacca sul petto, come se fosse dispiaciuta per me. «Non hai un bell'aspetto. Dovresti tornare a casa.»

La cosa che mi seccava di più? Aveva assolutamente ragione.

9

ASH

Il campanello echeggiò contro le vecchie mura della casa, destandomi dal sonno. Sbattei le palpebre contro la luce del giorno nascente. Presi in considerazione l'idea di infilare la testa sotto le coperte e ignorare quel suono invadente, ma quando trillò di nuovo, mi trascinai fuori dal letto, infilai un paio di jeans e afferrai una t-shirt dal pavimento.

Corsi giù per le scale e aprii la porta d'ingresso mentre mi infilavo la maglietta.

Poi mi bloccai.

L'intensa luce del mattino filtrava dentro attraverso la soglia, al cui centro c'era Willow, l'espressione incerta e in qualche modo sicura di sé.

Il mio petto si contrasse in quello strano modo, in un misto di sollievo, rimpianto e qualcosa che non volevo contemplare.

«Willow» dissi in tono cauto.

Onestamente, non ero stato sicuro che l'avrei vista di nuovo.

Mi guardò da sotto le ciglia. «Possiamo parlare?»
«Certo.»

Mi feci da parte, dandole spazio per entrare. Lei non disse nulla. Andò dritto verso le scale, salendo i gradini con la stessa borsa da lavoro che aveva avuto con sé ieri che le rimbalzava contro il fianco.

La seguii, tentando di farmi venire in mente delle scuse decenti, e allo stesso tempo desiderando di allungare la mano e toccarla, odiando il fatto che questa ragazza mi scombussolasse così tanto che facevo fatica a riconoscere me stesso.

Si diresse dritto nella mia stanza. Quando fu al centro, si voltò di scatto verso di me, il mento sollevato e il portamento fiero, il tutto mischiato a un'evidente apprensione.

Questa timida ragazza che trasudava una silenziosa forza mi confondeva.

«Mi hai restituito i soldi» disse in tono accusatorio.

Sospirai. «Certo che l'ho fatto. Sono tuoi.»

Il suo sguardo vagò per la stanza. «Ma me ne sono andata.»

Annuii con riluttanza. «Sì. Te ne sei andata perché ti stavo spingendo in una direzione in cui non volevi andare. È colpa mia. Sono...» Abbassai lo sguardo, prima di riportarlo su di lei, completamente a disagio, perché non ero affatto abituato a queste cazzate. «Sono fottutamente dispiaciuto, ok? Mi dispiace sul serio. E voglio che tu abbia quei soldi, in un modo o nell'altro. Suppongo di aver pensato...» Mi interruppi, perché non volevo dirlo.

Ci aveva visto giusto ieri. Avevo voluto prendere qualcosa per me stesso. Come poteva essere altrimenti? Era dannatamente splendida. Intrigante. Diversa. Quel senso di familiarità era come una droga.

Willow inspirò profondamente e si voltò verso le finestre. Le sue ciocche color mogano ondeggiarono dolcemente lungo la sua schiena. Ma il suo corpo? Grondava di esitazione. La sua voce era un sussurro quando parlò. «Sono una persona riservata, Mr. Evans.»

Mi guardò da sopra la spalla, quasi volesse vedere la mia reazione.

«Lo capisco.»

«Davvero?»

Mi massaggiai la nuca per sciogliere i muscoli tesi. «Forse non interamente. Ma abbiamo tutti dei segreti, Willow. Cose che non vogliamo che le persone sappiano. Semplicemente, alcuni di noi li nascondono in maniera diversa dagli altri.»

Lei socchiuse gli occhi. Squadrandomi. Poi sembrò giungere a una decisione che temeva le sarebbe costato tutto. «Con quante donne sei andato a letto?»

La sua domanda mi prese completamente in contropiede. Quella era l'ultima cosa che mi aspettavo che chiedesse.

Aggrottai la fronte. «Cosa?»

«Mi hai sentito bene.»

Mi sfregai il viso con entrambe le mani. «Vuoi davvero saperlo?»

«Sì.»

«Che importa?»

«Tu e i tuoi amici siete piombati qui in città portandovi dietro un sacco di rumors. Voglio sapere se sono veri.»

Emettendo un sonoro sospiro, scossi la testa con un'alzata di spalle. Non avevo intenzione di cominciare a sparare bugie.

«I rumors sono tutti veri. Sono quello che sono, e ed è ciò che sarò sempre. E la verità è che non posso rispondere alla tua domanda, perché non ne ho idea. Ho smesso di tenere il conto parecchio tempo fa.»

In tour, le ragazze si susseguivano una dopo l'altra. Tutti quei volti, quei nomi e quei corpi si tramutavano in un'immagine oscurata. Come un vecchio film in bianco e nero impostato su avanzamento veloce e ridotto a un baluginio di puntini bloccati nel tempo.

Sconnessi.

«La ragione...» Willow esitò, prima di proseguire. «La ragione per cui ti ho trovato pestato a sangue fuori dal mio negozio è una ragazza?»

Una fitta di amarezza mi serrò il petto. Quella ragazza mi aveva reso qualcuno che mi ero ripromesso di non essere mai più.

Un traditore.

Annuii. «Non l'avrei toccata se avessi saputo che apparteneva a qualcun altro. Ma questo non importava nulla agli stronzi che mi hanno dato la caccia.»

Willow trasalì alle mie parole e si torse le mani. «E tu vuoi che io sia un'altra di loro... un'altra di quelle ragazze che tocchi e che non significano nulla per te?»

Sapevo di star camminando su un terreno accidentato. Sfiorando quella linea di demarcazione.

La mia spiegazione era intrisa di cautela. «L'unica cosa che so è che non riesco a smettere di pensare a te. Di volerti.»

«Non mi conosci nemmeno.»

«Eppure, eccoci qui.»

Willow mi fissò intensamente. Ogni cosa in lei sembrava così evidente in quel momento.

Innocente. Perbene. Onesta.

Qualcosa di molto simile al dolore mi attanagliò il petto, e la parte più malata di me desiderò cingerla tra le braccia e cancellare quell'emozione che adombrava i suoi occhi luminosi.

Potevo percepire la sua lotta interiore mentre cercava di decidere fino a che punto era disposta ad aprirsi con me. Cos'era disposta a dare.

Si portò le mani congiunte al petto. «Se accetto questo lavoro, ho bisogno che tu capisca una cosa su di me, Mr. Evans.» Agitò la mano verso il punto in cui l'avevo tenuta bloccata ieri. «Forse quello sarai tu... sesso occasionale. Così tante donne da non riuscire a tenerne il conto. Ma io non sono così, e non lo sarò mai. Non ho avventure di una notte o storielle, e non ho una regola di minimo tre, cinque o dieci appuntamenti.»

Esitò, poi sembrò racimolare la sua determinazione. «Sono il genere di ragazza da "per sempre". Se condivido il mio corpo con un uomo, lo faccio perché lo amo e lui ama me. Perché voglio condividere la mia vita con lui. Non mi vergogno di questo... per nulla.» Sbatté rapidamente le palpebre e si catturò il labbro inferiore tra i denti. «Ma per qualche ragione, stare qui di fronte a te mi fa sentire piccola e sciocca.»

La sua gola ballonzolò su e giù.

Feci un passo implorante in avanti. «Peaches.»

In qualche modo, sapevo che confidarmi quell'informazione era una cosa importante per lei. Che stava condividendo con me qualcosa che non mi ero guadagnato.

Scuotendo il capo, fece un passo indietro. «Lasciami finire. Sono stata con un solo uomo in tutta la mia vita. Il mio ex fidanzato. Si chiamava... si chiamava Bates.»

Un dardo di dolore sembrò colpirla quando pronunciò quel nome. Sofferenza da ogni direzione.

All'improvviso, la rabbia divampò nel mio petto, seguita subito da un istinto di protezione. Le mie mani si serrarono a pugno lungo i fianchi.

«In *tutta* la mia vita. È stato il primo per me, e avrebbe dovuto essere l'ultimo. *L'unico.*» I suoi occhi vagarono freneticamente per la stanza, indugiando qualche secondo di più sulla porta. Avevo la sensazione che avrebbe fatto qualsiasi cosa pur di sfuggire a questa conversazione.

«Due anni fa, l'ho sorpreso con una donna che mi aveva presentato. Sai... per anni ha cercato di convincermi che il mio negozio e la mia arte fossero una stupidaggine. Che non significassero nulla perché sarebbe stato lui a prendersi cura della nostra famiglia. Poi, di punto in bianco, ha insistito affinché entrassi in affari con lei.»

Scosse la testa. «Avrei dovuto capirlo. Sono stata così ingenua. Mi ha convinta a cederle i miei risparmi per una nuova impresa finanziaria. Mi ha detto che era l'unico modo in cui potevamo finalmente permetterci di iniziare la vita che sognavo da quand'ero bambina. Una vita che lui aveva rimandato per più anni di quanti potessi contare. La verità è che avrei rinunciato a tutto per lui.»

Quell'intensità divampò e sfrigolò tra di noi. Mi strangolò in un modo che non capivo del tutto. Una sensazione calda e appiccicosa permeò la mia pelle.

Volevo stringerla tra le braccia.

Dirle che andava tutto bene.

Quando era fottutamente chiaro che non andava affatto bene.

Il dolore le incrinò il respiro. «Mi ha tradita nel peggior modo possibile. Mi ha rubato tutto ciò che avevo. Mi ha spezzata.

Mi ha trattata come uno zerbino, e potrò anche esserci cascata allora, ma non ci cascherò di nuovo. Una cosa che non dovresti mai fare è confondere spezzato con debole.»

Porca puttana.

Le sue parole mi scombussolarono fin nel profondo. Avevo difficoltà a distinguere il sopra dal sotto. Il dentro dal fuori. Chi avrei dovuto essere e cosa questo avrebbe dovuto significare.

E diamine, suppongo che fossi io quello debole, perché non riuscii a starle lontano un secondo di più. Lentamente, cancellai lo spazio vuoto che ci separava.

Willow mi guardò mentre torreggiavo sopra di lei. La mia voce era roca quando parlai. «E adesso stai aspettando che arrivi il tipo di ragazzo che questo Bates avrebbe dovuto essere.»

La sorpresa balenò nei suoi occhi, prima che annuisse piano. Chiaramente, non si era aspettata che capissi. Ma con questa ragazza? Era difficile non notarlo. Quella dolce, delicata innocenza. La bontà che irradiava da lei come il sole.

Il mio sguardo percorse il suo viso. «Il tuo ex è un idiota.»

Chiunque lasciasse andare una brava ragazza come lei era un perfetto idiota. Un egoista figlio di puttana che aveva bisogno di una bella lezione. Avrei voluto dare la caccia a quello stronzetto e insegnargli le buone maniere.

Proprio per questo motivo di solito non mi immischiavo in cazzate del genere. Eppure, eccomi qui, a desiderare di chiederle un milione di domande... di trovare la soluzione a ogni suo problema.

«Sono stata io l'idiota.»

Posai l'indice sotto il suo mento e la costrinsi a guardarmi. «Non dire così, Peaches. Sei bellissima e intelligente.»

Diversa da qualsiasi ragazza avessi mai incontrato.

La sua bocca corrucciata tremolò.

Avvolsi le sue guance tra le mie mani e aspettai che mi guardasse negli occhi prima di continuare. «Quel ragazzo è là fuori da qualche parte. Te lo assicuro, dolcezza. È là fuori a cercarti, e un giorno ti troverà. Ti troverà perché te lo meriti. Non osare accontentarti di niente di meno di lui. Intesi?»

I suoi occhi color cioccolato si ammorbidirono.

Era così dannatamente dolce.

Le infilai una ciocca di capelli dietro l'orecchio e le rivolsi un sorriso mentre tutto dentro di me era un guazzabuglio confuso di emozioni.

Delusione che questa ragazza era diventata ufficialmente off-limits.

Odio bruciante per il bastardo che l'aveva tradita.

Per non parlare della fitta di gelosia che provavo per quel metaforico e astratto ragazzo che le avevo appena promesso era lì fuori ad aspettarla.

Sapevo con tutto me stesso che questa ragazza era incredibile.

Speciale.

Non avevo idea se si trattasse di istinto o qualcos'altro, cazzo.

L'unica cosa che sapevo era che sentivo il dovere di mostrarglielo.

Di farle riconoscere il proprio valore prima che quel fortunato ragazzo bussasse alla sua porta.

«Vuoi ancora sapere la risposta alla tua domanda? Perché ti ho portata qui?» le chiesi, stringendole il viso con più forza e attirandola maggiormente a me.

Lei annuì tra le mie mani.

«Perché poco più di una settimana fa, sono stato abbandonato come un sacco di immondizia sul ciglio della strada. Il corpo maciullato. Con un'emorragia interna e sul punto di andare in shock. A un passo dalla morte. Non riesco a ricordare un momento della mia vita in cui fossi più terrorizzato. Potevo *sentire* la vita scivolare via da me, e non c'era una sola maledetta cosa che potessi fare al riguardo. Poi, ho aperto gli occhi... ho aperto gli occhi e ne ho visti un paio marroni che mi guardavano. In quell'istante ho capito che me la sarei cavata. E adesso è terribilmente difficile distogliere lo sguardo.»

Le sorrisi. Teneramente. Onestamente. Senza finzione. Sperando che capisse che la comprendevo. Che rispettavo la donna che era.

Le dissi l'equivalente delle mie parole.

«Mi piaci, Peaches.»

La sua dolce e sobria risata echeggiò nella stanza. «Sei ridicolo» esclamò di nuovo.

«Non ne hai dea.»

Mi staccai da lei e indicai l'ambiente circostante con un cenno del capo. «Allora, avrai pietà di me e rinnoverai questa stanza?»

«E se fossi qui solo per i soldi?» La sua risposta sembrava sia un test che una canzonatura.

«È così?»

«Mentirei se dicessi che non voglio salvare il mio negozio» ammise, prima di allungare la mano e posarla delicatamente sulla mia guancia. «Ma voglio farlo anche per te. Pure le anime selvagge hanno bisogno di un posto dove riposare.»

Cristo.

Questa ragazza.

Mi costrinsi a parlare in tono leggero e a mettere un po' di spazio tra di noi prima di incasinare di nuovo tutto cedendo al travolgente impulso di baciarla. «Allora faresti meglio a metterti al lavoro, no?»

Non fu molto difficile fingere il sorrisetto che le rivolsi. «E giusto per essere completamente chiari, ti rendi conto di essere incredibilmente splendida, vero? Non stavo scherzando quando ho detto di volere foto tue sulle pareti della mia stanza. Avremo bisogno di parecchio tempo per organizzare un grosso servizio fotografico. Voglio qualcosa di epico. Scegli tu: location esotica, acconciatura e make up, guardaroba super sexy. Per tua informazione, mi piace il nero. *Un sacco.*»

L'energia sfrigolava ancora intorno a noi, sebbene si fosse ridotta un ronzio calmo e sommesso. «Ah, e devi assolutamente smetterla di chiamarmi "Mr. Evans". È Ash, piccola. Ash.»

«Solo se tu la smetti di chiamarmi "Peaches".»

«Nemmeno per sogno.»

«Ridicolo» sbuffò, e io sorrisi.

E in qualche modo, in quell'istante, mi piacque un po' di più.

Le diedi una spintarella sulla spalla con la mia. «Ritornando a quel servizio fotografico... non dobbiamo dimenticarci dell'intimo in pizzo. Mai e poi mai dimenticarsi del pizzo.»

10

WILLOW

«Come sta oggi?» chiesi, mentre trascinavo una sedia accanto al letto dove dormiva mia madre.

Sheila si affaccendava intorno a lei, cambiando la posizione del suo fragile corpo nel tentativo di impedire la formazione di piaghe da decubito che sembravano sempre più inevitabili.

La sua espressione si riempì di compassione. Si voltò e rimboccò le coperte intorno al corpo di mia madre. «La febbre è salita di nuovo. Sto cercando di farla abbassare. Sembra che abbia contratto un'altra infezione ai reni.»

La preoccupazione mi schiacciò le costole. Le rivolsi un breve ma riconoscente cenno del capo. «Grazie.»

In risposta, Sheila mi diede una stretta incoraggiante, prima di uscire dalla stanza e chiudersi la porta alle spalle.

Riportai l'attenzione su mia madre e carezzai dolcemente la mano che teneva infilata sotto il mento e chiusa in un pugno perenne. «Ce l'ho fatta, mamma. Sono uscita dal mio guscio. Ho accettato il lavoro che salverà il negozio.»

Un sorriso tremolò all'angolo della mia bocca mentre una calda sensazione si diffondeva nel mio ventre. «Ash Evans. È così che si chiama. È l'uomo che mi ha assunta per rinnovare la sua camera da letto. Dovresti vedere la sua casa, mamma... L'adoreresti alla follia.»

Le strinsi la mano un po' più forte, mi mordicchiai il labbro e mi confidai in lei. «Mi rende nervosa, perché è diverso da qualsiasi altro uomo io abbia mai incontrato. Non è affatto il mio tipo, e sono piuttosto sicura di non esserlo neanch'io per lui.»

Trattenni la risata che voleva risalirmi su per la gola.

A malapena.

Avevo visto alcuni dei tabloid che proclamavano il genere di donna che piaceva a Ash Evans. E quel genere di donna proveniva da un mondo diverso da quello che io conoscevo.

«Ma c'è qualcosa in lui... qualcosa che mi fa desiderare di stargli vicino. Di conoscerlo meglio.»

E non aveva nulla a che vedere col fatto che il mio orologio biologico stesse correndo veloce. Non si trattava di accalappiare un uomo, perché quello non era proprio da me. Ash ci aveva azzeccato in pieno: stavo aspettando la mia anima gemella.

Un uomo che mi avrebbe amata nello stesso modo in cui lo avrei amato io.

Un uomo che desiderava una famiglia e una casa.

Devozione e lealtà.

Ma questo non cambiava il fatto che mi sentissi tremante e bisognosa ogni volta che ero nella stessa stanza con lui. Che desiderassi qualcosa che non mi sarei mai potuta concedere di avere.

La mia voce si fece più risoluta. «Non rinuncerò ai miei sogni, mamma. Non lo farò. Te lo prometto. Te li ricordi? Ricordi...?»

In alto, il cielo azzurro si estendeva all'infinito. Ciuffi di nuvole bianche come la neve fluttuavano nella brezza eterna. Gli uccelli cinguettavano e svolazzavano di albero in albero.

Risate tintinnanti fluttuavano verso la volta celeste mentre sua sorella maggiore, Summer, la inseguiva attraverso i campi.

La placcò da dietro.

Strillarono entrambe, ridendo liberamente quando ruzzolarono a terra.

«Presa!» gongolò Summer.

Willow usò entrambe le mani per scostarsi dal viso le ciocche disordinate dei propri capelli, un sorriso largo e spensierato sulle labbra. «Mi acchiappi sempre.»

Summer aveva sette anni, solo un anno in più rispetto a Willow, ma sembrava essere sempre più veloce. Questo non infastidiva Willow più di tanto, eccetto per il fatto che temeva che un giorno non sarebbe stata in grado di tenere il passo. E non voleva assolutamente rimanere indietro.

La loro mamma andò a sedersi accanto a loro, guardandole con quel suo solito sguardo protettivo e pieno d'amore che colmava il cuore di Willow di così tanta gioia che sembrava sul punto di scoppiare.

La loro mamma sollevò il viso verso il cielo, tornando al loro gioco. «È il tuo turno, tesoro. Cosa vedi?»

Willow scrutò le nuvole che fluttuavano in alto. «Un cavaliere. Vedo un cavaliere venuto ad uccidere il drago che si nasconde lì.» Puntò il dito contro una nuvola circondata da un luminoso raggio di sole. «Vedi... è nella sua tana. Ha rubato i gioielli della principessa e li sta proteggendo con la sua vita. Ma non è cattivo. Fa solo quello che pensa di dover fare.»

«E come mai?»

«Perché nessuno si è preso il tempo di insegnargli ciò che è giusto.»

L'affetto permeava la risatina di sua madre. «È una storia triste, mia dolce Willow.»

Willow non pensava che le sue storie fossero tristi. Avevano sempre un lieto fine. Ma sua madre diceva che lei era la più seria tra le due. Quella timida con idee romantiche e desideri semplici. Le sue storie erano così diverse dai selvaggi e magnifici sogni che sua sorella aveva appena raccontato.

Certe volte desiderava poter essere come sua sorella maggiore.

Più coraggiosa.

Più bella.

Più matura.

«Non è triste» dissentì Willow. «Il cavaliere esaudirà un suo desiderio. E il suo desiderio sarà che trovi l'amore. Quello vero.»

Sua madre emise una risatina e la guardò in maniera adorante. «Questo è il tuo dono. Vedi la bellezza in ciò che è vecchio. La bellezza in ciò che è brutto. La bellezza che è nascosta in tutte le cose. È sempre lì, dobbiamo solo guardare attentamente, vero?»

Willow annuì con entusiasmo, come se potesse capire.

«Chi sarai da grande?» le chiese sua madre.

Willow fece un sorriso smagliante. «Sarò una mamma e lavorerò nel tuo negozio per sempre.»

Sua madre le arruffò i capelli. «Certo che lo sarai.»

«Oh! E sarò per sempre la migliore amica di Summer!»

«E tu, mia gloriosa Summer?» domandò la madre.

Summer era distesa di schiena con le braccia e le gambe allargate come se stesse facendo un angelo di neve sull'erba. Teneva lo sguardo fisso sul cielo e i capelli neri sparpagliati intorno a sé. «Diventerò una ballerina. Magari mi trasferirò a Parigi o New York. Sì, esatto, a New York. E porterò Willow con me perché sarà sempre la mia migliore amica.»

Willow si distese accanto a sua sorella maggiore e intrecciò il mignolo al suo. Era il loro modo speciale di promettersi che sarebbero state sempre insieme.

La loro mamma abbassò una mano e raccolse due soffioni bianchi dalla distesa d'erba su cui sedevano vicino alla riva del torrente. Ne porse uno a Summer.

«Mmm... è di sicuro un sogno ambizioso, e non dubito affatto che lo realizzerai perché le mie bambine possono essere tutto ciò che vogliono. Ma giusto per sicurezza, penso che sia meglio che tu esprima un desiderio.»

Summer assunse un'aria sognante e soffiò forte.

Poi la loro mamma guardò Willow, trasmettendole tutta la sua fiducia e la sua inspirazione.

«Tocca a te, tesoro.»

Le porse il soffione.

Willow strinse gli occhi con forza.

Voglio essere come mia mamma.

Si piegò in avanti e soffiò sul fiore.

La nostalgia mi travolse, e asciugai le lacrime che mi rigavano le guance. Mi alzai in piedi e premetti un bacio sulla fronte di mia madre, sussurrando: «Sempre, mamma. Sempre.»

Lei si lamentò nel sonno.

Se non altro, potevo trovare conforto nel fatto che sapesse

che ero lì.

11

ASH

«È davvero una pessima idea.»

Perché la gente continuava a dirmelo?

Baz appoggiò un fianco contro la grande isola che occupava un sacco di spazio nella mia cucina ancora più grande. La zona cucina si apriva sull'accogliente sala intrattenimento che si affacciava sul vasto cortile posteriore. Adoravo l'atmosfera della stanza open space che, isolata dal resto della casa, aveva un'aria intima e appartata.

Bevve un sorso di birra, fissandomi intensamente come se volesse sottolineare un concetto.

«Perché *non* è una buona idea?» ribattei, cercando di trattenere una risata. «Penso che questa sia la miglior idea che io abbia mai avuto.»

«Credo che abbiamo già appurato che tutte le tue idee sono pessime.»

«Ehi, ehi, non è molto carino. Stai proprio cercando di farmi a pezzi, vero? E comunque, non mi viene in mente un modo migliore per far sapere al mondo intero che Ash Evans non andrà da nessuna parte, se non su un palcoscenico.»

«Pensavo che dovessi stare a riposo per sei settimane» disse accigliato Austin dall'altra parte della cucina, gettando un tappo di bottiglia nella spazzatura.

«È così, infatti» interloquì Baz, sgranando gli occhi nella mia direzione come per dire: *"Vedi? Tutti sanno che dovresti startene buono per un po'."*

«Già, e lasciare che quei fottuti paparazzi continuino ad avanzare congetture sulla mia morte. Se ne stanno in agguato fuori casa mia cercando di sgraffignare una foto. Diamine, metà di loro pensa che io sia effettivamente morto e aspetta solo che il mio agente dia loro la conferma. Una ragazza ha scritto sul proprio blog che la sua vita è finita perché io non ci sono più. Non è divertente. Affatto. Devo rettificare la situazione.»

Baz mi puntò un dito contro. «Sai che non dovresti leggere quella merda.»

«E cosa diavolo dovrei fare tutto il giorno? Mi annoio da morire qui da solo. Cioè, tranne che per Zee laggiù...» Col pollice, indicai quest'ultimo sdraiato su una delle chaise longue situate nel grande salone. «Ma dal momento che *noioso* è il suo secondo nome, non mi è di nessun aiuto.»

Il tizio era calmo e disinvolto come pochi, ed era il mio coinquilino sin da quando il resto della band aveva iniziato a prendere nuove strade e a crearsi una propria vita, infilando anelli al dito delle loro donne e mettendo su famiglia.

Neppure una volta l'avevo visto stare con una ragazza. O un ragazzo, del resto.

Zee sbuffò. «Offendimi pure, stronzo. Sai che non puoi vivere senza di me. E non fingere di non aver avuto "compagnia" ogni singolo giorno questa settimana.»

Lyrik, il nostro chitarrista, ridacchiò. «Ah, già, penso che sia ora che tu ci ragguagli su questo "progetto di ristrutturazione" che stai facendo.»

Il coglione ebbe la faccia tosta di fare le virgolette con le dita.

«Che c'è? La mia camera da letto era l'ultima stanza della casa che doveva essere rifatta. Avevo un bisogno e ho trovato qualcuno che lo soddisfacesse.»

«Ci scommetto» ribatté Lyrik con un sorrisetto salace.

«Non in quel senso.» Scossi la testa. «Sono andato al suo negozio per ringraziarla...»

Stava cominciando a diventare automatica l'improvvisa scarica di rabbia che mi percorreva la spina dorsale ogni volta che venivo assalito da quelle immagini. Stava diventando sempre più difficile dimenticare quei cinque volti. Ero abituato ad essere un tipo accomodante e spensierato. Avevo costruito la mia vita su questo motto. Ma alcune carognate erano semplicemente impossibili da ignorare.

Mi sentivo la gola stretta in una morsa e mi grattai la nuca con l'indice, a disagio. «Onestamente, è stato strano tornare sul luogo dell'accaduto. Ma l'istante in cui sono entrato nel negozio, ho capito che questa ragazza aveva talento, così mi son detto... che diavolo, perché no!»

D'accordo, forse omisi il fatto che non riuscissi a togliermela dalla testa. Ma questa era un'informazione che nessuno di questi coglioni aveva bisogno.

«Oh, andiamo, Ash» disse Austin, staccandosi dal bancone e appoggiando gli avambracci sull'isola centrale. «Cinquantamila bigliettoni solo perché qualcuno venga qui a darti dei suggerimenti sull'arredamento? Cifra che oltretutto non include nemmeno i costi effettivi di ristrutturazione? È da pazzi. Cavolo, io te lo farei per venticinquemila.» Batté le mani. «*Bam!* L'affarone del secolo. Ci guadagneremmo entrambi.»

«Giusto, come se tu alzeresti quel culo pigro che ti ritrovi per aiutarmi a sistemare questo posto.»

Lui rise e inarcò un sopracciglio. «Sto solo dicendo che non credo per un secondo che non ci sia qualcos'altro sotto.»

«Ho parecchi soldi da spendere. Inoltre, creerà lei stessa alcuni pezzi originali. Dipingerà. Ordinerà i materiali. Si occuperà della gestione di tutto. La stanza sarà strepitosa.»

«Non so» mi provocò Baz. «A me sembra che il ragionamento del mio fratellino sia valido. Fammi indovinare come sono andate le cose... una ragazza super sexy ti ha salvato il culo, tu le hai dato una bella occhiata e hai deciso che cinquantamila dollari fossero un buon compromesso per immergere le tue sporche dita nel vasetto di miele per qualche giorno.»

Normalmente, ci avrei riso sopra con i miei amici. Perché di norma quello che dicevano non era altro che la verità. Perché tutto veniva detto e fatto solo per scherzo. Nessun danno, nessun fallo.

Non stavolta.

Un istinto di protezione montò in me. Era una sensazione così estranea, così sconcertante, che mi fece digrignare i denti. La mia voce era più dura di quanto intendessi quando parlai. «Dubito fortemente che sarei qui oggi se non fosse per quella ragazza. Per caso ho scoperto che è nei guai, e se c'è qualcosa che posso fare per aiutarla, allora lo farò. Glielo devo.»

Il sorriso scomparve dalle loro facce e un'atmosfera pesante calò sulla stanza.

Baz emise un sospiro e corrugò la fronte con espressione preoccupata. «E come fai ad essere certo che questa ragazza non si approfitterà di te? Cioè, non dimenticare com'è andata a finire l'ultima volta.»

Il panico mi sopraffece.

Che cazzo?

Baz sapeva che quello era un argomento da evitare. Considerando che finora non l'aveva mai tirato fuori, lo sapeva anche fin troppo bene.

Tuttavia, optai per un atteggiamento disinvolto. «No, amico, non è niente del genere. Te l'assicuro, lei è una di quelle buone.»

Le doppie porte che conducevano nel grande salone si spalancarono e Shea entrò dentro reggendo un mucchio di borse. «Chi è una di quelle buone?» chiese.

Tutte le persone che amavo di più al mondo la seguirono a ruota.

Kallie, la figlia di Shea che Baz aveva adottato, si precipitò dentro con quella sua massa di riccioli biondi che le ondeggiavano sulle spalle, mentre il suo fratellino, Connor, si sforzava di tenere il passo.

Ovviamente, Brendon, il figlio di Lyrik, era al timone e urlava loro di *provare* ad acchiapparlo.

Il capobranco.

Perché quel bambino era semplicemente fatto così.

Tamar entrò dopo i bambini, reggendo Adia, figlia sua e di Lyrik, tra le braccia. La piccina era tutta selvaggi capelli neri, grandi occhi azzurri e adorabili sorrisi.

Edie, la mia sorellina, fu l'ultima ad oltrepassare le doppie porte.

Alla sua vista, l'affetto e il rimpianto turbinarono nel mio spirito.

Stavo male ogni volta che la vedevo, benché facessi del mio meglio per nasconderlo. Per fingere che non mi sentissi impazzire ogni volta che ripensavo a quella notte. Alla notte in cui l'avevo gettata in pasto ai lupi quando aveva appena quattordici anni – praticamente, poco più che una bambina – e avevo permesso loro di affondare in lei i loro denti affilati.

La cosa peggiore, era che l'avevo scoperto solo l'anno scorso. Quella notte di sette anni fa? Ero stato troppo preso dai miei stramaledetti casini per rendermi conto di qualcosa. La terribile notte in cui mia sorella stava venendo distrutta era la stessa notte in cui il mio mondo stava crollando a pezzi.

Il senso di colpa crebbe come una tempesta.

Lo ricacciai indietro, mi scrollai di dosso quei macabri pensieri e mi costrinsi a sorridere e a instillare una nota di leggerezza nella mia voce. «Cavolo, sì! Adesso la mia giornata è perfetta. Tutte le persone che adoro sono qui!»

Sollevai una mano di lato per permettere a Brendon e Connor di darmi il cinque mentre correvano per la cucina. Brendon fece un balzo, mi colpì la mano e mi lanciò uno dei suoi sorrisetti da duro.

Quel piccoletto avrebbe fatto strage di cuori.

Connor fece del suo meglio per non essere da meno, fermandosi proprio davanti a me e concentrandosi sul suo salto. «Ti ho preso, zio Ash!»

Naturalmente, poiché Shea e Sebastian non riuscivano a tenere le mani lontano l'uno dall'altra, avevano concepito Connor l'istante in cui si erano sposati. Il bambino di tre anni trascorreva praticamente tutte le sue giornate cercando di stare al passo con i "bambini più grandi".

«Caspita, sì! Mi hai preso in pieno.»

Brendon iniziò a girare intorno all'isola centrale, creando casino.

Era identico a suo padre.

I tre bambini presero a rincorrersi per la stanza. La mia casa era praticamente diventata un parco giochi, ma non mi sarei lamentato affatto.

«Che ne dite se andiamo a giocare fuori?» disse Shea con una punta di rimprovero, anche se il suo viso era tutto sorrisi comprensivi.

Andai verso di lei, mi chinai in avanti e le stampai un grosso bacio schioccante sulla guancia. «Sta' zitta, guastafeste. A cosa pensi che serva quest'enorme casa? Per divertirsi e divertirsi. Ah, e divertirsi ancora. Non è così, Kallie O'Malley?»

«Sì, sì, sì!» gridò quest'ultima dall'altra parte dell'isola, con la mano stretta in quella di Brendon.

Shea mi puntò un dito contro. «Ehi, carino, non chiamarmi guastafeste. Chi è che è venuto qui a portare da mangiare per tutti mentre il resto di voi se ne stava qui a...»

«Divertirsi» dissi in fretta, interrompendola con un altro bacio sulla guancia.

Baz ridacchiò. «Attento a te, amico. Ti vedo laggiù, a baciare mia moglie.»

Sollevai una mano. «Ehi, ehi. Sto solo diffondendo un po' d'amore. Shea sembrava un tantino sconsolata quando ha varcato la soglia, quindi ho pensato di intervenire e assicurarmi che non si perdesse le cose belle della vita.»

Lui inarcò un sopracciglio, poi ridacchiò sommessamente e abbracciò sua moglie da dietro. «Oh, credimi... non si sta perdendo nulla.»

Lyrik prese Adia dalle braccia di Tamar e la sollevò in aria, facendo ridere e dimenare sua figlia di sei mesi.

Con un sorriso, la mise giù e se la strinse al petto in maniera protettiva. Quell'uomo diventava melensa gelatina quando si trattava della sua famiglia. Questo era il primo anno che teneva Brendon per un mese intero durante l'estate. Grazie a Dio, aveva tirato fuori le palle ed era andato a sistemare le cose con la madre del bambino qualche anno prima.

Lasciai vagare l'attenzione verso Austin che si avvicinò alla mia sorellina. Scoprire che stavano insieme era stato un bello shock, ma erano perfetti l'uno per l'altra.

Edie si districò dal suo abbraccio e avanzò nella mia direzione. I suoi occhi, dello stesso colore dei miei, erano colmi di preoccupazione. «Come ti senti?»

«Benissimo.»

Lei aggrottò la fronte. «Dai, Ash, è impossibile che tu ti senta *benissimo*.»

«Già. Oltretutto, affermare cazzate simili non ti farà guadagnare un posto sul palco» disse Lyrik sogghignando. *Stronzo*.

Alzai le mani con i palmi in fuori. «Sto meglio, ok? Molto meglio.»

Un tenero sorriso affiorò sulla bocca di mia sorella. «Bene. Così adesso posso prenderti a calci per essere stato così stupido da cacciarti in una rissa.»

«Non è necessario, Edie. Ho intenzione di farlo io per te» interloquì Baz, fissandomi con un sorriso impertinente sul viso.

Puntai un dito verso di lui. «Sta' attento, amico, sai che posso mandarti al tappeto in un secondo. Senza contare che potrei aver bisogno del tuo aiuto uno di questi giorni.»

Lyrik avanzò con sua figlia accoccolata tra le braccia. «Questa è un'altra ragione per cui dovresti stare lontano dal *Charlie's*. L'ultima cosa che ci serve è che tu vada in cerca di guai. Dio sa che sai esattamente dove trovarli.»

«Il bue che dà del cornuto all'asino» dissi con tutto il finto oltraggio che riuscii a racimolare.

Lui ridacchiò. «Touché, amico mio. Touché.»

«Uhm, puoi pure scordarti di chiedere l'aiuto del mio uomo per scopi simili» disse Shea. «E non pensare di avermi distratta con tutte queste chiacchiere assurde. Voglio sapere chi è una di quelle buone.»

Ovviamente voleva saperlo.

Le labbra rosse di Tamar si curvarono in uno dei suoi soliti sorrisi sexy. «Immagino che si tratti di Willow, l'angelo custode di Ash.»

«Oh, mia cara Tam Tam» dissi in tono di avvertimento, lanciandole un'occhiataccia.

Tamar scrollò una spalla. «Che c'è?»

Shea si sfregò le mani. «Ohhh... mi piace questo discorso sugli angeli custodi. È bella? Simpatica? È una cowgirl o una ragazza di città?» Spostò gli occhi in direzione del soffitto. «Sai, tutte quelle stanze al piano di sopra stanno implorando di essere riempite. Non scordarti che ho scommesso cento dollari che ridipingerai alcune di esse di rosa e celeste. È stato un vero spreco decorarle in quel modo sfarzoso.»

Feci del mio meglio per non lasciare che il suo sfottò mi pungesse sul vivo.

No.

Mai più.

Non avrei più permesso a me stesso di sentirmi in quel modo.

Mantenni il sorriso che tenevo spiaccicato sul viso.

«Penso che dovrei aumentare la posta della mia scommessa. Camere da letto celesti e rosa. *Tutte quante*» continuò Shea, quasi come una minaccia. «Il doppio o niente. Ci sono questi stivali super carini che ho visto nella vetrina di *Tomgirl's* la settimana scorsa che mi stanno chiamando. Sono sicura che il mio uomo li apprezzerebbe molto.»

«Ti rendi conto che hai lanciato quella scommessa più di tre anni fa, vero? Quanto a lungo dovrò aspettare per il pagamento?»

«Finché non vinco, ovviamente.»

Un suono incredulo venne fuori insieme al mio sorriso. «E ti pare giusto?»

«Oh, è giusto eccome. Credimi.»

«Non succederà» dissi.

Assurdo come le donne dessero per scontato che, solo perché volevo vivere la mia vita senza stupidi legami, mi stessi perdendo qualcosa. Erano convinte che avessi un grosso vuoto nell'anima che morisse dalla voglia di essere riempito.

Bé, sapete una cosa? Quei legami erano ciò che creavano

quei vuoti in primo luogo. No, grazie tante.

«Eppure, stai facendo decorare la tua stanza alla ragazza a cui corri dietro. Mi sembra abbastanza casalingo» si intromise Austin con un sorriso a trentadue denti.

«Non le corro dietro.»

Suonava quasi una bugia.

Perché, merda, una parte di me voleva correrle dietro. Acciuffarla. Stringerla tra le braccia. Solo per un po'.

Un sonoro schianto scosse le pareti della stanza accanto dove i bambini stavano giocando. Si udì il rumore di vetro frantumato e le vocine che fino a un attimo prima stavano urlando divennero sospettosamente silenziose.

«Oh mio Dio, voi due butterete giù questa casa» gridò Shea.

Brendon fece capolino oltre la soglia, gli occhi scuri come quelli del padre colmi di timore e sensi di colpa. «Mamma Blue, abbiamo bisogno del tuo aiuto. Subito.»

Tamar scoppiò a ridere e lanciò a Shea un sorriso, prima di dirigersi in salotto.

Baz rivolse un cipiglio turbato a Lyrik. «Amico... i nostri figli... quando sono insieme non combinano altro che guai.»

«Sono pappa e ciccia, fratello. Aspetta che siano adolescenti. Allora vedrai. L'istinto mi dice che dovremo tenerli sottochiave.»

«Non voglio nemmeno pensarci, amico.»

Lyrik rise. «Sapremo di doverci preoccupare quando capiranno di non essere davvero cugini. Ma, ehi, Brendon è un bel bambino e nelle sue vene scorre il mio sangue, quindi...» concluse con un'impudente scrollata di spalle.

Austin proruppe in una risata mentre attraversava la stanza per prendere una patatina da una ciotola e mettersela in bocca. «Pensi sul serio che Kallie perda la testa per un bel faccino, Baz? È molto più intelligente di quanto tu creda.»

«Cosa vuoi dire con più intelligente di quanto io creda? La mia coccinella è furba come una volpe, ecco perché non avrà alcun interesse per i ragazzi finché non compirà trent'anni. Forse quaranta.»

Shea ridacchiò, si sollevò in punta di piedi e premette un

tenero bacio sulla bocca di suo marito. «Oh, papà orso, ci sono un sacco di lezioni in serbo per te.»

Baz grugnì. «Non spezzarmi il cuore, piccola.»

«Ehi, quella era la mia battuta... mi hai rubato la mia bellissima Shea da sotto il naso. Mi hai spezzato il cuore. Ancora non riesco a credere che tu mi abbia fatto questo. Che atrocità.»

Mi battei il pugno sul petto, conficcandomi un coltello immaginario nel cuore e lanciando al ragazzo che era uno dei miei migliori amici – una delle poche persone al mondo a cui ero completamente devoto – un sorriso giocoso che era esattamente quello.

Un gioco.

Lui mi diede un cazzotto, senza lasciar andare sua moglie. «Attento a come parli.»

Ridendo, mi spostai dalla sua linea di tiro.

Stavo sempre, sempre attento.

Conoscevo i confini.

Sapevo quando lo scherzo sconfinava in un terreno pericoloso.

Forse avevo sfiorato quella linea di demarcazione in passato. Camminato accanto alle fiamme.

Non importava.

Perché non permettevo mai a me stesso di avvicinarmi abbastanza da bruciarmi.

Battei le mani. «Ora, riguardo a quello spettacolo...»

12

WILLOW

Come mi avesse convinta a venire qui stasera, non lo sapevo.

Questo posto non era il mio ambiente.

Avevo lo stomaco attorcigliato in tanti nodi. Nodi stretti e contorti. Nodi di confusione e desiderio.

I suoi occhi azzurri luccicarono quando mi guardò e avvolse la sua grande mano intorno alla mia. Occhi azzurri come il mare dei Caraibi.

Infiniti.

Senza fondo.

Un brivido mi percorse la spina dorsale e mi aggrappai più forte alla sua mano mentre mi guidava attraverso la folla di persone ammassate nel bar buio e caliginoso.

Mi aveva detto che lui e la sua band avrebbero suonato in un posto chiamato *Charlie's*, situato poco lontano dal mio negozio. Avevo quasi declinato il suo invito. Quasi. Poi mi aveva detto che mi *voleva* con sé, che assistessi al primo spettacolo che avrebbe fatto dopo quello che era successo.

A quel punto, non c'era stato nulla che potessi fare.

Avevo semplicemente annuito e detto che ci sarei stata.

Quest'uomo mi rendeva... instabile. Tremante e irrazionale. Mi faceva desiderare cose che non avevo mai desiderato finora.

Cose che sapevo mi avrebbero distrutta se avessi rinunciato e capitolato.

Gradualmente, stava acquistando la capacità di spezzarmi in un milione di pezzi irriconoscibili.

Combustibile per un incendio devastante.

Ash separò la folla senza dire una parola.

Sembrava che non ci fosse una sola persona nel massiccio, antico edificio immune alla sua presenza.

Alla sua energia.

Ed ero certa che io la sentivo più di tutti.

Fu accolto da saluti e pacche sulla schiena. Per non parlare degli sguardi famelici delle donne chiaramente impazienti di affondare i loro artigli nella sua carne e divorarlo.

La gelosia mi trafisse il petto.

Dio.

Era un'emozione che non potevo permettermi di provare.

Non con quest'uomo.

Ma stasera, con la mia mano avvolta nella sua stretta protettiva, mi sentivo in quel modo... come se fosse mio.

Lui si limitò a sorridere raggiante mentre si faceva largo tra gli astanti.

Sicuro di sé.

Forte.

Bellissimo.

Mi lanciò uno di quei suoi sorrisetti da sopra la spalla. «Da questa parte, dolcezza. E devi fare un respiro profondo e rilassarti. Non credere che non ti senta tremare. Ti assicuro che i miei amici non mordono.»

Non aveva idea che stessi tremando per una ragione completamente diversa.

Il suo sorrisetto si allargò in un sorriso arrogante. Civettuolo, canzonatorio e carico di sensuale tentazione.

«Cioè, magari hanno un aspetto minaccioso, ma sarai al sicuro finché starai al mio fianco.» Si voltò verso di me, chinandosi in avanti per avvicinare la bocca al mio orecchio. «Ad ogni modo, penso che sia meglio che tu mi resti accanto... sei deliziosa stasera. Qualcuno vorrà di sicuro mangiarti.»

Fremiti di piacere mi percorsero la pelle.

Un lampo di attrazione.

Un impeto di desiderio.

Mi condusse verso un appartato divanetto a forma di ferro di cavallo nascosto in fondo al locale. Intorno ad esso erano state posizionate delle sedie extra per far accomodare la vasta comitiva che aveva preso il controllo dell'area.

Come se fosse loro.

Come se appartenessero a quel posto.

I membri dei *Sunder* sedevano rilassati contro i lussuosi cuscini bordeaux, circondati da un'intensità diversa da qualsiasi altra avessi mai visto.

Un'aura inconfondibile.

Intensa, oscura e profonda.

Ognuno di essi teneva un braccio avvolto intorno a una donna bellissima che aderiva ai loro corpi come se fosse stata scolpita per combaciare.

Tutti tranne Zee, che era l'unico che avevo già incontrato.

Fui sopraffatta dal nervosismo e inspirai profondamente, proprio come Ash mi aveva suggerito di fare. Mi resi conto che ne avevo bisogno, dopotutto.

Ciò che non avevo previsto erano i sorrisi di benvenuto che spuntarono sui loro volti quando mi videro, benché la curiosità fosse evidente nei loro occhi.

Ash fece rapidamente le presentazioni, mi fece accomodare accanto a lui e ordinò da bere per entrambi. L'eccitazione sprizzava da ogni suo poro, e diventò più evidente quando lanciò un'occhiata alla folla da sopra la spalla. «Non vedo l'ora di salire sul palco.»

Il suo amico Baz bevve un sorso del liquido ambrato che roteava nel suo bicchiere, la mano chiusa intorno al vetro mentre puntava l'indice contro Ash e si rivolgeva a me. «Sapevi che questo ragazzo ottiene sempre ciò che vuole?» Lanciò uno sguardo affettuoso ad Ash che si limitò a sorridere.

Bastò quello a farmi sentire grata di essere venuta.

Condividemmo un paio di drink e l'atmosfera si fece animata mentre il gruppo di amici trascorreva una magnifica serata.

Avevo pensato che mi sarei sentita a disagio.

Fuori posto.

Come se non appartenessi.

Mi ero completamente sbagliata.

Cercai di trattenere le risate che volevano sgorgare dalle mie labbra mentre guardavo l'uomo che stava penetrando sempre più profondamente nelle mie ossa raccontare una storia.

Era chiaramente brillo.

Il suo sorriso era sghembo e la sua voce abbastanza alta da essere udita da tutti quelli intorno al tavolo dato che era in piedi accanto al divanetto piuttosto che seduto.

«E Baz ha iniziato a correre per strada, il culo nudo che brillava al chiaro di luna, reggendosi i pantaloni per evitare che gli cascassero.»

Lyrik batté il palmo sul tavolo scoppiando a ridere.

«Ehi, amico» si difese Baz, abbracciando più forte sua moglie. «È stata tutta colpa tua. Sei tu lo stronzo che ha fatto salire quelle ragazze sul tour bus nel bel mezzo della notte.»

Ash fece spallucce. «Che c'è? Pensavo che ti avrebbe fatto bene un po' di relax. Avevi avuto una giornata davvero lunga.»

Baz inarcò un sopracciglio e bevve un sorso di birra, prima di puntare il collo della bottiglia in direzione di Ash. «E mi servivano dieci ragazze per rilassarmi? Me ne stavo lì, profondamente addormentato, quando improvvisamente apro gli occhi e mi ritrovo circondato da un'orda di ragazze urlanti che saltano sul mio letto sul retro del pullman. Mi sembrava di avere centinaia di mani addosso che mi tiravano e strattonavano i pantaloni nel tentativo di abbassarmeli. Mi sono svegliato al suono di grida, rossetto sbavato e occhi fanatici. Me la sono fatta addosso. Mi sono fiondato lungo il corridoio e fuori dal bus.»

Puntò il pollice verso Ash. «Ovviamente, questo disgraziato se ne stava nel parcheggio a scompisciarsi dalle risate come se fosse la cosa più divertente che avesse mai visto.»

«*Era* la cosa più divertente che avessi mai visto. Sul serio, avresti dovuto vedere la tua faccia quando tutte e dieci ti sono corse dietro. Sembrava che fossero dei fantasmi dal modo in cui fuggivi. Potrei aver detto loro che ti piaceva giocare ad acchiapparello.»

Shea si premette le mani sulle orecchie. «Argh... Smettila subito, Ash. Non voglio sentir parlare di un mucchio di ragazze che cercano di spogliare il mio uomo. Dovresti sapere che questo argomento è assolutamente off-limits.»

Ash si finse offeso. «Oh, dai, bellissima Shea, è successo molto prima che tu mi spezzassi il cuore e cominciassi a tenere al caldo questo babbeo la notte. Sarà accaduto come minimo dieci anni fa. È storia antica.»

«Ehm, notizia flash, nessuna donna vuole sentire delle conquiste di suo marito... praticamente mai.»

Sebastian le stampò un bacio sui capelli ricci. «Non preoccuparti, tesoro. Non ho permesso a nessuna di loro di toccarmi.» Sollevò un sopracciglio verso Ash. «Tuttavia, se ricordo bene la storia, Ash è stato fin troppo felice di intervenire e prendere il mio posto.»

«Ehi, non volevo deludere nessuna fan. Non è affatto carino. Un uomo deve fare quello che deve fare. Sacrificarsi e tutto il resto.»

«Oh mio Dio!» Edie, la sorella minore di Ash che sedeva sul grembo del suo fidanzato Austin, si coprì le orecchie con le mani. «Certe volte mio fratello è davvero incorreggibile. Non ho parole» esclamò.

Zee gli lanciò addosso il tappo di una bottiglia. «Sempre il solito stronzo.»

Ash si spostò di lato e lo schivò come un vero professionista. Come se fosse la norma. Ero pronta a scommettere che era proprio così.

«Cos'ho fatto?» si difese lui in tono serio, anche se tutti potevano vedere il sorriso che gli curvava le labbra.

Tamar alzò gli occhi al cielo e si accoccolò maggiormente contro suo marito. «Ehm... che mi dici del fatto che tiri fuori queste storie come se fossero un comportamento normale?»

Ash sollevò le mani in aria. «Ehi, queste cose erano la *normalità*, episodi quotidiani finché voi due...» Indicò Tamar e Shea. «...non siete piombate nella nostra vita e avete rovinato tutto il divertimento. Due sexy guastafeste, ecco cosa siete. Avete stregato i miei amici con tutta la vostra sensualità, prendendoli per l'uccello e mettendo le loro palle nel sacco. Non è affatto figo. Per niente.»

Una parte di me voleva rabbrividire per il modo così superficiale in cui parlava del sesso. Come se non significasse nulla. Ma una parte più grande di me non riusciva a darci peso stasera. Ero troppo presa dall'affetto che scorreva tra di loro.

Il conforto.

La lealtà.

Proprio come avrebbe dovuto essere.

Quel tipo di devozione era preziosa. Inestimabile. Ed era così evidente in questo lato di lui, anche se lo mostrava con la sua sconsiderata e meravigliosa disinvoltura.

«Tengo le palle di Lyrik chiuse nella tasca anteriore della mia borsa, grazie tante» ribatté scherzosamente Tamar con un sorriso impertinente sulle labbra rosse verso suo marito.

Quest'ultimo la guardò intensamente. Aveva un aspetto così cattivo. Quasi minaccioso. Ma non c'erano dubbi che questa donna fosse il centro del suo mondo.

Il mio petto si serrò in una morsa di familiare agonia. Di solitudine. Scacciai via i pensieri deprimenti. Volevo godermi quest'esperienza. Vivere in *questo* momento piuttosto che in quello che minacciava di trascinarmi giù.

Lyrik lanciò un sorrisetto minaccioso ad Ash, sollevando il mento e mostrando il tatuaggio che teneva stampato sul collo. «Comunque, mi piace avere la mano della mia donna intorno al mio uccello, quindi non mi secca che mi porti in giro tenendolo stretto.»

Baz scoppiò a ridere, schizzando la birra sul tavolo. Shea si sporse oltre Lyrik e batté il cinque con Tamar. «È così che si fa.»

Ash si colpì la fronte con il palmo della mano. «Vi siete bevuti tutti quanti il cervello. Qualcuno mi salvi da questa follia.

Adesso, l'unico che è rimasto dalla mia parte è Zee, e dal momento che il tizio è una specie di monaco o chissà cosa, non mi è di nessun aiuto.»

Mi sfuggì una risatina. Tentai di mascherarla, ma fu inutile. Sfregai i denti avanti e indietro sul mio labbro inferiore, trattenendo il sorriso che voleva spuntarmi sulla bocca sotto la sua luce intensa.

Perché Ash spostò lo sguardo su di me.

Mi rivolse un sorriso che mi sconquassò nel profondo. Un sorriso dolce, tenero. Quasi adorante.

Il mio stomaco fece una capriola e un groppo mi si formò in gola.

Senza dubbio, il pavimento sotto i miei piedi stava diventando scivoloso.

Pericoloso.

Baz si scolò il bicchiere e lo sbatté sul tavolo. «D'accordo, se dobbiamo farlo, facciamolo.»

Gli altri ragazzi lo seguirono a ruota, svuotando anch'essi i loro bicchieri.

Ash batté le mani. «Cavolo, sì! È arrivata l'ora di dare ai paparazzi qualcosa di serio di cui parlare.»

Uno spettacolo a sorpresa.

Ecco cosa avevano programmato i *Sunder*. Erano una band che di solito faceva il tutto esaurito in tutto il mondo, eppure eccoli qui, pronti ad esibirsi sul palco di un pub davanti a una folla ignara.

Tutti i ragazzi si alzarono dal divanetto, stampando teneri baci sulle guance, sulle fronti e sulle bocche delle loro donne.

Abbassai lo sguardo. Lo distolsi. Perché mi sentivo come se stessi violando un momento privato.

E poi lui fu lì. Quell'uomo formidabile si piazzò davanti a me, porgendomi la mano per aiutarmi ad alzarmi.

Posò una mano sulla mia guancia.

Teneramente.

Oddio.

Non riuscivo a respirare.

«Grazie per essere qui, dolcezza. Per me significa più di

quanto tu possa immaginare.»

Annuii contro il suo tocco.

Fuoco e luce.

Combattei contro la travolgente ondata di emozioni che minacciava di prendermi in ostaggio.

Di ammanettarmi.

Di incatenarmi.

Una prigioniera consenziente.

Zee diede ad Ash una pacca sulla spalla, spezzando l'incantesimo. «Andiamo, bello. Hai voluto questo e noi ti abbiamo accontentato.»

«Vengo.»

Con riluttanza, Ash iniziò ad allontanarsi, poi puntò un dito verso di me. La sua espressione mutò rapidamente in qualcosa di arrogante e risoluto, una contraddizione che sembrava essere il fulcro di quest'uomo caotico e disorientante.

«Ti aspetta una bella sorpresa. Ti assicuro che non ti pentirai di essere venuta qui stasera.»

Riuscii solo a rivolgergli un lieve cenno del capo mentre lo guardavo scomparire nella mischia. A disagio, mi rimisi seduta sulla sedia.

In quel momento, potevo percepire la tranquilla sacralità del mio mondo infrangersi mentre precipitavo in un altro. Era un mondo fatto di caos, confusione e sregolatezza. Un mondo che apparteneva ad Ash Evans.

Con circospezione, guardai le tre donne rimaste al tavolo con me.

Tutte e tre mi stavano fissando come se avessero appena assistito a un miracolo.

Edie fu la prima a rompere il silenzio, piegandosi in avanti. «Sono contenta che possiamo stare qualche minuto da sole. Voglio che tu sappia quanto ti sono grata per ciò che hai fatto per mio fratello.»

I suoi occhi azzurri, così simili a quelli di Ash, luccicarono sotto le luci del locale.

«Ho solo fatto quello che qualsiasi altra persona avrebbe fatto.»

«Ci piace crederlo, vero?» Scosse la testa. «Ma sappiamo che non è sempre così. Questo mondo sa essere davvero crudele. Penso che quei vermi spietati che l'hanno abbandonato lì a terra ne siano la dimostrazione concreta.»

Tamar e Shea grugnirono in segno di assenso.

Socchiusi gli occhi in un'espressione sincera. «Non potrei mai distogliere lo sguardo da qualcuno che ha bisogno del mio aiuto.»

Mi tornarono in mente le parole di Ash che non riuscivo a dimenticare.

"E adesso è terribilmente difficile distogliere lo sguardo."

Dio solo sapeva che avevo trascorso più tempo di quanto fosse prudente a decifrare il loro significato.

Domandandomi perché mi sentissi nello stesso identico modo.

Chiedendomi come mi fossi inspiegabilmente legata a uno sconosciuto che desideravo conoscere disperatamente.

Shea sorrise. «Ecco perché siamo tutti immensamente grati che sia stata tu a trovarlo. Che sia stata tu a passare di lì al momento giusto. La vita è una serie infinita di "se" e "cosa avrebbe potuto essere", e la realtà è che tu l'hai salvato.» Piegò la testa di lato e in tono quasi interrogativo disse: «E adesso sei qui... con lui.»

Mi mossi a disagio sulla sedia, lanciando uno sguardo al tumulto che si era creato ai piedi del palco. I *Sunder* salirono i due gradini a destra della pedana rialzata, suscitando una scarica di interesse ed eccitazione nell'aria densa e fumosa.

«Mi ha chiesto lui di venire» risposi in tono quasi difensivo.

Tamar sogghignò. «Sembra che ultimamente ti chieda di fare un sacco di cose, eh?»

L'allusione era chiara.

Corrugai le sopracciglia. «Non è niente del genere. Siamo solo... Ne ha passate tante. E sarei qui per lui anche se non stesse facendo quello che sta facendo per me.»

La verità? Anch'io avevo un po' bisogno di essere salvata. E per qualche ragione sentivo che mi stava offrendo qualcos'altro oltre al denaro per salvare la mia attività.

Qualcosa di *più*.

Shea mi rivolse un sorriso genuino.

Queste donne erano così diverse da quello che mi ero aspettata quando avevo visto le loro foto. Così diverse da come le dipingevano i tabloid.

A quanto pareva, era vero quello che si diceva: non si dovrebbe credere a tutto quello che si legge.

«Quel ragazzo è una testa calda, però, eh?» disse Shea con affetto.

Mi voltai di nuovo in direzione del palco.

Sembrava impossibile distogliere lo sguardo.

«Sì, lo è» mormorai, quasi tra me e me. Ero concentrata sulla folla che sembrava ansiosa di avvicinarsi alla band. Sull'energia che riempiva l'aria. Intensa e severa.

Ash si piegò in avanti, armeggiando con qualcosa sul palco.

Faticai a respirare.

Distolsi l'attenzione da lui e colsi il sorriso che affiorò sul viso di Tamar. «Dobbiamo tenerlo a freno per te? Perché sono abbastanza sicura che quel ragazzo sia più di una semplice *testa calda*.»

Un rossore mi infiammò le guance.

Immediato.

Inarrestabile.

Proprio come la lasciva fantasia che si impadronì della mia mente.

Arrivò spontanea.

Indesiderata.

Eccetto che per quel posto nascosto e segreto dentro di me che ribolliva e fremeva di oscura curiosità.

«Ohhhhhh» esclamò Tamar, la bocca spalancata in una "O" perfetta. «Quindi è così, eh?»

Ok, forse avrei voluto strisciare sotto il tavolo e nascondermi.

Shea sgranò gli occhi e si unì alla sua presa in giro. «Non c'è bisogno di sentirsi in imbarazzo, Willow. Quel ragazzo adora vantarsi del fascino che ha sulle donne. Se non l'avessi notato, non è esattamente timido o modesto.»

«Pff, a lui piace vantarsi di tutto» aggiunse Tamar con voce ilare. «L'ego di Ash è grande quanto il suo...»

«Ahh!» Edie si tappò di scatto le orecchie. «Penso che questa conversazione sia brutta per me quanto Ash che parla di Sebastian davanti a Shea. Smettetela subito, grazie.»

«Stavo per dire il suo cuore, Edie. Il suo cuore. Tuo fratello ha un cuore davvero grande. Quasi quanto quello di mio marito.»

Tamar ammiccò nella mia direzione quando lo disse.

Era un vero e proprio doppio senso.

Arrossii vistosamente e il calore si diffuse per tutto il mio corpo.

Oh mio Dio.

Non sapevo se volessi ridere o piangere.

Se volessi alzarmi e correre sulla terraferma o aggrapparmi a queste donne per sempre.

Se volessi restare bloccata dietro le mie paure o lasciarmi andare per pochi beati minuti.

Permettere a me stessa di vivere. Di *sentire*. Non sentivo altro che dolore, tristezza e preoccupazione da così tanto tempo.

«Io... io non...»

Ritornando seria, Shea si rilassò contro il morbido schienale del divano. Per un attimo, pensai che fosse in grado di leggere ogni singola insicurezza che mi attraversò la mente.

«Ehi, va tutto bene. Sul serio, Willow, lo capiamo. Fa paura provare qualcosa che non siamo sicure di dover provare. Qualcosa di nuovo. Soprattutto quando sappiamo che potrebbe distruggerci, anche se il nostro cuore ci dice di dargli comunque una possibilità.»

«Ash non è...»

Lei mi interruppe scuotendo il capo con decisione. «Ash rimorchia le donne, Willow. Non le porta in giro con sé. Non l'ha mai fatto da quando lo conosco. Nemmeno una volta.»

Mi sforzai di capire ciò che stava insinuando.

Il sorriso che fece non era altro che un cipiglio comprensivo. «E Ash... si cela un uomo complicato sotto quella faccia da ragazzo spensierato e disinvolto. Non lo mostra a molte persone, ma so che è lì.» Il suo cipiglio si intensificò. «Ma una cosa che devi sapere è che ha un cuore enorme, Willow. Forse il più grande fra tutti loro. E credo che sia questo che lo terrorizza di più.»

Le sue parole sembravano sia un salvagente che un avvertimento.

Incoraggiamento e cautela.

Potrebbe distruggerti ma potrebbe valerne la pena.

Una voce profonda si schiarì la gola al microfono.

La folla scalpitò e batté i piedi. Fischi e acclamazioni riecheggiarono tra le vecchie pareti di legno del massiccio edificio.

Mi aspettavo di vedere Austin a bordo palco.

Invece no.

In piedi davanti e al centro c'era l'uomo che non riuscivo a togliermi dalla testa.

Un uomo che potevo sentire lentamente ma inesorabilmente penetrare nella mia pelle e impregnare il mio spirito, dove mi avrebbe ghermita per intero.

Invadendo e inondando.

Sapevo che se glielo avessi permesso, non sarei mai più stata la stessa.

«Come ve la passate stasera?» La voce ruvida di Ash vibrò per la sala, incatenando ogni anima con le sue parole. Si passò una mano tra le lunghe ciocche dei suoi capelli con disinvoltura, un sorriso raggiante sul viso.

Tuttavia, nel suo portamento c'era anche qualcosa di predatorio. La forza trasudava da ogni possente muscolo del suo grande corpo.

Non c'erano dubbi che fosse stato il guerriero in lui a salire sul palco.

«Oh mio Dio» borbottò Tamar alle mie spalle. Ma ero troppo rapita da lui per voltarmi a guardare la sua reazione.

Invece, osservai lo sguardo di Ash scivolare sui volti affascinati che lo fissavano.

«Sembra che siano girati dei rumors sul mio stato di salute. Ebbene sì, forse mi sono cacciato in un piccolo pasticcio dopo aver lasciato questo bel locale qualche settimana fa.»

Ridacchiò piano, e dal modo in cui sorrise alla folla, pensai che avrebbe fatto passare quello che gli era successo come una cosa da nulla.

Qualcosa di insignificante.

Soltanto un altro contrattempo nella sua giornata.

Invece, i suoi occhi azzurri scrutarono la folla riunita ai suoi piedi finché il suo sguardo impassibile si intrecciò col mio.

Turbolento.

Implacabile e sincero.

La stanza vorticò.

«So che di solito vivo la vita al massimo, dando poco peso alle conseguenze. Ma voglio essere serio per un secondo.»

Fece una pausa, e incrociò di nuovo i miei occhi. «La verità è che non sono sicuro che sarei quassù stasera se non fosse per le premure di una singola ragazza. Tutti quei rumors che sono girati? Bé, non sarebbero solo voci e adesso la mia band starebbe raccontando tutta un'altra storia se non fosse per lei.»

Il sangue palpitò nelle mie vene.

«Mi ha salvato la vita, e non credo che abbia afferrato pienamente che cosa significa per me. Ma spero che stasera lo capisca.»

I suoi occhi mi tennero prigioniera per un lungo istante, poi si staccarono da me e ritornarono sulla folla in trepidante attesa. «So che normalmente non mi esibisco come frontman con una chitarra e che non suoniamo cover, ma scommetto che non vi dispiacerà assecondarmi per un po', vero?»

Grida e applausi riverberarono sulle pareti. Un rombo di approvazione.

Il mio cuore martellante saltò un battito.

Dio.

Mi ritrovai in un mucchio di guai quando cominciò a suonare. Quando aprì la bocca e venne fuori la voce più seducente che avessi mai udito.

Si lanciò in una cover di *Chasing Cars* dei Snow Patrol.

Ma lui la stava cantando in maniera cruda e grezza. Come una perfetta e tormentata supplica. Si abbatté su di me come una scarica elettrica che mi scosse i sensi.

Tutto questo era racchiuso nell'uomo al centro del palco.

Un riflettore.

Un faro.

Sensuale e vivo.

Lassù in piedi, c'era un uomo consumato dai segreti che teneva nascosti nei recessi della propria mente.

Un uomo perso in un baratro che mi aveva a stento permesso di intravedere.

Ma sapevo che era lì. Nascosto sotto il suo aspetto straordinario e intimidatorio c'era qualcosa di oscuro, misterioso e sofferente mescolato a una bontà che forse nemmeno lui sapeva di possedere.

Cantò il brano come se potesse essere la sua ultima canzone.

Con tutto se stesso.

Quando arrivò alla fine, la mia gola era completamente serrata. Miriadi di domande vorticavano nel mio spirito e nella mia mente. La confusione che aveva suscitato in me non era mai stata così grande quanto in quel singolo momento.

Perché comprendevo cosa stava dicendo.

Ma in qualche modo avevo la sensazione che stesse dicendo di più.

Fece un passo indietro e raccolse il suo basso, prima che la band continuasse con la propria scaletta.

Lo stile di stasera era completamente diverso dalla musica rumorosa e chiassosa che suonavano di solito. Ogni canzone era graffiante e acustica.

Fluttuai e galleggiai in quell'intensità.

Onda dopo onda.

Mi persi nell'atmosfera, nella musica e nei testi.

Mi persi in quell'uomo enigmatico.

Rimasi quasi scioccata quando lo spettacolo improvvisamente terminò in un boato di applausi che echeggiarono tra le vecchie mura del locale.

E quando Ash mise il basso da parte e balzò giù dal palco come se non fosse mai stato ferito, ero completamente e totalmente in subbuglio.

Il DJ subentrò al loro posto, inserendo un brando dance che riverberò dagli altoparlanti sopraelevati.

Il battito erratico del mio cuore accelerò quando Ash si fece largo tra la folla, offrendo ringraziamenti e sorrisi mentre passava.

Ma aveva chiaramente un unico obbiettivo in mente.

Quell'uomo era così pericoloso e vivo.

Irresistibile.

Magnetico.

Una fiamma brillante e luminosa.

Quando si districò dalla calca di gente, fece un sorriso impertinente rivolto unicamente a me.

Avrei potuto giurare che mi toccò nonostante la distanza che ci separava. Non potei fare altro che alzarmi in piedi su gambe tremanti.

Le farfalle svolazzarono nel mio stomaco. Con trepidazione e calore.

Sbattei le palpebre quando mi resi conto di essere eccitata. Eccitata di avvicinarmi a un uomo da cui avrei dovuto stare alla larga.

Cosa pensavo di fare? Volevo davvero comportarmi di nuovo da stupida?

Ash me l'aveva fatto capire chiaramente: le nostre vite andavano in direzioni contrarie.

Ai poli opposti.

Per i prossimi pochi mesi, si sarebbero intersecate nel mezzo. Ma questo non significava che saremmo finiti nello stesso posto.

Eppure eccomi qui, impotente mentre lui veniva dritto verso di me. Non rallentò. Le sue lunghe falcate divorarono il pavimento mentre i suoi muscoli si flettevano sotto la sua maglietta e l'inchiostro inciso sulla sua pelle danzava in maniera provocante.

Non si fermò.

E il mio respiro si mozzò quando si abbassò e avvolse le sue grandi braccia intorno ai miei fianchi, sollevandomi come se non pesassi nulla.

Mi fece girare e volteggiare, il viso sprizzante di gioia reclinato all'indietro mentre rideva.

Senza vergogna.

Senza preoccupazioni.

Tutto ciò che potei fare fu aggrapparmi a lui. «Ash, ti farai male.»

Quel suo tipico sorrisetto fece capolino sulle sue labbra. «No, piccola, tu non mi faresti mai del male.»

Mi sforzai di tenere sotto controllo le emozioni che mi stavano rapidamente sfuggendo di mano mentre mi faceva lentamente scivolare giù lungo il suo corpo duro e muscoloso.

«Come ti sono sembrato?»

Penso che tu sia fantastico.

Penso che il vero te stesso sia qualcuno che nessuno vede mai.

Penso che potrei innamorarmi di te.

Troppo facilmente.

Troppo stupidamente.

«Sei stato eccezionale» sussurrai, sentendomi abbastanza audace da sfiorargli il viso con una mano. Scrutai le sue pozze azzurre, il modo in cui i suoi occhi mulinavano, luccicavano e sfavillavano. «Grazie per avermi portata qui» dissi.

Mi agguantò le cosce con le sue grandi mani e mi attirò a sé.

«Peaches.» Sembrava quasi confuso, come se anche lui non riuscisse a dare un senso a tutto questo.

A quel contatto, boccheggiai e strinsi i pugni nel tessuto della sua maglietta. Le parole uscirono dalla mia bocca prima che potessi fermarle. «Cosa mi stai facendo?»

13

ASH

*E*ra proprio quello il problema, cazzo. Non avevo la minima idea di cosa stessi facendo. Non avevo alcun controllo sulla direzione che stavano prendendo le mie intenzioni.

Perché, merda, lì in piedi con lei avvolta tra le mie braccia? Con il suo odore che mi avviluppava e il suo morbido corpo premuto contro il mio?

Volevo tenerla.

Solo per un po'.

Ma sapevo che farlo sarebbe stato un vero e proprio peccato, perché avrei preso questa dolce, innocente ragazza e l'avrei marchiata... l'avrei corrotta.

Willow desiderava tutte le cose belle di questa vita che io non potevo offrirle. Quelle cose? Erano lì fuori da qualche parte, in attesa di trovarla.

Dio sapeva che quel fortunato bastardo che poteva dargliele non ero io.

Ma questo non mi impedì di attirarla maggiormente a me e di mormorare, «Balla con me», mentre la conducevo tra la mischia che si agitava e si dimenava al ritmo incalzante della musica che vibrava sul pavimento e che scuoteva i nostri corpi. Le luci stroboscopiche lampeggiarono, facendo scintillare i suoi occhi color cioccolato.

Dannazione.

Era bellissima mentre mi fissava come se vedesse qualcosa che non c'era. Si trattava della parte di me che avevo seppellito molto tempo fa. La parte che voleva allungare le mani e avvolgerla, aggrapparsi a lei per sempre.

Per qualche ragione, starle accanto mi faceva quasi ricordare cosa si provava nel sentire quel barlume di speranza accendersi nel mio ventre, una paura che mi terrorizzava al pensiero di lasciarmi andare di nuovo.

Quella familiarità...

Era sempre lì, da qualche parte nei recessi della mia mente ad assillarmi.

Ero così vicino a riconoscerla.

Tirando un respiro profondo, lasciai scivolare la mano sulla curva della sua vita snella. Lei fremette sotto il mio tocco, e le mie dita si contrassero, smaniose di avere qualcosa di più quando sapevo maledettamente bene che non potevo averlo.

La folla palpitante ci inghiottì, e ci perdemmo nel mezzo. Nelle luci baluginanti, nell'oscurità suggestiva e nelle note ipnotiche. Ondeggiando i fianchi, la incoraggiai a unirsi a me. Lei ancheggiò, emise un sospiro ansimante e mi permise di insinuare di pochissimo il ginocchio tra le sue cosce.

Che cazzo stavo facendo?

Il problema era che non sapevo come fermarmi.

L'unica cosa che sapevo era che volevo che fosse libera. Che sperimentasse cosa si provava ad essere senza catene. Senza restrizioni. Sciolta dallo schifoso tradimento di quello stronzo di nome Bates. Così, ballammo questa delicata e confusa danza circondati da corpi dimenanti e dall'inebriante battito di sangue palpitante.

L'intera scena era un preludio al sesso.

Un preliminare.

Caldo, surriscaldato e incontrollato.

Potevo quasi sentirne l'odore.

Assaggiarne il sapore.

Aderii ulteriormente al suo corpo, infilando un altro po' il ginocchio tra le sue cosce.

Willow si irrigidì.

«Ci sono io, Peaches. Lasciati andare» sussurrai con la bocca contro il suo orecchio.

Lei tentennò, ma potei percepire la tensione che scorreva nei suoi muscoli pulsare e poi cedere.

Le cinsi la vita con un braccio, stringendola più forte e appoggiando la mano libera sul suo splendido viso.

«Ash» mormorò Willow in un ansito bisognoso e profondo.

Era la prima volta che mi chiamava per nome, e fu come essere colpito da un pungolo elettrico. La trassi più vicino a me. I miei fianchi aderivano ai suoi, battito contro battito, e il mio naso era sepolto tra i suoi lussureggianti e setosi capelli.

Era così fottutamente calda.

Così dannatamente morbida.

E quelle gambe.

Quelle lunghe, lunghissime gambe.

Indossava un vestito beige cortissimo e svolazzante, con l'orlo e le maniche bordate di balze di pizzo che gridavano country. Ero sicuro che era stato concepito per essere modesto e dolce.

Non lo era.

Era sexy da morire.

Peccaminoso.

E il bastardo che era in me scalpitava dalla voglia di peccare.

Le fantasie mi assalirono. Immaginai le sue gambe avvinghiate intorno alla mia vita, la mia lingua che le leccava da cima a fondo.

Soffocando un gemito, feci del mio meglio per sottomettere il mio uccello. Per impedire che ogni goccia del mio sangue scivolasse verso sud.

Era impossibile, cazzo.

Non con il suo calore che sfiorava costantemente la mia coscia. Non con il lento ondeggiare dei suoi fianchi e il movimento ansante del suo petto.

Potevo sentire i suoi respiri diventare sempre più corti e veloci, combaciando coi miei.

Merda.

Avrei dovuto farmi una bella scopata, e in fretta. Mettere questa ragazza in un taxi e spedirla a casa sana e salva. Rimorchiare una delle tante fangirl vogliose che popolavano il locale. Allungare la mano e sceglierne una a caso.

Farlo sarebbe stato un bene per entrambi. Il problema era che l'unica cosa che volevo in quel momento era lei. Sin dalla mattina in cui mi aveva salvato, non avevo occhi che per lei.

«Mi scombussoli, dolcezza» mormorai al suo orecchio. «Mi scombussoli così tanto che non riesco più a distinguere la destra dalla sinistra. Sono *io* che mi domando cosa mi stai facendo.»

Willow emise un sospiro ansimante che percepii più che udire. «Ash, io...»

«Lo so, bellezza, lo so.»

Ma non lo sapevo, non davvero. Potevo sentire che stavamo scivolando oltre quella linea che mi piaceva sfiorare. Inciampandoci sopra... E non sapevo se volessi mettermi in salvo o lasciarmi cadere.

Tuttavia, avvicinarsi era pericoloso.

Imprudente in un modo che mi rifiutavo di essere.

Eppure, nessuno di quei pensieri assillanti mi trattenne dal seppellire il naso nel suo collo, dall'inalare il profumo della tenera pelle dietro il suo orecchio e tracciare la setosa curva della sua gola.

Pesca e panna.

Dolce.

Inebriante.

Le mie labbra si posarono sul punto in cui pulsava il suo battito. Il mio uccello si indurì dolorosamente e il mio cuore martellò contro le mie costole.

La mia lingua balenò fuori per un assaggio.

Solo un piccolo assaggio.

Willow affondò le dita nelle mie spalle, e io mi tirai indietro di scatto per guardarla, consapevole che ancora una volta avevo spinto quest'integra ragazza oltre quei paletti invisibili posti tra di noi come una trappola.

Tuttavia, a differenza di quando l'avevo fatto nella mia stanza, stavolta il suo viso non rifletteva dolore. Era arrossato e venato di desiderio, incertezza e questo assurdo bisogno che crepitava tra di noi come una tempesta.

«Ash» disse in un gemito.

La lussuria mi investì da ogni fronte. Volevo baciarla. Lo desideravo così tanto che mi venne l'acquolina in bocca e mi si serrarono le viscere.

«Penso che sia ora che ti accompagni a casa, dolcezza.»

Prima che facessi qualcosa di stupido.

Qualcosa che avremmo rimpianto entrambi.

E merda, mi uccideva il pensiero che questa ragazza potesse ripensare a me con rimpianto.

«Ti ho promesso che ti avrei portata qui, che ti saresti divertita e che ti avrei riaccompagnata a casa sana e salva. Ed è esattamente ciò che intendo fare.»

Willow sbatté le palpebre, riscuotendosi dalla trance in cui eravamo piombati entrambi. Annuì, anche se mi parve di vedere una punta di dolore balenare nel suo sguardo caldo. «Ok.»

Intrecciai le mie dita alle sue.

Le fiamme mi lambirono il braccio.

Cazzo.

Ero nei guai.

Un uomo saggio avrebbe tenuto la bocca chiusa, ma non potei impedirmi di aggiungere qualcos'altro per cancellare l'amarezza del rifiuto che avevo visto lampeggiare nei suoi occhi. L'attirai di nuovo contro di me. «Prima di andare, voglio che tu sappia una cosa. Sei la ragazza più bella dell'intero locale.»

Feci scorrere il polpastrello del pollice lungo il suo zigomo.

Volarono scintille, cazzo.

«Ne sei consapevole, Peaches? Sai di essere la ragazza più incantevole di tutte? Sei così fottutamente sexy e dolce. Una sola occhiata e non voglio più smettere di guardarti.»

Era precisamente il motivo per cui dovevo portarla fuori da

qui. Avrebbero dovuto farmi santo quando mi voltai e la ricondussi verso il tavolo. Perché il mio corpo e la mia mente stavano gridando a squarciagola tutte le ragioni per cui possederla sarebbe stato okay, quando sapevo, senza ombra di dubbio, che sarebbe stato completamente *sbagliato*.

Non sarei stato altro che un egoista.

Vile e ignobile.

Quando arrivammo al nostro tavolo, i miei amici stavano giusto alzandosi per andare via.

«Eccoti qua, coglione.» Lyrik mi diede un pugno sulla spalla un po' più delicatamente di quanto avrebbe fatto di solito. «Pensavo che avremmo dovuto venire a cercarti, perché di sicuro non vogliamo che tu ti imbatta in qualche stronzo stasera. L'ultima cosa che ci serve è che tu scateni un'altra rissa.»

«No, amico, va tutto bene. Non devi preoccuparti di questo.»

Quantomeno per un altro giorno.

«Sei pronto ad andare, allora? La babysitter rimane solo fino all'una, e domani il gallo canta mattina per mamma e papà.»

Era ancora stranissimo sentire quelle parole uscire dalla sua bocca.

Ridacchiai. «Ah, il paparone Lyrik West si è trasformato in una femminuccia con la testa sulle spalle.»

«Una femminuccia che sarebbe felice di mandarti al tappeto.»

«Ti piacerebbe, stronzo» ribattei in una provocazione scherzosa, sorridendo mentre stringevo la mano di Willow che ci guardava come se fossimo completamente pazzi.

Indubbiamente, lo eravamo.

Solo un po'.

«Andiamo» disse Baz, lasciando una grossa mazzetta di banconote al centro del tavolo.

Dalle sostanziose mance che dava, avresti pensato che il ragazzo fosse al verde.

E poi dicevano che ero io quello avventato coi miei soldi.

Andammo via in gruppo, una combriccola chiassosa che si fece largo tra la fitta folla. Gridammo saluti di commiato mentre ricevevamo complimenti e pacche sulla schiena, pronti a schivare le mani delle ragazze fin troppo ansiose di farci delle avance. Alcune di queste ragazze non avevano alcuna vergogna. Non si preoccupavano minimamente di farlo davanti a Shea, Tamar e Edie, cosa che mi faceva incazzare da morire.

A quanto pareva, un anello al dito non significava assolutamente nulla se eri prigioniero della fama.

Ma Baz, Lyrik e Austin... erano diventati degli esperti. L'unica cosa che offrivano erano sorrisi a labbra strette e un'occhiataccia che urlava "cazzo, no".

Ogni volta che qualcuna cercava di catturare la mia attenzione, Willow mi lanciava una cauta occhiata furtiva, chiaramente domandandosi che cosa avrei fatto.

Se avrei abboccato o mi sarei astenuto.

Come se avessi potuto comportarmi da stronzo e scaricarla per una botta e via.

Come se avessi potuto digerirne una in quel momento.

Fuori, la temperatura della notte era calata. L'oscurità pendeva dall'alto come un drappo fumoso, il cielo una tela infinita cosparsa da una spruzzata di stelle. I lampioni svettavano ai margini della strada acciottolata, gettando spicchi di luce nella foschia nebbiosa che si alzava dal Savannah River.

C'era qualcosa di inquietante in questo posto di notte. Confortante in un modo oscuro e misterioso.

Mi crogiolai in esso.

Pensavo che mi sarei sentito a disagio, che avrei avuto delle riserve ad uscire nella notte densa e profonda dopo quello che mi era successo tre settimane prima.

Ma no.

Mi sentivo... bene.

A mio agio come non mi sentivo da tanto, tanto tempo.

Guardai Willow, che camminava accanto a me. La sua mano era nella mia e il suo viso mozzafiato era rivolto verso il cielo, gli occhi chiusi come se stesse respirando la bellezza che la circondava. Come se fosse parte di essa piuttosto che una semplice osservatrice stupenda.

Mi si strinse il petto.

Merda.

Lievi risatine echeggiavano sulle consunte mura degli edifici in mattoni mentre tutti chiacchieravano sommessamente. L'atmosfera si era fatta più calma dopo esserci lasciati il rumoroso pub alle spalle. Le coppiette erano accoccolate l'una contro l'altra mentre la serata giungeva al termine, con Zee che passeggiava davanti a tutti, le mani infilate nelle tasche.

Pace.

Non ce n'era molta nella mia vita. Ma in quel momento, fluttuavo in essa.

Ci scambiammo la buonanotte e ognuno scivolò nella propria auto.

Sbloccai la mia Navigator e aiutai Willow a salire, cercando di ignorare il modo in cui il mio corpo si accese di desiderio quando lo feci.

Girai intorno al cofano, balzai al posto di guida, avviai il motore e mi diressi verso la piccola abitazione dov'ero andato a prenderla qualche ora prima quella sera.

Il silenzio calò su di noi, tanto complesso quanto la notte.

Quieto e traboccante di domande senza risposta.

Alla fine, lo ruppi. «Grazie per essere venuta stasera.»

Willow mi rivolse uno dei suoi sorrisi gentili. «Questa serata è stata incredibile.» Si morse il labbro che tremolò impercettibilmente. «A volte ci sentiamo così a nostro agio dietro le nostre mura protettive da dimenticare che dobbiamo uscire da dietro di esse per vivere davvero.»

Le lanciai uno sguardo. «È quello che hai fatto, Willow? Ti sei nascosta?»

Lei sembrò rifletterci su un momento prima di rispondere. «Non penso sia stata una decisione che ho preso in modo consapevole. Ma è avvenuto tutto così in fretta. Sembrava che ogni volta che mi voltavo perdessi qualcuno che amavo. Mio padre. Mia sorella. Mia madre. *Bates.* Una perdita dopo l'altra, fino al punto che l'unica cosa che facevo era respirare dolore. Immagino di essermi chiusa in me stessa quando il mondo si è chiuso intorno a me. È stato più facile restare lì.»

Un milione di domande vorticarono nella mia mente.

Willow mi fissò con sguardo aperto. Onesto. «Ma non è dove voglio essere.»

Provai una stretta al petto. «Peaches.»

«Non dispiacerti per me. Ricorda ciò che ti ho detto. Non confondere mai spezzato con debole.»

Mandai giù il groppo che improvvisamente mi serrava la gola, sopraffatto dal fatto che questa ragazza riservata mi stesse permettendo di scavare in lei un po' più a fondo. Un po' più in là.

«Ti va di parlarmene?»

«Sarebbe una storia troppo lunga da raccontare a quest'ora tarda.»

Inarcai un sopracciglio. «Nel caso non l'avessi capito, sono un nottambulo. Sono tutt'orecchi, dolcezza. Tutt'orecchi.»

Il suo sorriso si allargò leggermente, prima di scomparire. «Ok, allora... mia mamma vive in fondo a quella via» disse, inclinando la testa verso la strada che stavamo oltrepassando.

Quando aveva detto che aveva perso sua madre, avevo dato per scontato che fosse *morta*.

La guardai confuso.

«Vive in una graziosa casa storica completamente arredata con cimeli e pezzi d'antiquariato. L'adorerebbe da impazzire se solo la sua mente e il suo corpo riuscissero a godersela. È una struttura per lungodegenti camuffata da villa pittoresca.» Sorrise debolmente quando aggiunse: «Come se l'ambiente circostante potesse cancellare il fatto che non si alzerà mai più dal letto.»

Provai un impeto di compassione e con voce tesa chiesi: «Cosa le è successo?»

«Ha la sclerosi multipla.» Scosse la testa. «Non avrei mai immaginato che la malattia potesse consumarla fino a questo punto. Certe volte mi sento in colpa, perché la parte più difficile per me è guardarla perdere lentamente la memoria. Vederla confusa e agitata.»

Senza dubbio, questa ragazza mi stava confidando cose che raramente confidava a qualcuno.

Avrei dovuto fermarla. Sapevo che avrei dovuto. Ma rimasi

lì seduto come il maledetto bastardo qual ero, chiedendole silenziosamente di condividere con me altre cose di sé.

La sua voce era permeata di tristezza. «Sto male ogni volta che vado a trovarla perché per la maggior parte del tempo sembra essere bloccata nel passato... nei suoi sogni. Sogni che aveva per me e mia sorella che non si sono mai realizzati. Gran parte dei suoi sogni erano semplici. Proprio come i miei.»

Allungai il braccio oltre la console centrale e le strinsi la mano. «Mi dispiace davvero tanto.»

Lei mi sorrise. «Anche a me.»

«E tua sorella?»

Stavo tirando troppo la corda. Ma non riuscivo a fermarmi. Non riuscivo a mettere fine a questo scambio o alla sensazione che mi stava trasmettendo. Come se, magari, solo con la mia presenza le stessi offrendo un po' di conforto.

Mi pentii immediatamente della mia domanda.

Perché Willow sussultò visibilmente.

Come se l'avessi colpita in pieno.

Come se l'avessi schiaffeggiata.

La sua voce era roca e forzata quando parlò. «È morta molto tempo fa, ed è davvero difficile per me parlarne. Con chiunque.»

Cazzo.

Mi passai nervosamente una mano tra i capelli.

«È terribile, Willow. Mi dispiace tantissimo.» Le lanciai uno sguardo, domandandomi perché non riuscissi a tenere la bocca chiusa. Perché questa ragazza mi spingesse a mettermi a nudo. «Anche per me è difficile parlare di mia sorella» ammisi.

Willow corrugò la fronte. «Edie?»

Sapevo cosa stava pensando. Edie sembrava star bene. Più felice che mai. Il che mi portava a credere che lo fosse davvero, e questo mi rendeva maledettamente contento.

Eppure...

Sollevai le spalle mentre confessavo: «Per colpa mia, le è successa una cosa orribile. Una cosa che vorrei poter cancellare. Vorrei poter tornare indietro nel tempo e impedire che accada. Cambiare le cose. Ma non posso e questo mi fa star male da morire.»

Willow spostò l'attenzione al di là del parabrezza, sulle luci opache che si stendevano davanti a noi, illuminando la via con la loro intangibile presenza. «Pure io vorrei poter tornare indietro e cambiare tante cose. Ho fatto così tanti errori» disse sommessamente.

Feci un sorriso mesto. «Ne ho fatti vari anch'io.»

Un milione.

Troppi per poterli contare.

Errori per cui avrei pagato per il resto della mia vita.

L'istinto mi diceva che Willow si sentiva nello stesso identico modo.

Mi fermai accanto al marciapiede di fronte casa sua, il rombo del motore l'unico rumore che faceva da sottofondo al silenzio che discese tra di noi mentre l'oscurità ci avvolgeva da ogni lato.

Quella strana connessione che ci legava sfrigolò nell'aria.

Conforto e pace.

Dopo alcuni secondi, Willow mi guardò timidamente. «Ti... ti va di entrare?»

Merda.

Merda. Merda. Merda.

Avrei voluto sbattere la testa contro il volante. Magari, immergermi in una vasca senza fondo colma d'acqua e di cubetti di ghiaccio. Perché ciò che desideravo davvero era cedere alla tentazione.

«Penso che sarebbe una pessima idea.»

Chi avrebbe pensato che sarei stato proprio io a mostrare buon senso?

Ma se esisteva una retta via da seguire, era questa.

Il dolore attraversò i lineamenti delicati del suo volto. Come se avessi reso più profonde le ferite che aveva già subito. Sembrava quasi che stesse cercando di guarirle, anche a costo di farsi nuovamente male.

«Ok» sussurrò, prima di aprire la portiera con l'intenzione di sfuggire alle cose non dette.

Senza riflettere su tutte le possibili ramificazioni, allungai la mia avida mano e la infilai tra i suoi capelli, abbastanza in profondità da cingerle la nuca.

E la costrinsi a guardarmi.

Cazzo. Era meravigliosa con quegli occhi selvaggi, il respiro ansante e lo spirito spezzato.

«Lo vorrei» mi corressi, dicendo la verità, invadendo ulteriormente il suo spazio.

Naso contro naso.

Fiato contro fiato.

«Dio, quanto lo vorrei.»

Il mio tono si indurì per il furioso desiderio che questa ragazza risvegliava in ogni cellula del mio corpo.

«Se questo fosse *davvero* ciò che vuoi, Peaches, ti seguirei subito in casa. Mi metterei il tuo delizioso corpo in spalla, ti porterei di sopra, ti spoglierei e ti getterei sul letto. Trascorrerei l'intera notte a farti supplicare e gridare il mio nome.»

Le mie parole divennero ancora più profonde, graffiandomi la gola e riempiendo l'abitacolo come frecce di delirante tortura. Una dopo l'altra. «Ti farei venire. Ancora e ancora.»

I suoi respiri erano ansiti corti e bisognosi che inspirai, desiderando con tutto me stesso di consumarla mentre le facevo quello che volevo.

«Ma sai che questo non si avvicina neanche lontanamente a ciò che vuoi davvero, Willow. Non si avvicina neanche un po' a ciò che meriti, perché io non sono affatto il ragazzo adatto a te. Finirei solo col ferirti. Quindi adesso fingerò di non volerti scopare talmente tanto da star male, così che possa fare esattamente come ti ho promesso: accompagnarti alla porta e lasciarti lì.»

La consapevolezza crepitò tra di noi come una spina andata in corto circuito.

Una frenetica energia che scoppiettava e sfrigolava contro la nostra pelle fremente.

Minacciò di condurci in luoghi dove Willow non poteva andare.

Di farmi provare sensazioni che non ero sicuro di aver mai provato.

Sensazioni che non potevo concedermi.

Non così.

Non in questo modo.

Avvertendo il bisogno di rompere l'incantesimo che questa ragazza aveva lanciato su di me, mi schiarii la gola, ritrassi la mano e spensi il motore. Uscii dal SUV, girai intorno al cofano e l'aiutai a scendere.

Non scambiammo una parola mentre l'accompagnavo alla porta, entrambi troppo impegnati a tenere sotto controllo le emozioni. Quando si fermò, chiavi in mano, mi chinai in avanti e premetti le labbra sulla sua fronte, inspirando la dolcezza e l'innocenza che trasudavano da lei e che rafforzarono la mia determinazione. «Meriti qualcosa di meglio di quello che io posso darti.»

Willow mi afferrò la maglietta con una mano, mollandola solo quando mi allontanai con riluttanza.

Poi la lasciai lì come promesso, combattendo l'irrequieta e angosciosa sensazione che mi faceva ribollire il sangue. Dovetti fare appello a tutta la mia forza di volontà per non voltarmi e correre da lei quando udii la porta aprirsi con uno scricchiolio e poi chiudersi alle sue spalle.

Con cautela, sbirciai oltre la mia spalla. Una luce si accese in una stanza al piano di sopra e la sua ombra danzò dietro le tende.

Rimasi lì a fissarla mentre un brivido mi correva lungo la schiena. Fu come se spire di rovi mi avessero avviluppato, affondando le loro spine nella mia carne.

Perché in quel momento?

L'istinto mi diceva che probabilmente questa ragazza risplendeva troppo luminosa.

E temevo che alla fine ci saremmo scottati entrambi.

14

WILLOW

«Allora, ho una buona e una cattiva notizia. Quale vuoi sentire prima?»

Titubai sulla soglia di casa sua, con il cuore in gola, incerta su come ci saremmo comportati stamattina, ma sicura che sarebbe stato quantomeno imbarazzante.

Apparentemente, mi sbagliavo.

Ash se ne stava lì in piedi, tutto sorrisi e sensualità, assicurandomi che qualunque fosse la "cattiva notizia" non poteva essere poi tanto brutta. Una spensierata calorosità trapelava da lui a fiotti, intensa quanto il sole che sorgeva all'orizzonte e che riversava su di lui raggi di luce scintillante.

Allargò le braccia di lato, e potei giurare che l'intricata ragnatela dei suoi tatuaggi stesse cantando tutte le sue canzoni. Canzoni di cui desideravo disperatamente conoscere le parole. Quei colori si tesero e si contrassero insieme ai possenti muscoli del suo corpo tonico avvolto da una maglietta attillata e un paio di jeans stretti.

Non avrei dovuto fissarlo.

Ma era diventata un'impresa impossibile, soprattutto dopo

il modo in cui mi aveva scombussolata la notte scorsa.

Mi faceva desiderare di sperimentare cose che non avevo mai sperimentato prima. Era snervante.

Ieri notte, avevo dormito a malapena. Mi ero girata e rigirata nel mio letto, come una sciocca che bramava le promesse oscene e scandalose che mi aveva mormorato come fossero minacce. Una parte di me aveva voluto zittirlo, mentre una voce ribelle nascosta dentro di me si era intromessa, sussurrando: *sai che ti piacerebbe scoprire cosa si prova a fare quelle cose.*

La cosa più spaventosa era che ero stata sul punto di supplicarlo di mettere in pratica le sue minacce. Non desideravo altro che provare *qualcosa* di bello e avere il fegato di farmi avanti e prenderlo.

Nervosamente, mi sfregai il labbro inferiore con i denti e mi costrinsi a fare un sorriso che non sembrava poi così fasullo. «Non sai che la risposta a questa domanda è che la cattiva notizia viene per prima? Bisogna sempre, *sempre* dire prima la cattiva notizia.»

Ash arretrò con un sorriso, prendendomi per mano senza alcuna esitazione. Come se la mia mano fosse stata creata per intrecciarsi alla sua. «Allora mi sa che non avrei dovuto chiedertelo, perché sono abbastanza sicuro che in questo caso la buona notizia venga per prima.»

Mi stava chiaramente prendendo in giro.

«Ora, non allarmarti troppo, perché onestamente non è chissà quale dramma. Fa tutto parte della mia vita, dolcezza. E dal momento che stai passando del tempo con me, significa che ne fai parte anche tu.»

La curiosità sbocciò dentro di me, insieme a una punta di inquietudine. «Okay» biascicai, mentre gli permettevo di condurmi nei recessi della sua splendida casa.

Mi trascinò lungo l'ampio corridoio che divideva in due il piano terra, oltrepassò le doppie porte a vento ed entrò in cucina e nell'immenso salone, che era grande quanto casa mia. La cucina era in acciaio inossidabile nero e ripiani in marmo bianco. Gli armadietti e gli accenti di legno erano stati intagliati in modo da mantenere un aspetto country.

Un contrasto perfetto tra vecchio e nuovo.

Una volta al centro della cucina, Ash girò su se stesso e camminò all'indietro mentre parlava, desiderando chiaramente che lo seguissi. «Dunque, come ho detto, c'è una buona e una cattiva notizia. Quella buona è che ho dato ai paparazzi qualcosa di concreto di cui parlare. Stamattina sono tutti in fermento per una manciata di foto scattate ai *Sunder* sul palco. Abbiamo messo a tacere tutte quelle cazzo di ipotesi secondo cui i *Sunder* si sarebbero divisi o che avrebbero dovuto rimpiazzarmi.»

«È una cosa positiva» dissi, annuendo con enfasi, contorcendomi le mani mentre aspettavo che arrivasse il peggio.

«Sì, lo è.» Esitò, tirando un respiro profondo che fece espandere il suo petto, prima di ricominciare a parlare. «Vedi, il fatto è che i paparazzi adorano distorcere la verità per adattarla ai propri fini. Presentano le storie in maniera tendenziosa per ottenere più visibilità possibile. Per creare un gran fermento. Le menzogne ci seguono sin da quando i *Sunder* hanno sfondato. Non me ne starò qui a fingere che non abbia mai fatto cose immorali nella mia vita, perché sono sicuro che tu ne sia ben consapevole. Diciamo solo che a volte quelle storie vengono contorte.»

Potei percepire il cipiglio perplesso che mi corrugò la fronte. «Cosa vuoi dire?»

«Voglio dire che ci hanno visti insieme ieri sera, e apparentemente questo è parso più intrigante dello spettacolo in sé.» Si passò nervosamente una mano tra i capelli spettinati. «Diamine, è sempre così. Le cose sono molto più interessanti giù dal palco che sopra.»

«Ok.» Stavo ancora aspettando, mi stavo ancora torcendo le mani.

Ash mi guardò con i suoi occhi magnetici. «Questa è la quotidianità per me, Willow. Qualcosa con cui devo avere a che fare praticamente ogni volta che esco di casa. Ma non sapevo come avresti reagito tu.» Abbassò lo sguardo sul pavimento prima di riportarlo su di me. «Credo che la scorsa notte fossi un tantino distratto da te per prenderlo in considerazione.»

Lo disse come se non fosse un tabù o un argomento da evitare.

«Cos'hanno scritto?»

Afferrandomi la mano, mi trascinò in avanti. «Guarda tu stessa.»

Mi fece voltare verso il portatile aperto sull'isola centrale.

Il mio battito cardiaco aumentò e incespicò. Non capivo se dipendesse dal nervosismo che provavo per quello che avrei letto o dal fatto che fossi entrata nello spazio di Ash.

Perché avevo cominciato ad orbitare attorno alla sua atmosfera.

Il suo possente corpo si avvicinò alle mie spalle. Il suo alito soffiò attraverso le ciocche sciolte dei miei capelli e mi solleticò il collo. Poi posò entrambe le mani sulle mie spalle, come se mi stesse preparando a ciò che avrei visto. Pronto a sostenermi incondizionatamente.

Un brivido mi corse lungo la spina dorsale un attimo prima che il mio respiro si mozzasse non appena i miei occhi si focalizzarono sullo schermo.

La pagina era aperta su un sito di gossip. Uno che teneva aggiornate fan voraci e pettegole insaziabili sulle malefatte delle loro superstar preferite.

C'erano due foto della band sul palco. Ma il centro dell'attenzione non sembrava essere diretto lì.

No.

Era rivolto all'immagine sgranata che riempiva gran parte della pagina. La foto era scura e indistinta, ma inconfondibile.

Era una foto ingrandita di me e Ash sulla pista da ballo, scattata chiaramente da qualcuno lì vicino tra la folla.

Le sue mani erano sui miei fianchi e il suo viso era sepolto tra i miei capelli.

Non sapevo se essere inorridita o muovermi a disagio su gambe instabili mentre osservavo la visione erotica visibile agli occhi di tutti. Ero sicura di non aver mai avuto prima quel tipo di espressione che avevo in questa foto.

Era come se mi fossi persa in un'estasi che non avevo mai provato.

In un luogo dove ero libera e viva.

Sexy.

Desiderata.

Mi si seccò la bocca e, con mano tremante, scorsi la pagina verso il basso. Sotto c'era un'altra foto che immortalava tutti quanti dopo che eravamo usciti dal locale. Aloni sfocati di luce fendevano la foschia, gettando sul gruppo un bagliore giallastro. I *Sunder* apparivano così immensi, minacciosi e belli avvolti in un'aura di potere e oscuro mistero nel cuore della notte.

Ma fu l'ultima immagine, zoomata e ritagliata, che mi tolse il fiato.

Ash mi strinse le spalle, in un delicato promemoria che era lì vicino a me.

Questa foto era più sfocata delle altre, e dal mio punto di vista avrebbe dovuto sembrare molto meno interessante.

Piatta e noiosa.

Perché era così semplice.

Un gesto ordinario.

Io e Ash ci tenevamo per mano mentre passeggiavamo lungo la strada acciottolata.

Allora, mi era parso qualcosa di innocente. Naturale.

Ma a vederlo ora...

Tenevo la testa reclinata all'indietro mentre ammiravo l'infinita distesa di stelle, e ricordai di aver chiuso gli occhi per imprimere quel momento perfetto nella mia mente. Così che avrei ricordato per sempre il modo in cui mi ero sentita lì al suo fianco.

E Ash... Ash Evans mi stava fissando intensamente.

L'emozione si agitò dentro di me come un tornado.

Gli uomini non mi guardavano in quel modo.

Bates di sicuro non l'aveva mai fatto.

Questo momento doveva essere stato catturato per caso. Interpretato male.

Non era reale.

Ma la cosa più spaventosa di tutte fu rendermi conto che volevo che lo fosse.

La mia attenzione si spostò sul titolo dell'articolo.

Il bad boy per eccellenza è stato domato?

Sesso, droga e rock 'n' roll.

Ash Evans, membro della popolare band dei *Sunder*, non è estraneo a nessuna di queste tre cose, perciò non è una sorpresa che il famigerato rockettaro si sia recentemente trovato in cattive acque quando è stato assalito alle prime ore del mattino del 23 agosto vicino alla sua casa vacanza a Savannah, in Georgia. L'alterco è avvenuto fuori dal *Contemporary Comfort*, un negozio d'antiquariato nel quartiere storico. La proprietaria l'ha trovato brutalmente picchiato e ha allertato le autorità.

Voci che il bassista fosse andato incontro ad una morte prematura si sono dissolte quando si è unito ai *Sunder* per un'esibizione acustica la scorsa notte in un locale nel centro di Savannah.

Non è un segreto che questo ragazzaccio abbia avuto un bel numero di donne. Di recente, ha dichiarato a *Wide*: «Adoro le donne e loro adorano me. Non me ne vergogno. Semplice.»

Anche se ciò che è sempre stato più evidente è quanto adori lasciarle.

Perciò facciamo fatica a vederlo in atteggiamenti così intimi come quelli che ha mostrato ieri sera con nientepopodimeno che Willow Langston. Esatto, la proprietaria di *Contemporary Comfort*.

Si tratta di un classico caso di obbligo morale o l'impenitente scapolo ha finalmente incontrato la sua anima gemella?

Ci dispiace, signore, solo il tempo lo dirà.

Il silenzio aleggiò intorno a noi mentre Ash mi dava il tempo di assimilare quello che insinuava l'articolo.

«Sei arrabbiata?» mormorò contro la mia testa.

«Come potrei essere arrabbiata con te per questo? Stavamo solo ballando. Stavamo festeggiando la tua guarigione e il tuo ritorno sul palco.»

Tutto qua.

Vero?

Ma il mio cuore palpitante pensava di riconoscere la differenza.

Ash emise un respiro che sembrava quasi addolorato e premette più forte le dita nelle mie spalle. Massaggiando. Blandendo. Esigendo. Come se volesse contestare la mia dichiarazione.

«Willow.» Pronunciò il mio nome con cautela. «So che sei una persona riservata, dolcezza, e so di averti assicurato che non si trattava di nulla di grave, ma come hai puntualizzato tu stessa qualche giorno fa, solo perché qualcosa non infastidisce me, non significa che non infastidisca anche te.»

Dio, aveva un cuore così contraddittorio e complicato.

Così indulgente e disinvolto.

Così premuroso e gentile.

«È solo che...» Lottai per dare un senso alla mia confusione. «Un giorno... voglio ciò che quelle foto stanno insinuando. Qualcuno che mi guardi davvero in quel modo. I tuoi amici... il modo in cui si amano... il modo in cui parlano delle loro famiglie. Dei loro *figli*...» La mia voce divenne un sussurro bramoso. «Per me, non c'è niente di più bello al mondo.»

Lentamente, Ash mi voltò verso di sé. Senza dubbio, riconobbe ciò che c'era nella mia espressione.

Desiderio.

Il suo sguardo imponente mi incatenò. Mi legò in un modo che non capivo.

Mi sentivo in trappola. Esposta. Vulnerabile. Come se ogni singolo desiderio che avevo bisbigliato al cielo fosse appena stato posto ai suoi piedi.

«Willow.» La sua voce era un gutturale mormorio. Il suo bellissimo corpo si avvicinò sempre di più, rubando la poca aria rimasta nella stanza.

La sua presenza mi inebriò la mente, e quel sommesso desiderio si mescolò a un'audace scarica di lussuria.

Boccheggiai.

Con esitazione, Ash allungò la sua grande mano e la posò sulla mia guancia, esortandomi ad incrociare i suoi occhi brillanti.

Era un uomo assolutamente ipnotico ed inebriante.

Emettendo un sonoro sospiro, si avvicinò a me di un'altra frazione, così vicino che potei sentire il battito martellante del suo cuore.

Sfregò delicatamente il pollice sotto il mio occhio.

«Peaches.» Stavolta, la sua voce conteneva una sorta di dolore sconosciuto. «Quindi è questo ciò che aneli davvero» disse in tono sicuro. «Una famiglia.»

I miei occhi si velarono di lacrime. Non potei impedirlo. Quest'uomo riusciva a vedere fin nella mia anima, fino a quei luoghi feriti e sofferenti dentro di me. «È tutta la vita che aspetto di trovare l'amore vero. Di creare una famiglia. Sono l'unica cosa che abbia mai desiderato.»

«Il tuo ex è un vero idiota.» Le sue fossette fecero capolino insieme al suo tenero sorriso.

Mi sfuggì una risatina strozzata mentre guardavo quest'uomo che mi stava facendo provare qualcosa che non avrebbe dovuto avere il potere di farmi provare. «Bates mi ha rubato tutto, Ash. I miei soldi. La casa di mia madre. Tutte le cose per cui stavo risparmiando. Ma soprattutto... la cosa che mi ha ferita di più è che mi ha rubato la famiglia che avremmo dovuto creare insieme.»

Piegai la testa di lato mentre osservavo quest'uomo che non avrebbe dovuto essere nient'altro che uno sconosciuto. Gli stavo confidando cose estremamente private. Eppure, in qualche modo, sapevo che le avrebbe protette tra le sue grandi e abili mani. «L'unica cosa che ho sempre desiderato è diventare madre. Sin da quand'ero bambina... quando giocavo e sognavo ad occhi aperti, inventando storie con mia sorella su chi saremmo state da grandi. I suoi sogni erano selvaggi. Grandi. Avventurosi. Mentre i miei erano... semplici e piccoli.»

Menzionare mia sorella sembrava quasi una sporca confessione. Pensare alla sua vita mi faceva provare così tanta tristezza. Così tanti rimpianti. Ma ero stanca di tenermi tutto dentro. Stanca di affrontarlo da sola.

«Ho ventotto anni, Ash.» Suonava quasi come una supplica.

121

«Dieci anni fa, avrei giurato che adesso avrei avuto una casa piena di bambini scatenati. Sarebbe stata una vita caotica e movimentata e l'avrei amata con tutta me stessa. Certe volte mi fermo e mi guardo intorno, domandandomi: dove ho sbagliato? Come sono giunta a questo punto in cui non avrei mai immaginato di trovarmi? Senza una famiglia? Ogni volta che mi volto, sembra che perda qualcuno a me caro. E so di essere ancora giovane, ma certi giorni mi sveglio e mi chiedo se troverò mai qualcuno che mi amerà davvero. Qualcuno che non mi lascerà.»

«Peaches.» La sua voce era un sussurro. Una supplica come la mia.

Feci un mesto sorriso tremulo. Sapevo che le mie successive parole mi avrebbero fatta apparire una stupida, ma sapevo anche che questo ragazzo mi avrebbe capita. «La mia rimpatriata del liceo è tra due settimane, e non riesco neppure a trovare il coraggio di andarci. In parte dipende dal fatto di sapere che ci sarà anche Bates. Ma soprattutto, perché sarà un promemoria di tutto ciò che ho perduto. Un promemoria delle cose che ero così sicura avrei già ottenuto a quest'ora.»

Non soldi o beni materiali.

Ma le cose preziose che dubitavo avrei mai avuto.

Abbassai gli occhi. «Dio... sono proprio patetica. Debole.»

Ash scosse lentamente la testa. «Non debole, dolcezza. Solo spezzata.»

Una risata strozzata proruppe dalla mia gola in un impeto di tristezza, e trovai la forza di fare un piccolo sorriso.

Perché era così che mi faceva sentire questo ragazzo.

Mi faceva sperare.

Accendeva in me qualcosa che mancava da tanto, tanto tempo.

Forse da sempre.

Mi cinse il viso tra le sue grandi mani. «Forse è ora che qualcuno ti restituisca il favore. Che rimetta insieme i tuoi pezzi rotti.»

Ogni cosa sembrò caricarsi di tensione: l'aria, la sua stretta, questo momento che ci legava e che era pronto a catapultarci nell'invisibile.

Il suo sguardo intenso si illuminò.

«Willow» mormorò, scrutandomi negli occhi.

Esitò, prima che qualcosa dentro di lui cedesse.

E non ero preparata.

Per nulla.

Ma la sua bocca pericolosa fu improvvisamente sulla mia.

Labbra, calore e luce accecante.

Un rantolo bisognoso mi sfuggì dalla gola e il mio cuore accelerò.

Chiusi le mani intorno ai suoi polsi mentre mi teneva il viso nella sua salda presa, rifiutandosi di lasciarmi andare.

Mi baciò dolcemente. Attentamente. Come se quel singolo tocco potesse risanare qualcosa dentro di me.

Mi sciolsi contro il suo possente corpo. E quando mi premette con più forza contro il bancone, glielo permisi. Dovette prenderlo come un invito, perché la sua bocca esigente divenne più urgente.

Mi mordicchiò le labbra e infilò le mani nei miei capelli, afferrandoli con forza ed esortandomi a reclinare la testa all'indietro.

La mia bocca si schiuse in un sospiro ansante.

La sua lingua bollente lambì la mia.

Fiamme.

Le sentivo ovunque. Mi bruciavano dall'interno.

La mia pelle era incandescente.

Il suo abbraccio possessivo.

Il suo bacio spietato e predatorio.

Devastante.

Sconvolgente.

Mi baciò e baciò finché il mio spirito sussultò e la mia anima si agitò.

Le sue mani avide si intrecciarono nei miei capelli mentre i nostri corpi ondeggiavano, oscillavano e turbinavano.

L'unica cosa che volevo era qualcosa di più.

E qualcosa di più con questo caotico uomo era l'ultima cosa di cui avevo bisogno.

Mi avrebbe distrutta.

Lo sapevo.

Eppure, lo accolsi comunque.

Arretrò di pochissimi millimetri, facendo scivolare le mani sulle mie guance. Mi afferrò il viso e lasciò ricadere la fronte sulla mia mentre cercava di recuperare il fiato. «Fingi con me, Peaches. Fingi con me.»

La confusione distorse il mio giudizio già offuscato, e mi aggrappai più forte ai suoi polsi per evitare di cadere a terra. «Che cosa?»

«Fingi con me. Fingiamo che tutto ciò che dice quell'articolo sia vero. Fingiamo che tu sia mia e che io sia tuo. Facciamo finta che tu abbia domato il bad boy per eccellenza. Andiamo insieme alla tua rimpatriata scolastica e mostriamo a quel bastardo che cosa ha perso. Che cosa si sta perdendo. Facciamogli sapere che è un perdente battuto al suo stesso gioco.»

Si passò la lingua sulle labbra turgide. «E fra due mesi, quando avrai finito questo lavoro, quando avrai lasciato il tuo marchio sulla mia casa con il tuo incredibile talento, potrai rompere pubblicamente con il rockettaro più famigerato del mondo. Perché sappiamo tutti e due che non sono neanche lontanamente degno di te. Andiamoci. Mostriamo a Bates e a quella stronza che possono entrambi andare a farsi fottere.»

Serrò gli occhi e in tono quasi implorante disse: «Fingi con me.»

E se tu mi ferissi?

E se mi innamorassi di te?

E se volessi che tu restassi?

Tutte le mie incertezze ruggirono e ululatono.

L'unica cosa che avevo sempre voluto era essere amata.

Totalmente.

Amplificare quell'amore ricambiandolo a mia volta.

Prendere quell'amore e plasmarlo in qualcosa di magnifico. Di nutrirlo con la vita.

Quest'uomo mi stava offrendo una versione contraffatta di quello che volevo.

«Questo non cambierà il fatto che quelle immagini sono

una bugia.» Le parole vennero fuori tese quando mi costrinsi a pronunciarle.

«Allora sarà la nostra bugia. Nostra e di nessun altro. Voglio provarci. Lascia che provi a rimettere insieme alcuni di quei pezzi rotti. A farti ricordare chi sei. A farti uscire da quel guscio malconcio così che sarai pronta per quando quel ragazzo verrà a cercarti.»

L'ultima delle mie incertezze gridò: *e se volessi che fossi tu quel ragazzo?*

Le sue labbra sfiorarono le mie.

Delicate. Tenere. Infuocate.

«Ti prego» disse.

«Ok.»

Cedetti prima che il mio istinto di autoconservazione potesse avere voce in capitolo.

Perché, ad essere onesta, desideravo un po' di ciò che questo ragazzo aveva da offrire.

Poi Ash premette di nuovo la bocca sulla mia.

Mi marchiò con l'intensità del suo bacio.

Un barlume di speranza sbocciò in me.

E mi resi conto che, indipendentemente da come sarebbe andata a finire, non sarei mai più stata la stessa.

15

WILLOW

Mi rilassai contro lo schienale della sedia e chiusi il libro che tenevo sulle ginocchia.

Sheila mi rivolse un sorriso affettuoso. «Adora quando le leggi qualcosa. Nei giorni in cui lo fai, dorme sempre meglio la notte. Ti sente, sai, che ti risponda o no.»

Guardai mia madre, che teneva la bocca aperta e la mascella inclinata di lato. Il dolore mi attanagliò il cuore. «Lo so.»

Sheila mi diede una pacca sulla spalla. «Sei una brava figlia, Willow. Poche persone si prendono il tempo di farlo.»

Questo era qualcosa che non riuscivo proprio a credere. Perché, seduta qui, mi sentivo impotente. Desideravo di poter cambiare il suo mondo, ma non c'era assolutamente nulla che potessi fare.

Mamma si agitò nel suo sonno leggero e gemette il nome di mia sorella. «Summer.»

Ogni cellula del mio corpo si serrò. «Shh...» mormorai, scostandole i capelli dal viso. Confortandola nel modo in cui io e Summer avevamo sempre desiderato di poter fare.

Summer cullò Willow nel suo piccolo letto. «Shh...» disse. «È stato solo un brutto sogno.»

Willow deglutì, cercando di soffocare i singhiozzi, consapevole che sua madre sarebbe corsa da lei se l'avesse sentita piangere. Che si sarebbe preoccupata e agitata, che avrebbe cercato di fingere che andasse tutto bene.

«Non mi piace quando è malata.»

Summer le diede un bacio sulla tempia e passò le dita tra i suoi capelli. «Anche a mamma non piace. Lo odia. Ecco perché dobbiamo essere forti per lei. Sostenerci a vicenda.»

«Ma tu non ci sei quasi mai a casa... non mi piace stare qui da sola. Soprattutto quando mamma è triste.»

E lo era così tanto da quando il loro papà se n'era andato, da quando le sue mani avevano smesso di funzionare come dovevano. Anche se la mamma cercava di nasconderlo, Willow la sentiva borbottare preoccupata perché non sapeva come avrebbe fatto a mandare avanti il negozio.

«Sto cercando di aiutarla il più possibile» le assicurò Willow.

«Lo so. Tu sei l'angelo di mamma. Lo sai, vero? Lavori sempre al suo fianco. È davvero orgogliosa di te.»

«È orgogliosa anche di te.»

Il silenzio aleggiò nell'aria, il dissenso di Summer tenuto a freno eppure evidente. «Voglio renderla orgogliosa. Ma non sono più sicura di sapere come fare.»

Da quando aveva compiuto tredici anni, Summer era spesso fuori casa. Lasciava Willow da sola sempre più frequentemente. Ma Willow aveva sempre compreso che i sogni delle persone erano diversi. Non spettava a lei chiedere a sua sorella maggiore di cambiare i suoi sogni.

«Mamma vuole solo che tu sia felice» disse Willow.

Summer intrecciò il proprio mignolo a quello di sua sorella e parlò con voce sommessa, quasi stesse raccontando un segreto. «Sto cercando di esserlo. Ma non so perché ho la sensazione di aver dimenticato che cosa si prova ad essere felici.»

16

ASH

Santo cielo.

Questa donna era un dolce tempio di tentazione.

Le porsi la mano per aiutarla a scendere dal basso sedile della mia auto.

Ebbene sì, avevo tirato fuori dal garage la mia macchina preferita appositamente per l'occasione. Perché, se dovevamo fargliela vedere a quello stronzo del suo ex, l'avremmo fatto come si deve.

Ma la mia Maserati non era nulla in confronto alla ragazza che mi guardò con un timido sorriso mentre faceva scivolare fuori quelle gambe sexy così maledettamente lunghe e toniche e adornate da un paio di sandali dal tacco vertiginoso che inviavano una scarica di lussuria dritto al mio inguine.

La aiutai a mettersi in piedi tirandola con un po' più forza del necessario. Ok, forse con la giusta dose di forza, perché incespicò e urtò leggermente contro di me.

«Ciao» la canzonai, con un sorrisetto compiaciuto sulla bocca.

«Ciao» sussurrò lei di rimando, la voce così bassa che riuscii a malapena a udirla.

O forse ero troppo impegnato ad inspirare il suo profumo di pesca, ad ammirare i suoi capelli raccolti in alto in una specie di chignon sexy e disordinato che lasciava scoperto il suo collo e le cui lunghe ciocche sciolte ricadevano lungo la sua schiena.

Indossava una sorta di pagliaccetto nero con una scollatura profonda che terminava come un bacio tra le sue bellissime tette.

Oh, sì.

Avevo trascorso l'intero tragitto fin qui ad immaginare il modo più rapido per sfilarglielo di dosso.

«Ce la puoi fare» le dissi, tirandole la mano per avvicinarla ulteriormente a me, portando le nostre labbra a un soffio dallo sfiorarsi.

«Ce la posso fare» ripeté lei.

Dovetti percepire la sua convinzione fin nella mia anima, perché mi scosse nel profondo, suscitando in me questo orgoglio che non potevo fare a meno di provare per questa ragazza.

Avvolsi un braccio intorno alla sua vita sottile, l'attirai a me e cercai di non gemere quando premetti la bocca sulla sua.

Fingendo.

Sembrava che *fingere* non fosse così difficile quando avevi una ragazza come Willow al tuo fianco.

Avevo trascorso gli ultimi cinque giorni ad esercitarmi per la messinscena che avremmo messo in atto stasera, baciandola piano e a lungo ogni volta che ne avevo avuto l'occasione. Rubandole il respiro. Navigando un po' di più nelle acque torbide della sua mente, attraverso la perdita e la tristezza che stavo appena iniziando a comprendere.

Desiderando di avere il potere di cancellare tutto.

Pur sapendo di non avere alcuna possibilità.

Posai la mano alla base della sua schiena. «Andiamo, facciamo vedere a questi stronzi chi è la vera Willow Langston.»

«La vera Willow Langston? Penso che stiamo presentando la versione finta e ritoccata di Willow Langston. Non so quanto di *vero* ci sia stasera.»

Una risata mi rimbombò nel petto. «Oh, dolcezza, questa è

sicuramente la versione sexy, ma dal mio punto di vista, non credo ci sia nulla di *finto*.»

Lasciai vagare lo sguardo su e giù lungo il suo corpo delizioso. Questa serata sarebbe stata molto lunga. Dovevo rammentare a me stesso che stavo solo fingendo che Willow appartenesse a me.

Perché questa ragazza meritava di più.

Meritava tutto.

Il problema era che il mio uccello non sembrava riconoscere la differenza.

Willow mi diede una leggera pacca scherzosa sul petto prima di accoccolarsi maggiormente contro di me. «Mi stai prendendo in giro?» chiese con la testa appoggiata alla mia spalla, guardandomi con occhi colmi di calore e inaspettata serenità.

Come se la mia presenza lì avesse un impatto diretto sul suo umore.

Come se forse le stessi davvero dando qualcosa in cambio.

Come se stessi facendo qualcosa di buono.

Quella solita energia divampò.

La consapevolezza si estese tra di noi.

Simile a una fune intrecciata e carica di tensione.

Perché eccomi qua, sul punto di sfiorare una linea pericolosa.

Ma fu quel senso di familiarità che turbinava nei recessi più profondi di me, in quel luogo buio, silenzioso e riservato, che mi spinse a fare un altro passo.

«Credo che tu abbia completamente frainteso le mie parole. Ti sei guardata allo specchio prima che venissi a prenderti? Non sai di essere la personificazione delle fantasie di un uomo? Un solo sguardo e mi metti in ginocchio, piccola.»

Un intenso rossore le imporporò le guance. Qualcosa di dolce, tenero e timido che mi inebriò la mente e mi travolse i sensi.

«Nemmeno tu sei così male, rockstar.»

«Sì? Ho pensato che questo abbigliamento potesse piacerti» dissi, tirando una delle mie bretelle.

Ovviamente mi ero messo in ghingheri. Avevo scavato nel

mio armadio e trovato un paio di fighissimi pantaloni neri, mi ero arrotolato le maniche della camicia bianca per mettere in mostra le mie braccia, nel caso in cui lo stronzo avesse avuto bisogno di un altro motivo per essere geloso, e avevo indossato delle bretelle perché, siamo onesti, mi stavano da urlo.

Comunque, non pensavo che avessimo molto di cui preoccuparci considerando l'aspetto mozzafiato che aveva Willow stasera. Molto probabilmente il suo ex non avrebbe nemmeno guardato nella mia direzione, se non per lanciarmi uno sguardo d'invidia, desiderando di poter essere me, sperando al contempo che non volessi spaccargli il culo.

La rabbia pulsò nelle mie vene.

Dio solo sapeva quanto desiderassi farlo.

Non ero sicuro di come sarei riuscito a controllarmi stasera. Di come avrei fatto a tenere a freno la furia che ribolliva impetuosa nel mio sangue ogni volta che ripensavo a quello che il bastardo le aveva fatto. Il tradimento era una brutta bestia. Disgustosa. Qualcosa che odiavo e una delle ragioni per cui avevo scelto di restare single. Ma la triste verità era che gli sporchi traditori come lui non scarseggiavano.

Erano le altre cose schifose che aveva commesso che mi facevano incazzare da matti.

Il fatto che avesse rubato.

Distrutto.

Demolito.

Avrei mentito se avessi negato di volerlo togliere di mezzo. Una volta per tutte. Non potevo credere che lui e quella stronza l'avessero passata liscia con un simile imbroglio. Le avevano estorto i suoi risparmi con l'inganno. Le avevano sottratto la sua casa d'infanzia.

Non riuscivo a concepire una tale crudeltà.

Mi faceva venir voglia di mostrargli *quanto* brutale potesse essere questo mondo.

Willow fece scorrere le dita lungo la fila di bottoni della mia camicia, giocherellando con quello in cima.

Dio, questa ragazza sarebbe stata la mia rovina.

«Mi piace infatti» mormorò in tono seducente, distogliendomi dalla direzione letale che avevano preso i miei pensieri.

Premetti il palmo della sua mano contro il mio petto. «Bene. Perché ti tocca stare con me per tutta la notte.»

Che dannato pio desiderio.

Ma, ehi, un uomo aveva il diritto di sognare.

Willow tirò un respiro profondo mentre avanzavamo verso l'ingresso. «Promesso?» Un brivido di nervosismo le percorse la spina dorsale. Palpabile e reale. Mi fissò, supplicandomi con quei suoi occhi profondi. «Promettimi che non lascerai mai il mio fianco. Ok?»

Sfregai il naso lungo la sua mascella. Inspirai a fondo. Combattei il fuoco che si accese nelle mie vene.

Di sicuro dovevamo sembrare la coppia più felice sulla faccia della terra.

Giusto?

«Te lo prometto, dolcezza. Non c'è bisogno che tu sia nervosa. Stasera, siamo solo io e te.»

Visto?

Fingere era facile.

E fingere non aveva mai fatto male a nessuno.

17

WILLOW

«*A*vete presente quando una cosa la si sa e basta? È stato così per me e Willow. L'istante in cui ho aperto gli occhi e l'ho vista? *Bam!* Amore a prima vista. Non ci ho mai creduto finora... ma a volte basta una sola donna per capovolgere completamente il tuo mondo. Dico bene, tesoro?»

Fili di minuscole luci scintillanti brillavano dall'alto, infrangendo il mantello di oscurità che avvolgeva la mite serata. Una fresca brezza soffiava nell'aria, sospinta dalle calme acque del fiume situato ai margini del roseto in cui eravamo. Bracieri da giardino a gas scoppiettavano e luccicavano da incassi in vetro colorato, i cui riflessi proiettavano una danza scintillante sulle rilassanti onde.

Ash teneva un braccio avvolto intorno alla mia vita come se fosse una parte indissolubile del mio corpo, sul viso un sorriso spensierato e luminoso.

Magnetico.

Ero pronta a giurare che ogni ragazza presente alla festa pendesse dalle sue labbra.

Inclusa me.

Da sciocca qual ero, assecondai il suo gioco. Stare lì accanto a lui sembrava fin troppo reale e piacevole. Avvicinandomi maggiormente a lui, posai la mano sopra il suo cuore, crogiolandomi nel conforto che il suo battito costante mi infondeva.

«Dici bene.» Gli lanciai una breve occhiata prima di riportare lo sguardo sui cinque paia di occhi incantati. «*È piuttosto difficile resistere a quest'uomo*» aggiunsi, accarezzando il suo forte petto.

Dall'altra parte della nostra piccola cerchia di vecchi amici e conoscenti, Emily alzò gli occhi al cielo e nascose un sorriso sornione nel suo bicchiere di martini per evitare di commettere un passo falso e mandare tutto all'aria.

Avevo sbollito da tempo la rabbia nei suoi confronti per avermi messa alle strette quel giorno al negozio. Come potevo rimpiangerlo ora? Con Ash che mi cingeva tra le braccia mentre me ne stavo accoccolata contro di lui in questa notte fresca e calma? Era impossibile.

Perciò le avevo raccontato di questa farsa. Le avevo confessato di come quest'uomo mi trasformava in un groviglio intricato di nodi che non ero sicura sarei mai riuscita a sciogliere.

Di come mi aveva baciata.

E di come l'aveva rifatto, ancora e ancora.

Di come mi faceva provare qualcosa che non avevo mai sperimentato in tutta la mia vita.

«Ugh. Sono così gelosa» disse Maggie quasi piagnucolando ma con un sorriso sulle labbra. «Il tuo fidanzato è... il ragazzo più sexy della Terra. Non è affatto giusto.»

Potei percepire Ash cercare di trattenere una risata. Tipico di Maggie parlare come se lui non fosse presente.

Come se non fosse fatto di carne, ossa e sangue, ma fosse piuttosto un frutto di quel mondo glamour e intoccabile che sembrava quasi immaginario.

«Non posso che darti ragione» risposi, forse un po' troppo prontamente. Quest'uomo era magnifico. Una creatura rara da trovare.

Ash aumentò la stretta intorno alla mia vita, affondando le dita nel mio fianco e parlando con voce suadente. «Ah, che carine che siete, ma non dovete cercare di gonfiare ulteriormente il mio ego. Sappiamo tutti chi è il più fortunato tra di noi, ovvero io.»

«Uhm» mormorò Kimberly, accigliata. «Dieci anni fa avrei scommesso casa mia che adesso saresti stata qui con Bates. Invece, sei in compagnia di un tipo famoso? Non riesco a crederci» disse in tono di scherno, bevendo un sorso di birra.

Sfacciata come al solito.

Kayla le diede uno schiaffo sul braccio. «Kimberly» la rimproverò.

«Che c'è?» ribatté lei impenitente. Sapevo che non aveva idea che ogni volta che sentivo pronunciare il nome di Bates era come se dei rasoi mi graffiassero la pelle.

Sentire il suo nome adesso, mi fece mettere automaticamente di nuovo sulla difensiva.

In allerta.

Proprio come ero stata quando avevamo oltrepassato le porte del locale.

Eravamo qui da due ore. Ma lui non era ancora arrivato. In questo lasso di tempo, mi ero rilassata, lasciandomi trasportare dall'atmosfera innocua della serata.

Forse avrei dovuto prenderlo come un avvertimento. Un segnale ad allontanarmi. A mettere un po' di distanza tra me e Ash.

Invece, sospirai beata quando quest'ultimo mi diede

una stretta rassicurante, come se sapesse che avevo bisogno di riacquistare fiducia in me stessa. Mi accoccolai maggiormente nel suo abbraccio. Un abbraccio che pareva significare qualcosa di più.

Premette un bacio sul mio collo, suscitandomi la pelle d'oca dappertutto.

«No, non fa niente. Va tutto bene.» Sembrava pazzesco quanto vera suonasse la mia affermazione. «L'ho dimenticato parecchio tempo fa.»

Me l'ero lasciato alle spalle.

Forse non avevo ancora superato ciò che mi aveva fatto.

Ma avevo sicuramente dimenticato *lui*.

Ash sfregò il naso contro il mio viso, recitando la sua parte così dannatamente bene che potevo quasi crederci anch'io.

«Credetemi, ho trovato qualcosa di molto meglio con cui rimpiazzarlo» mormorai.

Ash mi mordicchiò la pelle sensibile dell'orecchio.

Il desiderio corse nelle mie vene, ruggendo come un tuono fin troppo vivido e reale. Sconquassandomi le viscere. Pulsando tra le mie cosce.

Dio, cosa mi stava facendo quest'uomo?

Ash ridacchiò.

Qualunque cosa fosse, lui sapeva esattamente come esercitarlo. Come controllarlo.

Da arrogante qual era, rivolse un sorrisetto compiaciuto alle mie amiche. «Ahh... state parlando dello stronzetto che pensava di poter trovare qualcuno di meglio della mia ragazza?»

«Ehm...» balbettò Kimberly, guardando le altre ragazze. Avevano tutte gli occhi spalancati, come se non avessero idea di cosa rispondergli.

Emily scoppiò a ridere, unendosi finalmente alla conversazione. Rise così forte che si piegò in due. «Oddio. Se mai Willow decidesse di volersi liberare di te, ti prego, vieni da me. Penso di essermi innamorata di te.»

Le sue parole erano cariche di tenero affetto, e non c'era nulla di serio nella sua dichiarazione, solo gratitudine per ciò che Ash aveva fatto. Una pace inaspettata si impossessò di me. Una pace che non sentivo da quando ero bambina.

Da quando sedevo con mia mamma e mia sorella e sognavo.

Sogni grandi, medi e piccoli.

«Scusa, tesoro, ma il mio cuore è già impegnato. Tuttavia, sono sicuro che possiamo sistemarti con uno di questi bravi ragazzi di campagna. Quello laggiù ti sta facendo gli occhi dolci da tutta la sera.»

Ash indicò verso Freddy, che non stava affatto facendo gli occhi dolci a Em, e allo stesso tempo rivolse un occhiolino alla mia migliore amica. Lei si limitò a scuotere la testa con un sorriso esasperato e a bere un altro sorso del suo drink.

La serata proseguì tranquilla mentre chiacchieravamo, ridevamo e ci abbandonavamo alla calda e confortevole atmosfera. Io e Ash girammo tra i pochi presenti alla festa come se fossimo una cosa sola. Parlai con varie persone che non vedevo da anni.

Con alcune avevo perso i contatti dopo la scomparsa di Summer.

Altre erano sparite con il passare degli anni.

Poi c'erano quelle che avevo tagliato fuori dalla mia vita quando avevo escluso il resto del mondo.

Quando mi ero nascosta perché era stato molto più facile che affrontare la realtà quotidiana.

E adesso Ash mi stava facendo emergere sotto la sua luce.

Mi colmò di attenzioni, riempiendomi con le sue lodi, le sue parole e la sua salda fiducia. Come promesso, non lasciò mai il mio fianco.

«Devo andare alla toilette» sussurrai nel suo orecchio.

«È un invito a seguirti, dolcezza? Perché se è così, ci sto.»

Un sorrisetto spuntò sulla sua bocca provocante. Era chiaramente a suo agio, nel suo regno.

«Ti piacerebbe.»

«Sì, dolcezza. Mi *piacerebbe* eccome.»

Tutta questa messinscena mi stava confondendo. Soprattutto quando mi accompagnò dentro e lungo il corridoio, dove mi voltò e mi schiacciò contro il muro.

Mi baciò con violenza.

Sorpresa, gemetti, prima di arrendermi e afferrarlo per il colletto della camicia.

Per la prima volta, mi agguantò il sedere in una delle sue grandi mani.

«Peaches» mormorò a bassa voce. Lo sentii indurirsi sotto i pantaloni, e quella sensazione sconosciuta ritornò a tutta forza, scorrendo sotto la superficie della mia pelle.

Improvvisamente, si ritrasse da me e mi rivolse un sorriso sconvolgente, benché anche lui stesse ansimando in cerca d'aria. Mi stampò un bacio a timbro sulle labbra.

«Vai, prima che ti segua dentro. E so che non lo vuoi.»

Col fiato corto, mi staccai dal muro e percorsi il resto del corridoio barcollando su tacchi troppo alti, cercando di ritornare in me.

Fremetti, sentendo il calore del suo sguardo divorarmi per tutto il tempo.

Spalancai la porta ed entrai in bagno. Mi ritrovai davanti il mio riflesso: labbra gonfie e rosse, occhi marroni dilatati e guance rosee e accaldate.

Vidi una persona audace e coraggiosa.

Avevo dimenticato com'era quella ragazza. La cosa spaventosa era che non riuscivo più a ricordare con esattezza quando fosse sparita.

Usai il bagno, mi lavai le mani e mi applicai un velo di lucidalabbra. Tenevo ancora un sorriso stampato sul viso quando mi infilai una ciocca di capelli dietro l'orecchio e uscii con entusiasmo in corridoio.

Sussultai scioccata quando lo feci, e dovetti reggermi al muro per non cadere a terra.

Paura, dolore e rabbia si abbatterono su di me come un'onda anomala.

Bates era lì, in fondo al corridoio.

Con le spalle al muro.

Perché Ash lo teneva inchiodato contro di esso.

18

ASH

La guardai barcollare lungo il corridoio su quei tacchi alti, senza riuscire a staccare gli occhi da quei pantaloncini troppo corti e da quelle gambe troppo lunghe. Quando la porta si chiuse alle sue spalle, mi passai con frustrazione una mano tra i capelli ed emisi un sospiro teso, trattenendo una risatina.

Potevo percepire la sua voglia di voltarsi indietro. Per scoprire quale espressione ci fosse sul mio viso. Sapevo che se l'avesse fatto, avrei visto che teneva gli occhi sbarrati, un sorriso confuso sulle labbra e un rossore eccitato sulle guance.

Dio quanto mi piaceva.

Mi infilai le mani in tasca e dondolai sui talloni, aspettando che tornasse.

Fu allora che lo percepii.

Perché una strana consapevolezza mi fece rizzare i peli sulla nuca come il suono di unghie su una lavagna. L'istinto mi avvertì che le cose stavano per prendere una brutta piega.

Lentamente, voltai la testa per guardare alle mie spalle.

Ogni cellula del mio corpo si gelò.

Non dimenticavo mai una faccia.

Ma lui non stava guardando me. Stava guardando verso il punto in cui la mia Peaches era sparita in bagno. Subito dopo, serrò la mascella e spostò il suo sguardo truce su di me. Come se stesse facendo due più due. Come se stesse venendo a capo dell'enigma.

La rabbia mi investì con una tale rapidità che ero certo che il mio cuore stesse pompando unicamente adrenalina pura. Una furia schiacciante che mi travolse come un tornado, catturandomi nella sua rotazione distruttiva.

Eppure, tutto si mosse lentissimamente, così maledettamente piano mentre giravo completamente su me stesso per affrontare il bastardo.

L'istante in cui mi riconobbe me ne accorsi, perché sbiancò e fece un passo indietro, scioccato.

Serrai le mani a pugno lungo i fianchi. Feci del mio meglio per rimanere imperturbabile. Per mantenere la calma, perché la vita va avanti e tutte quelle cazzate lì. Perché ero a due secondi dal perdere completamente il controllo, e dubitavo che questo fosse il posto migliore per mettere in atto la mia vendetta.

Battei il pugno sul palmo opposto. Proprio come avevo fatto quella notte. Però, a differenza dell'ultima volta, non eravamo cinque contro uno. Eravamo solo io e lui.

Era quello che era balzato giù dal pick-up insieme al suo amico. Quello che si era avventato su di me con pugni, calci e furia. Quello che aveva assestato quell'ultimo colpo che mi aveva fatto perdere i sensi.

Come avevo detto, non dimenticavo mai una faccia.

Solo che stasera lo stronzo indossava un completo, come se fosse appena uscito dall'ufficio, la cravatta allentata e la giacca sbottonata. Era tutto ego gonfiato e orgoglio ingiustificato.

Uno sbuffo d'aria fuoriuscì dalla sua bocca, un attimo prima che il suo viso si arricciasse in un ghigno.

Bastò quello a infrangere il mio autocontrollo. Scattai in avanti e lo afferrai per il colletto così velocemente da non dargli neppure il tempo di capire cosa stesse succedendo.

Lo sbattei contro il muro.

Lui grugnì all'impatto. Si dimenò contro la mia presa, agitandosi come una mezza sega e afferrandomi i polsi per liberarsi. Tentativo patetico e completamente inutile.

Non sarebbe andato da nessuna parte.

«Ma guarda un po', chi se l'aspettava? Il mondo è fottutamente piccolo, eh? Ti ricordi di me, stronzo?» Le mie parole vennero fuori con una calma agghiacciante e intrise della promessa della mia punizione.

Potevo sentire la paura irradiarsi da lui con la stessa certezza con cui lo vedevo cercare di tenerla nascosta.

«Che diavolo ci fai qui?» biascicò, il fiato corto e ansante. «E che diavolo ci fai con Willow? Pezzo di merda... che ci fai con lei?»

La confusione mi fece arretrare di un centimetro, prima che un lento e conscio terrore si insinuasse nella mia pelle. Nella mia coscienza. Nella mia realtà.

Bates.

Questo coglione era Bates.

Ovvio che lo fosse. Non avrei dovuto essere sorpreso. Farabutto una volta, farabutto per sempre. E questo aveva davvero la faccia tosta di presentarsi qui e comportarsi come se avesse voce in capitolo nella sua vita.

Gli rivolsi il mio sorriso più spavaldo, immaginando la scena a cui involontariamente aveva assistito pochi secondi fa tra me e Willow. Tutta quella "farsa" che avevamo messo in scena in questo preciso punto.

Lo stronzo aveva un tempismo impeccabile, questo era certo.

«Cosa ci faccio con Willow? Penso che la domanda migliore sia che cosa *non* faccio con lei, non credi?» Scrollai le spalle come se qualsiasi idiota avrebbe dovuto saperlo. «Per lo più, vivo in quel suo corpo caldo e sexy ogni volta che ne ho l'occasione.»

Lui si dimenò selvaggiamente, combattendo con tutte le sue forze per liberarsi dalla mia stretta. La femminuccia non mi spostò neppure di un millimetro.

«È un tipino piuttosto selvaggio, vero? Incredibilmente insaziabile. Ieri notte mi ha svegliato tre volte perché non ne aveva mai abbastanza.» Corrugai la fronte, fingendo estatica confusione. «O forse erano quattro.»

«Willow non toccherebbe mai qualcuno come te.» Lo disse come se quel pensiero fosse abominevole.

Qualcuno come me?

La rabbia attanagliò ogni cellula del mio corpo.

Sì, volevo farlo a pezzi. Ridurlo a brandelli. Dargli un assaggio di quello che lui e i suoi amici mi avevano elargito quella notte. Ma ottenere vendetta per me stesso non era il motivo per cui ero venuto qui stasera.

Ero qui per lei.

Inoltre, immaginavo che sbattergli in faccia la mia "relazione" con Willow sarebbe stata la giusta punizione che meritava, il tipo di castigo che lo avrebbe ferito dove faceva più male.

Perché questa ragazza era chiaramente il premio più ambito, e in questo momento stavo compiendo esattamente quello per cui ero venuto qui.

Io e Willow gliel'avremmo fatta vedere a questo stronzo.

Gli avremmo fatto abbassare la cresta.

Feci una risata provocatoria e impetuosa, andandoci giù pesante. «Ne sei sicuro? Perché sappiamo entrambi che poco fa te ne stavi lì a spiarci per vedere fin dove ci saremmo spinti. Ti consiglio di tenere gli occhi lontano dalla mia ragazza. Perché la prossima volta che ci incontreremo in una strada buia? Ti assicuro che non sarò solo.»

«Willow non è la tua ragazza» ringhiò.

Gli ringhiai contro a mia volta, aumentando la stretta intorno al colletto della sua camicia. «Vedi, è proprio qui che ti sbagli. Buffo, vero, che siate stati proprio tu e i tuoi amici con la vostra aggressione a far incontrare me e Willow.»

Tremò visibilmente quando pronunciai ad alta voce ciò che mi avevano fatto.

Forse perché lo lesse nei miei occhi: la vendetta era imminente.

Gli risi in faccia, e lui cercò di divincolarsi, ma l'unica cosa che ottenne fu di andare a sbattere con la testa contro il muro. Mi spostai leggermente, entrando di nuovo nel suo raggio visivo. «Non ho impiegato molto a capire quale fosse il modo migliore per ripagare la sua gentilezza. Ma sai, quella dolce ragazza non è poi così difficile da accontentare. Forse, però, non lo sai dopotutto, giusto? *Soddisfarla*, intendo.»

Abbassai la voce, come se stessi condividendo un oscuro segreto. «Mi ha detto che le sue esperienze passate sono state un *po'* deludenti.»

Gli agitai il mignolo in faccia con espressione di finta compassione.

Il suo viso fumò di rabbia, diventando così rosso che pensai potesse venirgli un aneurisma da un momento all'altro. Digrignò i denti talmente forte da rischiare di ridurli in polvere.

«Fottiti» sbottò.

Come se fosse appena esplosa una bomba, avvertii il dolore che improvvisamente pervase l'intero corridoio.

Willow.

Pregai che fosse d'accordo con le mie azioni. Che reggesse il mio gioco. Che restasse forte anche se sapevo che avrebbe voluto andare in frantumi.

Più tardi avrei fatto del mio meglio per raccogliere i pezzi rotti.

Guardai la ragazza che mi mozzava letteralmente il fiato. Quella che mi faceva serrare il petto e battere selvaggiamente il cuore.

Ero pervaso da emozioni contrastanti che pulsavano e vibravano nelle mie vene, un cocktail di rabbia, lussuria e una strana devozione che non riuscivo a scuotermi di dosso.

Spinsi da parte tutto quello e le rivolsi un gran sorriso, supplicandola con gli occhi di afferrare al volo quello che stava succedendo, prima di riportare l'attenzione sul bastardo che si stava dibattendo tra le mie mani. «No. Preferisco fottere lei.»

Sollevandolo di qualche centimetro da terra, lo sbattei contro la parete. Non tanto forte da fargli male, ma abbastanza forte da farlo pisciare addosso dalla paura.

Senza dargli il tempo di riprendersi, lo lasciai andare e feci un passo indietro. Preso totalmente alla sprovvista, lui incespicò in avanti. Si piegò in due, tirò dei respiri bruschi e affannosi chiaramente impregnati di terrore, violenza e gelosia.

Rimasi lì immobile come il bastardo arrogante che sapevo essere. Lo guardai compiaciuto quando si piegò in avanti e appoggiò le mani sulle ginocchia per cercare di ricomporsi, fissandomi con espressione assassina prima di spostare lo sguardo su di lei.

«Willow.» Pronunciò il suo nome come se gli appartenesse quando la vide avvicinarsi lentamente.

Lo capii. Lo lessi sul suo sordido viso.

Pensava che gli bastasse schioccare le dita e lei sarebbe corsa da lui.

Cazzo, no.

«Ehilà, dolcezza.» Avvolsi un braccio intorno alla sua vita e l'attirai al sicuro contro il mio fianco, in una silenziosa promessa che l'avrei sostenuta. «Sembra che quel pezzo di merda del tuo ex abbia deciso di presentarsi, dopotutto.»

Lo dissi come se lui non fosse lì presente.

Willow si lisciò il vestito e sollevò il mento in un gesto coraggioso. «Bé, direi un tempismo perfetto dal momento che stavamo giusto andando via.»

Lanciai allo stronzo il sorriso più smagliante e gongolante che riuscii a racimolare. «Ci vediamo in giro, Bates. Io e la mia ragazza abbiamo certe *faccende* da sbrigare, non è vero, piccola?»

Lui rimase lì fumante di rabbia quando cominciai a condurla via. L'istante in cui gli demmo la schiena, la sua voce bassa e stridula ci colpì da dietro. «Sono venuto qui per parlarti, Willow. Ho cercato di mettermi in contatto con te nei giorni scorsi.»

Lei si fermò ma non si girò subito. Mi rivolse una breve occhiata per farsi coraggio, prima di voltarsi a guardarlo da sopra la spalla. «Bé, è un vero peccato, Bates, perché non mi interessa affatto parlare con te. Tutto ciò che dovevamo dirci ce lo siamo detti parecchio tempo fa. Credimi, ho ricevuto il tuo messaggio, forte e chiaro. Firmato e stampato. Scolpito nella pietra. Quindi puoi smetterla di inviarmi messaggi ed sms, perché non ho nulla da dirti.»

Questo stronzo la tempestava di messaggi?

Una nuova ondata di possessività riverberò tra i confini del mio petto.

«È successo anni fa» sbottò Bates.

Una risata amara proruppe dalla gola di Willow. «E pensi che questo cambi qualcosa? Solo perché sono passati anni da quando mi hai sottratto tutto? Sei davvero uno stupido se la pensi così.» Si guardò intorno. Gli angoli della sua bocca tremolarono di risentimento e antico dolore. La sua voce si indurì quando in tono accusatorio aggiunse: «A proposito, dov'è Chastity? È a casa ad aspettarti?»

«Non stiamo più insieme.»

Willow sbuffò una risata, scuotendo la testa mentre si sforzava di rimanere salda. «Oh, che tragedia.» Il suo corpo tremò di rabbia da capo a piedi. «Le cose hanno molto più senso adesso.»

Mi avvicinai ulteriormente a lei e accostai la bocca al suo orecchio. «Vieni, tesoro. Andiamo via da qui.»

Willow annuì con veemenza.

La feci voltare e avanzammo di qualche altro passo mentre il bastardo ne faceva uno disperato alle nostre spalle. «Non puoi davvero andar via con quel tizio.»

«Sì, invece» rispose lei senza voltarsi.

Bates arrancò dietro di noi. Dovetti fare appello a tutta la mia forza di volontà per non girarmi e metterlo al tappeto davanti al pubblico che si stava radunando intorno a noi. «Sai almeno chi è?»

Lei lo ignorò.

«È pericoloso, Willow.»

Sbuffai. Eccome se lo ero, e stavo diventando sempre più pericoloso ad ogni parola offensiva che usciva dalla sua bocca corrotta.

Continuammo a camminare. Dovevamo andare via da qui prima che uscissi dai gangheri.

Prima che perdessi la testa.

Potevo sentire il mio autocontrollo spezzarsi sotto quella schiacciante pressione.

E questo non era il luogo adatto.

«Sapevi che si è scopato la ragazza di Billy? Che hanno rotto per questo motivo? Il matrimonio è saltato.»

Come se fosse colpa mia se quella stronza aveva mentito quando le avevo chiesto esplicitamente se fosse impegnata.

Willow inspirò bruscamente e incespicò sui propri passi quando si fermò di botto. Cercai di farla riprendere a camminare, ma lei puntò i piedi, irremovibile. Non capiva quanto vicino fossi ad aggredire lo stronzo nel bel mezzo di questa rimpatriata.

Sbatté le palpebre parecchie volte prima di pronunciare quattro parole a denti stretti. «Che cosa hai detto?» Lentamente, si voltò per affrontarlo.

Improvvisamente, Emily fu accanto a noi. «Willow» disse, con atteggiamento protettivo quanto il mio. Spostò l'attenzione tra di noi, il viso preoccupato e angosciato.

Bates rimase lì immobile con aria compiaciuta. Come se avesse in mano tutte le carte giuste e si stesse preparando a mettere giù una scala colore. «Ho detto che si è scopato la ragazza di Billy.»

Emily sussultò alla menzione di quel nome e Willow deglutì rumorosamente. «Billy? Il tuo migliore amico Billy?»

«Sì» confermò lui.

Willow annuì lentamente, ma un tremore le percorse il corpo, scuotendole le spalle e il petto. «Eri uno di loro.»

La sua affermazione rimbombò nell'aria come il colpo di un martelletto.

Bates impallidì. Ovviamente, si era aspettato una reazione totalmente diversa da questa.

Willow spostò gli occhi su di me mentre l'orrore e la consapevolezza si facevano strada sul suo viso.

Tristezza. Rimpianto. Empatia.

La sua reazione risvegliò in me un istinto di protezione.

Lentamente, la sua attenzione ritornò sullo sporco bastardo ancora lì fermo come se avesse qualcosa da dimostrare.

«Sei stato tu? Tu e quegli inutili idioti che chiami amici? L'hai aggredito? L'hai lasciato in fin di vita davanti al mio negozio? Come hai potuto?» Le sue parole erano un'accusa inorridita.

«Se l'è meritato.»

«Oh mio Dio» ansimò Emily, portandosi entrambe le mani alla bocca.

Lo sconcerto si propagò tra la folla sbalordita.

La rabbia mi serrò i muscoli, e mi sollevai in punta di piedi, facendo appello a tutto il mio autocontrollo per trattenermi. Perché se c'era qualcuno che si meritava una lezione, quello era lui.

Invece, mi ritrovai a dover trattenere Willow quando si lanciò in avanti per saltargli addosso. Le cinsi la vita con un braccio e cominciai a tirarla indietro.

La sua voce divenne un sussurro. «Non posso credere di aver amato un uomo come te. Mi fai schifo.»

Si voltò tra le mie braccia e cominciai a condurla verso la porta quando d'un tratto il bastardo allungò la mano e l'agguantò per un braccio.

Willow strillò.

In un lampo, lo afferrai per la gola.

Fu istantanea la violenza che mi attraversò il corpo.

Digrignai i denti mentre i miei muscoli si tendevano dolorosamente per lo sforzo di contenermi. Una scarica di ansiosa energia si levò nella stanza. I presenti si radunarono intorno a noi, gli occhi sbarrati in morbosa curiosità. Ma io vedevo soltanto lui attraverso il velo rosso di rabbia, violenza e odio che mi annebbiava la vista.

«Non toccarla. Mai più.» Strinsi le dita intorno alla sua gola e lo strattonai verso di me. «Se lo farai, mi assicurerò che quell'incontro in un vicolo buio avvenga per davvero, e ti prometto che la prossima volta non ti piacerà come andrà a finire. Capisci cosa ti sto dicendo?»

Fottendomene altamente se avesse capito o meno, lo lasciai andare con una spinta, facendolo barcollare all'indietro. Cadde col culo a terra, scivolando sul liscio pavimento di marmo.

La furia corse nelle mie vene in un circuito di distruzione che desideravo disperatamente mettere in atto. Cazzo, quanto lo desideravo. Non sapevo dire se lo volessi più per me o per lei. Ma la voglia era lì. Ribolliva ardentemente dentro di me.

Afferrai Willow e nascosi il suo viso contro la mia spalla per proteggerla dal caos che ci circondava. La trascinai fuori da lì prima che le cose diventassero più brutte di quanto non fossero già.

Rimasi vigile, guardandomi continuamente alle spalle mentre aspettavamo che il parcheggiatore recuperasse la mia macchina. Willow continuò a tenere il viso nascosto nella mia spalla, respirando contro il mio collo e riempiendomi i polmoni di pesca, zucchero e miele ogni volta che ansimavo per recuperare quella calma inafferrabile.

Il parcheggiatore si fermò davanti a noi. Aiutai Willow a salire in auto, prima di girare rapidamente intorno al cofano e balzare al posto di guida. Partii a manetta, immettendomi in strada con uno stridio di pneumatici, portandoci via da lì prima che facessi qualcosa che non poteva essere disfatto.

Schiacciai il dito sul pulsante del tettuccio apribile. Avevo bisogno di aria.

La cappotta si aprì alla notte, al vento sferzante e alle stelle scintillanti.

Serrai le mani intorno al volante e scaricai la mia aggressività sulla strada.

Cazzo.

Volevo ridurre in pezzi qualcosa.

Tirando un respiro calmante, arrischiai un'occhiata alla ragazza che mi stava fissando dal sedile accanto, consapevole che molto probabilmente dovevo sembrare pazzo.

Feroce.

Selvaggio.

Era seduta con la schiena contro la portiera.

Pensavo che fosse rimasta spaventata dal mio scatto d'ira al resort.

Ma il suo petto si alzava e si abbassava affannosamente mentre le lunghe ciocche dei suoi capelli svolazzavano intorno a quello splendido viso su cui era dipinta un'espressione rapita.

Mi fissò con i suoi grandi occhi color cioccolato.

Incandescenti.

Il suo sguardo scivolò su di me come lava.

Bruciando ogni cosa sul suo cammino.

«Sei così bello» disse con voce roca.

«Peaches» sussurrai in tono di avvertimento. Perché in quel momento non ero sicuro di cosa avrei potuto farle.

«Lo sei. Sin dalla prima volta che ti ho visto... quando eri disteso a terra ricoperto di sangue e hai aperto gli occhi e mi hai guardata, ho visto qualcosa di così bello, puro e potente. Anche quando eri spezzato. Il modo in cui mi hai guardata mi ha scosso fin nelle ossa. E poi stasera... quello che hai fatto per me... io non...»

Mi passai nervosamente una mano tra i capelli agitati dal vento, un riflesso perfetto del mio cuore in subbuglio. «Peaches.»

Un altro avvertimento.

Non meritavo di essere guardato nel modo in cui mi stava guardando. Come se fossi buono e giusto quando in realtà non ero migliore del bastardo che avevamo lasciato a terra sul pavimento poco fa.

Pianissimamente, Willow allungò la mano e, delicatamente, tracciò con dita tremanti la cicatrice che marchiava quella notte in maniera indelebile sotto il mio occhio.

Un fremito mi scosse da capo a piedi.

L'energia pulsò, sfrigolò e crepitò nell'aria.

Merda.

Le afferrai il polso e premetti la parte interna contro il mio naso. «Mi stai uccidendo, dolcezza.»

«E tu mi stai salvando.»

Un cipiglio mi aggrottò la fronte. «Sei tu ad aver salvato me.»

Rilassando impercettibilmente le spalle, scosse la testa. «Se non fosse stato per te, sarei rimasta a casa stasera, a nascondermi al buio.» Si umettò le labbra con la lingua. «Non avrei mai trovato il coraggio di andare lì e affrontarlo. Di dirgli quelle cose.»

«È qui che ti sbagli, dolcezza.» Stavolta, fu il mio turno di allungare la mano e toccarla. Posai il palmo sul suo viso, spostando lo sguardo tra lei e la strada. «Sei molto più coraggiosa di quanto tu creda. Lo vedo. Lo sento ogni volta che ti guardo. Sei incredibile, Willow. Ogni volta che oltrepassi la soglia di casa mia, lo so con certezza. Così bene da sapere che non dovrei fare qualunque cazzo di cosa io pensi di star facendo con te.»

Willow si rilassò contro la mia mano, crogiolandosi nel mio tocco, ancora ansimante.

«Io...» cominciò, prima di abbassare e distogliere lo sguardo. Ma anche se teneva la testa rivolta verso il basso, riuscii a scorgere il rossore che le imporporò le guance. Esitò prima di proseguire. «Quando mi baci... non sembra una finzione. Sembra la cosa più bella che abbia mai provato.»

Deglutii rumorosamente, oltrepassando il limite. Abbattendo quei paletti che avrebbero dovuto restare saldamente al loro posto. «Questo perché quando ti bacio, non è una finzione. Quando ti dico che sei meravigliosa, la cosa più bella che abbia mai visto, intendo sul serio. E quando ti guardo...»

Mi toccai al centro del petto, sentendomi totalmente vulnerabile. Esposto. Forse dirle la verità, pur sapendo che non avrebbe giovato a nessuno dei due, era sbagliato. Ma era impossibile nasconderle qualcosa quando mi guardava in quel modo. «Lo sento proprio qui. Potremmo anche star fingendo, ma non si può simulare una sensazione simile.»

Willow si schiacciò maggiormente contro lo sportello, quasi come se non si fidasse di se stessa. «Mi fai desiderare cose... cose che non dovrei volere.»

«E cos'è che vuoi, Peaches?» la spronai a bassa voce, sapendo benissimo che stavo conducendo entrambi su una strada senza ritorno. «Quando sono venuto al tuo negozio ti ho detto che ti avrei dato qualsiasi cosa.»

«Voglio...» Si catturò il labbro inferiore tra i denti, nervosa e incerta se dirmi o no la verità.

Il sangue pulsò senza pietà nelle mie vene. Denso di lussuria. Mi offuscò il senno, spostando il mio centro di gravità.

Perché conoscevo l'espressione sul suo viso. Il desiderio era scritto sui suoi lineamenti come uno spartito musicale.

Il suo corpo ondeggiava e tremava, implorando silenziosamente di essere suonato.

Sapevo che avrei dovuto tenere la bocca chiusa. Mettere fine a tutto questo e accompagnarla a casa. Invece, lasciai che le parole fluissero liberamente dalla mia bocca. «Dimmelo, Peaches.»

Un suono roco e bisognoso uscì dalle sue labbra. Sommessamente. Spontaneamente. «Voglio che mi tocchi. Io... io non so cosa si provi a...»

Quel rossore tornò a tutta forza sul suo viso dagli occhi sgranati ed espressivi.

«Merda» sibilai in maniera quasi inudibile quando una scarica di lussuria mi attanagliò le viscere non appena compresi cosa stava dicendo. Cosa stava insinuando. «Vuoi che ti faccia venire?»

Lei spalancò la bocca e annuì piano. «Non ho mai...»

Mi sfregai la faccia con una mano, sperando che potesse aiutarmi a schiarirmi la mente. Tutti i buoni propositi che mi ero posto risalirono in superficie, facendo a gara per ottenere la mia attenzione, e quel briciolo di coscienza che mi era rimasto mi gridò di seguire il buonsenso.

Di non essere il solito bastardo in difetto, per una volta.

Perché questa ragazza era buona.

Pura.

In attesa dell'uomo giusto.

E quello *giusto* di sicuro non ero io.

Ma niente di tutto ciò sembrava importare al mio subconscio che era già entrato in azione. Ancor prima che me ne rendessi conto, la mia auto aveva cambiato direzione e stava sfrecciando lungo la strada deserta e silenziosa che conduceva a casa mia.

Lottai per trovare un equilibrio.

Per cercare di rialzare quei paletti.

Magari chiedere una linea di demarcazione più ampia perché stava diventando sempre più impossibile non superare quella attuale.

«Mai?» chiesi.

Lei si limitò a scuotere la testa.

«Fino a che punto possiamo spingerci con questa finzione, Peaches? Perché non voglio farti del male. Mi rifiuto di farlo. Sappiamo entrambi che meriti di più. E so che vuoi molto di più di quello che posso darti.»

«Fammi... fammi solo provare qualcosa. Qualcosa di diverso. Qualcosa di meglio. Qualcosa di *bello*.» Si torse le dita così forte che stava di certo bloccando la circolazione sanguigna. «Non... non sono molto brava in queste cose» confessò a bassa voce.

Figlio di puttana.

«Quel maledetto idiota» sibilai a denti stretti nel vento che sferzava tra di noi. Non osavo nemmeno immaginare le cazzate che quello stronzo le aveva propinato in tutti quegli anni. Se Willow era anche solo capace di pensare di essere lei in difetto, Bates doveva aver fatto un fottuto lavoro coi fiocchi nel metterle in testa quelle fesserie.

Svoltai bruscamente nel mio vialetto, un po' più veloce del necessario. Gli pneumatici sollevarono una tempesta di polvere mentre mi dirigevo verso casa. Non appena entrai in garage, schiacciai i freni, parcheggiai e spensi il motore. Mezzo secondo dopo, tenevo il suo viso splendido tra i palmi delle mie mani, costringendola a concentrarsi sulle mie parole.

«Ascoltami, e ascoltami bene. Il tuo ex non è altro che un idiota, Willow. Quel bastardo non aveva la minima idea di come prendersi cura di te. Di come toccarti nel modo giusto. Di come darti piacere. Solo uno stronzo egoista getterebbe il biasimo su di te.»

Nei suoi occhi balenò il dubbio, il desiderio, perciò premetti un tenero bacio sulla sua bocca. «Andiamo... facciamogliela vedere a quel cazzone.»

Lei emise una debole risatina. Così dolce. Così perfetta e leggera. Riuscì a insinuarsi dentro di me e a mettere radici in quel posto buio e oscuro. Quel posto sepolto nel profondo della mia anima. Un luogo che per anni avevo cercato di dimenticare. Uno che ormai riconoscevo a stento.

Eppure, in qualche modo, esso riconosceva lei.

Il mio petto si strinse in una morsa. Tutta la vergogna, il rimpianto e il rimorso che tenevo dentro mi supplicarono di procedere con cautela, di stare attento a quello che facevo. Di tenere a freno le mie intenzioni.

Willow non era una groupie in cerca di un'avventura.

La stai facendo uscire dal suo guscio. Le stai mostrando che è bellissima. Le stai ricordando tutto ciò che ha da offrire. Così che quando quel fortunato bastardo là fuori infine la troverà, lei sarà pronta a pretendere lo stesso in cambio.

Quella fu una ragione sufficiente a farmi uscire dall'auto e precipitarmi ad aprirle lo sportello. Aiutandola a scendere, la presi per mano, la trascinai in casa e su per le scale, e spalancai la porta della mia stanza.

Immediatamente, percepii il suo nervosismo schizzare alle stelle, poiché i suoi passi urgenti rallentarono mentre mi seguiva dentro. Dovevo andarci piano, cazzo. Mantenere la calma quando per tutta la notte ero stato sul punto di perderla. Le lasciai andare la mano, pensando che probabilmente avrebbe scelto di scappare, consapevole che sarebbe stata la cosa migliore.

Invece, lei avanzò verso la fila di finestre e guardò fuori nell'oscurità della notte.

L'energia divampò intorno a noi.

«Sei sicura che questo sia ciò che vuoi?» domandai dalla soglia.

Willow si voltò lentamente verso di me.

Il chiaro di luna filtrava nella stanza creando intorno a lei un gioco di ombre danzanti e luci soffuse e opalescenti.

Era assolutamente incantevole.

Così splendida che improvvisamente mi si formò un groppo in gola e un peso al centro del petto.

«Non dovrei esserlo, ma lo sono.»

Avanzai verso di lei con passo cadenzato. Mi sfilai le bretelle dalle spalle mentre con voce profonda dicevo: «Ti farò provare piacere, Peaches. Ti darò ciò che quello stronzo egoista non ti ha dato. Dopodiché, finirà lì. Se ti senti a disagio anche solo per un secondo, *dimmelo*.»

Lei abbassò lo sguardo sul pavimento.

Posai un dito sotto il suo mento e le sollevai delicatamente il viso, costringendola a guardarmi.

I suoi occhi color cioccolato incrociarono i miei. Erano colmi di fiducia, desiderio e persistente paura.

La rabbia mi attanagliò lo spirito.

Volevo massacrare quel bastardo.

Avevo la sensazione che non avesse mai alzato un dito su di lei. I suoi abusi consistevano nelle parole che le aveva chiaramente vomitato addosso, demoralizzandola. Insulti che l'avevano fatta dubitare di se stessa.

Posai il palmo sulla sua guancia, piegai la testa di lato e mi assicurai che la mia voce suonasse sincera così che avrebbe capito che intendevo ogni singola parola che uscì dalle mie labbra. «Questo è per te, Peaches. Perché sei tu a volerlo. Perché è una tua scelta.»

Lasciai scivolare la mano lungo il suo collo esile e delicato. La mia pelle bruciò a contatto del battito cardiaco che pulsava sotto le mie dita. «Sei così bella» mormorai, dicendole la pura e semplice verità. «Così gentile. Così buona. Sai che vedo tutto questo quando ti guardo?»

Feci scorrere la mano sulla sua nuca dove affondai le dita nei suoi capelli raccolti in uno chignon. Lo sciolsi, lasciando ricadere la sua splendida chioma in una cascata disordinata lungo la sua schiena.

Willow emise un respiro ansimante che io inspirai nei miei polmoni. Come se in questo modo potessi renderla parte di me.

Ero proprio uno sciocco nel desiderare qualcosa in più di quello che aveva da dare, pur sapendo di avere così poco da offrirle in cambio. Pregando al contempo che questo potesse essere abbastanza.

La sospinsi all'indietro verso il letto. «E questo corpo...» mormorai, mentre scioglievo la striscia di tessuto avvolta intorno alla sua vita che fungeva da cintura. «Ogni volta che varchi la soglia di casa mia, la mia mente vaga immediatamente verso pensieri osceni. Mi chiedo come sia il tuo corpo sotto tutti quei vestiti. Sapendo bene che è spettacolare ma potendo fare affidamento solo sulle mie fantasie.»

Lei rabbrividì.

La feci arretrare di un altro passo. «E ora, lo scoprirò coi miei occhi.»

Un fremito palpabile le percorse il corpo.

Il mio stomaco si contorse in un groviglio di nodi infuocati. Merda.

Non avevo la più pallida idea di come sarei uscito indenne da questa esperienza. Morivo dalla voglia di farle cose sconce. Indecenti. Volevo toccarla ovunque. Scoparla in ogni modo possibile.

Se dovevamo fingere, sarei stato ogni sua fantasia.

Mi preparai psicologicamente mentre posavo il palmo della mano contro la sua pancia piatta, dicendomi di procedere con cautela, di andarci piano. L'unico traguardo che stasera avremmo attraversato era il suo.

Sfregai il naso sulla sua guancia, spostandomi fino all'orecchio mentre la facevo voltare, mormorando per tutto il tempo. «Questa notte appartiene a te. Ti accarezzerò finché non ti ritroverai a danzare fra le stelle, e quando tornerai giù, ti prenderò. Dopodiché, ti farò di nuovo librare in alto.»

Willow mugolò e strinse le cosce, e seppi di aver ottenuto esattamente ciò che volevo.

Era fremente di desiderio, bagnata e pronta.

Così vogliosa che il nervosismo non sarebbe stato d'intralcio. Così sedotta dalle mie parole che quelle di Bates sarebbero state cancellate, una ad una.

Scostai di lato la massa setosa dei suoi capelli, rivelando la lunga cerniera che teneva insieme il suo vestito. Portai le dita sulla linguetta situata all'altezza della nuca, suscitandole la pelle d'oca col mio tocco.

«Lo senti, Peaches? Ti sto a malapena sfiorando e già stai tremando.»

«Ash» sussurrò.

«Dimmi, dolcezza.»

Si umettò le labbra. «Io non... ti prego.»

Un'oscura risatina sfuggì dalla mia gola, perché questa ragazza era troppo buona. Troppo innocente e dolce. Non ero mai stato con una donna come lei. Neppure una volta in tutta la mia vita.

Lentamente, abbassai la zip, e il suono echeggiò come una promessa contro le pareti spoglie.

«Splendida» bisbigliai sulla sua pelle.

Appoggiai le mani sulle sue spalle, massaggiandole delicatamente. Premetti un lungo bacio sulla sua nuca, prima di spostarmi e baciarla sotto la mascella mentre le giravo intorno.

Fermandomi di fronte a lei, osservai la sua espressione mentre infilavo le mani sotto il tessuto del suo vestito su ciascun lato.

Le sue labbra si schiusero in un sospiro e mi fissò intensamente, affidandosi senza remore alle mie cure.

Con cautela, cominciai a sfilarle di dosso l'abito nero, carezzandole la pelle setosa nel farlo.

Era come svelare una preziosa e inestimabile opera d'arte. Una che non era mai stata esposta prima d'ora. Una che tutti i bastardi del mondo desideravano ma che nessuno poteva permettersi.

Willow fremette ed io tremai da capo a piedi.

Cosa diavolo mi stava facendo?

Inspirò ed espirò dei respiri bruschi e tremolanti mentre facevo scivolare il singolo pezzo di tessuto lungo il suo corpo mozzafiato.

Il vestito cadde sul pavimento. Una pozza ai suoi piedi.

Un po' come me.

Era esattamente come mi aspettavo.

Un capolavoro.

Tutta curve delicate e linee lunghe e toniche.

Era alta, snella e slanciata. Proprio come il salice da cui prendeva il nome.

Meravigliosa.

Maestosa.

Avevo la sensazione che se mi fossi avvicinato troppo, sarei affondato e scomparso.

Forse per sempre.

Le sue tette traboccavano oltre il bordo superiore del reggiseno nero più sexy che avessi mai visto, di puro pizzo e dalle bretelle sottilissime, abbinato a un paio di mutandine dello stesso colore e materiale.

Feci scorrere il dito su una spallina. «Mi piace. Un sacco.»

Lei si morse timidamente il labbro. «Hai detto che ti piace il nero...»

La sua voce si affievolì con il fervore che si accese tra di noi.

L'energia divampò e scoppiettò.

Ogni cellula del mio corpo era in stato di massima allerta mentre entrambi ci muovevamo attraverso la palpabile intensità che risucchiava ogni particella d'aria.

Ci toccavamo a malapena.

Eppure, mi sentivo più vicino a lei di quanto non fossi mai stato con chiunque altro in tantissimi anni.

Il mio uccello si inturgidì, supplicando alla vista dinanzi a me. Ovviamente, non avrebbe combinato nulla stasera. E questo era così assurdo, così in disaccordo con la mia natura, che potevo accettarlo tranquillamente.

Ma fu il mio spirito a sussultare quando intravidi ciò che era marchiato sulla sua pelle.

Era nascosto sotto una grossa ciocca color mogano che le ricadeva sulla spalla sinistra.

Quasi con diffidenza, scostai indietro il ciuffo di capelli per rivelare ciò che celava. Tamburellai la punta delle dita sul tatuaggio che teneva inciso lì, finora sempre nascosto dai vestiti. Il mio sguardo guizzò tra il disegno e l'intenso dolore nei suoi occhi.

Era un soffione. Una replica esatta del logo inciso sull'insegna appesa fuori al suo negozio.

Willow tremò e parlò con voce arrochita da una brutale tristezza. «Mia mamma... li adorava. Credeva che indicassero il cammino dei nostri sogni. Diceva che dovevamo solo avere il coraggio di inseguirli.»

«Peaches.» Il mio mormorio fendette l'aria densa di emozioni.

Lei mi rivolse un sorriso malinconico che mi trafisse fin nell'anima. Com'era possibile che questa ragazza riuscisse a toccarmi in questo modo?

Ma era così, perciò rimasi lì immobile mentre mi fissava intensamente, come se volesse conoscermi. Conoscere il vero me stesso. Le parti che non erano altro che scheletri e ossa nascoste sul fondo di un armadio chiuso con un lucchetto.

Le mie budella tremarono quando Willow afferrò l'orlo della mia camicia e cominciò a sbottonarla lentamente. Un gemito di desiderio scaturì dal profondo della sua gola mentre si prendeva il suo tempo nel denudarmi, centimetro dopo centimetro.

Il suo pomo d'Adamo oscillò su e giù quando deglutì. «Mi spaventa... il modo in cui mi fai sentire.»

Le sue mani calde si posarono sulla mia pancia, e soffocai un gemito, ma non riuscii a trattenerlo oltre quando cominciò a far scivolare i palmi verso l'alto sui muscoli del mio addome che sussultarono e si contrassero al suo tocco.

Scostò la camicia dalle mie spalle e io con una scrollata me la sfilai del tutto.

Mi domandai che cazzo avrebbe pensato quando avrebbe visto il tatuaggio nascosto sul mio fianco.

Ma era come se sapesse già che era lì.

Perché la sua attenzione andò direttamente su quel punto, anche se sembrava restia a toccare il soffione che avevo impresso lì tanto tempo prima. Tuttavia, il mio era deformato. Marcio. La corolla del fiore completamente priva di pistilli. Sembrava una sagoma senza arti e senza vita incorniciata da un caotico schizzo di colori, vortici e disperazione.

Scolpito come un rifugio per folli e spezzati.

Un posto che avevo riservato a coloro che non sarebbero mai più tornati.

Tutte le cose che Willow desiderava di più al mondo? Le avevo sradicate dalla mia vita. Troppo codardo per affrontare gli ostacoli a testa alta. Così avevo permesso che venissero distrutte. Annientate. Cancellate.

Le parole mi graffiarono la gola quando le pronunciai. «Buffo... perché ho sempre pensato che fossero i nostri sogni che fluttuavano via. Che fuggivano lontano da noi, lasciandoci lì a guardarli scivolare fuori dalla nostra portata.»

Il suo viso si tinse di tristezza. «O forse sono là fuori in attesa che noi li troviamo.»

Il sorriso che spuntò sulle mie labbra era tutt'altro che simulato. Un po' malinconico e tinto di quell'antico dolore che non mostravo mai. Ma questa ragazza riusciva a strapparmelo con facilità.

Sfiorai il suo viso fiducioso. «I tuoi lo sono, dolcezza. Sono là fuori in attesa che tu li raggiunga. Penso che tu ci sia molto vicina. Devi solo farti coraggio e lasciarti andare.»

«Come posso riuscirci quando ci sono così tante cose che mi trattengono?»

«Io dico di iniziare da qui. Comincia da adesso a riprenderti tutte le cose che hai perso.»

«Alcune sono perdute per sempre.»

L'inquietudine si agitò dentro di me, ma la ricacciai indietro. Feci un passo in avanti, cancellando completamente la distanza che ci separava.

Pelle contro pelle.

Petto contro petto.

Il suo cuore batteva all'impazzata. Come una mandria fuori controllo che correva a mille miglia all'ora.

Posai la mia mano lì.

Un fuoco divampò nell'aria.

Esplorai un pochino il suo corpo, sfiorando con le dita il tessuto in pizzo del reggiseno, tracciando il rigonfiamento delle sue tette perfette, prima di prenderne una nel palmo della mia mano.

Lei ansimò come se non fosse mai stata toccata in quel modo, e affondò le dita nelle mie spalle.

Premetti la bocca sulla sua, delicatamente all'inizio, rammentando a me stesso di procedere con calma. Di maneggiarla con cura. Di trattarla come non avevo mai trattato una ragazza finora.

Nemmeno *lei*.

Quel luogo buio dentro di me dolette a quel pensiero, ma non gli prestai ascolto, lo misi a tacere, concentrandomi invece sulle labbra vellutate di questa ragazza e sui dolci ansiti che fuoriuscivano da esse. La mia lingua guizzò fuori per un piccolo assaggio, prima di affondare nella sua bocca deliziosa.

«Hai un sapore squisito» mormorai con voce roca mentre la baciavo più a fondo. Più ardentemente.

Combattendo la frenesia che aumentava in maniera costante dentro di me.

Implorando di potermi avvicinare un po' di più al tipo di bellezza che non avevo mai sperimentato.

Di sfiorarla.

Di portarne un po' con me dopo che lei se ne sarebbe andata.

Willow mugolò di piacere e io mi infiammai del tutto.

Ogni cosa accelerò.

Il suo cuore, la mia mente e il mondo che iniziò a vorticare più veloce del vento.

La sua lingua carezzò, esplorò e supplicò mentre la mia danzava, prometteva e provocava.

Il mio uccello pulsò dolorosamente. Moriva dalla voglia di affondare in tutta quella carne setosa. Di perdersi in questa sensazione che mi stava sopraffacendo.

La feci arretrare di un altro passo, avvolgendo un braccio intorno alla sua vita. «Reggiti forte.»

Quando allacciò le braccia intorno al mio collo, scivolai insieme a lei al centro del letto.

La baciai con fervore, facendola impazzire come lei stava facendo impazzire me. Mi sollevai su mani e ginocchia, intrappolandola tra le mie braccia, e abbassai la testa per perdermi di nuovo nella sua bocca calda.

La sua lingua era il caos. Il suo tocco follia. E in quel momento pensai che avessi sicuramente perso la testa. Ogni parte razionale e logica di me mi urlava di fermarmi. Ma non potevo. Stavo precipitando a tutta birra in quel territorio pericoloso dove non potevo permettermi di stare. Provai un barlume di qualcosa di diverso dalla lussuria quando ondeggiai i fianchi in avanti, sfregando l'uccello coperto dai pantaloni contro il pizzo seducente tra le sue cosce.

Willow si inarcò verso l'alto. Supplicando silenziosamente. Cercando una maggiore frizione. «Oddio» gemette. Agitò la testa di qua e di là, come se sentisse il mondo scomparire sotto di sé e stesse cercando di aggrapparsi forte a qualcosa.

Come se non avesse mai provato nulla di così bello.

Ed avevo appena cominciato.

Sapevo che sarebbe bastata una leggera carezza per farla venire. Quel pensiero fu sufficiente a far scivolare la mia mano verso il basso e sfiorarle le mutandine bagnate fradice. Il suo corpo era chiaramente ansioso di raggiungere il culmine del piacere.

«Così, dolcezza? È così che volevi che ti toccassi?» chiesi mentre scostavo di lato il tessuto di pizzo e facevo scivolare la punta delle dita tra le pieghe intime del suo sesso fino a lambirle il clitoride.

Il suo bacino si sollevò di scatto dal letto.

«Sì, così... ti prego» disse in tono quasi implorante.

Mi sollevai sulle ginocchia e osservai la sua espressione mentre affondavo due dita nella sua figa stretta e perfetta.

La sua bocca si spalancò e i suoi occhi scintillarono.

Gemetti.

«Cazzo, piccola... sei indescrivibile.»

Riuscii a dire solo quello prima di sedermi sui talloni e sfilarle le mutandine.

Era un capolavoro.

Non stavo mentendo.

Rosea, deliziosa e stretta.

Infilai le braccia sotto le sue gambe, l'afferrai per le cosce e affondai il viso in quel paradiso.

Seppellii la lingua nel suo calore.

Willow si ritrasse, contrastando le sensazioni, ma io l'attirai più vicino a me.

La leccai su e giù, prima di soffermarmi sul clitoride e riaffondare le dita nel suo sesso.

«Ash» boccheggiò sorpresa, infilando le mani nei miei capelli come se sentisse il bisogno di aggrapparsi a qualcosa. Concentrai tutti i miei sforzi nel mostrarle esattamente quali sensazioni avrebbe dovuto provare quando un uomo la toccava.

La tensione si impadronì rapidamente del suo corpo.

I gemiti che uscivano dalla sua bocca divennero più profondi. Più bisognosi. Più rochi.

Willow cavalcò un onda che non aveva mai solcato prima.

Potevo sentire l'estasi pervadere ogni cellula del suo corpo. Tendendolo e infiammandolo.

Roteai la lingua e la feci precipitare oltre l'orlo del piacere.

Lei inarcò i fianchi verso l'alto.

Gridando il mio nome come se fosse una canzone.

Adoravo da impazzire che non fosse timida o riservata al riguardo. Che non smettesse di cantilenare il mio nome tra un mugolio e l'altro mentre serrava le cosce intorno alla mia testa.

Continuai a divorarla con la bocca, gustandomi ogni singola goccia di piacere che riuscii ad estrapolare dal suo corpo.

Le sue pareti intime si contrassero ripetutamente intorno alle mie dita, e rallentai il mio assalto finché il suo sesso non smise di pulsare e il suo corpo cominciò ad essere scosso dai tremori.

Baciai dolcemente il suo interno coscia.

Lei rimase immobile sul letto, boccheggiando con lo sguardo rivolto al soffitto.

Le rivolsi un sorrisetto. «Ti è piaciuto?»

Era sbagliato che mi sentissi un tantino compiaciuto?

Willow mi carezzò il viso con una mano. Più delicatamente del necessario. «Ho toccato le stelle.»

Provai una stretta al cuore per il modo in cui mi stava guardando, e mi ritrassi leggermente per darle un po' di spazio. O forse ero io ad averne bisogno.

Si mise seduta e poggiò una mano sul mio petto. I suoi occhi color cioccolato luccicarono in un misto di curiosità, paura e desiderio.

«Voglio assaggiarti» bisbigliò con voce roca.

Scossi la testa mentre il mio uccello gridava, *sì, ti prego*. «Te l'ho detto, questa notte è dedicata solo a te.»

Lei scese dal letto e si piazzò davanti a me, coperta solo dal reggiseno di pizzo. Il suo splendido corpo era ancora scosso dai postumi dell'orgasmo.

Mi prese la mano, guardandomi con espressione coraggiosa e sicura di sé. «E se ti dicessi che è per me?»

La fissai intensamente.

Con la mente, il cuore e lo spirito in guerra tra loro.

Il problema era che nessuno dei tre sapeva per cosa stesse combattendo.

Non opposi resistenza quando mi tirò la mano per farmi alzare in piedi. E non la fermai neppure quando si inginocchiò di fronte a me.

La sua timidezza era tornata, così come tutte le domande e le incertezze.

Le accarezzai la guancia. «Peaches, non c'è bisogno che tu lo faccia. Non hai niente da dimostrare.»

Per tutta risposta, lei tracciò la cicatrice sul mio fianco con la punta delle dita, gli occhi colmi di sincerità quando incrociò il mio sguardo. «Non posso credere che abbia partecipato anche lui. Che ti abbia fatto questo. Io...»

«Fanculo lui» dissi.

Le sue labbra si curvarono in un lievissimo sorriso e il suo viso arrossì quando fece scivolare le parole fuori dalla sua deliziosa bocca. «Sai decisamente come fargliela vedere a un uomo, vero? Tu e lui non vivete nemmeno nella stessa stratosfera.»

Probabilmente fu in quel momento, quando una parte morta dentro di me si riaccese, che mi innamorai un po' di lei.

Perché avrei potuto giurare che sentii qualcosa nel mio petto sgretolarsi quando armeggiò con la patta dei miei pantaloni e abbassò nervosamente la zip.

Il mio uccello sobbalzò, molto più impaziente del dovuto. Né io ne lui avremmo dovuto farci coinvolgere fino a questo punto. Soprattutto quando Willow boccheggiò scioccata nel momento in cui lo tirò fuori.

I suoi occhi erano sgranati e dilatati mentre fissava il mio membro. Con i polpastrelli, sfiorò la carne sensibile e turgida.

«Sei indescrivibile» riuscì a mormorare a malapena, ripetendo il mio stesso complimento e guardandomi da sotto le ciglia, prima di prendermi in mano. Incerta e apprensiva.

«Willow» dissi, in tono sia di avvertimento che di supplica. Perché mentre questa ragazza cercava di capire come circondarmi completamente con la mano, io potevo sentirla penetrare in ogni parte di me. Alla fine, sollevò l'altro braccio e mi afferrò con entrambe le mani, stringendomi delicatamente, quasi temesse di farmi male.

Poi...

Poi chiuse gli occhi, si sedette sulle ginocchia e si sporse in avanti, posando un bacio leggerissimo proprio sulla punta.

Così maledettamente dolce.

Ero fottuto.

Sapevo che teneva gli occhi serrati perché stava cercando di racimolare il coraggio. Di portare alla luce l'audacia che vedevo così chiaramente in lei. Doveva averla trovata, perché un attimo dopo usò le mani per sfregarmi contro le sue labbra, che si schiusero e mi accolsero dentro.

Gemetti di piacere, intrecciando le dita nella massa di capelli mogano di questa ragazza intricata e complessa quanto i pezzi di legno che riportava in vita. Cominciò a succhiarmi, acquistando una vacillante sicurezza mentre mi prendeva sempre più a fondo ad ogni movimento della bocca.

Da qualche parte nei recessi della mia mente, sapevo che avevo ricevuto pompini migliori nella mia vita. Che questo era un po' goffo e maldestro, perché questa ragazza era estremamente timida e insicura.

Ma nessuna di quelle donne senza volto reggeva il confronto, e sapevo, senza ombra di dubbio, che non avevo mai sperimentato nulla di più bello in tutta la mia patetica vita.

E quella consapevolezza mi spaventò a morte.

19

WILLOW

«Gli hai permesso di baciarti?» Summer urtò la spalla contro quella di Willow.

Quest'ultima non poté fare a meno di abbassare la testa per cercare di nascondere la vampata di calore che le imporporò le guance. Passò le dita tra gli alti fili d'erba su cui sedevano. L'aria di Savannah era mite, il cielo azzurro e luminoso, gli alberi ondeggiavano nella leggera brezza che faceva cadere le loro foglie, portando con sé il suono gorgogliante del torrente che scorreva lì accanto.

«No.»

Summer proruppe in una spensierata risata. «Oddio, Willow, cosa devo fare con te? Non sai che i ragazzi servono a questo? A scambiarsi baci?» la punzecchiò sua sorella.

«Non sono come te» ammise Willow.

Summer sussultò, fingendosi offesa, e si batté una mano sul cuore.

Willow sgranò gli occhi. «Oh mio Dio... sai che non è quello che intendevo.» Quello che voleva dire era che non era sfacciata e audace come sua sorella.

Sua mamma le diceva che erano i suoi pensieri e le sue idee ad essere audaci. Che avrebbe lasciato il suo marchio nel modo in cui guardava il mondo.

Un'altra risata risuonò nella brezza. «Lo so, lo so, Willow. Non diresti mai una cosa negativa su di me. Anche se fosse vera.»

«Non dire così» rispose Willow.

Summer scosse la testa e volse lo sguardo verso il cielo. «Alcune cose sono così e basta, sorellina. Anche se non avrei mai voluto che lo fossero.» Il suo tono divenne triste come succedeva spesso ultimamente. «Ecco perché non vedo l'ora di andare via da questa piccola città dalla mentalità ristretta. Non vedo l'ora di essere libera da tutto questo. Di vivere la mia vita come voglio.»

Il terrore montò in Willow al pensiero che sua sorella la lasciasse, proprio come aveva fatto il loro papà meno di un anno fa. Soprattutto ora che la loro mamma si stava ammalando sempre di più. Restare da sola era la sua più grande paura. «Cosa farei senza di te? Odio il pensiero che tu non sia qui con me.»

Il sospiro di sua sorella era impregnato di tristezza. «Anch'io odio il pensiero di lasciarti, Willow. Di lasciare mamma. Ma non so se posso restare. Questo non è il mio posto. Non sono a mio agio qui. Non lo capisci?» Si voltò verso Willow, supplicandola con gli occhi di comprendere. «Io e te siamo diverse. Basta vedere tutte le cose belle che crei nel negozio di mamma. Tu risplendi qua. La tua felicità è qui. E anch'io ho bisogno di trovare un luogo dove risplendere.»

Willow intrecciò il mignolo con quello di sua sorella. «Lo troverai. So che ci riuscirai.»

La speranza, in parte offuscata dallo scetticismo, luccicò negli occhi di Summer. «Sì, ci riuscirò.»

Willow raccolse un soffione e lo porse a sua sorella come aveva sempre fatto la mamma. «Esprimi un desiderio.»

La risatina di Summer era incredula e fiacca, la voce addolcita dall'affetto. «Vedi... è questo quello che intendo. Tu incarni tutte le cose buone e premurose che io non sarò mai.»

Mi svegliai di soprassalto, mentre il ricordo di mia sorella indugiava nel mio spirito. La luce del sole filtrava attraverso le finestre. Disorientata, iniziai a farmi prendere dal panico, prima di rilassarmi nel conforto che mi circondava.

Non poteva essere reale. Ero avvolta tra le braccia forti e

rassicuranti di un mezzo sconosciuto, il suo grande corpo così caldo e sicuro, le sue gambe intrecciate alle mie.

Per di più, un uomo come Ash Evans.

Mi strinse più forte, come se mi avesse sentita muovermi anche nel sonno. La sua bocca era gentile quando premette sulla mia nuca. Il suo naso era sepolto tra i miei capelli quando emise un sospiro soddisfatto.

Ricordi della scorsa notte si affacciarono alla mia mente...

«Dovrei andare» dissi, ancora inginocchiata davanti a lui.

Ash posò una mano sul mio viso e mi fece alzare in piedi. Inclinò la testa di lato e piegò la bocca in un sorrisetto soddisfatto e pieno di oscure promesse. «Pensi che sia finita qui, tesoro? Ho appena iniziato a scaldarmi. Dovresti assolutamente restare.»

Fremetti. Corpo, mente e anima.

Restare.

La notte passò in un lampo confuso e beato. Le sue mani, la sua lingua e il suo corpo si posarono su di me più e più volte. Sfiorando limiti senza mai oltrepassarli. Mi portò nel suo letto, sollevando il mio corpo spossato ed esausto. Mi infilò la sua t-shirt con gesti delicati, prima di coprire entrambi con le coperte e sussurrare: «Dormi.»

Potei quasi percepire il rossore che affiorò sul mio viso.

Com'era possibile che mi sentissi sia imbarazzata che audace?

Sia ingenua che bella?

Attenta a non svegliarlo, mi districai dal suo abbraccio e scivolai giù dal letto. I miei piedi atterrarono sulle calde assi di legno consunto sotto di me. Mi guardai intorno, osservando la stanza che aveva affidato alle mie mani. Sembrava così diversa alla luce del giorno.

Così simile a lui.

Abbassai lo sguardo su quel bellissimo corpo sodo e atletico, su quella statua spezzata e perfetta scolpita nella pietra preziosa che si girò sulla pancia. La sua schiena nuda era forte e muscolosa, le spalle larghe e la vita sottile, e il lenzuolo copriva a malapena il suo sedere perfettamente rotondo.

Avvampai in viso e affondai i denti nel labbro inferiore.

Ok, forse ero una guardona, perché stavo rubando dei momenti privati. Attimi in cui non torreggiava sopra di me in quel modo magnetico e imponente, ma era perso invece nei suoi sogni. E mi domandai... mi domandai se quei sogni andassero al di là del suo amore per il palcoscenico. Se desiderasse qualcosa di più o di diverso, o se si sarebbe per sempre accontentato delle cose che aveva.

Provando il bisogno di schiarirmi la mente, guardai i nostri abiti sparpagliati sul pavimento, le mie gambe nude che spuntavano da sotto l'enorme t-shirt che indossavo.

Ok, questo non fu granché d'aiuto.

Sospirai, lanciai un'altra occhiata ad Ash e uscii in punta di piedi dalla stanza per andare di sotto.

Dopo la scorsa notte, il caffè era una necessità.

Sì, sì, caffè.

Improvvisamente carica di determinazione, spalancai le porte della cucina.

Poi strillai e mi arrestai di colpo. Mi portai la mano alla bocca per soffocare quell'orribile suono. O forse per nascondere l'imbarazzo che provavo, desiderando al contempo che la mia mano fosse cento volte più grande così che potesse coprire molto di più.

Zee si voltò di scatto dalla sua posizione accanto alla macchinetta del caffè.

«Che ti salta in mente, Willow?» ansimò. «Mi hai spaventato a morte. Perché diavolo gridi? Sono soltanto io.»

Tentai di ricompormi mentre tiravo l'orlo della maglietta di Ash verso il basso con mani tremanti. «Io ho spaventato te? Penso che sia il contrario. Non...»

Lui inarcò le sopracciglia. «Dimmi che non hai dimenticato che abito qui. Sono davvero così insignificante rispetto al resto dei ragazzi? Questo sì che è triste.»

Neanche lontanamente. Era incredibilmente splendido. Ma era il suo spirito ad essere quieto. Una mosca sul muro che assorbiva tutto.

Mi accigliai, sperando di non averlo offeso. «Certo che no.

È solo che non ti vedo spesso quando sono qui... e...»

Ed ero completamente distratta. Stavo ancora fluttuando nel sogno di ieri notte. Domandandomi quando sarei tornata coi piedi per terra. Quando quella bolla virtuale sarebbe esplosa.

Arrossii ancora di più, e cominciai ad indietreggiare. «Dovrei...» Timidamente, agitai la mano verso la porta alle mie spalle.

Dio. Questa situazione non poteva diventare più imbarazzante di così. Era questa la cosiddetta "camminata della vergogna"? Perché la stavo decisamente provando. La sentivo infiammarmi la pelle e colmarmi di nervosismo.

Zee scoppiò a ridere. «Non preoccuparti, Willow. Non sei la prima ragazza a piombare in questa cucina di primo mattino. Forse sei la prima che lo fa gridando, ma di sicuro non la prima in assoluto.»

Trasalii.

Okay.

Questo mi ferì.

Non avrebbe dovuto. Ma lo fece. Era un altro promemoria che dovevo stare attenta. Che dovevo badare a dove stavo andando e in cosa mi stavo cacciando. Perché avevo la sensazione di esserci già dentro fino al collo.

Summer mi aveva sempre detto di fare attenzione. Che avevo un cuore speciale. Uno che poteva essere schiacciato facilmente.

Il sorriso che Zee mi rivolse era gentile e comprensivo, proprio come la sua natura. «Ehi, non intendevo offenderti. Quello che fai con Ash è affar tuo.»

Mi torsi nervosamente le mani. «Ma noi non siamo... non abbiamo...»

Le porte dietro di me si spalancarono e la presenza che emerse sulla soglia risucchiò tutta l'aria dalla stanza.

Tremai.

Oddio.

Questo ragazzo mi scombussolava. Fin troppo.

Mi cinse la vita con entrambe le braccia da dietro.

Fuoco, fiamme e luce.

Un fremito mi percorse dalla testa ai piedi.

Ash ridacchiò, come se sapesse di essere lui a detenere tutto il potere. «Cosa vuoi dire con "non siamo"?»

Percepii il sorrisetto compiaciuto che lanciò a Zee da sopra la mia spalla. Come se quello che stavamo facendo fosse chiaro come il sole quando in realtà era la cosa più disorientante in assoluto. Poi, iniziò a tracciare una scia di baci lungo la curva del mio collo.

Ero stregata.

Quella poteva essere l'unica ragione per cui mi sciolsi tra le sue braccia nel bel mezzo della sua cucina e di fronte al suo amico.

Zee rise piano. Doveva essere abituato ad assecondare il suo amico sopra le righe. «Credo che questo sia il mio segnale per uscire di scena e lasciarvi da soli a fare qualsiasi cosa stiate, o non stiate, facendo.»

Un brivido di piacere mi corse lungo il corpo, suscitandomi la pelle d'oca.

«Grazie, amico» mormorò Ash.

«Non c'è problema. Il caffè è pronto.»

Zee afferrò la sua tazza e cominciò ad attraversare la cucina. Mi rivolse un sorriso quasi compassionevole mentre si avvicina a noi. Invece, quello che rivolse ad Ash prima di sparire oltre le porte a vento era duro, quasi di avvertimento.

«Cosa significava quello?» chiesi. La mia voce venne fuori più ansante di quanto intendessi con le sue labbra incollate alla mia pelle.

«Significa che gli piaci» rispose Ash, continuando a baciarmi il collo, affondando il naso nei miei capelli senz'altro scompigliati. «Fondamentalmente, mi ha detto che sarebbe ben felice di prendermi a calci in culo se dovessi farti soffrire, e il tutto senza dire una parola.»

Mi fece voltare verso di sé, e il mio cuore incespicò prima di riprendere a battere all'impazzata. Le ciocche più lunghe dei suoi capelli gli ricaddero sulla fronte, facendo risaltare ancora di più i lineamenti ben definiti del suo volto, la mascella squadrata e il naso affilato. Era una statua spezzata e perfetta. Il mio glorioso vendicatore illuminato dai raggi del sole.

Una parte segreta di me si elettrizzò. La parte che si sarebbe fatta ridurre in pezzi comportandosi da sciocca come stavo facendo ora.

Perché non gli avevo mentito.

Condividevo il mio corpo con un uomo solo se lo amavo. E a poco a poco, Ash stava prendendo pezzetti di me per se stesso. Il mio cuore, la mia anima e il mio corpo.

Se non fossi stata attenta, gli sarei appartenuta del tutto.

Mi avrebbe distrutta.

Un'espressione intensa e severa, quasi dolorosa, balenò sul suo viso mentre faceva un passo minaccioso verso di me. Privandomi dell'ossigeno e della lucidità mentale. «Ma non c'è alcun rischio che questo accada, dal momento che stiamo solo fingendo. Giusto, dolcezza?»

Ebbi l'inquietante sensazione che lo stesse dicendo più per se stesso che per me. Che magari anche lui sentisse che quello che c'era tra di noi era diverso.

«Non puoi ferire ciò che non hai» dissi in una sorta di avvertimento a fare un passo indietro.

Per tutta risposta, lui mi afferrò per i fianchi con entrambe le mani. Emisi un gridolino, poi mi rilassai contro il calore del suo corpo schiacciato al mio. La sua voce era sia ruvida che vellutata. «Anche se volessi tenerti... trattenerti... sarebbe sbagliato, piccola. Sarebbe un grosso sbaglio perché io sono sbagliato. C'è un posto orrendo dentro di me che la gente non vede. È un posto in cui non posso lasciarti andare. In cui non ti lascerò andare. Meriti molto di più di quello che si nasconde lì dentro.»

Lo disse come se stesse cercando di convincere se stesso. Ma la sincerità delle sue parole confermava l'esistenza di quel luogo che avevo sempre e solo intravisto in lui. Questo magnifico e spezzato ragazzo non era stato ferito soltanto esternamente. Alcune di quelle cicatrici lo segnavano anche internamente.

«Non ho mai chiesto di andare lì.»

Giocare in difesa era l'unica cosa che mi era rimasta.

Ash fece un sorriso, sia triste che arrogante. Avrebbe dovuto essere impossibile. Ma non per lui. «Non c'è bisogno di dirlo.» Sfregò lievemente il pollice sotto il mio occhio. «Era scritto chiaramente sul tuo viso ieri notte. Questi occhi...» Il suo pomo d'Adamo ballonzolò su e giù quando deglutì. «È come se avessero un'anima propria. Come se fossero a conoscenza di cose che non dovrebbero sapere. Di segreti mai rivelati. E vorrei darti tutto ciò che chiedono. Qualsiasi cosa. Ma ci sono cose che proprio non posso darti.»

L'emozione mi attanagliò il petto in una morsa bollente. «Cosa vuoi dire?»

«Sto dicendo che quando avremo finito, voglio averti dato qualcosa piuttosto che avertela tolta. Voglio che tu sia pronta ad affrontare il mondo, ad afferrarlo nel palmo delle tue mani e pretendere tutto ciò che meriti. Voglio trascorrere ogni giorno che ci resta a mostrarti quanto dannatamente bella tu sia. Ciò significa che non voglio ferirti. Né ora né mai. Ho bisogno di sapere che puoi gestire questa cosa.»

«Tu mi fai sentire come se ne fossi in grado.»

Questa era la mia più grande verità e la mia più grossa bugia.

Ash mi si avvicinò ulteriormente. «Qual è la tua più grande paura?»

Non avevo bisogno di scavare troppo a fondo per trovare la risposta. Senza esitazione, la mia bocca sussurrò i segreti che custodivo. «Rimanere sola.» Chiusi gli occhi con forza e scossi il capo, prima di chiarire la mia affermazione. «Non letteralmente. Ma nel senso di sentirmi sola.» Sollevai le braccia nello spazio tra di noi e posai le mani sul mio petto. «Ho paura di non avere nessuno a cui dare tutto l'amore che tengo qui.»

Lo fissai guardinga, sostenendo il suo sguardo intenso. «Sembra che tutti coloro che amo di più mi vengano strappati via. Uno ad uno. E sono terrorizzata al pensiero che un giorno mi guarderò intorno e scoprirò che l'unica persona rimasta sono io.»

«Quel ragazzo è lì fuori da qualche parte» mi promise per l'ennesima volta con enfasi. «Scommetto che sta cavalcando su uno di quei soffioni che tua madre ha rilasciato nel cielo quando eri solo una bambina. È là fuori a fluttuare nell'aria... in attesa che tu lo raggiunga.»

E se volessi che fossi tu quel ragazzo?

Gridò una voce avida e intrepida dentro di me, ululando con tutta la divorante solitudine che solo quest'uomo era stato in grado di sfiorare quando mi aveva toccata ieri notte.

Bates non si era mai neppure avvicinato.

La misi a tacere e fissai quest'uomo sorprendente. «Qual è la tua più grande paura?» chiesi, le mie parole a malapena un sussurro.

Lui non esitò. «Innamorarmi. Essere amato. Essere responsabile della felicità di un'altra persona, consapevole che un giorno la deluderò di certo.»

L'espressione che balenò sul suo viso mi spezzò quasi il cuore. Sparì prima che potessi decifrarla del tutto, ma riuscii a intravedere il dolore più atroce che esistesse.

Un sorriso posticcio spuntò sulle sue labbra. «Ci sono già passato una volta... non è finita molto bene. E non credo di poter superare di nuovo qualcosa di così orribile. Ho distrutto un sacco di cose nella mia vita, Peaches. Non ho intenzione di ripetere gli stessi sbagli.»

Annuii piano, cercando di decifrare quest'uomo. Di comprendere il suo grande cuore sanguinante e la sua anima indurita.

Avanzò ancora, costringendomi ad arretrare finché il bordo del bancone non premette contro la mia schiena. «Siamo d'accordo, allora? Trascorrerò i prossimi due mesi a farti impazzire di piacere.... Ti darò tutto tranne il sesso, Peaches. Perché come ti ho detto ieri notte, non posso farti del male. E so cosa significa il sesso per te. Ma ti insegnerò a pretendere ciò che vuoi. Ciò di cui hai bisogno. Poi, quando avremo finito, uscirai dalla mia porta per cercare quel ragazzo che mi spazzerà via dalla tua mente.»

Impossibile.

Ma non lo dissi.

Invece, annuii.

Un sorrisetto affiorò sulla sua bocca. «Bene. Adesso, la prossima cosa sulla lista è cambiare l'ordine di priorità dei lavori da fare nella mia stanza, perché svegliarmi alle prime luci dell'alba con il sole che trafigge le finestre prive di tende non è esattamente il mio risveglio preferito. Soprattutto quando mi sveglio in un letto vuoto in cui avresti dovuto esserci anche tu.»

Finse un broncio.

Mi sfuggì una risatina. «Che c'è? Solo perché mi hai portata nel tuo letto, pensi che adesso inizierò ad eseguire i tuoi ordini? Niente tende finché le pareti non saranno dipinte. Hai altre sei stanze dove dormire tra cui scegliere.»

Ash si mosse veloce come un fulmine e mi bloccò contro il bancone. Un predatore che mi aveva intrappolata. Pronto a balzare sulla sua preda.

Ero una stupida a desiderare che lo facesse?

Un sorriso impudente curvò la sua bocca maliziosa e seducente. Si chinò in avanti e mormorò: «Mmm... se non ricordo male, sei stata tu a dare "ordini" ieri sera.»

«Sei stato proprio tu a dirmi di non aver mai paura di chiedere ciò che voglio.»

La verità era che avevo avuto il terrore di chiedergli *tutto*.

«E cos'è che vuoi?» mi blandì.

«Voglio te.»

Ansimai quando mi prese per la vita, sollevandomi sul bancone e divaricandomi le ginocchia con le mani.

Gemetti, scioccata e così eccitata da vedere sfocato, e premetti i palmi sul bancone dietro di me.

Questo. Questo era ciò che stavo aspettando. La sensazione che avevo anelato disperatamente. Quello che mi era mancato.

Il suo sorriso era diabolico mentre si umettava le labbra con la lingua. Fece scivolare un singolo dito lungo le pieghe bagnate del mio sesso.

L'intero mondo divenne elettrico. Ogni atomo una sinapsi di desiderio.

«Ancora senza mutandine.»

Deglutii il groppo che avevo in gola. «Sì.»

Lui gemette, sfiorando a malapena la mia carne turgida e

sensibile che fremeva ancora dopo la scorsa notte. Mi si serrò lo stomaco, e quei posti dentro di me pulsarono di una smania che non avevo mai conosciuto.

Le sue parole mi graffiarono la pelle, come la carta vetrata che sfregavo sul legno. Rivelando ciò che si celava sotto. «Qual è stata la tua parte preferita?»

Con la punta del dito, disegnò piccoli cerchi intorno al punto in cui lo desideravo di più.

Sprizzarono scintille.

«Io...»

Non riuscivo a respirare. Non riuscivo a pensare.

Aggiunse un secondo dito, stuzzicandomi ed esplorandomi da cima a fondo, toccando posti dove non ero mai stata toccata.

«Ash...» boccheggiai.

«Lo so, piccola, lo so» bisbigliò. Ancor prima di esplorarmi, conosceva già la risposta.

Affondò due dita dentro di me, e mi sentii sudata e accaldata, le fiamme che lambivano, danzavano e si arricciavano. Il piacere si diffuse e si intensificò. Ghermendomi interamente. Facendomi volare sempre più in alto. Mi misi seduta dritta di scatto, portando il sedere sul bordo del bancone.

Lo baciai con ardore.

L'istante in cui le nostre labbra si incontrarono, Ash mi divorò.

Bocca, lingua, corpo, anima.

Pompò le dita con forza e in profondità, roteando il pollice in quel modo magico, sapendo esattamente di cosa avevo bisogno. Mi fece librare di nuovo verso il cielo. Spedendomi in quel posto che mi aveva promesso, dove le stelle danzavano e brillavano. Rimasi lì per un tempo lunghissimo, e al contempo brevissimo, prima di ritornare giù.

E come mi aveva promesso, lui era lì a prendermi tra le sue braccia.

Senza pensarci, scivolai giù dal bancone e caddi in ginocchio. «Questa... questa è stata la mia parte preferita.»

Dopo quello che mi aveva appena fatto, avrebbe dovuto essere una bugia. Ma questo... questo era ciò che aveva perseguitato i miei sogni: esplorare e scandagliare quest'uomo magnifico. Una fantasia. La mia chimera perfetta.

Emise un profondo gemito gutturale, e i suoi lineamenti si contorsero in un mix di confusione, shock e lussuria.

«Toccarti. Assaggiarti.»

Forse, tutti quegli orgasmi mi avevano fatto perdere il senno.

Perché la timida e insicura ragazza che ero prima avrebbe pensato che questo fosse un atto umiliante. Probabilmente perché Bates mi aveva detto che ero terribile a fare sesso orale. Mi aveva fatto mettere in discussione ogni carezza, ogni bisogno e desiderio che avevo. Ma inginocchiarmi davanti ad Ash Evans mi faceva sentire come se avessi io tutto il potere. Pareva assurdo, perché sopra di me torreggiava un uomo intimidatorio dai bicipiti e dai pettorali muscolosi, il ventre piatto e scolpito, la mascella serrata.

Un guerriero.

Eppure, potevo sentirlo tremare.

Fremere di desiderio.

Ed ero stata io a suscitare questa bramosia in lui.

Gli abbassai i boxer, denudandolo come lui aveva denudato me.

Era enorme. Ebbi lo stravagante pensiero che Tamar avesse ragione. Il suo membro doveva essere grande quanto il suo cuore.

«Cos'hai da ridacchiare laggiù?» chiese con uno dei suoi sorrisetti. «Penso che tu stia trascorrendo troppo tempo con me. A quanto pare ti sto contagiando.»

Audacemente, lo presi in mano.

Perché farmi *contagiare* da Ash Evans era proprio ciò che volevo.

20

WILLOW

Di sotto, il campanello suonò. L'eccitazione corse lungo la mia spina dorsale. Mi diedi un'ultima occhiata allo specchio e lisciai il grazioso abito beige che avevo accoppiato con un paio di sandali. Rivolsi al mio riflesso un sorriso rassicurante, prima di afferrare la borsetta e scendere al piano inferiore.

Un appuntamento.

A quanto pareva, Ash Evans stava prendendo questa cosa della finzione seriamente.

E Dio, ne ero felicissima. Avevo scelto di godermi ogni singolo istante finché non fosse tutto finito.

Raggiunsi il pianoterra della mia piccola casa e andai dritto alla porta. La spalancai. Colta alla sprovvista, barcollai all'indietro. Le mie viscere si contorsero così forte che mi sentii quasi spezzare in due quando vidi chi c'era sulla soglia.

Bates.

La rabbia scoppiò in me come una tempesta.

«Cosa ci fai qui?»

«È questo il modo di accogliere il grande amore della tua vita?» disse con quel sogghigno condiscendente che aveva sempre felicemente riservato a me.

Il risentimento turbinò e si agitò dentro di me. «Questo perché non mi è rimasto un briciolo di ospitalità da offrirti. L'hai esaurita tutta. Il che significa che non sei il benvenuto qui... quindi vattene.»

«Sono preoccupato per te» disse, il tono improvvisamente privo di disprezzo.

Questo era Bates. Astuto e furbo. Sempre pronto a usare le parole per ottenere ciò che voleva.

La mia risata non era altro che uno sbuffo beffardo. «Sei preoccupato per me? Questa è bella.»

«Hai sempre avuto la testa piena di favole, Willow. Non posso fare a meno di intervenire quando vedo che ti lasci trasportare da una di esse.»

L'indignazione mi fece stizzire. «Buffo, dal momento che sei stato proprio tu a mostrarmi di non dover credere alle favole.»

«Sono cambiato.»

«Sei cambiato?» dissi, le parole impregnate di scherno.

«Sì.»

Il mio sguardo vagò oltre la sua spalla, verso la strada dove un pick-up era parcheggiato accanto al marciapiede davanti casa mia. Riuscivo a scorgere a malapena la sagoma di un uomo seduto al posto di guida.

Ma non importava. Lo riconobbi comunque.

Una sommessa collera saturò ogni cellula del mio corpo, un odio che non riuscivo a comprendere pienamente e che cresceva nel mio spirito. «Hai la faccia tosta di presentarti a casa mia con Billy? Dopo quello che avete fatto?»

«Te l'ho già detto, se l'è meritato. L'ultima cosa che ho intenzione di fare è starmene in disparte e guardare mentre te la fai con un uomo come quello.»

La nausea mi rivoltò lo stomaco. «Un uomo come quello? Sei davvero così stupido, Bates? Pensi davvero che dopo quello che mi hai fatto, hai il diritto di dirmi chi vedere o cosa fare?»

«Ti amo. Ho commesso degli errori, ma sono qui per farmi perdonare. Non lo capisci?»

Errori?

Mi aveva rovinato la vita.

Le sue parole mi bruciarono le orecchie. Le detestavo. Probabilmente, perché fu in quel momento che mi resi conto di odiarlo. Con tutta me stessa. Non era rimasta nessuna parte di me che segretamente desiderava che le cose tra di noi fossero andate in maniera diversa.

«Il mio amore per te è morto parecchio tempo fa. Adesso tu e Billy dovete andarvene. Ho un impegno.»

I suoi occhi tracciarono il mio corpo, l'abito che indossavo, e le sue narici si dilatarono. «Non rinuncerò a te, Willow. Te lo assicuro.»

Scossi la testa. «Bé, è un vero peccato, perché stai sprecando il tuo tempo.»

21

ASH

Svoltai sulla strada di Willow. Ansioso. Impaziente. Probabilmente, si trattava dell'emozione più ridicola che potessi provare. Ma questo non sembrava importare. Perché era lì, intensifi-
candosi sempre di più mano a mano che mi avvicinavo a casa
sua.

Il sorriso sparì dal mio viso quando vidi il grosso pick-up
staccarsi dal suo marciapiede.

Qualcosa di feroce e letale scivolò come ghiaccio nelle mie
vene. Ogni mia terminazione nervosa fremette di un odio così
profondo che ero certo mi avrebbe strozzato quando incrociai
gli occhi del bastardo al volante.

Pugni, calci e quella spranga di ferro.

Il mio sguardo truce si spostò sullo stronzo seduto sul sedile del passeggero.

Serrai le mani intorno allo sterzo e digrignai i denti in preda
a una furia non sfogata, una rabbia così schiacciante da moz-
zarmi il fiato.

L'ira mi fece girare la testa.

I nostri veicoli rallentarono quando passarono l'uno accanto

181

all'altro.

I nostri sguardi torvi si incrociarono in una guerra silenziosa e imminente.

Forse Lyrik aveva ragione. Avrei dovuto coinvolgere la polizia. Occuparmi di questa questione come avrebbe fatto una persona normale e razionale. Perché la resa dei conti che bramavo, adesso teneva scritto disastro ovunque.

Non appena mi superò, quel bastardo di Billy schiacciò l'acceleratore e sfrecciò via sgommando, lasciandomi con un immenso senso di protezione che mi consumò l'anima quando il mio sguardo vagò sulla ragazza ferma sulla soglia.

Dannazione.

Perché doveva avere un tale effetto su di me?

Mi faceva impazzire, mi faceva sentire diverso, migliore e peggiore.

Ma non potevo impedirlo. Come non potevo soffocare il disperato bisogno che provavo di fiondarmi da lei mentre entravo nel suo vialetto, parcheggiavo il SUV e spegnevo il motore.

Balzai fuori dall'auto come un pazzo squilibrato, avanzando con passo deciso verso di lei e facendo di tutto per tenere sotto controllo la rabbia che ribolliva nei miei muscoli mentre salivo i due gradini fino alla porta d'ingresso.

«Peaches.» Le cinsi il collo con entrambe le mani, sopraffatto dal sollievo. «Stai bene?»

«Sì» rispose, ansimante di rabbia.

«Che cazzo voleva?»

«Me.»

Proruppi in una risata strozzata. Certo che la voleva. Chi non l'avrebbe voluta? Talvolta, persino gli idioti ritrovavano il buon senso.

«E?»

«E gli ho detto che doveva andarsene, perché avevo cose di gran lunga migliori da fare nella mia vita.»

Scoppiai di nuovo a ridere. Stavolta una nota tenera permeava la mia voce quando abbassai la fronte sulla sua. «Brava ragazza.»

Willow mi sorrise. «Ehi, ho una famigerata rockstar da domare. È un affare serio. Non ho tempo per le sue sciocchezze.»

Perché doveva essere così dolce?

«Peaches... cosa devo fare con te?»

«Baciami.»

Gemetti e la baciai a fondo, a lungo e piano, con le mani sulla sua mascella e il cuore che batteva fin troppo velocemente. Lei si aggrappò ai miei polsi, ricambiando il mio bacio con uno tenero e delicato. Delizioso. Febbricitante.

Mi ritrassi e in tono serio dissi: «Ho bisogno che tu mi dica se quello stronzo ti sta infastidendo, Willow. Non voglio che si avvicini a te.»

«E io non voglio che si avvicini a te. Nessuno dei due. Quello che ti hanno fatto...»

Deglutii rumorosamente. «Non preoccuparti per me.»

Lei corrugò la fronte. «Detesto che anche lui abbia preso parte all'aggressione. Lo odio immensamente per averti fatto del male.»

Scossi la testa. «Ti prometto che me ne occuperò io. Per entrambi. Intesi? Non voglio che tu abbia a che fare con quel coglione.»

Willow annuì, ma con riluttanza.

«Dimmi che sei d'accordo» insistetti in tono un po' più duro. Perché, cazzo, non stavo scherzando. Non quando si trattava di lei. Non quando c'era di mezzo qualcuno come lui.

«Ok» rispose.

«Bene, perché avevi ragione... abbiamo cose molto più importanti di cui occuparci. Come questo appuntamento.»

Avvolsi un braccio intorno alle sue spalle e cominciai a guidarla verso la mia Navigator. Potei sentire la tensione svanire dal suo corpo mentre si accoccolava contro il mio fianco. Le stampai un bacio sulla fronte, prima di rivolgere un sorrisetto alla coppia di paparazzi in attesa di sgraffignare una foto dall'altro lato della strada.

«Sembra che tu stia diventando terribilmente popolare, Miss Langston» mormorai con un gesto in quella direzione.

Lei seppellì il viso nel mio petto, e potei percepire le sue labbra curvarsi in un sorriso sopra il mio cuore. «È un piccolo prezzo da pagare per avere questi momenti con te.»

Afferrai il cestino da picnic e la coperta dal sedile posteriore e girai rapidamente intorno al cofano della macchina. Aprendo la portiera a Willow, mi piegai in un inchino esagerato. «Al suo servizio, madame.»

Lei ridacchiò, e quel suono argentino e spensierato mi avvolse come un abbraccio. «Oh, non ti facevo così gentiluomo» disse con la sua deliziosa cadenza del sud mentre scendeva dall'auto.

Dio, la sua voce mi fece venir voglia di divorarla.

E quel vestito...

Questa donna stava cercando di uccidermi.

Inarcai un sopracciglio. «E cosa ti ha fatto pensare che non fossi un gentiluomo?»

Stavolta, rise apertamente. «Ehm... salve, mister *diffondo-l'amore-ovunque-vada*. Questo in sé e per sé dovrebbe essere una prova sufficiente.»

Intrecciai le mie dita alle sue. «Come potrebbe mai essere considerato scortese diffondere l'amore ovunque? A me sembra una cosa estremamente carina.» Mi chinai e sussurrai nel suo orecchio: «Inoltre, dico sempre per favore e grazie. Vedi, sono un gentiluomo fino al midollo.»

Willow sollevò i suoi begli occhi al cielo. «Continua pure a ripetertelo, rockstar.»

Ridacchiando, l'attirai più vicina a me mentre la conducevo lungo la spiaggia costellata di piccole dune. Alti e sparsi ciuffi d'erba sorgevano dalla sabbia, ondeggiando nella brezza che soffiava dalle morbide onde che si infrangevano sulla costa di Tybee Island.

«Che te ne pare?»

Le ciocche mogano dei suoi capelli frustavano intorno a lei

mentre osservava il paesaggio. Diede alla mia mano una lieve stretta e mi guardò. «È perfetto.»

Stesi la coperta e vi sistemai sopra il cestino, estraendo tutto quello che c'era dentro: vino, formaggio e crackers. Ebbene sì, avevo dovuto ingoiare il rospo e chiamare Shea per chiederle un consiglio su cosa portare, sopportando le sue grida euforiche attraverso il telefono mentre proclamava che era prossima a vincere la nostra scommessa.

Non aveva idea che una cosa simile fosse impossibile, perciò le avevo permesso di gongolare, punzecchiarmi e tormentarmi, domandandomi per l'ennesima volta in cosa diavolo mi fossi cacciato.

Ma adesso, con Willow in piedi di fronte a me in quell'abito raffinato che le aderiva alle cosce e i capelli al vento? L'espressione adorante sul viso? Sapevo che valeva la pena cedere per un po'.

Ci togliemmo le scarpe, ci sedemmo sulla coperta e ci imboccammo pezzetti di cibo a vicenda mentre ridevamo e sorseggiavamo il vino come se fossimo una normale coppia che stava condividendo una piacevole serata. La nostra conversazione era calma e rilassata. Le nostre carezze giocose e dolci mentre l'aria si rinfrescava di qualche grado man mano che il giorno scivolava via e il cielo diventava sempre più scuro col passare dei minuti.

Contento.

Non mi ero mai sentito così contento in vita mia.

Improvvisamente, Willow balzò in piedi e mi rivolse un sorriso spensierato da sopra la spalla, prima di correre lungo la spiaggia in direzione dell'oceano.

La seguii a ruota.

Ridendo allegramente mentre la rincorrevo.

Mi schizzò e io la schizzai a mia volta. L'orlo del suo abito leggero si inzuppò d'acqua, aderendo perfettamente alle sue cosce.

Dio.

Era stupenda.

Diversa sotto tutti gli aspetti.

Scherzammo e giocammo per un tempo che parve infinito, finché il mio petto   non si colmò di gioia e il mio uccello non implorò per avere un po' di attenzione.

Sapevo che mi stavo facendo coinvolgere troppo. Ma decisi di fregarmene per il poco tempo che ci restava. Perché questa finzione sembrava la cosa migliore che avessi mai fatto.

Willow strillò quando, improvvisamente, l'afferrai e me la gettai in spalla.

«Ash... cosa stai facendo?» esclamò, ansimante e chiaramente eccitata.

«Sto portando il tuo delizioso culetto su quella coperta così che possa assaggiarti.» Diedi una sonora pacca al suddetto culetto. «Cosa sembra che stia facendo?»

«Santo cielo, Ash, mettimi giù.»

«Neanche per sogno.»

La sua risatina non era altro che seduzione. «Oh, sta' attento, Mr. Evans, non appartengo a te.»

La distesi al centro della coperta e la intrappolai sotto di me.

Lei inarcò i fianchi verso l'alto, in cerca di frizione, le spalle schiacciate sulla coperta mentre si dimenava. Osservai le ombre danzare sul suo viso, il debole bagliore della luna alta nel cielo illuminare la sua pelle cremosa.

Il mio uccello pulsò. Abbassai il bacino e mi sfregai contro il suo dolcissimo calore.

Pura beatitudine.

Willow rabbrividì e boccheggiò, poi emise una risatina quando le mordicchiai la mascella. «In questo momento, sei mia. Tutta mia. E non c'è niente che tu possa fare al riguardo» dissi con voce roca.

«E se all'improvviso quel ragazzo che sto aspettando comparisse su quella collina, in cerca di me?» mi canzonò col fiato corto.

«Gli direi di girare sui tacchi e andarsene, cazzo, perché non ho ancora finito con te. Ho ancora alcune lezioni da insegnarti.»

«Ah, davvero?»

«Mmhmm... lezioni di ogni sorta.»

Lezioni che avrebbero sicuramente messo alla prova i miei limiti.

Bene, perché ero pronto alla sfida.

Feci vagare la mano lungo la parte esterna della sua coscia e sotto il vestito, fino a palparle il sedere. Lei mugolò di piacere.

Nell'aria echeggiarono voci e risate provenienti dalla spiaggia.

Ci bloccammo entrambi. Willow spalancò gli occhi e nascose il viso nel mio collo, soffocando lì la sua risatina imbarazzata, e il suono riverberò su di me come una carezza. Nessuno di noi due si mosse finché le voci non si dissolsero.

Mi sollevai sulle mani e le rivolsi un sorriso più tenero di quanto intendessi. «Credo che faremmo meglio ad aspettare di essere a casa mia. Non vogliamo dare ai paparazzi troppo di cui parlare, vero? L'ultima cosa che quel fortunato bastardo là fuori desidera è una foto di noi due che ci diamo dentro sulla spiaggia.»

Quasi mi strozzai nel pronunciare quelle parole, perché stavo cominciando ad odiare sempre di più quel pensiero.

Una lieve risata sfuggì dalle sue labbra, prima che i suoi occhi si riempissero di qualcosa di profondo. Di adorante. Passò le dita tra le lunghe ciocche dei miei capelli. «Anche tu meriti di essere amato, Ash. Spero che tu lo sappia. Spero che un giorno tu ti apra abbastanza da trovare l'amore.»

Mi pietrificai, poi scossi la testa per smentire le sue parole.

Willow fece scorrere il palmo su quel punto del mio fianco dove tutti i miei errori mi ossessionavano, prima di spostare la mano verso l'alto e posarla sul mio cuore. «Sai cosa penso? Penso che questo cuore generoso sia congelato nel tempo. Prigioniero del passato.»

Aprii la bocca per interromperla, ma lei continuò prima che potessi farlo. «Penso che da qualche parte lungo la via qualcuno ti abbia spezzato il cuore, e adesso sei terrorizzato al pensiero che possa accadere di nuovo.»

Il dolore vorticò dentro di me come un uragano. Emerse dalle profondità del mare e si abbatté su di me come un'onda devastante.

Un'onda che svelò quel luogo che volevo tenere sepolto per sempre.

«Chi ti ha spezzato il cuore, Ash?»

Posai una mano sulla sua guancia e con voce arrochita ammisi: «Sono stato io, Peaches. *Io*. E non lo rifarò mai più. Tienilo sempre a mente.»

22

ASH

«*P*erché cazzo non ci hai chiamato?» Baz scattò in avanti sul divano mentre Lyrik balzò in piedi e cominciò a camminare avanti e indietro per la stanza. Austin inspirò bruscamente e Zee serrò la mascella.

L'ostilità era palpabile nello spazio ristretto. Rimbalzava tra di noi.

Eravamo nel seminterrato di Baz, dov'era situato il fantastico studio di registrazione. Stavamo quaggiù da un paio d'ore a rimaneggiare qualche strofa e a lavorare su alcuni riff.

Tecnicamente, avrei dovuto stare ancora a riposo. Ma come avevo detto, quegli stronzi non mi avrebbero ostacolato o fermato.

Stronzi che erano diventati il fulcro della nostra conversazione.

Emisi un respiro teso, sforzandomi tuttora di elaborare la realtà. «Lo stronzo si è presentato alla rimpatriata come se fosse il padrone del posto. Come se il mondo gli dovesse qualcosa. Finché non l'ho preso di petto. Affronta un bastardo in uno scontro uno contro uno e improvvisamente non fa più il gradasso. Vai a capire.»

Lyrik si afferrò i capelli tra le mani, muovendosi furioso per la stanza. Tipico di lui. «Già, finché non ti sei imbattuto in due di loro. Le probabilità stanno giocando sempre meno a tuo favore. Te l'avevo detto, non puoi andartene in giro da solo. Questa è una cazzata, amico. E se si fosse ripetuto quello che è successo la prima volta?»

«Avevo tutto sotto controllo.»

«Sì, ma che mi dici del resto dei suoi amici? Adesso in circolazione ci sono due stronzi incazzati neri perché le loro ragazze hanno scelto te. E scommetto che dopo quell'incontro alla rimpatriata, non l'hai lasciato esattamente con una calda e piacevole sensazione.»

Sbuffai. «Forse era un po' rosso in viso, ma non lo definirei propriamente *piacevole*.»

«Ci scommetto.»

Baz congiunse le mani che penzolavano tra le ginocchia. «Allora, come risolviamo questa faccenda?»

Lyrik sogghignò, battendo il piede a un ritmo incalzante. «So esattamente come voglio risolverla.»

Austin lanciò in aria il plettro con cui stava giocherellando, lo afferrò nel pugno e lo lanciò di nuovo. «Ci sto. Diamo la caccia a quegli stronzi. Mettiamo fine a questa storia prima che ti ritrovi in una situazione da cui non puoi uscire. Hanno già dimostrato di essere il tipo di farabutti che si coalizzano contro un uomo solo. O forse dovresti andare via da Savannah. Tornare a Los Angeles e tenere un profilo basso finché le acque non si saranno calmate. Possiamo rimandare l'album di un altro po'. Siamo già indietro di un paio di settimane, qualcuna in più non farà male.»

«Sì, io voto Los Angeles.» Zee non faceva mai a pugni. Non era il suo stile. Ma se non ci fosse stata altra scelta, avrebbe infilato i guantoni e sarebbe salito sul ring.

Scossi la testa con decisione. «Diavolo, no. Non me la darò a gambe. E sul serio? Tenere un profilo basso a Los Angeles? È come una specie di ossimoro distorto. È questo il luogo dove si presume che io debba rilassarmi.»

Inoltre, Peaches era qui.

Cercai di non soffermarmi troppo sul fatto che quello fosse il mio primo pensiero. Ma le avevo fatto un'offerta – una promessa – e intendevo mantenerla.

Mi piegai in avanti, poggiando i gomiti sulle ginocchia. La rabbia continuava a rodermi dentro, nel tentativo di incatenarmi. Abbassai lo sguardo sul pavimento, scostandomi indietro le lunghe ciocche di capelli che erano cadute in avanti. «Non so che cazzo fare. Il fatto che sia l'ex di Willow...»

Un impeto di furia smorzò le mie parole.

Cazzo.

Volevo cancellare il bastardo. In tanti modi diversi.

Sbattei le palpebre. «...complica le cose.»

Lyrik si acciglò. «Questa faccenda non riguarda lei.»

Trasalii, e la sua voce si ridusse a un sibilo. «Merda. *Riguarda* lei?»

Mi accasciai contro lo schienale della sedia. «Sai che non è così.»

Non poteva esserlo.

«Ne sei sicuro?» insistette Lyrik.

«Non cominciare nemmeno con quelle cazzate. Sai che non mi lascio coinvolgere in quel modo.»

Gli lanciai un'occhiata d'avvertimento. Sapeva bene di non doversi inoltrare in quel territorio pericoloso dove non gli era concesso di entrare.

«Ah, sì? Allora perché quando ero scombussolato per via di Tamar, convinto che non potessi averla, tu eri lì a farmi ragionare, cazzo? A costringermi ad affrontare quello che tenevo proprio davanti agli occhi?»

Mi sforzai di mantenere un tono di voce leggero. «Perché tu pensavi di non meritarla, amico. Io, invece, ho *scelto* di vivere in questo modo. Di restare solo. E non ho bisogno che nessuno di voi mi dica che la mia scelta è sbagliata. Tu eri un fottuto depresso, mentre io sono felice come una Pasqua. C'è una bella differenza.»

Mi domandai quando ciò avesse iniziato ad essere una bugia.

«Abbiamo tutti dei trascorsi, amico» mi incalzò Lyrik, abbassando ulteriormente la voce perché sapeva di star camminando su una lastra di ghiaccio sottile. «Quando imparerai che non sei costretto ad essere prigioniero del tuo passato?»

Il flashback si abbatté su di me prima che potessi fermarlo.

Sangue.

Impronte.

Macchie.

Freddo.

L'agonia mi attanagliò il petto, e le mie mani si serrarono a pugno sulle mie cosce. «Smettila.»

Anche Baz cominciò a provocarmi. «Sai che ci propini le tue stronzate da quando avevamo nove anni, vero? Ne sento l'odore a un miglio di distanza, e da dove sono seduto ora, le tue cazzate puzzano terribilmente. Quello che è successo è avvenuto tantissimo tempo fa, dannazione.»

Tantissimo tempo fa, quando il tempo si era fermato.

Come se i giorni o gli anni potessero cancellarlo. Come se potessero cambiare quello che avevo fatto.

Zee scoppiò a ridere, totalmente ignaro delle insinuazioni di Baz e Lyrik. «Sul serio... sono abituato a svegliarmi ogni mattina con una ragazza diversa che barcolla fuori di casa dopo aver trascorso la notte con questo coglione. Perciò rimango ancora sbalordito quando Willow entra in cucina per una tazza di caffè alle prime luci dell'alba ogni mattina, i capelli arruffati e un'espressione timida sul viso arrossato. Penso che sia ora di vuotare il sacco, fratello, perché Willow non si avvicina neanche lontanamente al tipo di donna che ti piace, eppure mi sembra che tu non ne abbia mai abbastanza. Cioè, non che possa biasimarti. Se avessi una ragazza come lei, anch'io vorrei tenermela.»

Tenermela.

Quel posto invisibile dentro di me pulsò.

Emisi una risatina forzata. «Andate al diavolo, stronzi. Non è come pensate.»

Eccetto che lo era. Mi piaceva averla a casa. Ero contento quando *restava* per la notte. Quando si addormentava e si svegliava tra le mie braccia.

Il senso di colpa vorticò dentro di me, veloce e prorompente. Non avrei dovuto intrattenere simili pensieri. Mi rifiutavo di accollarmi quel tipo di fardello, di assumermi quella responsabilità: la felicità di qualcun altro.

«Questo non risolve niente comunque.» Lyrik si fermò al centro della stanza, le dita intrecciate dietro alla testa, tentando di mantenere la calma. «O coinvolgiamo la polizia o ce ne occupiamo noi stessi. Sapete come la penso, ma non è più così semplice. Adesso, ci sono molte più cose in ballo per tutti noi. Le nostre famiglie, i bambini.»

Baz grugnì in segno di assenso.

«Non vi chiederei mai una cosa simile.»

Austin si sporse in avanti. «Questo non significa che non saremo al tuo fianco. Perché tu ci sei sempre stato per noi. Ci hai sempre guardato le spalle. Ti prometto che la prossima volta sarò lì a guardare le tue.»

Baz espirò rumorosamente. «Ti chiedo solo di... non dare nell'occhio, ok? Non andare in città e non cacciarti nei guai come ti piace fare. In qualche modo, risolveremo questa storia. Con molta probabilità, si sgonfierà da sola.»

«Il problema è che non sono sicuro di volerlo.»

«Lo capiamo, amico. Lo capiamo. Devi solo decidere se dargli la caccia ne varrà la pena alla fine. Se la risposta dovesse essere sì, sai che puoi contare su di noi.»

Baz spostò lo sguardo su ognuno dei ragazzi, in cerca della loro approvazione.

Ciascuno di loro annuì, confermando la propria lealtà.

Proprio come sempre.

Tutti per uno.

Uno per tutti.

Ogni volta.

Edie mi aveva attirato da parte nel corridoio vuoto, lontano dal clamore della festa che si stava tenendo all'altro lato della casa di Baz.

Sollevò lo sguardo su di me. «Volevamo che tu fossi il primo a saperlo prima di annunciarlo a tutti gli altri.»

«Pazzesco» mormorai, un tantino sciocco. Non sapevo bene come elaborare questo tipo di notizia.

Sinceramente, non avrei potuto essere più grato di così che la mia sorellina avesse trovato l'amore e la felicità. Sapendo, al contempo, che il suo annuncio era alla base della sua tristezza.

Un'altra fottuta tragedia di cui ero stato responsabile.

Austin teneva le braccia incrociate sul petto e la osservava con un'espressione adorante sul viso.

«Sei felice?» le chiesi.

«Tantissimo.»

L'attirai tra le mie braccia e la strinsi forte, sussurrando silenziosamente un milione di scuse per quella fatidica notte che avrei fatto qualsiasi cosa pur di cancellare. «Sarai la mamma migliore del mondo, Edie. Ne sono sicuro» mormorai contro la sua testa.

Lei annuì e si ritrasse. «Grazie» bisbigliò.

«Non devi ringraziarmi di nulla.»

Lanciò un'occhiata ad Austin alle sue spalle, che avanzò lentamente nella nostra direzione.

Spostai lo sguardo tra di loro. «Sono davvero felice per voi. Sono contento che abbiate entrambi corso il rischio e trovato qualcosa di meglio. Qualcosa di buono l'uno nell'altra. Non lasciatelo mai andare.»

Edie fece un passo indietro, mi sfiorò il petto con le dita e in un sussurro disse: «Non lo faremo.»

Mi lanciò un bacio, prima di tornare con Austin alla sua festa di compleanno.

Li seguii, ma mi tenni a una decina di passi di distanza.

Willow era accanto all'isola centrale, ridendo liberamente per qualcosa che Tamar aveva detto, il suono proveniente dalla sua bocca simile alla brezza che soffiava tra gli alberi. Fruscì su di me e mi carezzò fino alle ossa.

I suoi occhi trovarono i miei quando entrai in cucina, come

se avesse percepito il mio sguardo su di sé. Quello strano senso di familiarità si accese in me, una consapevolezza che cresceva più forte di giorno in giorno.

Edie tintinnò una forchetta contro un bicchiere di vino. «Un attimo di attenzione, per favore... abbiamo un annuncio da fare.»

Lentamente, mi misi alle spalle di Willow, avvolsi le braccia intorno al suo corpo e poggiai il mento sulla sua spalla. Intrecciai le nostre dita sul suo ventre, sapendo, in qualche modo, che dovevo starle accanto e tenerla stretta mentre mia sorella rivelava la sua gioia al mondo.

Tutti i presenti gridarono e applaudirono.

Willow si pietrificò. Per un millesimo di secondo, il suo corpo si irrigidì completamente.

Sapevo che era una reazione involontaria. Questa luminosa, splendida ragazza era tutt'altro che crudele. Ma quando qualcun altro riceveva in dono ciò che tu desideravi di più, faceva sempre e inevitabilmente male.

Un'ora dopo, sedevo sulla poltrona reclinabile di Baz a sorseggiare una birra quando lei entrò nella stanza. In maniera naturale come respirare, allargai le braccia e Willow si accoccolò sulle mie ginocchia, passando le sue morbide dita tra i miei capelli.

Il mio petto si serrò e il mio sangue ribollì a quel semplice tocco.

«Tutto bene?» le chiesi.

Lei lanciò un'occhiata verso la sala principale dove la mia famiglia era riunita a ridere, chiacchierare e vezzeggiare i loro bambini. Tamar stava scattando milioni di fotografie mentre puntava la macchina fotografica su tutti i volti sorridenti sparsi per la stanza.

«Sì» mormorò Willow sommessamente.

Riportò lo sguardo su di me, la voce bassa e riverente. «Talvolta, la cosa migliore che possiamo fare è trovare gioia nella felicità altrui. Ed io sono felice per lei.» Mi carezzò i capelli, l'espressione tenera e sincera. «Sono felice per te.»

Dio.

Questa ragazza era così dannatamente dolce.

«Vieni qui.» L'attirai contro il mio petto, e lei si accoccolò sul mio grembo, appoggiando la testa sulla mia spalla. Si adattava a me perfettamente.

La mia vita si muoveva sempre alla velocità della luce.

Un baluginio di volti indistinti e notti infinite.

Ero sempre affamato di qualcosa che mi saziasse.

Di quegli erratici e sporadici attimi che mi davano la sensazione di essere intero.

Ma in quel momento, il mio mondo caotico sembrava impostato su pausa.

Questa ragazza era una tregua dal caos.

Le posai un bacio sulla testa e le passai le dita tra i capelli.

Willow sospirò.

Avevo mai provato qualcosa di così bello nella mia vita?

Sollevai lo sguardo, e quasi sussultai quando vidi Tamar sulla soglia, fotocamera in mano, pronta a scattare.

Click.

23

WILLOW

Il sole era alto e luminoso nel cielo. Spicchi di luce scintillante filtravano dentro, colpendo il pavimento della stanza di Ash come frecce. Sedevo su un telo cerato steso a terra per proteggere le vecchie assi di legno mentre lavoravo su un cassettone malconcio e abbandonato.

Stendendo le gambe intorno al mobile, mi piegai in avanti e sfregai la spugna abrasiva sul legno ruvido e granuloso. Lentamente. Attentamente. Cautamente. Per rivelare la bellezza che si celava sotto.

Sapevo che era lì.

Nell'istante in cui l'avevo visto, avevo capito subito che questo ordinario pezzo di mobilio abbandonato sarebbe stato perfetto per la camera di Ash. Mascolino e robusto. Colossale. Solido. Mentre riversavo il mio amore su di esso, sapevo che avrebbe donato in cambio altri cent'anni d'amore.

Mi persi nella quieta solitudine, completamente immersa nel mio lavoro e in una pace che raggiungevo solo quando la mia attenzione era concentrata esclusivamente sulla mia arte.

Una scarica elettrica spezzò la tranquillità.

Nervosamente, tirai un respiro profondo e lo trattenni nei polmoni. L'energia vibrò nell'aria carica di polvere, e sollevai lo sguardo dal mio lavoro.

Ash si stagliava sulla soglia, lo sguardo fisso su di me.

Non ero più ammaliata. Ero inebriata.

Teneva entrambe le braccia distese di lato e le mani appoggiate al telaio della porta. Indossava solo un paio di jeans sbiaditi che gli cadevano bassi sulla vita sottile, mettendo in mostra i solchi e le linee ben definite del suo addome piatto che mi faceva fremere di desiderio, il petto teso in quella posa forte e intimidatoria.

La sua presenza era potente.

Una droga.

Lentamente, entrò nella stanza, portando con sé quell'intensità simile a una tempesta distruttiva che si profila in lontananza. Nubi e tuoni. Fuoco e ghiaccio.

Tenne lo sguardo fisso su di me mentre faceva scorrere l'indice sulla liscia superficie di legno del cassettone. Un piccolo sorriso spuntò sul suo viso quando girò intorno al mobile e si sedette dietro di me sul pavimento. Divaricò le gambe e scivolò in avanti, fino ad avvolgermi completamente nel suo calore.

Rabbrividii di piacere.

Il suo respiro soffiò tra i ciuffi di capelli sulla mia nuca sfuggiti alla coda di cavallo. «Su cosa stai lavorando?»

«Un cassettone.»

«Mmm... mi piace» mormorò. Il pezzo d'antiquariato era lungo e basso, con tre cassetti in verticale e tre cassetti in orizzontale, diverso da qualsiasi cosa si potesse trovare in un normale negozio di oggi.

Perfetto per quest'uomo indescrivibile e anticonvenzionale.

«Di che colore lo dipingerai?» Perfino le parole più ordinarie suonavano come una seduzione se dette da lui.

«Grigio scuro, quasi nero.»

Quello sarebbe stato il tema della stanza: pavimenti scuri e mobili altrettanto scuri. Un alternanza di bianco, nero e grigio. Opere audaci alle pareti. I monotoni spezzati solo da una spruzzata di rosso.

«Sesso e comfort» disse contro il mio collo, mormorando quello che era diventato il mantra della stanza.

Quel punto sensibile tra le mie cosce fremette. «Sesso e comfort» ripetei.

Stava diventando sempre più difficile non chiedergli di fare sesso con me. Potevo percepire i confini tra di noi farsi sempre più fragili e sottili.

Disegnò una scia di avidi baci lungo il mio collo. Una valanga di sensazioni si abbatté su di me. Boccheggiai in cerca d'aria e mi sforzai di concentrarmi, di continuare a grattare il legno. «Smettila» dissi, ridacchiando come una ragazzina eccitata. «Non vedi che sto lavorando? Non finirò mai questo progetto se continui a interrompermi ogni cinque secondi.»

«E se non volessi che lo finissi?» bisbigliò contro la mia pelle, nell'incavo tra il collo e la spalla.

Speranza.

Prese vita dentro di me insieme al desiderio che mi suscitava con un semplice tocco della mano. «Allora ti direi che è un lavoro troppo costoso per lasciarlo incompleto.»

«Sesso e comfort.» Stavolta lo disse come se fosse un decreto. «A me sembra che sia un "work in progress".»

Sbuffai una risata. «Suppongo che si possa definire così.»

Continuai a sfregare il legno, e il suono ci avvolse in un ritmo regolare che prometteva di raggiungere il suo crescendo.

Ash posò la sua mano sulla mia e cominciò a raschiare il legno con me, tenendo l'altro braccio avvolto sotto i miei seni.

Il mio corpo fu attraversato da un brivido.

Premette la guancia contro la mia, e la sua voce fluttuò intorno a me quando parlò, sfiorandomi come una carezza. «Dunque, dimmi quando organizzeremo quel servizio fotografico. Non vedo l'ora di farlo.»

I miei occhi guizzarono sul suo viso. «Sei ridicolo.»

«Non mi ameresti allo stesso modo se fossi diverso.»

Quasi ansimai alle sue parole. Volevo afferrarle ed esultare. Confermarle e negarle allo stesso tempo.

Invece, mi gelai. Poi mi arresi completamente quando mi fece distendere piano sulla schiena. Si mise sopra di me, in-

A.L. JACKSON

trappolandomi contro il duro pavimento, le mani piantate su entrambi i lati della mia testa per sorreggersi.

Il sole splendeva intorno a lui. Un alone di fuoco per un uomo pericoloso.

«Sei così bella.» La sua voce era roca, come se anche lui non fosse immune a tutte le sensazioni che stavo provando. «E la tua arte... è altrettanto bella. Incredibile. Lo sai, vero?»

«A volte, mi sembra che sia l'unica cosa che ho.»

«Magica» aggiunse.

Gli accarezzai il viso. I miei polpastrelli scivolarono lungo la sua barba ruvida, sulle sue labbra piene e carnose.

Ash mi mordicchiò le dita e premette il naso sulla pelle sensibile del mio collo.

Il desiderio si protese come un arco ben teso.

Febbrile.

Infuocato.

Mi sfuggì un piccolo mugolio.

«Magico» sussurrai, ricambiando il complimento.

Lui emise un gemito gutturale che riverberò lungo la mia gola e tremò nelle mie vene. Un sorriso deliziosamente arrogante affiorò sulle sue labbra. «Faccio magie, piccola. E pensare che tu mi hai a malapena assaggiato.»

L'emozione si abbatté su di me da tutti i fronti. Onde tumultuose e agitate. Lussuria, desiderio e un disintegrante senso di paura. Ero sopraffatta dalla meraviglia al pensiero di come sarebbe stato. Di cosa avrei provato nell'avere quest'uomo spingersi in me.

Prendermi interamente.

Riempirmi in ogni modo possibile. Corpo, spirito e anima.

Rapidamente, stava rubando tutto. Conquistandomi pezzo dopo pezzo. Mi aveva toccato in posti dove non ero mai stata toccata. Mi aveva mostrato che era giusto pretendere ciò che volevo, nonostante non mi fossi mai resa conto di averne bisogno.

Mi aveva fatta prigioniera con le sue dita illecite e la sua lingua criminale.

Presto non sarebbe rimasto più nulla di me.

Abbassò la testa, saccheggiando un altro po', controllandomi con il potere del suo bacio esigente, vorace e profondo.

Il cellulare nella mia tasca squillò.

Ash interruppe il suo assalto con un grugnito frustrato.

«Non fermarti» lo implorai, perché quando si trattava di lui diventavo bisognosa.

Una mendicante che non vantava alcun diritto.

Il telefono squillò di nuovo.

«Sarà meglio che tu risponda, dolcezza.» Si ritrasse leggermente da me, gli occhi azzurri come il mare dei Caraibi luccicanti di gioia e ilarità. «Da quando si è sparsa la voce che stai rinnovando casa mia, e la gente ha visto il talento esposto nel tuo negozio, quell'aggeggio non smette mai di suonare. Senza contare che i tabloid sono in fibrillazione per il fatto che la ragazza più carina di Savannah sia riuscita a conquistare il famigerato Ash Evans. Adesso sarai super richiesta. Dovremo assumere una guardia del corpo per evitare che la gente butti giù la porta di casa tua.»

Sorrisi impacciata, mordendomi il labbro inferiore nell'inutile tentativo di impedire al solito rossore di imporporarmi le guance. Magari contenere parte dell'autostima che questo ragazzo suscitava in me.

Estrassi il cellulare dalla tasca mentre lui continuava a torreggiare sopra di me.

Lanciai uno sguardo al numero sullo schermo illuminato.

Il panico si impossessò del mio spirito.

Poggiai una mano sul petto di Ash e lo spinsi all'indietro così da potermi mettere seduta e mi affrettai a rispondere alla chiamata. «Pronto?»

«Willow? Sono Sheila.»

«Cos'è successo? Sta bene?»

Adesso, il mio cuore stava martellando per una ragione completamente diversa.

Paura. Dolore. Tristezza.

Ash si sedette sui talloni, l'espressione preoccupata. Passò delicatamente le dita tra i miei capelli in un silenzioso gesto di incoraggiamento.

«Sì, è solo una brutta giornata» spiegò Sheila. «Continua a piangere e a chiedere di te e tua sorella. Penso che sia meglio che tu venga qui e la tranquillizzi. Sai che quando ti vede si calma.»

L'agonia si insinuò nel mio cuore agitato.

«Ok, vengo subito.»

Terminai la chiamata e tenni lo sguardo fisso a terra mentre giocherellavo nervosamente con una ciocca errante dei miei capelli, scendendo giù dalle nuvole e ritornando alla realtà.

«Ehi, cosa succede? Tutto bene?» Le sue parole erano intrise di preoccupazione. Di tenero affetto.

Quest'uomo duro e intimidatorio aveva un cuore incredibilmente misericordioso.

«Mia mamma... ha bisogno di me. Devo andare. Mi dispiace. Finirò il cassettone domani.»

Ash si alzò in piedi e mi porse la mano. «Bé, faremo meglio ad andare, allora.»

24

ASH

Willow si precipitò nella stanza, mentre io indugiai sulla soglia, guardingo. Mi sfregai il viso con una mano, domandandomi come cazzo mi fosse venuto in mente di venire qui. Ma era proprio questo il problema: quando ero con Willow smettevo di pensare.

Il terrore mi ghermì lo stomaco mentre avanzavo lentamente nella stanza. Voci sommesse echeggiavano contro le pareti mentre Willow veniva aggiornata sulle condizioni di sua madre da una donna di nome Sheila.

Ma non riuscivo a concentrarmi su di loro.

La mia attenzione era incollata sulla fragile donna che giaceva in un letto d'ospedale, le braccia piegate a una strana angolazione, i pugni serrati e la bocca spalancata mentre gemeva in maniera incoerente.

Cazzo.

Avevo solo le informazioni che Willow mi aveva dato. Non ero preparato per questo.

«Grazie» disse Willow a Sheila. Quest'ultima annuì, poi mi rivolse un cenno di saluto mentre mi passava accanto e usciva fuori, chiudendosi silenziosamente la porta alle spalle.

La disperazione aleggiava nella stanza.

Il dolore di Willow.

La mia compassione.

Il tormento di sua madre.

Willow girò intorno al letto e si sedette su una sedia accanto a sua madre. «Ehi, mamma, sono io. Sono qui.»

«Summer» gemette sua madre con un filo di voce a malapena decifrabile.

Willow trasalì, si piegò in avanti e passò dolcemente le dita tra i suoi capelli. «Shh... lo so, mamma, lo so. Va tutto bene.»

Sua madre piagnucolò di nuovo quel nome e Willow avvolse il suo pugno serrato nella propria mano.

«Vuoi che ti racconti una storia, mamma? Che ti parli di Summer?» Teneramente, le scostò i capelli bianchi dalla fronte, sforzandosi di non piangere mentre la guardava.

Questo era esattamente il motivo per cui ero qui. La ragione per cui non ero riuscito a lasciarla andare via da sola quando avevo scorto la profonda angoscia che riempiva i suoi occhi così espressivi.

Avevo voluto...

Cazzo. Avevo semplicemente voluto essere al suo fianco.

Sostenerla in modi in cui sapevo non avrei dovuto.

Mostrarle che non era sola.

La voce di Willow si abbassò fino a diventare un sussurro, le sue parole alimentate da qualcosa di così intensamente triste e adorante che mi fecero venir voglia di piangere. «Ti ricordi, mamma? Era il tuo compleanno... ed era una splendida giornata. Il sole era caldo ma non cocente. Io, tu e Summer preparammo un cestino con il pranzo e andammo al tuo posto preferito.» Chiuse gli occhi. «Quel prato rigoglioso alla periferia di Staley, riparato dagli alberi. Ricordi tutti quei soffioni? Danzammo tra di essi tutto il pomeriggio, declamando i nostri sogni al vento.»

Un angolo della bocca di sua madre si contrasse in una parvenza di sorriso. Un ricordo. Un segno di comprensione.

La tristezza attraversò il viso di Willow.

Una buia e burrascosa tempesta che pioveva gocce di speranza.

«Ricordi il sogno di Summer, mamma? Diceva che voleva essere libera. Adesso lo è. Non devi essere triste.»

Ma era la tristezza che brillava negli occhi di Willow mentre altruisticamente riversava tutto l'amore che aveva su sua madre. Donando, donando e donando.

Volevo farmi avanti e mettermi dietro di lei. Poggiare le mani sulle sue spalle come una sorta di silenzioso protettore. Darle qualcosa in cambio. Ma quello non era il mio posto, cazzo. Non lo sarebbe mai stato.

L'attaccamento era sempre piacevole all'inizio. Ti dava un senso di appartenenza. La sensazione di essere parte integrante di qualcosa. Finché non ti rendevi conto che tutti i pezzi sbagliati cominciavano a muoversi in disaccordo nel tentativo di unirsi. Denti aguzzi di un ingranaggio che si azzannavano a vicenda.

Eppure, eccomi qua.

L'avevo seguita fin qui come uno sciocco. Comportandomi come se fossi un dannato cavaliere dall'armatura scintillante quando sapevo fin troppo bene di essere il drago.

Il distruttore.

La osservai mentre sedeva lì, facendo onore al suo nome. Un forte e stoico salice. Graziosa ed elegante mentre navigava nel tumulto.

Il sorriso di sua madre si allargò di una frazione, e la sua voce si riempì d'affetto. «Tesoro.»

Una lacrima scivolò dall'angolo dell'occhio di Willow. Lei la scacciò via con la mano libera. «Mi fai sentire come se lo fossi, mamma.»

«Tesoro... tu stai ancora inseguendo il tuo sogno, invece.»

Willow sbatté le palpebre come se stesse cercando di riprendersi, di tenere le emozioni sotto controllo. Alla fine, spostò gli occhi su di me, quasi implorante, prima di riportare l'attenzione su sua madre. «Voglio presentarti qualcuno, mamma... qualcuno molto importante per me. È l'uomo di cui ti ho parlato. Quello che ha salvato il negozio.»

L'ansia si fece largo dentro di me. Deglutii rumorosamente quando decisi di farmi coraggio e avanzare, invece di rimanere immobile in un angolo come un cacasotto.

Mi fermai dietro di Willow, proprio nel punto in cui avevo voluto mettermi.

Come il suo sostenitore.

Il suo protettore.

Come qualcuno che poteva amarla nel modo in cui meritava.

Poggiai le mani sulle sue spalle e le diedi una stretta incoraggiante, mentre il mio cuore batteva come un tamburo. «È un onore conoscerla, signora Langston.»

Lo sguardo di sua madre balenò su di me.

Attento.

Lucido.

Supplichevole.

Buon Dio.

Dovevo andare via da qui. Tirarmi fuori da questo casino. Perché potevo sentire che stavo affondando sempre di più. Potevo sentire il peso delle responsabilità schiacciarmi con maggior forza. Responsabilità di cui non sapevo nulla se non mandarle al diavolo.

Invece, mi spostai all'altro lato del letto e afferrai una sedia, perché per un minuto volevo rimuovere questo fardello dalle spalle di Willow. Donare un po' di quel conforto che lei donava sempre.

Mi sporsi in avanti, sentendo qualcosa dentro di me spaccarsi, aprirsi, nello stesso istante in cui spalancai la bocca e cominciai a cantare prima di potermi fermare, la voce così maledettamente roca e bassa.

Rassicurami
Svelami il tuo fardello
Accada quel che accada
Non puoi nascondere
Il dolore nei tuoi occhi

La stanza vorticò intorno a me, le pareti si fecero troppo strette, ma non potei impedire alle parole di uscire dalle mie labbra.

Quindi resta con me
Non mi spiace
Trova il tuo conforto
Proprio qui al mio fianco
Ci sono passato anch'io
E voglio strappartelo via
Quindi resta con me
Non mi spiace
Trova il tuo conforto
Proprio qui al mio fianco

La canzone terminò. Fissai sua madre che si era addormentata.

La mia pelle e la mia gola formicolavano in preda a una sensazione di malessere.

Infine, alzai lo sguardo e mi ritrovai inchiodato alla sedia dal potente sguardo di Willow, che mi fissava con la bocca spalancata e gli occhi annebbiati.

Quella solita consapevolezza turbinò tra di noi, carica di familiarità, di desiderio e di ogni dannata cosa che non potevo avere.

La paura traboccò da quel luogo che avrebbe dovuto essere dimenticato. Sotto chiave.

Urla.

Sangue.

Lutto.

Boccheggiai di fronte a quei flashback e balzai in piedi. Willow sussultò a quell'improvviso e brusco movimento.

Avevo bisogno d'aria. Di ossigeno. Di ritrovare il senno.

Potevo percepire ciascuna di quelle cose venirmi strappata via.

Non riuscii nemmeno a guardarla quando dissi: «Ti aspetto fuori.»

Mi precipitai lungo il corridoio. Dovevo fuggire da questa casa arredata per trasmettere conforto e pace ma che puzzava di morte. Mi fiondai fuori dalla porta principale e uscii alla luce del sole, cercando di riprendere fiato.

Camminai avanti e indietro, mettendo in discussione le mie azioni.

Non puoi farlo.

Non puoi farlo.

Non di nuovo.

Contemporaneamente, una parte di me mi gridava che non era affatto la stessa cosa. Era la parte sciocca di me che si cacciava sempre nei guai. Quella che non avevo la forza di contrastare.

Mi sentivo come un vero stronzo quando Willow uscì dall'edificio cinque minuti dopo. Si contorse le mani, cercando di guardarmi dentro come faceva sempre. Più a fondo di quanto volessi. «Mi dispiace di averti portato qui. È stato troppo.»

Ed ecco che si scusava di nuovo, quando la colpa era *mia*.

Sempre e solo mia, cazzo.

Eppure, non riuscii a dire nulla. Mi voltai e attraversai la strada per raggiungere il punto dove avevo parcheggiato l'auto. Ignorai il paparazzo che si nascondeva dietro a un cespuglio, uno di quei viscidi stalker che ci seguiva da giorni, in attesa di catturare qualcosa di torbido.

Percorsi il parcheggio in rapide falcate, sollevando un sacco di polvere.

Willow salì sul sedile del passeggero, e il silenzio aleggiò denso e cupo tra di noi mentre l'accompagnavo a casa.

Potevo percepire la sua esitazione quando accostai accanto al suo marciapiede, tutte le cose che voleva dire e che io non potevo permettermi di ascoltare sospese tra di noi.

Perciò la lasciai lì come un totale stronzo, mormorando un semplice: «Ci vediamo.»

Perché non potevo restare al suo fianco un secondo di più. Non potevo farmi coinvolgere più di quanto non avessi già fatto. Non quando questa ragazza continuava ad attirarmi a sé con la promessa di tutte le cose belle che non avrei mai potuto avere.

Senza voltarmi indietro, schiacciai l'acceleratore della mia Navigator e feci del mio meglio per ignorare il modo in cui le mie viscere si contorsero dolorosamente per tutto il tragitto fino a casa.

25

WILLOW

Lo guardai allontanarsi, provando la sensazione che stesse portando via con sé un pezzetto di me.

Sapevo di non dovermi legare a lui. Ma sapere qualcosa non serviva a nulla quando il danno era già stato fatto.

Si dice che il pericolo di fingere è che la finzione diventi realtà.

E questo pomeriggio la finzione era diventata fin troppo reale.

Troppo tangibile, troppo difficile e troppo bella.

Per entrambi.

Ciò era diventato ovvio nell'istante in cui si era seduto accanto a mia madre e aveva finto un altro po'.

Quest'uomo terrificante e intimidatorio ma dall'animo estremamente gentile.

L'avevo osservato mentre sedeva lì, alla disperata ricerca di un modo per cancellare parte della costante paura, ansia e confusione che tormentava ciò che rimaneva della vita travagliata di mia madre.

Ma offrirle quella minuscola parvenza di pace lo aveva in qualche modo privato della propria.

Me n'ero accorta dai suoi muscoli contratti e dalla sua mascella tesa mentre percorrevamo la breve distanza in silenzio. Poi, mi aveva accompagnata a casa invece di portarmi da lui, dove avevo lasciato la mia auto. Era come se non riuscisse a tollerare di starmi vicino un secondo di più e stesse cercando la via di fuga più veloce.

La sua mente era stata pervasa da domande a cui non sapeva dare risposta. Perciò, mi aveva allontanata, e Ash che mi allontanava era l'unica cosa in questo mondo incasinato che non ero sicura di poter sopportare.

Invece di entrare in casa, mi diressi sul retro verso il piccolo laboratorio dove a volte lavoravo di notte quando non riuscivo a dormire, dove la sensazione del legno sotto le mie mani mi calmava e tranquillizzava, dando sollievo alla mia anima agitata, che stasera voleva gridare, urlare e supplicare.

In lontananza, un tuono rombò, profondo e melodico, echeggiando nel pomeriggio estivo di Savannah. L'odore di pioggia era intenso nell'aria agitata da brevi raffiche di vento che soffiavano tra gli alberi.

Sbloccando il lucchetto, aprii le doppie porte scorrevoli e accesi la piccola lampadina appesa sopra il mio banco da lavoro. Articoli incompleti erano accatastati contro le pareti, altri ingombravano il pavimento polveroso e attrezzi erano sparsi ovunque. Il locale era un totale disastro ma, in qualche modo, mi trasmetteva un'immensa pace.

Tirai lo sgabello davanti alla cassettiera vintage su cui lavoravo da anni. Quella che mia sorella aveva cominciato con me per capriccio e che non aveva mai terminato. Una che non avevo mai avuto la forza di finire da sola.

Serrai gli occhi e iniziai a carteggiare. Lentamente. Metodicamente.

Era come accogliere un vecchio amico e la solitudine allo stesso tempo. Aprire vecchie ferite e coprirle con un unguento.

Mi persi nel mio lavoro e, a un certo punto, il giorno cedette il posto al crepuscolo. La tempesta crebbe e acquistò potenza. Alcune grosse gocce di pioggia picchiettarono sul tetto, finché non si tramutarono in un acquazzone. Il ruggito dei tuoni, sempre più intenso, non fece altro che accrescere il senso di pace che mi circondava.

Un brivido di consapevolezza mi percorse la pelle.

Con *lui*, era sempre così.

Tumulto e disordine.

Caotico conforto.

Frenetico sollievo.

Mi voltai lentamente, guardinga, temendo che non sarebbe rimasto nulla di me se l'avessi fatto.

Il respiro mi si mozzò in gola e il mio cuore ribelle prese a battere a un ritmo selvaggio.

Ash era in piedi sulla soglia del laboratorio, le possenti braccia distese su entrambi i lati e le mani aggrappate alle porte scorrevoli mentre la pioggia si riversava su di lui. I suoi vestiti erano fradici e aderivano ad ogni centimetro del suo maestoso corpo.

Rimase in quella posizione per vari istanti, respirando affannosamente.

Infine, sollevò il viso e mi fissò da sotto le sue folte sopracciglia.

Sbalordita.

Quest'uomo...

Mi sbalordiva.

Quella terrificante bellezza che avevo intravisto il giorno in cui mi ero imbattuta in lui, era lì, nei suoi potenti e fiammeggianti occhi azzurri.

Un guerriero conquistatore.

La sua espressione era feroce. Scolpita nella pietra. Incisa dagli stessi dubbi e dalle stesse incertezze con cui mi aveva lasciata questo pomeriggio. Come se si fosse costruito da solo le proprie mura. Delle barriere di protezione.

Provavo il disperato bisogno di sapere perché erano lì. Di scavalcarle, aggirarle e attraversarle. Di conoscere quest'uomo nel modo in cui ogni parte di me desiderava conoscerlo.

Interamente.

«Ash» dissi in un sussurro confuso.

La pioggia scorreva in rivoli lungo le sue guance e attraverso la sua barba, formando goccioline sulle sue labbra piene e carnose.

Una raffica di vento sferzò l'aria, agitando la pioggia. I brividi mi percorsero la pelle, ma fu il desiderio a bagnarmi.

Osservai il suo pomo d'Adamo ballonzolare su e giù quando deglutì. «Che cosa mi hai fatto?» Mi fissò dritto negli occhi, il tono esigente. «Dimmelo, Willow. Dimmi che mi vuoi. Dimmi che non sto diventando pazzo. Dimmi che non sono l'unico a sentirmi così. Dimmi che ogni volta che ti tocco, anche tu hai la sensazione che tra di noi ci sia qualcosa di più.»

Un rantolo sfuggì dalle mie labbra e il mio respiro si fece più rapido e affannoso. Mi girai del tutto sullo sgabello e mi alzai lentamente su gambe tremanti.

Il mio cuore batté un sentiero di fronte a me e demolì tutti gli ostacoli sul mio cammino. Facendosi largo tra di essi come se non significassero nulla. Come se non rappresentassero alcuna minaccia.

L'agnello è innocente se sa di essere condotto al macello?

Un sacrificio consenziente?

Perché eccomi qua, pronta a candidarmi per quella posizione.

Sollevai il mento con decisione. «Non ho mai desiderato niente con la stessa intensità con cui voglio te.»

Quell'esile filo di autocontrollo a cui si era aggrappato finora si spezzò.

Cancellò la distanza tra di noi in un lampo e affondò le mani nei miei capelli nello stesso istante in cui la sua bocca si abbatté sulla mia.

Possessiva.

Potente.

Le sue labbra bagnate erano esigenti mentre mordicchiavano e succhiavano, schiacciavano e carezzavano. Mi strattonò i capelli, inclinandomi la testa e controllando i miei movimenti.

«Peaches» mormorò, ritraendosi leggermente per tirare un respiro frenetico, prima di avventarsi di nuovo su di me. Stavolta mi baciò con più ardore, cercando una via d'accesso.

Fece scivolare una mano lungo la mia schiena e strinse l'altra più forte nei miei capelli. Affondò le dita nelle mie natiche e mi attirò a sé, contro i suoi vestiti bagnati e il calore bruciante del suo corpo. Il suo pene era così duro e grosso sotto i jeans mentre sfregava contro il mio ventre in cerca di frizione, accrescendo il mio desiderio per lui.

Ansimai e mi aggrappai alle sue spalle. «Ash... ti prego.»

Mi voltò e mi spinse contro il mobile su cui stavo lavorando. Ci sbattei contro con un grugnito, anche se non avrei saputo dire se fosse mio o suo. Eravamo un groviglio frenetico di gemiti, mani e corpi disperati.

Gli attrezzi caddero a terra con un fragore metallico mentre la tempesta acquistava intensità. Il vento sferzava contro le pareti sottili e la pioggia batteva sul tetto, e in mezzo a tutto quel caos non mi soffermai minimamente sul fatto che le porte fossero ancora aperte.

L'unica cosa su cui ero concentrata era *questo*.

Ash mi agguantò per la vita e mi sollevò sulla cassettiera.

Istintivamente, avvolsi le gambe intorno ai suoi fianchi.

Sin dalla prima volta che mi aveva toccata, avevo agito seguendo l'istinto. Col tempo, ero diventata più audace, esigendo ciò che volevo e offrendolo a mia volta.

Lo baciai con fervore e lui ricambiò con maggior passione.

Il suo bacio era selvaggio.

Quasi violento.

«Che cosa mi hai fatto? Che cosa mi hai fatto?» grugnì, mentre sfregava il bacino contro di me. Il calore si diffuse nel mio corpo come un incendio di lussuria e bramosia. Una soffocante emozione montò in me, serrandomi il petto.

Mi inarcai all'indietro per ritrarmi dalla forza del suo assalto. Lui mi resse la testa con una mano per tenermi dritta e mi palpeggiò il seno con l'altra, facendomi inturgidire i capezzoli. Mi mantenni al bordo del mobiletto quando, improvvisamente, staccò le mani e cominciò a sbottonarmi la camicetta.

Gemetti quando mi denudò, respirando affannosamente in preda alla lussuria.

«Cazzo» sibilò con voce gutturale, il termine crudo quanto la libidine nei suoi occhi. Si affrettò a sfilarmi la camicetta dalle braccia e riportò le mani sui miei seni coperti dal reggiseno di pizzo. Li strizzò insieme e ne catturò uno nella sua bocca bollente.

Il fuoco divampò fino al centro del mio piacere. Percorse ogni mia terminazione nervosa come un fulmine. Incendiandomi ovunque. E il mio sesso eccitato pulsò dolorosamente di desiderio.

«Ash.» Il suo nome era un ansito. Una supplica. Tutto. Perché potevo sentire che stavo crollando sotto le sue carezze esigenti. Sprofondando in quel luogo sacro dove la vita veniva creata o distrutta per sempre.

«Lo so, piccola, lo so.» Fece scivolare una mano dietro la mia schiena, slacciò il gancetto del reggiseno e abbassò le bretelline lungo le mie braccia.

Arretrò di un passo e lasciò cadere l'indumento a terra mentre mi guardava con occhi selvaggi. «Dio... sei un capolavoro, tesoro. Così fottutamente splendida che non riesco a capacitarmi che tu sia qui davanti a me. Non hai idea delle cose che voglio farti.»

Le sue parole mi suscitarono la pelle d'oca. Oscure, tenebrose promesse.

«Dimmelo» mormorai, gettando la testa all'indietro con un gemito quando mi pizzicò un capezzolo con le dita e catturò l'altro tra i denti.

Finzione.

Sapevo che stavo soltanto ingannando me stessa, ma in quel momento ero felice di essere la sciocca che si faceva ingannare.

Mi carezzò e mi leccò, compiendo magie con la sua lingua e aumentando la mia eccitazione. Lambì la valle tra i miei seni, poi si spostò verso l'alto e si concentrò sull'incavo alla base della mia gola.

Mugolai di piacere, e il suo alito mi solleticò l'orecchio quando disse: «Voglio possederti, Peaches. Voglio risvegliare ciò che giace dormiente dentro di te. Portarlo in vita. Guardarti brillare.»

Mi baciò la mascella, il mento, mi catturò la bocca in un bacio famelico, prima di dedicarsi all'altro lato del mio viso. Affondò le mani nei miei fianchi, mi attirò maggiormente a sé e grugnì: «Voglio sprofondare in te così profondamente da non riuscire più a fare ritorno. Raggiungere quel posto dove nessuno di noi due sa dove inizia uno e dove finisce l'altro.»

Mi cantava quella stessa canzone, simile a una lode, sin dalla prima notte che mi aveva aperto gli occhi.

E sapevo che questo ragazzo mi avrebbe fatta a pezzi.

Crocifissa e uccisa.

Ma stavolta, mi sarei offerta spontaneamente.

Afferrai con forza i suoi capelli, poi agguantai la sua maglietta e gliela sfilai dalla testa, prima di armeggiare con la patta dei suoi pantaloni.

«Prendimi.» La mia era una richiesta.

Lui si bloccò.

Si ritrasse per guardarmi negli occhi.

«Prendimi» sussurrai in tono deciso.

Uno sbuffo d'aria proruppe dal suo naso.

Una scarica di desiderio e lussuria.

Un crepitio di energia.

Prendemmo fuoco.

Fummo sopraffatti da una furia, una passione, una smania a cui nessuno dei due sembrava in grado di resistere.

Mi sbottonò i jeans e me li abbassò insieme alle mutandine. Si sfilò i boxer e li gettò da parte, dopodiché si insinuò tra le mie cosce. Mi carezzò le gambe su e giù con mani tremanti, il suo grosso pene a pochi centimetri dal mio sesso.

Spalancai la bocca in preda a un'eccitazione intensa.

Ash imprecò a denti stretti e infilò il pollice tra le mie labbra. Lo succhiai con trasporto, roteando la lingua intorno al polpastrello e afferrandogli contemporaneamente il membro con la mano.

Lui rabbrividì e il suo stomaco si fletté mentre lo sfregavo su e giù, la mia mente un turbinio di luci e colori.

Avevo bisogno di lui. Così tanto. E mi ritrovai a mormorarlo ad alta voce quando passò il pollice sul mio labbro inferiore. «Ho bisogno di te, Ash. Ho bisogno di te. Ti voglio. Più di qualsiasi altra cosa abbia mai desiderato.»

Scivolai in avanti fino al bordo della cassettiera, continuando a stringergli il membro nella mano. Improvvisamente, ero io ad avere il controllo. Ero in estasi. Pazza di desiderio.

O forse era lui ad esserlo.

Lo guidai verso la mia fessura, facendo scivolare la punta tra le pieghe del mio sesso.

E non mi interessava che stessi oltrepassando una linea che avevo giurato a me stessa di non oltrepassare mai, ovvero concedermi a un uomo che non era realmente mio.

Non aveva importanza. Perché volevo piangere alla sensazione di averlo lì, a un soffio da me, così grande che quando mi afferrò per i fianchi e mi penetrò in un unico affondo, gridai un debole *sì* alla sua improvvisa intrusione.

Mi sentivo consumata.

Ridotta in cenere.

«Cazzo... Peaches... sei la cosa più bella che abbia mai provato.»

Bruciava dentro di me. Era troppo grande. Troppo intenso e non abbastanza. Perché volevo di più. Volevo che mi riempisse del tutto. Che mi prendesse e non mi lasciasse più andare.

Cominciò a muoversi, ondeggiando i fianchi e affondando in me ripetutamente. I suoi respiri vennero fuori come grugniti gutturali mentre mi guardava con i suoi occhi da guerriero.

Mi scopò come aveva promesso.

Mi dominò.

Mi possedette.

«Ash.»

Passò di nuovo il pollice sul mio labbro inferiore, poi lo infilò nella mia bocca, prima di premerlo contro il mio clitoride. Sfregando e disegnando piccoli cerchi intorno ad esso.

Stimolandomi e rovinandomi con il suo tocco.

Perché non sarei mai più stata la stessa.

Il nostro legame avrebbe potuto recidersi, ma il mio non si sarebbe mai spezzato.

I nostri movimenti erano frenetici. Disperati e divoranti.

Affondai le unghie nel suo petto mentre mi annientava.

Mentre mi faceva a pezzi.

Non avevo alcuna possibilità.

Nessuna incertezza.

Il piacere corse lungo le mie terminazioni nervose, riducendosi rapidamente in un puntino di beatitudine che mi spedì verso l'alto, a fluttuare fra le stelle. Ero persa nell'oscurità. Accecata dalla luce. Rabbrividii e fremetti mentre lui faceva altrettanto, venendo e sussultando dentro di me.

Ansimò con la bocca aperta contro il mio seno.

Avvolse le braccia intorno alla mia vita e mi strinse forte a sé.

Era entrato nel mio negozio e mi aveva detto che mi avrebbe dato qualsiasi cosa volessi. Dovevo solo chiedere e sarebbe stata mia.

E l'unica cosa che volevo era che lui restasse.

26

ASH

*P*remetti il viso contro la pelle nuda del suo stomaco che era setosa e bagnata. Proprio come la carne tra le sue cosce. Annaspai in cerca d'aria. In cerca di un po' di chiarezza impossibile da trovare.

«Peaches» mormorai, stringendola più forte quando cominciò a tremare. Quando l'adrenalina iniziò a scemare e il rimpianto prese il suo posto.

Se condivido il mio corpo con un uomo, lo faccio perché lo amo e lui ama me.

La sua affermazione di varie settimane fa imperversò dentro di me, mentre la realtà si faceva strada lentamente.

Duramente.

Dolorosamente.

Cazzo.

Con una smorfia, uscii dal suo corpo. Una parte di me voleva vomitare. Prendermi a pugni.

O forse affondare di nuovo in lei.

Merda.

Non lo sapevo.

L'unica cosa che sapevo era che avevo combinato un casino.

Un grosso casino.

Deglutii il nodo spinoso che mi stringeva la gola, le mie parole così ruvide che quando le pronunciai mi graffiarono la lingua. «Sono pulito. Lo giuro.»

Scossi la testa in preda alla vergogna mentre incrociavo i suoi occhi colmi di un'espressione tumultuosa che non riuscivo a decifrare. «Mi dispiace tanto. Non intendevo lasciarmi trasportare dal momento. Né tanto meno perdere il controllo. Non con te.»

Ed io che ero stato tanto sciocco da pensare che non avremmo corso alcun rischio nel fingere.

Willow cominciò a tremare da capo a piedi. Come se fosse stata lei sotto la pioggia battente, con il freddo che penetrava fin nelle sue fragili ossa.

Se condivido il mio corpo con un uomo, lo faccio perché lo amo e lui ama me.

Che diavolo avevo fatto?

Il senso di colpa mi divorò vivo. Un panico diverso da qualsiasi cosa avessi mai provato montò dentro di me, un'onda pronta a travolgere e distruggere.

I miei occhi guizzarono per il locale polveroso, finché non si fermarono su quello che stavo cercando. Allungai la mano e afferrai la vecchia coperta piegata su uno scaffale alla mia sinistra, la scossi per dispiegarla e la avvolsi intorno alle sue spalle, coprendo il suo corpo meraviglioso.

Gliela rimboccai sotto il mento come uno scudo, non che l'avrebbe protetta dalla depravazione che le avevo appena inflitto.

Avrei dovuto stare più accorto. Ma come sempre mi ero comportato da bastardo spericolato, ingozzandomi di ciò che era buono. Prendendo ciò che non era mio diritto prendere.

Tenni una mano intorno alla coperta per tenerla chiusa e con l'altra mi infilai goffamente i jeans, lasciandoli sbottonati. Infilai un braccio intorno alla sua schiena, l'altro sotto le sue ginocchia, e la sollevai contro il mio petto.

Un sospiro fuoriuscì dalle sue labbra tremanti.

Nascose il viso sotto il mio mento e si accoccolò contro di me.

Il profumo di pesche, legno e miele inebriò i miei sensi già confusi. Rovinandomi un altro po'.

La portai fuori dal laboratorio, stringendola forte mentre la pioggia si abbatteva su di noi, e corsi verso casa sua.

«La porta sul retro» balbettò, così la condussi su per i tre piccoli gradini. Appoggiai il fianco contro il muro per continuare a reggerla tra le braccia mentre armeggiavo con il pomello.

Quando la porta si spalancò, entrai dentro e la richiusi con un calcio dietro di noi, attutendo i suoni della tempesta. La casa era buia, illuminata soltanto da brevi lampi che filtravano dalle finestre e che guidavano il mio cammino.

Sembrava assurdo che finora non avessi mai messo piede in casa sua. Era calda e bella, nuova e vecchia, accogliente e confortevole. Perfetta, proprio come lei.

Un'emozione che mi rifiutavo di identificare mi serrò il petto. Ma era lì, reale quanto il suo peso tra le mie braccia, quanto il suo cuore che batteva forte contro il mio.

La condussi oltre l'arcata, attraverso la sala principale e su per le scale che fiancheggiavano la parete laterale.

C'erano solo due porte al piano superiore, e io mi diressi verso quella sulla destra, immaginando che dovesse essere la stanza in cui avevo visto la sua sagoma stagliarsi dietro la finestra la prima sera che l'avevo accompagnata qui.

Quando entrai dentro, andai dritto verso il bagno annesso. Con cautela, poggiai i suoi piedi tremanti a terra, continuando a tenere una mano su di lei per sostenerla mentre aprivo l'acqua calda della doccia al massimo. In pochi secondi, il vapore riempì lo spazio ristretto.

Per tutto il tempo, Willow continuò a lanciarmi occhiate furtive e indagatrici.

Quel senso di familiarità mi assalì con più violenza del solito.

Facendomi sentire come se stessi perdendo la testa, perché

ero fottutamente terrorizzato che stessi perdendo il mio cuore.

Che cosa ho fatto?

Le tolsi la coperta di dosso. Molto lentamente. Un brivido le scosse il corpo.

Dio.

Era così dannatamente bella.

Meravigliosa.

Mi tolsi i jeans sotto il suo sguardo intenso, poi intrecciai le mie dita alle sue e la condussi nella doccia in vetro, dove i getti d'acqua bollente colpirono la mia pelle fredda come un milione di aghi infuocati.

Emisi un sospiro quando cominciai ad abituarmi alla temperatura. Avvolsi le braccia intorno a Willow e l'attirai contro il mio petto, voltandomi in modo tale che l'acqua cadesse principalmente su di lei. Le reclinai la testa all'indietro, facendo bagnare le onde setose dei suoi capelli, e le baciai la fronte, perché come cazzo potevo non farlo?

Una volta che il fiotto d'acqua calda si trasformò in un picchiettio rilassante, afferrai una spugna e la intrisi di sapone. La sfregai delicatamente sul suo corpo, partendo dal collo e dalle spalle, scendendo giù lungo la pancia e i fianchi. Trattenni il fiato quando passai la spugna tra le sue cosce, come se potessi cancellare le mie tracce dal suo corpo.

Willow rabbrividì, aggrappandosi alle mie spalle per sostenersi.

Incrociai i suoi occhi. «Non prendi la pillola, vero?»

Lei scosse piano la testa, e l'espressione illeggibile sul suo viso si fece ancora più imperscrutabile.

«Mi dispiace tanto, mi dispiace tanto» mormorai ripetutamente. La mia mente si stava scervellando per trovare una soluzione *facile*. Ma questa ragazza era l'esatto contrario di facile.

Non riuscivo neanche a mettere insieme due parole, perciò continuai a insaponare dolcemente il suo corpo. E lei fece lo stesso con me.

L'espressione intensa sul suo viso che avevo difficoltà a decifrare si addolcì.

Questa ragazza mi stava distruggendo.

Mi assicurai che fossimo entrambi ben sciacquati prima di chiudere l'acqua, facendo stridere le vecchie tubature. Allungai il braccio fuori dalla doccia per prendere un asciugamano asciutto dalla rastrelliera. Willow rimase immobile mentre gliela avvolgevo intorno al corpo, muovendosi solo per tenerla ben salda intorno a sé. Poi ne afferrai un'altra e me la avvolsi intorno ai fianchi, prima di riprendere Willow tra le braccia.

«Ash.» Pronunciò il mio nome in tono quasi confuso, fissandomi intensamente mentre la portavo a letto.

Scostai le coperte e la sistemai al centro del materasso. Quando indietreggiai, lei allungò una mano verso di me. «Resta.»

E Dio, un uomo saggio sarebbe andato via. Avrebbe messo subito fine a questa stronzata. Invece io lasciai cadere l'asciugamano a terra e mi misi a cucchiaio dietro di lei, accoccolandola contro di me.

Perché era così piacevole stringerla tra le braccia?

Willow sospirò.

«Mi dispiace» ripetei per l'ennesima volta.

«Perché sei dispiaciuto?» Sollevò il braccio e intrecciò le sue dita a quelle della mia mano situata sopra la sua testa. «Ti ho detto quello che volevo. Ti ho detto che volevo *te*» bisbigliò nel silenzio della sua stanza.

Mi rannicchiai maggiormente contro di lei, posandole un bacio sulla nuca. «Vedi, è proprio questo che non capisco. Non sono l'uomo giusto per te, dolcezza. Non posso darti tutte quelle cose che desideri davvero. Quello che meriti davvero. Cose che voglio che tu abbia. Ma nel profondo di me, sto diventando avaro. Voglio tenerti tutta per me. E poi...»

Cazzo.

«In quel momento, non pensavo ad altro che sprofondare dentro di te.»

Willow mi strizzò la mano. «Va tutto bene.»

«Invece no.»

Il silenzio cadde tra di noi. Per minuti. Ore. Non ne avevo idea. «Cos'è successo questo pomeriggio?» chiese lei, infine.

«Cos'è successo?»

Mi ero sempre vantato di essere il ragazzo più affabile che si potesse incontrare. Ma la mia coscienza non mi permise di farla franca con quella menzogna. Perché lo ero sempre alle mie condizioni e mai a mie spese. Quello era un tipo di prezzo che non ero disposto a pagare.

«Vuoi saperlo davvero?»

Senza voltarsi, Willow annuì contro il cuscino.

Seppellii il naso nei suoi capelli umidi e pronunciai la mia confessione contro la sua nuca. «Tu mi terrorizzi, tesoro. Mi fai desiderare di fare cose che non faccio mai. Come farmi avanti e comportarmi da vero uomo quando qualcuno ha bisogno di me. Mi spaventa il pensiero di poter essere abbastanza sciocco da offrirti me stesso, sapendo bene che l'unica cosa che farei è spezzarti il cuore. È quello che faccio sempre, ed è il motivo per cui non mi lego a nessuno. Mentre sedevo accanto a tua madre, mi sono reso conto di quanto mi sia affezionato a te. Di quanto desideri prendermi cura di te.»

Willow si girò completamente verso di me. Una luce smorzata balenò sui lineamenti del suo viso così maledettamente dolci. Posò una mano sulla mia guancia. «Anch'io sono terrorizzata da te.»

«Ho cercato per tutto il pomeriggio di starti lontano. Avrei dovuto farlo.»

Scosse la testa. «Avevo bisogno di te.»

Era proprio quello il problema.

«Che canzone era?» chiese, esitante, consapevole di starsi addentrando in quei posti aspri dentro di me che non volevo che vedesse.

Mandai giù il groppo di dolore che mi ostruiva la gola. «L'ho scritta molto tempo fa.»

Desiderando disperatamente di cambiare argomento, le passai le dita tra i capelli e dissi: «Parlami di tua sorella.»

Il dolore contorse i lineamenti del suo volto e la sua espressione si fece distante. «Era la migliore. Così piena di vita. Era il tipo di persona che entrava in una stanza e la illuminava. I sogni che condivideva con me e nostra madre erano sempre così grandi. Rideva e scherzava continuamente. Amava la vita con tutta se stessa.»

Giocherellai con una ciocca dei suoi capelli. «Dovevate essere molto unite.»

Willow annuì in maniera impercettibile, poi corrugò la fronte. «Ma era anche molto malata, Ash. Lo è stata sin da piccola, ma crescendo è peggiorata. O forse me ne sono resa conto solo quando sono diventata abbastanza grande da capirlo. Un momento prima era euforica e quello dopo era depressa. Un giorno era felicissima e quello successivo non aveva la forza di alzarsi dal letto. Passava dall'essere la mia migliore amica a qualcuno che non riuscivo nemmeno a riconoscere.»

Annegai nella sua tristezza, e la abbracciai forte mentre sussurrava la sua sofferenza contro il mio collo. «L'ho supplicata di non lasciarmi, ma se n'è andata quando ha compiuto diciotto anni. E in qualche modo sapevo che non l'avrei mai più rivista.»

La mia gola si strinse in una morsa. Detestavo che avesse dovuto sopportare un simile supplizio. Avrei fatto di tutto per tornare indietro e cambiare il suo passato di cui non sapevo quasi nulla. Per proteggerla dal dolore. E questa cosa mi spaventava a morte. «Mi dispiace tantissimo.»

Willow si morse il labbro inferiore. «Continui a ripeterlo.»

«Perché sono un bastardo. Me ne sto qui disteso a letto con te quando non ho neppure il diritto di starti vicino. Non dovrei toccarti. Non in questo modo.»

«E se ti trovassi proprio dove ti voglio?»

«Peaches.» Sembrava un avvertimento. Per lei. O forse per me stesso.

Avevo fatto una cazzata. Una bella grossa.

Ero un maledetto idiota.

Perché anch'io ero abbastanza saggio da sapere che solo uno stupido non imparava dai propri errori.

La feci rotolare sulla schiena e mi posizionai tra le sue cosce tremanti.

Poi affondai in lei e rifeci la stessa cazzata.

27

WILLOW ~ DICIASSETTE ANNI

«Summer!» Freneticamente, Willow cadde in ginocchio di fronte a sua sorella seduta sul pavimento, la schiena premuta contro il muro e le ginocchia strette al petto. Lacrime nere le rigavano le guance e il suo viso era chiazzato di rosso mentre piangeva.

E la sua stanza...

La sua stanza era sottosopra, con vestiti sparsi ovunque e mobili rovesciati.

Con cautela, Willow toccò la spalla di sua sorella, mentre la paura la scuoteva fin nelle ossa. «Summer... cos'è successo? Stai bene?»

Sua sorella la guardò con occhi sfocati. Distanti. Poi, lentamente, il suo sguardo si mise a fuoco. Scosse la testa. «No, Willow, non sto bene.»

Sua sorella maggiore era in questo stato sempre più spesso. Era agitata e furiosa. Persa.

«Ma che mi dici delle medicine?» domandò Willow in tono quasi supplichevole, avvicinandosi maggiormente. «Pensavo che ti stessero aiutando.»

Summer la fissò impotente. «Mi rendono insensibile, Willow. Non capisci? Non provo niente, e preferisco morire piuttosto che sentirmi in quel modo.»

«Non dire così.»

Il sorriso di sua sorella era triste. «Odio tutto questo, Willow. Lo sai, vero? Odio essere come sono.»

Willow si sedette accanto a lei, fianco contro fianco. «Certo che lo so. La tua malattia non è diversa da quella di mamma. Nessuna di voi due ha chiesto di averla, e ve la porterei via se potessi.»

Summer si picchiettò la tempia. «Ma la mia è tutta qui. Dovrei essere in grado di controllarla. Di cambiarla. Invece non so come evitare che si manifesti.»

«Andrà meglio, vedrai» le promise Willow, ma persino alle sue orecchie suonava come una bugia.

La tristezza corrugò la bocca di Summer. «Ho paura che non succederà finché resterò qui. Ho la sensazione che se non vado via da questa città, uscirò fuori di testa. Perderò completamente il senno. Sento che sto... impazzendo. E non è qualcosa a cui voglio che mamma assista. Sono già abbastanza brutte le cose che le dico adesso, anche se non le penso davvero. Ma ogni volta che giuro a me stessa che non succederà più, immancabilmente accade, e non c'è nulla che io possa fare per impedirlo.»

La paura si insinuò nell'animo di Willow. «Ti prego, non lasciarmi.»

«Tu hai Bates, e mamma ha te.»

«E se avessi bisogno di te?»

Summer intrecciò il proprio mignolo a quello di Willow, e sollevò le loro dita unite. «Ci sarò sempre per te, sorellina. Ma devo trovare me stessa prima che muoia soffocata. Non riesco a respirare, e sento che morirò se resto qui un giorno di più.» Si batté un pugno sul petto. «Ti prego di capirmi, Willow. Tu resterai qui e avrai quella grande famiglia che desideri tanto e sarai felice. Dimmi che vuoi lo stesso per me. Che io trovi la felicità. Perché non la troverò qui.»

Quella era l'unica cosa che Willow desiderava per sua sorella, perciò annuì. «Solo... promettimi solo che tornerai da me» balbettò, nonostante il grosso nodo che le serrava la gola.

Sua sorella le strinse con forza il mignolo. Un legame indissolubile.

«L'amore non è mai chiaro e semplice. È complicato. Disorientante. Certe volte è brutto e altre volte è la cosa più bella che esista.» Summer la guardò dritto negli occhi, l'espressione così sincera, come se stesse cercando di trasmettere un messaggio che Willow non riusciva a comprendere. «E per quanto male possa fare, non potrà mai cambiare il fatto che sia reale. Che valga la pena lottare per esso. E ricorda, il vero amore tornerà sempre da te.»

.

28

WILLOW

«*A* che diavolo stavi pensando?» sibilò Emily con orrore e shock mentre arrancava al mio fianco. Avevamo appena lasciato la nostra caffetteria preferita, non molto lontana dal mio negozio, e stavamo passeggiando lungo il marciapiede.

Quello era il problema. Nessuno di noi due stava pensando in quel momento.

Abbassai la testa per schivare un ramo basso.

«Non so a cosa diavolo stessi pensando.»

«Santo cielo, Willow... questo non è da te. Hai aspettato e aspettato che si presentasse il ragazzo giusto con cui passare il resto della tua vita, e poi cosa fai? Vai a letto con una rockstar? Per giunta, senza preservativo? Rischi di contrarre una malattia da quell'uomo.»

Feci una smorfia alla sua sfacciata supposizione.

«Mi ha detto che è pulito.»

Ovviamente, solo dopo che eravamo stati insieme.

Dopo che avevo già fatto tutte le cose che non potevo cancellare.

«Comodo» disse Emily con scherno, prima di sospirare e

rallentare il passo. «Voglio dire...» Emise uno sbuffo che le fece gonfiare le guance. «Non so nemmeno cosa voglio dire. Mi piace quel tipo, Willow, davvero.»

«Sei stata tu a spingermi verso di lui. Mi hai detto che dovevo accettare l'incarico o l'avrei rimpianto per sempre.»

Lei sbatté le palpebre. «Mi riferivo al lavoro, Will. Era ora che uscissi dalla tua zona di comfort. Che ti rimettessi in sesto. Che riuscissi a scorgere una grossa opportunità quando ti veniva offerta. E sì... ho visto l'attrazione che c'era tra di voi, e ho pensato che magari ti avrebbe fatto bene avere un uomo che flirtasse con te e che ti facesse ricordare come ci si sente ad essere bella e desiderata.» Si umettò le labbra. «Ma non credevo che vi sareste spinti fino a questo punto o che tu saresti stata così imprudente al riguardo. E odio dirlo, Willow... lo *odio*... ma sai che lui non è il tipo di ragazzo da mettere le tende, e sai bene quanto me che questo ti distruggerà. Vedo l'espressione sul tuo viso. *Vedo* cosa provi. E *so* che ti ritroverai di nuovo col cuore spezzato.»

Le sue parole mi trafissero come coltelli. Piccoli pugnali che mi tagliarono in tutti i posti che facevano più male.

Distrutta.

Ero già sulla buona strada.

La sua affermazione non era una notizia shock. Sapevo che Ash non sarebbe rimasto. Che non potevo averlo nel modo in cui il mio cuore l'aveva già reclamato. Il mio stupido cuore che era diventato incline a tante sciocchezze avventate.

Emily mi guardò dritto in faccia, gli occhi colmi di delusione e la voce intrisa di rimprovero. «Desideri così tanto un bambino che sei disposta ad ottenerlo in questo modo? Perché se continui con questa follia, è esattamente ciò che otterrai.»

Il dolore mi attanagliò ovunque.

Vergogna e rimpianto.

Le parole uscirono come un rantolo dalle mie labbra. «Certo che no.»

Certo che no.

Incespicai e mi accasciai su una panchina.

Mi portai una mano tremante alla bocca. «Non so cosa sto

facendo, Em. È solo che... quando sono con lui... quando lo guardo... ho la sensazione che sia esattamente ciò che mi è mancato finora. Ciò che ho cercato per tutta la vita. E quando sono con lui, ogni preoccupazione scompare e dimentico l'uomo che continua a ripetermi di essere. Non è così che io lo vedo. Con lui *dimentico me stessa*.»

La mia migliore amica si sedette accanto a me, l'espressione permeata di compassione. Passò le dita tra i miei capelli e mi rivolse un sorriso triste. «È facile dimenticare noi stessi quando le cose vanno bene. Lo capisco, Willow. Sul serio. Ma questo non significa che io non sia preoccupata per te.»

Il cellulare vibrò nella mia mano. Feci una smorfia quando vidi il mittente.

Bates.

Lo vide anche Emily, e il suo silenzio mi incitò a leggere il messaggio. Da una settimana a questa parte, Bates mi inviava foto di Ash in un mondo che non riuscivo proprio a comprendere. Foto che lo ritraevano in cupi, squallidi club. Circondato da donne. Nel backstage. Mentre faceva cose che non volevo neppure immaginare.

Quella che mi aveva appena mandato, era stata chiaramente scattata nel backstage, e lo ritraeva mentre beveva un drink con una donna inginocchiata tra le sue gambe. La sua espressione apatica lasciava intendere che registrava a malapena la presenza della donna.

Avrei voluto distogliere gli occhi e proteggermi dalla brutale realtà dell'uomo a cui mi ero affezionata così tanto. Troppo.

E questo mi fece odiare Bates ancora di più.

Era così che intendeva dimostrarmi di non voler rinunciare a me? Sbeffeggiandomi? Sperava che mostrandomi queste foto l'avrei perdonato per quello che mi aveva fatto?

Mai.

Emily mi fissò con un'espressione simile alla pietà.

«Fa male, Em» ammisi, mordendomi il labbro tremante. «È proprio vero che l'amore rende stupidi?»

Lei mi cinse le spalle con un braccio e io mi accasciai nel suo abbraccio. «Forse ti stai comportando da stupida» disse con una punta di ironia prima che il suo tono diventasse serio. «Ma no, l'amore non è per gli stupidi, Willow. L'amore è sempre, sempre per gli impavidi.»

29

WILLOW

«*D*ove stiamo andando?»

Poggiai la guancia sul suo bicipite. Perché non farlo se potevo?

Ash mi teneva per mano mentre mi guidava attraverso la folla che passeggiava tranquillamente per la pittoresca strada di Savannah.

I raggi del sole filtravano attraverso le foglie dei maestosi alberi da ombra.

Le famiglie erano uscite per fare un giro in centro e i turisti in visita in città gironzolavano sereni.

Stare con Ash faceva sentire anche me in questo modo.

Come se al mondo non ci fosse niente di meglio di questo.

Di essere al suo fianco.

Mi rivolse un sorriso presuntuoso e arrogante, la cosa più sexy e hot che avessi mai visto. Quell'espressione fu sufficiente a farmi arrossire.

Dio, le cose che quest'uomo mi aveva fatto.

«Che c'è, non ti fidi di me, dolcezza?»

Mi accoccolai maggiormente al suo fianco. «Fidarmi di te?

Mi chiedi troppo, rockstar. Non hai proprio un'ottima reputazione.»

Lui scoppiò in una risata, così forte e spensierata che le persone si voltarono a fissarlo.

Come poteva essere altrimenti?

Quest'uomo era un magnete.

Una forza della natura.

Una che mi aveva fatto completamente perdere la testa.

Si chinò fino a portare il viso a pochi centimetri dal mio e parlò a voce bassa. «Pensavo che fosse la mia "reputazione" la cosa che ti piacesse di più di me.»

Una vera e propria allusione.

Il calore sbocciò nel mio ventre, propagandosi verso il basso. «Un po' mi piace quella "reputazione".»

Ash inarcò un sopracciglio. «Un po'? Se inizi a dire così, dovrò raddoppiare i miei sforzi.»

Venni percorsa dai fremiti.

Sì, ti prego.

«Perché ho la sensazione che non sia solo una minaccia ma una promessa?»

«Perché sei intelligente.»

Risi, gli diedi uno schiaffetto sul petto muscoloso e mi rannicchiai ulteriormente contro di lui, lasciandomi trasportare dal senso di libertà che derivava dall'avere fiducia in se stessi. Qualcosa che avevo quasi dimenticato. Ero così grata a quest'uomo per essersi preso il tempo di tirare fuori la mia sicurezza.

Onestamente, ero stata terrorizzata di tornare a casa sua quella mattina di due settimane fa, dopo la sera in cui eravamo stati insieme. Avevo temuto che si sarebbe chiuso in se stesso. Mi aveva colta completamente alla sprovvista quando mi era venuto incontro a metà del viale salutandomi con un bacio appassionato. Un bacio che mi aveva indebolito le ginocchia e che mi aveva fatta innamorare di lui un po' di più. Da quel momento, il mio amore era cresciuto ininterrottamente.

Premette la bocca sulla sommità della mia testa. «Cosa devo fare con te, Peaches?»

Resta.

Svoltammo l'angolo e rimasi senza fiato, quasi scioccata. Il mio sorriso era smagliante quando feci un passo avanti e mi voltai verso di lui continuando a camminare, le nostre dita ancora intrecciate. «Mi hai portato a un mercatino delle pulci?»

Schiuse le sue labbra provocanti, fingendosi offeso. «Un mercatino delle pulci? Non spezzarmi il cuore, dolcezza. Il tuo è un vero e proprio insulto. Questa è la mostra d'antiquariato più bella della East Coast. Si possono trovare tesori e cimeli d'epoca a volontà. È un bene che il tuo uomo abbia qualche dollaro in più in banca. Sai, così può portarti in tanti bei posti sfarzosi e stravaganti come questo.»

Il mio uomo.

Dio.

Questo era esattamente ciò che volevo che lui fosse.

Mio.

Tuttavia, sorrisi all'ilarità che luccicava nei suoi occhi, che fluttuava in quel mare calmo e affascinante. «Non riesco a immaginare un posto migliore in cui essere.»

«Uhm... sono piuttosto sicuro che la risposta corretta sia il mio letto.»

«Giusto. C'è anche quello.»

Sempre, sempre quello.

Il suo sorriso indulgente si addolcì. Mi attirò a sé e mi baciò teneramente nel bel mezzo del marciapiede mentre le persone si muovevano intorno a noi.

«Forza... andiamo a scovare alcuni di quei *tesori* che ti ho promesso.»

Ridemmo e girammo per la mostra per ore, scambiandoci tenere carezze e rapidi baci tra una chiacchiera e l'altra. Ash mi assecondò mentre esaminavo ogni bancarella, frugando tra i tesori che la maggior parte della gente avrebbe visto come nient'altro che ciarpame e robaccia ma che invece lui sapeva io avrei visto come inestimabile.

Più tardi, toccò a me *assecondarlo* quando una ragazza lo riconobbe e cominciò a comportarsi da fangirl nel bel mezzo della mostra, strillando e balbettando. Mi offrii di fargli una foto insieme mentre Ash mi bisbigliava: «Mi dispiace». Non potei fare altro che sorridere e scattare la foto di questa ragazza emozionata che non riusciva a capacitarsi di essere accanto ad Ash Evans.

Comprendevo bene la sua pena.

Per fortuna, la ragazza se ne andò, e io ed Ash entrammo in un grosso tendone pieno di arte eclettica e casse di plastica che contenevano stampe di ogni genere.

«Dobbiamo assolutamente prendere questo» dissi, indicando uno dei quadri situati in fondo. Era stretto e lungo, molto più alto di me, dipinto di rosso, nero e grigio scuro. Note musicali si intravedevano all'interno come arte nascosta, l'accenno di una canzone che prendeva vita. «Sarà perfetto per la parete più grande della tua stanza.»

Questo pomeriggio, avevamo già trovato un enorme specchio, abbastanza grande da essere posizionato sul pavimento e appoggiato contro il muro. Avrei ritinto la spessa cornice di legno, ma intendevo lasciare il vetro marmorizzato così com'era, in modo da dare profondità, consistenza e contrasto.

«Non ti ho portata qui per prendere roba per me, e sono piuttosto sicuro che ogni singola cosa che hai preso finora abbia qualcosa a che fare con me.»

Questo perché la mia mente è consumata da pensieri su di te.

«Lo trovo logico, dato che sto rinnovando la tua stanza. La mia mente va sempre lì.»

«Ma ti ho portata qui per prendere qualcosa per te.»

Inarcai un sopracciglio e trattenni una risata mentre mi avvicinavo a lui e socchiudevo gli occhi. «Mi hai portata qui per comprare robaccia usata?»

L'orrore balenò sul suo viso. Genuino. Ma, un secondo dopo, si tramutò in divertimento. «Oh, Peaches, la pagherai per questo» mormorò nel mio orecchio, un'altra di quelle minacce che volevo vedere realizzarsi. «Pensi che non ti conosca?»

Strinsi il pugno nella sua maglietta e mi aggrappai a lui quando mi reclinò all'indietro. Potevo sentire il mondo scomparire sotto i miei piedi. Perché Ash mi conosceva meglio di chiunque altro.

«Grazie» disse improvvisamente.

I miei occhi vagarono sul suo viso. Cercando. Memorizzando. «Per cosa?»

«Per essere come sei. Tu...» Si interruppe e mi infilò una ciocca di capelli dietro l'orecchio, come se non sapesse cosa dire. Poi, mi baciò di nuovo.

30

ASH

A volte bisognava chiedersi se valesse la pena scommettere. Farsi coraggio e rischiare. Il problema era quando non sapevi su chi scommettere. Quando non eri certo che fossi tu a meritare il piatto. Se il dado disonesto avesse fatto uscire un due, chi sarebbe stato a perdere? E se fossi riuscito a ottenere un sei, che cazzo speravi di vincere?

Eppure, eccomi qua.

Pronto a puntare tutto su quella linea che si stava assottigliando sempre di più.

Giocando in maniera stupida.

Spericolata.

Ero dannatamente certo che nessuno di noi due ne sarebbe uscito vincitore.

Una risata cristallina echeggiò tra le mura di casa mia. Il tipo di risata che suscitava il caos nelle mie viscere già aggrovigliate.

«Sta' attenta» la avvertii. Perché diavolo mi ero lasciato convincere a fare questa cosa?

«Smettila di frignare, rockstar. Abbiamo tutto sotto controllo.» L'umorismo venava la sua voce affaticata mentre arrancavamo su per le scale reggendo l'enorme specchio. Willow era qualche gradino sopra di me, perché l'avevo convinta che quello fosse il lato più pesante. Il che era di per sé già un miracolo dal momento che inizialmente aveva insistito sul fatto che potesse portarlo al piano di sopra da sola.

Senza il mio aiuto.

In realtà, avevo scelto il lato inferiore perché se questo cazzo di specchio ci fosse scivolato di mano sarebbe atterrato su di me. Neanche per sogno l'avrei messa in quella posizione.

«Dove diamine è Zee quando ho bisogno di lui? Lo stronzo è sempre qui intorno finché non c'è del lavoro da fare. Poi, *puff!* Scompare.»

Una risata leggera e melodiosa risuonò dalle sue incantevoli labbra. Mi rivolse uno di quei sorrisi che mi mozzavano il fiato. «Se fossi al suo posto, anch'io fuggirei nella direzione opposta. Scommetto che non avevi idea in cosa ti stessi cacciando il giorno in cui sei entrato nel mio negozio.»

No, non ne avevo avuto la minima idea.

«Forse si è finalmente trovato una ragazza. Lo vedo poco ultimamente. O forse non riesce a sopportare di stare qui sapendo che bocconcino delizioso tengo rinchiuso nella mia camera.»

Non potevo vedere il rossore che sapevo le imporporò le guance. Ma, cazzo, potevo percepirlo. Avrei giurato di poter sentire questa ragazza anche dall'altra parte della stanza. Quella familiarità che esortava, blandiva e confortava.

Salimmo qualche altro gradino. I respiri di Willow si fecero più affannosi per lo sforzo. «Temo di aver sottovalutato quanto pesante sarebbe stato trasportare questo specchio quando l'abbiamo comprato.»

Era stato già abbastanza difficile metterlo nel bagagliaio del SUV.

«Grandi progetti richiedono grandi soluzioni. *Grandi, grandi* soluzioni.» Non riuscii neppure a soffocare la mia risata. A quanto pareva, avevo il senso dell'umorismo di un dodicenne.

Fatemi causa.

«Ma che ragazzo sveglio che sei.»

«Vuoi che mi svegli? Ho sentito bene? Dimmelo, dolcezza, perché se vuoi che mi svegli, sai che sono pronto a scattare sull'attenti.»

«Oh, ci scommetto.»

Una risatina echeggiò libera nell'aria.

Sì, per favore. Ero più che disposto a mostrarle quanto talentuoso potessi essere.

Quando finalmente raggiungemmo la cima della scalinata infinita, Willow girò e io la seguii. Percorse all'indietro il corridoio fino alla mia camera. «Laggiù» ordinò, guidandomi verso il centro della stanza dove aveva praticamente messo su bottega. «Mettiamolo steso sul dorso. Inizierò a lavorarci su domani.»

Lo sistemammo con cura su un telo già disteso sul pavimento.

«Ce l'abbiamo fatta.»

«Certo che ce l'abbiamo fatta. Non vorrei mai darti l'impressione sbagliata di essere un pappamolle.»

Willow spalancò la bocca in finto orrore. «Non potrei mai pensare una cosa tanto terribile di un uomo così robusto e vigoroso.»

Un sorrisetto accompagnò la sua canzonatura, poi la sua espressione si addolcì.

Si fece tenera.

Gentile.

Provai una stretta al petto e il mio cuore fece quell'assurda capriola che continuavo a implorargli di non fare.

Willow si raddrizzò e i suoi capelli color mogano si riversarono intorno alle sue spalle come una cascata, incorniciando il suo viso dalle guance rose per via della giornata trascorsa sotto al sole.

Emise un sospiro e si guardò intorno per la stanza quasi completata. Tutti i principali lavori di ristrutturazione erano terminati, le piastrelle e gli infissi in bagno installati, i pavimenti grattati e ricolorati, le pareti tinteggiate. Alcuni mobili che lei stessa aveva creato erano già stati sistemati al loro posto.

«Sarà fantastica» commentò, più a se stessa che a me, completamente persa nel suo lavoro come sempre. Quasi lo vedesse come qualcosa di vivo. Costantemente in transizione. Un flusso di tempo, anni e ricordi. Questa ragazza stava lasciando il suo marchio su questo momento che apparteneva a lei.

«Sesso e comfort» dissi, la voce un po' roca.

Willow alzò lo sguardo per fissarmi, e qualcosa di inespresso montò tra di noi, poi sembrò scrollarsi di dosso quella sensazione e si voltò. Andò verso la grande parete di fronte alla fila di finestre e sollevò il quadro che avevamo preso alla mostra. «Pensavo di mettere questo dipinto qui, sopra il cassettone, e sistemare lo specchio di lato sul pavimento.»

Il suo sguardo scivolò sulla lunga parete spoglia, come se stesse immaginando cosa ci sarebbe andato lì.

«Ci manca ancora quel servizio fotografico. Penso che sia ora di compiere quella magia. Immagina come sarà la stanza... con te ad adornare le mie pareti. Sarà la cosa più spettacolare che esista, e io sarò il fortunato bastardo che si sveglierà ogni mattina con quella vista.»

Le mie parole vennero fuori più arrochite di quanto intendessi.

Lei fece un sorriso, ma era tenue, quasi mesto. Piegò la testa di lato. «Sei ridicolo.»

Aveva ragione. Ero ridicolo. Perché *questo* era ridicolo, ed io avevo perso la capacità di fermarmi.

Attraversai la stanza con passi misurati. L'energia divampò. Un'onda d'urto di elettricità che si aziona premendo un interruttore. Immediata. Luminosa. Accecante.

Willow tirò un respiro tremante appena invasi il suo spazio, ma sostenne il mio sguardo mentre le prendevo il viso in una mano. Le carezzai la curva della guancia col pollice. «L'hai capito finalmente, tesoro? Cosa vedo quando ti guardo? Come i miei pensieri si ingarbugliano e tutto va in tilt? Nell'istante in cui ci tocchiamo, cado preda di una confusione che non dovrei sentire perché l'unica cosa che sento sei tu.»

Un piccolo gemito fuoriuscì dalla sua dolcissima bocca. Sfregai il pollice sul suo labbro inferiore e fissai negli occhi la ragazza che aveva completamente scosso il mio mondo. Che aveva distrutto le fondamenta che avrebbero dovuto essere solide.

Infrangibili.

Il mio cuore prese a battere a un ritmo accelerato.

Come se prima non pompasse in modo regolare.

«Ash.»

La baciai. Piano, a fondo, con fermezza.

Lei si sciolse contro di me.

La sua lingua era dolce come il miele.

La lussuria proruppe nel mio sangue come la rottura di una diga.

Trascinandomi sotto.

Divorandomi vivo.

Un bisogno schiacciante mi travolse. Il bisogno di penetrare in questa ragazza. Di divorare ogni suo centimetro.

Willow mi baciò come se intendesse permettermelo. Come se volesse darmi tutto. Anche se alla fine ne sarebbe uscita distrutta.

Arretrai di un passo, continuando a baciarla mentre le slacciavo i bottoni della camicetta. Gliela scostai via dalle spalle, rivelando il reggiseno in pizzo nero e la sua pelle cremosa.

Un gemito rimbombò dal mio petto. «Dolcezza... mi stai uccidendo. Ogni fottuta volta che ti tocco, perdo il fiato.»

Il senno.

Non sapevo nemmeno più chi fossi, cazzo. Se tutta la sua luce stesse coprendo la mia oscurità. Se per caso stesse svelando un nuovo me stesso o se magari stesse riportando in vita il vecchio me. O forse era soltanto un'illusione contorta e malata. Un incantesimo lanciato da un'incantevole ragazza che mi faceva vedere cose che non avrei dovuto vedere.

Willow infilò le sue mani calde e avide sotto la mia maglietta. Premette i palmi sul mio addome mentre faceva scivolare il tessuto verso l'alto. Non esitò quando me la sfilò dalla testa.

Ondeggiò all'indietro sui talloni, divorandomi con i suoi occhi color cioccolato come io morivo dalla voglia di fare con lei.

«Sei tutto» disse in un roco sussurro. Tracciò la punta delle dita lungo le linee del mio addome, sopra il mio petto, sfiorando l'inchiostro tatuato sulla mia pelle.

Memorizzando.

Incidendo.

Marchiando.

Con ogni carezza tremante, mi rovinò un po' di più.

«Quando sono con te... tutto... tutto sembra così giusto.»

Il mio petto si contrasse dolorosamente. Si sbagliava. Ma la cosa peggiore era che volevo esserlo.

Giusto.

Perfetto per questa ragazza quando sapevo, senza ombra di dubbio, che l'avrei solo ferita alla fine.

O quel pensiero non mi arrivò forte e chiaro o ero semplicemente un bastardo egoista, perché non bastò a frenare le mie azioni. Non servì ad impedirmi di allungare le braccia dietro la sua schiena e sganciarle il reggiseno.

Feci scivolare le mani sopra le sue spalle e giù lungo le sue braccia.

Il mio tocco le suscitò la pelle d'oca.

Bastava che la sfiorassi per farla tremare tra le mie braccia.

Lasciai cadere l'indumento a terra.

L'aria fresca le lambì i seni e osservai i capezzoli inturgidirsi sotto il mio sguardo.

Erano rosei e increspati.

Così dannatamente deliziosi.

Avvolsi una delle sue piccole tette nella mia mano, sfregando il pollice avanti e indietro sulla punta dura come un sassolino.

Un fremito le percorse la schiena.

«Perfetta.» Era un mormorio. Una lode.

La sospinsi all'indietro, esortandola a salire sul letto.

Lei mi assecondò, senza fare domande o obiezioni, mostrando solo quella dolce timidezza che colorò ogni squisito centimetro del suo corpo.

Le tolsi le calze e le scarpe, lasciandole cadere a terra con un tonfo. Un sorrisetto curvò un angolo della mia bocca e mi morsi il labbro quando le slacciai il bottone dei jeans. «Lascia che ti mostri quanto dannatamente perfetta e sexy tu sia. Perché non riesco a controllarmi non appena entri in una stanza.»

Lei tremò. «Ash.»

«Mi possiedi» mormorai a bassa voce, detestando quella confessione ma sapendo bene che era vera. Ero così fuori dal mio elemento. *Facile* aveva fatto un brutto volo fuori dalla finestra insieme al mio buonsenso.

Perché non me n'era rimasto alcuno.

Tranne che per il senso che si accese sotto il suo tocco. Sotto il suo sguardo. Sotto quel tenero cuore che mi stava lentamente distruggendo. Abbattendo tutte le mie riserve e giungendo in quei luoghi in cui non volevo che andasse.

Perché a quel punto avrebbe visto ciò che avevo fatto.

Avrebbe visto quanto fottutamente ignobile fossi.

Sangue.

Macchie.

Freddo gelido.

Anna.

Serrai gli occhi contro quelle immagini agghiaccianti, tirai un respiro profondo e mi concentrai sulla ragazza di fronte a me.

Le abbassai i jeans lungo le gambe, lasciandola con addosso nient'altro che le mutandine in pizzo nero che coprivano il suo sesso caldo. Lei si reclinò all'indietro reggendosi sulle mani, e la massa dei suoi capelli fluttuò intorno alle sue spalle e sfiorò il mio letto. Piegò una gamba e la dondolò lentamente di qua e di là mentre il suo petto ansimava per il desiderio.

Cazzo.

«Qualsiasi stronzo che lasci andare qualcuno come te è un idiota.»

Senz'altro, sarei stato un altro portatore di quello spiacevole titolo.

«Chiunque ti tratti con sufficienza. Chiunque ti faccia sentire meno speciale di quello che sei. Non quando sei la cosa migliore che sia piombata nel mio mondo.»

Scuotendolo e mandandolo in frantumi.

«Lo sapevi, Willow? L'hai capito finalmente? Sei la ragazza più sexy che abbia mai visto.»

Le mie parole erano risolute, sia dure che tenere, perché

questa ragazza mi confondeva fino a questo punto. «Sapevi che quando entri in una stanza ogni persona volta la testa nella tua direzione?»

Willow corrugò la fronte, mordendosi il labbro inferiore. «È perché guardano te.»

Scossi la testa. «Niente affatto. È proprio questo che ti sfugge, piccola. Quanto meravigliosa tu sia. Sia dentro che fuori. Nei posti visibili e in quelli invisibili. E c'è una parte di me che vuole fare a pezzi ogni singolo uomo che muore dalla voglia di darti un'occhiata. Vorrei avventarmi su di loro. Dirgli che sei mia anche se so che non posso tenerti.»

Lei rabbrividì.

«Ti fidi di me?»

Deglutì rumorosamente.

Poi annuì decisa.

Afferrai la sua camicetta dal pavimento e, poggiando un ginocchio sul letto, mi allungai dietro di lei e le infilai le braccia nelle maniche.

Una miriade di domande balenarono sul suo viso.

«Fidati di me» mormorai con voce profonda, proprio vicino al suo orecchio.

Lasciai la camicetta aperta di pochi centimetri, facendo sì che si intravedesse solo uno scorcio sottile di pelle seducente nel mezzo.

Cazzo.

Questa ragazza...

Finalmente era giunto il momento di mostrarle il suo valore, che poi era alla base della nostra finzione.

Volevo dimostrarglielo.

Volevo che lo vedesse.

«Questo è solo per me. Solo per te. Chiaro?» le chiesi, scendendo dal letto e recuperando il telefonino dalla tasca. «Nessun altro lo vedrà. Mai.»

Le sue labbra si schiusero in un ansito.

Sorpresa, desiderio e curiosità.

Il suo spirito impavido in contrasto con un pizzico di timidezza.

Una luce soffusa filtrava attraverso le finestre, riempiendo la stanza di ombre danzanti e luci saltellanti.

E al centro di essa, in bella mostra, sedeva Willow.

Arte in movimento. Un capolavoro.

Cliccai sull'app della fotocamera.

«Ash... io...» Abbassò la testa.

«Shh...» Feci scorrere le nocche lungo il lato del suo viso e posai un dito sotto il suo mento. «Guardami.»

Willow sollevò lo sguardo su di me e mi fissò con occhi ardenti e fiduciosi.

Catturai un primo piano del suo viso. «Mi sbalordisci.»

La sua espressione confusa ed eccitata era impressa sul mio schermo.

Feci scorrere il pollice sul suo labbro carnoso.

Lei gemette mentre scattavo altre foto.

Click.

Click.

Click.

«Piegati un po' all'indietro.»

Lei non esitò. Si appoggiò sui gomiti con un sospiro voglioso.

Tracciai la sua gola con i polpastrelli e tamburellai le dita sul suo petto, nel punto in cui il suo cuore batteva e palpitava.

Il mio cuore faceva lo stesso mentre scattavo una foto dopo l'altra a questa ragazza meravigliosa.

Catturando la sua purezza.

La sua vulnerabilità e il suo coraggio.

Scostai la camicetta di lato. Giusto una frazione. Eppure, l'inebriante accenno del suo seno era più sexy di qualsiasi altra cosa.

Un brivido riverberò sotto la superficie della sua pelle, e allargai la mano sul suo ventre piatto che tremò sotto il mio tocco. Avrei potuto giurare che si irradiò fin dentro di me.

Click.

Arretrai leggermente per avere una visione migliore. Lei si dimenò, prendendo vita al centro del mio letto.

«Lo senti quanto sei bella, Willow? Senti tutta la vitalità che trabocca in te? Da te? Questa è la vera bellezza. Quella che non può essere contenuta, non importa quanto duramente qualcuno cerchi di domarla.»

Click.

«Toccati. Senti cosa provo quando ti tocco» ordinai con voce sommessa.

Willow emise un gemito e gettò la testa all'indietro. Lievissimamente, sfiorò il rigonfiamento esposto del suo seno con i polpastrelli. Si carezzò il collo. Le gambe. Si passò a malapena le dita tra le cosce.

Era una dolce tortura, cazzo.

Non potei fare a meno di inclinare la fotocamera in modo tale da catturare l'espressione sul suo volto.

Il suo corpo sussultò e il mio nome proruppe dalla sua gola in un gemito gutturale. «Ash.»

Quando infilò un dito sotto le mutandine, il mio mondo si ribaltò.

C'era un limite alla sopportazione di un uomo.

Ogni briciolo di autocontrollo rimastomi si sgretolò.

La mia forza di volontà crollò.

Gettai il cellulare sul letto e mi sbarazzai dei jeans e dei boxer.

Poggiai un ginocchio sul letto e mi apprestai a sfilare di nuovo la camicetta dal suo corpo sodo e tonico. Quando lo feci, le sue braccia si piegarono all'indietro e i suoi polsi rimasero bloccati nel tessuto.

Willow ansimò quando si ritrovò in quella posizione che le teneva le mani legate dietro la schiena e che le spingeva le tette in fuori, schiacciandole contro il mio petto.

Porca puttana.

Era un guaio perdere il controllo quando ne avevi già poco per cominciare.

L'ultimo brandello del mio si spezzò.

Si recise.

Sparì del tutto.

Per mano di questa ragazza.

La baciai con foga. Pretesi la sua lingua, i suoi respiri e il suo cuore che martellava contro le sue costole.

Salii completamente sul letto e mi misi a cavalcioni sul suo corpo. Mi sollevai sulle ginocchia, torreggiando sopra di lei mentre la divoravo con la bocca e sfregavo l'uccello contro il suo ventre.

«Oddio, Ash» ansimò, inarcando la schiena per strusciarsi maggiormente contro di me, le braccia ancora legate dietro la schiena.

Le liberai i polsi dalla camicetta e indietreggiai quel tanto da sfilarle le mutandine, abbassandole lungo le sue gambe lunghe e provocanti.

Perché se questa ragazza voleva che mi svegliassi, l'avrei accontentata più che volentieri.

Senza perdere un colpo, posai le mani sulle sue ginocchia e le divaricai le cosce. «Bellissima» grugnii, perché era la dannata verità. Separai le pieghe perfette del suo sesso con la lingua.

Un respiro bisognoso proruppe dai suoi polmoni e le sue mani delicate si chiusero non molto delicatamente nei miei capelli.

Un ringhio proveniente da qualche parte nel mio petto mi raschiò la gola.

«Dio... adoro il tuo sapore.»

Caldo. Bagnato. Palpitante di desiderio.

Non c'era da stupirsi che morissi dalla voglia di assaggiarla.

«Potrei trascorrere tutta la vita proprio qui... sepolto tra le tue gambe.»

Succhiai e mordicchiai le sue labbra intime. Stuzzicandola e torturandola. Eccitandola ancora di più, mentre lei si dimenava e cercava di avvicinare la sua dolce figa al mio viso.

Una litania di suppliche urgenti traboccò dalla sua bocca.

Ridacchiai e indietreggiai, adorando il fatto che avessi il potere di scombussolarla in questo modo. Quasi persi l'equilibrio quando alzai gli occhi e incrociai la sincerità nel suo sguardo caldo come il cioccolato fuso.

Se condivido il mio corpo con un uomo, lo faccio perché lo amo e lui ama me.

Quella familiare sensazione si abbatté su di me come

un'onda devastante. Una di quelle che sommerge le città. Mi trascinò sotto, dove sapevo che sarei annegato.

Passai la punta di un dito tra le sue pieghe intime. «Cos'hai detto, dolcezza?»

«Ti prego.»

«Cos'è che vuoi, amore? Vuoi questo?»

Spinsi il dito un po' più dentro, affondando impercettibilmente nella sua stretta fessura.

«Sì... di più... ti prego. Non tormentarmi... per favore... ho bisogno di te... voglio te. Sei tutto ciò che voglio. L'unica cosa che voglio» farfugliò in un mormorio incoerente, e ogni parola mi colpì come un pugno di chiarezza.

Mi fiondai su di lei, stavolta con ancora più foga. La divaricai coi pollici e la scopai con la lingua, spostandomi verso l'alto per circondarle il clitoride, prima di scendere di nuovo verso il basso.

Toccandola ovunque, proprio come lei stava toccando me.

Era più che giusto.

Willow inarcò i fianchi di scatto.

Carezzai e leccai, spostandomi fino al sedere.

Lei emise un mugolio gutturale, apprezzando quel tocco proibito, seppur con titubanza. Le sue dita tremanti si contraevano smaniosamente nei miei capelli, come se non sapesse se volesse attirarmi maggiormente a sé o spingermi via.

«Ti prego.»

La feci voltare e mettere carponi. «Ok?» chiesi, in tono quasi d'avvertimento.

Lei strinse le lenzuola tra i pugni. «Sì.»

Aprii il cassetto del comodino realizzato dalle brillanti mani di questa ragazza e afferrai un preservativo.

Se non altro, in tutto questo casino, avevo imparato a fare almeno una cosa nel modo giusto.

Lo srotolai sul mio uccello, l'aggantai per i fianchi e la penetrai in un'unica poderosa spinta, riempiendola così tanto che il mio corpo si curvò per l'impatto.

Willow proruppe in un grido che si tramutò in un gemito non appena il suo corpo cominciò ad adattarsi alla mia presenza.

Dio.

Era così stretta. Le pareti del suo sesso mi stringevano in una morsa vogliosa e palpitante.

Nessuna ragazza avrebbe dovuto essere così piacevole.

«Lo senti? Riesco a darti lo stesso enorme piacere che tu dai a me? È persino possibile una cosa simile?»

«Niente... nessuno... mi ha mai fatta sentire come mi fai sentire tu, Ash.»

Impostai un ritmo rigido e sfiancante, strattonandola all'indietro per i fianchi per incontrare le mie spinte. I suoi capelli erano sparpagliati ovunque, la sua pelle meravigliosa era ricoperta da un leggero velo di sudore e il mio nome fuoriusciva dalle sue labbra in una supplica costante.

Conficcai le dita nelle sue natiche rotonde e seducenti che si adattavano perfettamente alle mie mani.

Una confessione dopo l'altra gorgogliò dalla sua bocca. «Ash... mio Dio... cosa mi stai facendo? Non riesco... ho bisogno di te più di qualsiasi altra cosa di cui abbia mai avuto bisogno.»

Le sue parole avrebbero dovuto rappresentare un segnale di stop. Avrei dovuto rivestirla, mandarla a casa con un casto bacio e pregare di non aver fatto già troppi danni.

Invece, tutta la mia attenzione si concentrò sul mio pene che scompariva nella stretta morsa del suo corpo mentre la penetravo ripetutamente.

Un piacevole formicolio mi percorse la pelle. Sapevo di non essere altro che un peccatore e un bugiardo. Perché avevo rincorso questo momento, questo corpo e questa snervante sensazione che non riuscivo a scuotermi di dosso. Questo bisogno disperato che mi attraversava la spina dorsale e mi attanagliava le palle.

«Mi vuoi?» le chiesi.

«Sì.»

Delicatamente, disegnai dei cerchi intorno al suo ano col pollice e, non troppo delicatamente, lo spinsi dentro.

Un piccolo gemito sfuggì dalla sua bocca ansimante e il suo

corpo si serrò intorno a me.

La scopai più veloce e più forte, e lei mi venne incontro ad ogni spinta.

Pretendendo ogni cosa che potevo darle.

In quel momento, sembrava tutto e niente.

Le cinsi la vita con un braccio e le stuzzicai lievemente il clitoride.

Lei detonò come una bomba.

Strinse le mani nelle lenzuola e urlò il mio nome. Emise mugolii di godimento che si insinuarono sotto la mia pelle e affondarono nel mio spirito. La sua pelle cremosa si tinse di rosso mentre il piacere la pervadeva da capo a piedi.

Incendiando.

Bruciando.

Sapevo che sarei stato io ad essere ridotto in cenere.

Mi mossi dentro di lei con forza. Diedi due spinte erratiche, prima che la beatitudine si impossessasse di ogni cellula del mio corpo.

Era così dannatamente bello, così insopportabilmente sbagliato.

Le strizzai i fianchi, la tenni ferma contro di me e sprofondai in lei il più possibile mentre il mondo brillava e tremolava intorno a me.

Torturandomi con i *se*.

Willow si accasciò sotto di me, boccheggiando tra le lenzuola mentre si riprendeva dall'estasi. Mi chinai verso di lei, tempestandole la schiena, le spalle e il collo di baci mentre cercavo a mia volta di riprendermi.

«Torno subito.»

In risposta, ottenni solo un esausto e soddisfatto cenno del capo.

Scesi dal letto e mi diressi in bagno, dove mi sfilai il preservativo e mi lavai le mani. Poi mi fermai sulla soglia a guardare la ragazza distesa sul mio letto, illuminata dal chiaro di luna che si riversava sulle lenzuola grigio argento.

Un letto che aveva modellato con le sue mani, un pezzo audace che aveva reclamato per sé.

Era perfetta lì distesa. Come se fosse stata scolpita insieme al resto dell'arredamento. Non riuscivo neppure a immaginare come sarebbe stata questa stanza senza di lei.

Mi passai nervosamente una mano tra i capelli.

Cosa stavo facendo?

Ma qualunque cosa fosse, era inarrestabile, e mi fece attraversare la stanza, strisciare sul letto e rotolarla su un fianco così da potermi accoccolare dietro di lei.

Willow sospirò e si rannicchiò contro di me.

Cercando rifugio.

Una casa.

Le scostai dal viso i capelli arruffati e aggrovigliati e le stampai un bacio sulla testa, prima di cercare a tastoni il cellulare. Scorsi il pollice sullo schermo e lo accesi.

Sfogliando le immagini, osservai la sua espressione mutare da incerta a meravigliata.

«Questa sei tu» dissi, sussurrando la mia lode, la mia convinzione.

Il silenzio aleggiò tra di noi per un lunghissimo tempo mentre Willow guardava le foto, il mio corpo mezzo eccitato e pronto per un altro round. Per una volta, tenni a freno il folle desiderio che provavo per questa ragazza.

«Questo è ciò che vedi quando mi guardi?» La sua domanda era sommessa, quasi timida.

«La prima volta che ti ho vista...» Un sorriso malinconico affiorò sul mio viso, e l'abbracciai più forte. «Mi si è mozzato il fiato. Sì, sei bellissima. Non penso ci siano dubbi al riguardo. Ma non si è trattato solo di questo. Mi ha colpito il fatto che fossi diversa da tutte le ragazze che frequentano il mio mondo. Un po' timida ma sicura di te. Dai principi e dalle convinzioni chiare. Sin dall'inizio, ho provato il desiderio di conoscerti meglio e scoprire cosa si nascondeva davvero dentro di te.»

Willow si voltò in modo da potermi guardare in volto. «Cos'hai trovato?»

«Ho trovato qualcuno che mi fa desiderare di essere qualcun altro.»

«E se quel qualcuno fossi tu?» mi incalzò.

Sentii la disperazione che nessuno di noi due sapeva come gestire scorrere tra di noi. La sensazione che ci appartenessimo l'un l'altro quando sapevo bene che non era nient'altro che una crudele illusione.

«Non lo sono.» Potei sentire quell'emozione farsi strada sul mio viso, prendendo la forma di un dolcissimo sorriso. «Chiunque sia quel ragazzo, è il bastardo più fortunato del mondo. Ma non sono io, Peaches.»

Sembrava che più glielo ripetessi, meno ci credevamo entrambi.

Le ombre danzarono sul suo viso, domande e contraddizioni. «Per via della vita che conduci? La band e i tour?»

Sospirai. «Penso che i miei amici abbiano smentito quella teoria. Forse la pensavo così una volta, ma tutti loro stanno meglio ora di quanto non lo siano mai stati.»

Misi il cellulare da parte e le presi il viso tra le mani. «Il problema sono *io*, Peaches. Ciò che *sono*. Sì, potrei starmene qui disteso e farti mille promesse, dirti che ci sarò sempre per te. E in questo preciso istante? Potrei essere abbastanza sciocco da credere di riuscire a mantenerle. Ma ho la pessima abitudine di deludere le persone che amo. Non vorrei, ma è ciò che faccio. È ciò che sono. Detesto quella persona e non lascerò mai che ti distrugga.»

Willow inspirò bruscamente alle mie parole sconsiderate.

Le persone che amo.

Il mio cuore fece una capriola.

Perché l'amore era lì, riflesso in quegli occhi senza fondo.

Attirai il suo viso più vicino al mio. I nostri nasi si sfiorarono e le parole uscirono enfatiche dalle mie labbra quando le pronunciai. «Meriti qualcosa di meglio di quello che ho. Di quello che ho da darti. Di quello che *sono*. E so che quel ragazzo è lì fuori da qualche parte.»

La gelosia montò dentro di me. Un dolore soffocante che pulsò nelle mie vene, strangolando ogni buon senso e negando ogni parola.

Non sopportavo il pensiero che un altro uomo toccasse ciò che era mio.

«Devi solo trovarlo» le promisi, le parole amare e acide sulla mia lingua.

La tristezza vorticò intorno a lei. Odiavo che la stessi già ferendo.

Sapevo che l'avrei fatto.

Quando si allontanò da me, mi feci quasi prendere dal panico, finché non si voltò e si distese su un fianco in modo da potersi accoccolare di nuovo tra le mie braccia.

Afferrò il mio cellulare, e sbattei le palpebre in preda all'incertezza quando improvvisamente lo sollevò di fronte a lei, inclinando l'obbiettivo della fotocamera in maniera tale da catturare la scena.

Click.

E cazzo. La mia espressione era dura, incisa nella pietra.

Ma i miei occhi... mettevano a nudo la mia anima.

Mi squarciavano fino a rivelare tutte le promesse che vivevano dentro di me.

Questa foto?

Raffigurava una ragazza che guardava un uomo come se fosse il suo mondo. Come se avesse fiducia che lui le sarebbe stato accanto. Che l'avrebbe sostenuta. L'uomo nella foto teneva lo sguardo fisso su di lei, pronto a rinunciare alla sua vita per proteggere la bontà che c'era in lei.

Pronto a spostare montagne per trovarla.

Ad attraversare l'inferno per salvarla.

La voce di Willow era un sussurro quando parlò. «Questo... questo è quello che vedo quando ti guardo.»

31

WILLOW

Ci sono momenti nella vita che vorresti poter mettere in pausa. Premere un pulsante per ritardare lo scorrere del tempo. Magari avere la possibilità di riviverli più e più volte così da poterti aggrappare ad essi per sempre.

Perché sai, senza ombra di dubbio, che sono i momenti più belli che vivrai mai in tutta la tua vita. Anche se sai che sono fugaci. Che il tempo turbina intorno a te, risucchiando i giorni beati e le notti estasiate.

Questo era uno di quei momenti.

Sfavillanti lampadari gettavano un alone di luce argentata sul lungo tavolo collocato in un'alcova dell'elegante ristorante.

Volti sorridenti sedevano intorno a me, mentre le loro chiacchiere e risate spensierate echeggiavano nell'aria. L'atmosfera era intrisa di speranza, fiducia e di quel tipo d'amore che da bambina avevo sempre creduto che un giorno avrei trovato.

Sotto il tavolo, una grossa mano mi strizzò il ginocchio. Ash mi sorrise, così allegro, così sereno. Era come se mi stesse assicurando che questo era esattamente il posto a cui appartenevo.

Riportò l'attenzione sulla sua famiglia patchwork i cui membri si legavano insieme perfettamente.

Eravamo lì per festeggiare il ritorno della band nello studio di registrazione domani.

Avevo la sensazione che fossero degli esperti nel trovare ogni scusa per riunirsi e divertirsi. Le tre bottiglie di vino che si erano già scolati erano una prova più che sufficiente.

«Ti piacerebbe, amico. Ma hai raccontato quella storia completamente al contrario. Se la memoria non mi inganna, sei stato tu a scatenare quella zuffa. Te la sei andata a cercare... entrando in quel bar come se fossi il proprietario del posto.»

Compiaciuto, Sebastian, che era passato dal vino a un liquore ambrato, inclinò il bicchiere che teneva in mano verso Ash e puntò un dito accusatorio nella sua direzione.

Ash sbuffò. «Di che diavolo stai parlando?» disse, il tono di voce esagerato e imprudente.

Stasera, aveva tirato fuori il suo lato spavaldo e presuntuoso. Era di quest'umore sin da quando era venuto a prendermi, sfoggiando un sorrisetto civettuolo e una camminata baldanzosa.

Indicò se stesso con entrambe le mani. «Questo ragazzo qui? È un amante, non un combattente.»

Dal profondo zelo con cui lo disse, avrei potuto credergli.

Apparentemente, i suoi amici lo conoscevano bene.

Lyrik sputacchiò il vino. «Non un combattente? Penso che fra tutti noi potremmo citare... oh, non so... mille o duemila esempi che racconterebbero una storia del tutto diversa.» Poi si rivolse a me con un cenno del mento. «Inoltre, la tua ragazza qui può confermare che sei decisamente un combattente.»

La tua ragazza.

Oddio.

Era sbagliato che lo desiderassi con una tale intensità?

Ash sollevò le mani, i palmi in fuori. «Ehi, ehi. Se un uomo viene messo con le spalle al muro, deve fare ciò che un uomo deve fare. L'unica cosa che mi preme chiarire è che preferisco di gran lunga amare che combattere. Diciamo solo che è molto più... soddisfacente. Credo che la mia Willow possa confermare anche questo. Alcuni di noi sono dotati di... certi doni. Non è così, Willow?»

Piegò la testa verso di me, il gesto arrogante come il suo sorriso.

Non potei evitare il fremito di piacere e la vampata di calore che mi percorsero il corpo, proprio lì nel bel mezzo del ristorante. Di fronte alla sua famiglia e ai suoi amici.

Quest'uomo mi scombussolava fin nel profondo.

Mi faceva dimenticare chi ero.

O forse, lentamente, mi aveva solo mostrato chi volevo essere.

Trattenendo una risata, mi costrinsi a scrollare le spalle e a spalancare gli occhi con espressione innocente. «Sei passabile, suppongo.»

«Wau!» Austin batté un pugno sul tavolo, sbellicandosi dalle risate. «Colpito e affondato. Evviva Willow!»

Edie scoppiò a ridere e seppellì il viso tra le mani.

Zee ululò e puntò il pollice verso di me. «Oh, amico, ora capisco perché te la tieni stretta. Penso che tu abbia trovato pane per i tuoi denti, fratello. Sono contento di vedere qualcuno farsi avanti e metterti al tuo posto, finalmente.»

Zee mi rivolse un sorriso quasi tenero. Come se sapesse che si stava addentrando in un territorio spinoso. Il suo sguardo mi diceva che stava scherzando. Che si trattava solo di uno dei tanti giocosi battibecchi che si scambiavano continuamente.

Fingendosi offeso, Ash spalancò la bocca e si batté un pugno sul cuore, simulando una ferita mortale. «Oh, dolcezza, sai bene come spezzare il cuore di un uomo, vero? Ed io che pensavo di starti facendo perdere la testa... una, due o forse quattro volte ogni notte. Suppongo che dovrò gettare la spugna. Arrendermi. Non penso che il mio fragile ego possa reggerlo.»

Tamar scoppiò a ridere. «Fragile ego, un corno! Il tuo ego dev'essere grande quanto il tuo...»

«Ahh... fermati... fermati subito» implorò Edie, prorompendo in un attacco di risatine che nascose nella spalla di Austin. «Non so nemmeno perché io esca con voi. Questa dovrebbe essere la mia cerchia sicura, invece, ogni singola volta, torno a casa con la mente piena di immagini che non voglio vedere.»

Tamar scrollò una spalla tatuata. «Che vuoi? Se dobbiamo sopportare tuo fratello, allora devi farlo anche tu.»

«A proposito, Willow, come sta andando con Ash?» Shea si sporse in avanti, le parole intrise di malizia. «I suoi "doni" sono davvero così deludenti, o sono abbastanza sufficienti da farti continuare a frequentarlo? Perché, sai, ho scommesso duecento bigliettoni che questo sciupafemmine dipingerà tutte quelle camere da letto extra di rosa e azzurro un giorno. Credo che sia giunto il momento per me di riscuotere.»

Sapevo che la sua era una battuta bonaria.

Lo sapevo.

Ma questo non impedì al dolore di penetrare nelle mie ossa e attanagliarmi l'anima.

Mi costrinsi a fare un sorriso tremulo. «Non penso che ci sia il rischio che ciò avvenga presto.»

Feci appello a tutte le mie forze per non voltarmi verso Ash.

Detestavo sentirmi così vulnerabile. Fragile.

Non volevo essere quella ragazza.

Non più.

Il silenzio cadde sul gruppo riunito intorno al tavolo. L'atmosfera si caricò di tensione.

Alla fine, Shea parlò in tono sommesso. «Mi dispiace tanto se ho detto qualcosa che non avrei dovuto dire. L'ultima cosa che voglio è ferire uno di voi due.»

Deglutii il nodo che mi stringeva la gola. «Va tutto bene. Sul serio.»

Era davvero così?

Perché avevo la sensazione di stare in bilico sul bordo di un precipizio. Potevo sentire quei momenti scivolare via dalle mie mani. Momenti a cui volevo aggrapparmi per sempre.

Ash sbatté i palmi sul tavolo. «Cavolo, penso che questa festa richieda un giro di cicchetti, non siete d'accordo?»

Era tutto sorrisi rigidi e tesi quando scostò indietro la sedia, si alzò in piedi e si diresse verso il lungo ed elegante bar situato al lato opposto, appena fuori l'alcova.

resta

«Merda» borbottò Lyrik, sfregandosi le dita sulla bocca. Lui e Baz si scambiarono uno sguardo che non riuscii a decifrare. Rimasi lì a contorcermi le mani nel tovagliolo, desiderando di poter tornare indietro di qualche istante a quando le cose erano spensierate e tutte le domande che aleggiavano tra me e Ash non sembravano così soffocanti.

Ma eccole lì, sbattuteci in faccia. Non c'era alcun dubbio che tutta questa "finzione" si stesse ritorcendo contro di noi. Sembrava che né io né Ash sapessimo più cos'era reale e cosa non lo era. Cosa volevamo e quanto lontano potessimo spingerci.

«Scusatemi» dissi, decidendo di alzarmi. Per fare una richiesta o una dichiarazione, non lo sapevo. Forse il mio unico obbiettivo era quello di calmare l'uomo che era chiaramente agitato. Dirgli che stavo davvero bene. Che sì, avevo enormi rimpianti nella mia vita, ma questo non significava che non stessi trovando la felicità nel qui e ora.

Gran parte di quella felicità era merito suo.

Avevo bisogno che lo sapesse, anche se quello che c'era tra di noi fosse finito qui, in questo preciso momento.

Girai intorno al tavolo, facendo del mio meglio per non sentirmi goffa e insicura, perché stavo imparando in fretta che quella ragazza non ero io. Mi fermai sulla soglia della sala isolata dal resto del locale.

Ash sedeva su uno sgabello accanto al bar. Era girato di profilo, così osservai la linea pronunciata e ben definita della sua mascella forte e barbuta, i capelli pettinati all'indietro e la camicia dalle maniche arrotolate sugli avambracci che mettevano in mostra l'inchiostro nascosto sotto.

Dio.

Era da mozzare il fiato.

Una creatura magnifica e mistica che risvegliava tutti i miei sensi.

Si sporse in avanti per parlare con la barista, la quale si piegò verso di lui con un sorriso seducente sulle labbra rosse, facendo traboccare le tette oltre la scollatura. Con impertinenza e civetteria, la barista sollevò una bottiglia, versò abilmente il liquido scuro su una fila di bicchierini e li sistemò velocemente su un vassoio. Poi la osservai scribacchiare qualcosa su un tovagliolo e spingerlo verso di Ash.

Quest'ultimo abbassò lo sguardo sul pezzo di carta, ma dalla mia posizione non potevo leggere i suoi occhi, non potevo decifrare la loro espressione. Un attimo dopo, la barista gli disse qualcos'altro e si voltò per preparare un altro drink.

Il dolore attanagliò tutti quei posti fragili dentro di me, prima che la determinazione prendesse velocemente il suo posto.

Percorsi il pavimento nella sua direzione. Potevo vedere la tensione che gli attraversava il corpo, l'apprensione che gli faceva sollevare le spalle mentre avanzavo verso di lui.

Quella sensazione si fece più tangibile. La sensazione che lo conoscessi come non avrei mai potuto conoscere nessun altro uomo. Un laccio che ci legava. Che teneva uniti i nostri spiriti, e che ad ogni mio passo si stringeva sempre di più.

Lentamente, Ash si voltò e mi guardò da sopra la spalla.

Quell'oceano azzurro racchiuso nei suoi occhi mi sommerse. Dolce, caldo e cauto. Mi avvicinai di qualche altro passo. Lui allungò la mano e mi afferrò per la vita, spostandosi quel tanto da attirarmi tra le sue gambe divaricate.

Un respiro sorpreso proruppe dai miei polmoni.

Ash scrutò il mio viso. «Stai bene?»

Annuii piano, e un sorriso si mescolò al cipiglio sulla mia fronte. «Non confondere mai spezzato con debole.»

L'orgoglio luccicò nel suo sguardo. «Peaches» disse, posandomi una mano calda sul collo.

Poggiai il cellulare sul bancone, mi voltai completamente verso di lui e giocherellai con il colletto della sua camicia, esitando solo per un secondo prima di sollevare lo sguardo e incrociare l'intensità nei suoi occhi. «Sto bene, Ash. Dico davvero. Penso di essermi aggrappata a un sacco di rimpianti per così tanto tempo nella mia vita. Troppo tempo. È ora che inizi a lasciarli andare e a rendermi conto che non posso tornare indietro e cambiare il passato. Devo accettare il fatto che non importa quanto ardentemente io lo desideri, ci sono cose che potrei non avere mai nella vita. È giunto il momento di trovare gioia nelle cose fantastiche che ho.»

Il dolore attraversò il suo viso. «Willow.»

Scossi la testa. «Dai, stasera siamo qui per festeggiare con la tua famiglia. L'ultima cosa che voglio è essere la guastafeste che ha rovinato la tua festa. Non è il tipo di "reputazione" che voglio avere.»

Lui ridacchiò. «Tesoro, stai parlando per sottintesi? Credo proprio che io stia avendo un brutto effetto su di te.»

Sgranai gli occhi. «Oh, di effetti su di me ne hai parecchi. Ma per nulla brutti.»

«Ahh... così ora la tua versione cambia.» Mi agguantò i fianchi. «Quindi sono più che passabile.»

«Mmm... direi proprio di sì.»

Improvvisamente, la barista fu di nuovo lì accanto a noi, gli occhi pieni di cupidigia mentre guardava il mio uomo come se volesse avventarsi e affondare i suoi artigli su di lui. Afferrai il tovagliolo su cui aveva scribacchiato il suo numero e lo gettai nella sua direzione. «Non ne avrà bisogno.»

Una risata improvvisa sgorgò dalla gola di Ash. Cercò di soffocarla contro la pelle nuda visibile sopra la scollatura del mio abito. «Sei così... Dio, cosa devo fare con te?» mormorò con la bocca premuta su di me. Si ritrasse e stampò sulle mie labbra il bacio più casto che mi avesse mai dato. «Tu mi rendi felice.»

L'emozione mi serrò la gola. Si diffuse, scivolando verso il basso fino a invadere ogni parte di me. Il mio cuore, i miei pensieri, il mio spirito.

Anche tu mi rendi felice.

Tanto felice.

Non voglio lasciarti andare.

Ti prego, non lasciarmi andare.

Si sporse in avanti e mi baciò profondamente.

Dolcemente.

In maniera diversa dal solito, come se anche lui volesse disperatamente custodire questi fugaci momenti.

Mi cinse il viso tra le sue grosse mani. Mani di cui avevo imparato a fidarmi ciecamente.

Il mio battito cardiaco accelerò, sussultò e scalpitò. Avrei potuto giurare di poter sentire quest'uomo martellare nelle mie vene e penetrare nelle mie ossa.

Si scostò indietro e mi fissò intensamente. Qualcosa di tenero guizzò nei suoi occhi.

«Quando finirà questa cosa tra di noi?» sussurrai, la bocca secca.

Le sue dita si contrassero. «Non ho la risposta alla tua domanda... non quando sono un bastardo egoista che non vuole che finisca.»

Il mio cellulare trillò e si illuminò sul bancone del bar, riscuotendoci dalla nostra bolla virtuale. Le nostre teste si voltarono in sincronia verso il piccolo riquadro di notifica in alto.

Bates.

Dio.

Dovevo cambiare numero e cancellare ogni sporca traccia di lui dalla mia vita una volta per tutte.

Un cipiglio prese in ostaggio l'espressione di Ash, che si voltò verso di me e in un mezzo ringhio disse: «Cos'è questo?»

Deglutii e balbettai. «Lui... lui continua....»

Senza darmi il tempo di spiegare, Ash afferrò il mio telefono e cliccò sul messaggio.

Una foto occupò l'intero schermo.

Era un'altra delle immagini sgradevoli che Bates continuava a propinarmi, come se pensasse di potermi riconquistare in questo modo.

Ma questa... questa riuscì a farmi rivoltare lo stomaco.

La nausea mi attanagliò la gola e le lacrime mi pizzicarono gli occhi.

La foto ritraeva Ash a letto con due donne, a faccia in giù e profondamente addormentato. Una delle ragazze teneva il cellulare sollevato per immortalare la scena illecita, i chiari postumi di una notte selvaggia.

Aveva anche inserito una didascalia.

#AshEvans #RockedMyWorld #Triangolo #TroiaDeiSunder

I suoi quindici secondi di fama.

Ash strinse il mio cellulare così forte che per poco non lo

frantumò.

«Figlio di puttana.»

Balzò su dallo sgabello, fremente di rabbia.

«Ti avevo detto di dirmelo se quello stronzo continuava a darti fastidio, Willow. Perché me l'hai tenuto nascosto?»

Scosse la testa come se volesse schiarirsi la vista, girò sui tacchi e si diresse verso la porta con lunghe falcate intrise di furia. Si precipitò fuori senza rivolgermi neppure uno sguardo.

Rimasi lì imbambolata a fissarlo, ansimando e cercando di ritrovare l'equilibrio. Poi scattai in azione. Gli corsi dietro, schivando alcune sedie per farmi strada.

Spalancai la porta e uscii nella notte.

Una cupa foschia velava il firmamento, rendendo l'aria densa e umida. Pesante. I miei occhi scattarono a sinistra, ma il mio corpo si stava già voltando verso destra. Attratto.

Ash si stagliava qualche metro più in là, all'ingresso di un vicolo, il suo corpo intimidatorio nient'altro che una sagoma furiosa e scura. Il suo viso era rivolto verso il cielo mentre si stringeva la testa con entrambe le mani.

Potevo quasi vedere le tempestose emozioni irradiare da lui.

Rabbia.

Odio.

Forse un pizzico di rimpianto.

Con cautela, mi avvicinai, i miei tacchi che ticchettavano sulla strada acciottolata. Un'eco di avvertimento nella notte.

La sua schiena si irrigidì quando mi fermai a due passi da lui.

Stringeva ancora il mio cellulare nella mano. «Lo capisci ora?»

«Cosa?» lo sfidai.

«Quello che ti ho detto sin dal principio. Che non sono buono per te. Che meriti qualcuno di meglio.»

«Non mi hai mai nascosto quelle cose.»

Una risata amara rimbombò dal suo petto. «Questa è solo la punta dell'iceberg, tesoro.»

«L'unica cosa che so è l'uomo che vedo... quello che mi hai mostrato finora. Quello che mi ha cambiata. Che mi ha aperto gli occhi. Che mi ha fatta uscire dal mio guscio.»

Rise di nuovo, stavolta più piano, mentre scuoteva la testa e si voltava lentamente verso di me. Sollevò entrambe le braccia in segno di resa. Non ero sicura di averlo mai visto così spezzato come in questo momento.

«È sempre colpa mia, Willow. So che non lo capisci. All'apparenza, sembro un ragazzo che non se ne frega un cazzo di niente. Ma sono sempre stato io il colpevole.»

Sbattei le palpebre, confusa.

Lui sospirò, si passò agitatamente una mano tra i capelli e fissò il pavimento sporco mentre iniziava a camminare avanti e indietro. «Io e la mia band... ne abbiamo passate di tutti i colori. Abbiamo affrontato un sacco di cose terribili. E ognuna di esse è stata scatenata da me.»

Emise uno sbuffo affettuoso e indicò il ristorante con un gesto del mento. «Tutti loro ci ridono sopra. Scherzano sul fatto che sono un combattente e che vado sempre in cerca di guai. Di un nuovo brivido. Mi hanno sempre sostenuto e non mi hanno mai attribuito nessuna responsabilità.»

«Ash...»

Si sfregò il dorso della mano con cui stringeva il mio cellulare sulla bocca. Come se volesse cancellare il sapore amaro che aveva sulla lingua. «Eravamo solo dei ragazzini che bighellonavano per strada, imparando a vivere, scoprendo chi volevamo essere. Quando avevamo dodici anni, indovina chi è stato a presentarsi con la prima confezione di birre che aveva rubato dal frigorifero di suo padre? Io. La prima volta che ci siamo fatti? Sono stato io a tirare fuori la bustina.»

L'angoscia si insinuò nelle sue parole logore, e sbatté le palpebre come se stesse rivedendo quel giorno. «Sono stato *io* a sniffare quella prima striscia.»

Il suo viso si contorse per l'agonia, facendo contorcere anche il mio cuore.

«Mi stavo frequentando con questa ragazza, e una sera lei ha portato a casa quella roba. Era solo per gioco e divertimento, giusto?» Il disgusto arricciò i suoi lineamenti. «Ma all'improvviso, le cose si sono incasinate. Ci sono sfuggite rapidamente di mano. Prima che ce ne rendessimo conto, ci stavamo riempiendo di quella merda. Di qualunque cosa potesse essere pompata nelle vene o tirata su per il naso. E tutto per colpa *mia*.»

Alzò lo sguardo verso il cielo, come se stesse cercando un'ancora di salvezza. «Hai presente Mark, il fratello maggiore di Zee?»

Scossi brevemente la testa, perché non avevo mai udito quel nome.

«Era il nostro batterista» spiegò. «Il mio migliore amico. È morto di overdose. Ha iniziato a farsi di quello schifo che io avevo portato in casa nostra.» Si batté un pugno contro il petto. «*Io*.»

Voltò la testa verso di me, lo sguardo penetrante. «E io sono il bastardo che riusciva sempre a cavarsela. Quello che non ha mai sviluppato una dipendenza. Era come se fossi il tizio che aveva accidentalmente scatenato una guerra ma che era rimasto nelle retrovie a guardare i suoi fratelli d'armi cadere uno ad uno. E non c'era una sola dannata cosa che potessi fare al riguardo.»

I suoi respiri si fecero più pesanti, più ansanti. «Mia sorella... quello che le è successo... il bastardo che l'ha violentata? È stata colpa *mia*.»

La tristezza mi colpì come un pugno allo stomaco.

Ash continuò imperterrito. Si portò una mano sul lato inferiore del braccio, su quel groviglio di tatuaggi che gridavano il suo orrore, la sua follia, il suo dolore. «Li ho marchiati tutti qua. Ogni singolo errore che ho commesso. In modo da non dimenticare mai che riesco sempre a rovinare tutto. In modo da ricordare di non affezionarmi troppo.»

Mi girava la testa. L'unica cosa che volevo fare era stringerlo tra le braccia e dirgli che avrei portato parte del suo fardello. Assicurargli che valeva molto di più di quanto credesse. Che io vedevo la bontà e la gentilezza che c'era in lui. Nessuno di noi meritava di essere prigioniero del rimorso.

Digrignò i denti così forte che potei sentirli scricchiolare, poi si voltò e si portò le mani sulla nuca mentre cercava di tirare un respiro profondo.

«Sapevi che stavo per diventare papà?»

Andai a sbattere contro un muro di dolore. Il suo. Il mio. Tutto il mio corpo si irrigidì per la forza di quello shock. Le mie gambe tremarono e il mio stomaco si contorse.

Si girò a guardarmi.

Il suo volto era scolpito nell'agonia. «*Io.*»

«Ash.»

Il tormento trasudava da lui, e feci un passo incerto in avanti.

Scosse la testa con veemenza. «E nonostante tutto, Willow, nonostante tutto, voglio dare la caccia a questo stronzo» disse, sollevando il mio cellulare di una frazione e stritolandolo nella mano.

«Voglio dargli la caccia e farlo fuori. E non per quello che è successo quella notte davanti al tuo negozio. Ma per *te*. Perché sono uno stronzo talmente egoista da volerti reclamare. Voglio dirgli che sei mia e che non ti riavrà mai più indietro perché io non ti lascerò mai andare.»

Agitò il telefono. «Ma questa foto è un altro promemoria del perché non posso.»

Ogni cosa prese a vorticare: le sue parole, il mio spirito, il suo cuore. Potevo sentire che stavamo entrambi barcollando sul bordo di un precipizio, pronti a cascare di sotto.

Il mio cellulare squillò.

Un grido impazzito proruppe dalla sua gola. Incredulo e furioso. Rispose alla chiamata come se fosse intenzionato a fare esattamente quello che aveva appena detto di voler fare.

«Ascolta, figlio di puttana...»

Si pietrificò.

Completamente.

I suoi respiri, il suo corpo e le sue parole si bloccarono.

Un brivido mi corse lungo la spina dorsale.

Paura e terrore.

«Sì... mi dispiace tanto... la prego di perdonarmi... aspetti un secondo.»

Sbatté forte le palpebre, ma i suoi occhi si fecero dolorosamente tristi. Lentamente, mi porse il cellulare. «Questa devi prenderla.»

«Mamma.» Mi aggrappai al suo corpo senza vita, senza mai smettere di implorare. «Mamma, no, non lasciarmi. Non lasciarmi. Non sono pronta.»

Non sono pronta.

Una straziante angoscia divampò dentro di me come un fuoco incandescente. Bruciando e lacerando. Strappandomi in due.

I miei lamenti echeggiavano contro le pareti, e il dolore che emettevo non aveva alcun posto dove atterrare. Nessun posto dove andare.

«Mamma» gridai, abbracciandola forte, perché non volevo lasciarla andare.

Era la mia roccia. Le mie fondamenta. La mia forza.

Ed ora non c'era più.

Non riuscivo a respirare.

La solitudine era soffocante.

Il vuoto dentro di me troppo grande da sopportare.

Un paio di mani si posarono sulle mie spalle, nel tentativo di infondermi nuova forza, e mi attirarono a sé.

«Shh... ci sono io con te. Ci sono io» sussurrò Ash tra i miei capelli, le labbra premute contro la mia testa.

Un singhiozzo sgorgò dal profondo della mia anima. Un altro pezzo di me mi era stato strappato via. Mi aggrappai più forte alla donna che mi aveva insegnato a credere nei miei sogni. «Perché, Ash? Perché tutti mi lasciano sola? Perché?» piagnucolai in preda al dolore.

Ash mi trasse maggiormente a sé, e a quel punto cedetti, collassai tra le sue braccia. Scivolammo a terra e lui mi attirò sul suo grembo.

Mi cullò dolcemente. «Shh.»

Agonizzante conforto.

La sua camicia si impregnò delle mie lacrime. «Perché?»

La mia anima pianse.

Mamma.

Le parole ruzzolarono fuori dalle mie labbra. Incoerenti e disperate. «Non lasciarmi. Ti prego, non lasciarmi. Ho bisogno di te, Ash. Ho bisogno di te.»

Ho bisogno di te.

Lui premette la bocca sulla mia fronte. «Shh... sono qui. Resto qui. Non vado da nessuna parte.»

32

ASH

*T*rascorsi tre giorni interi con lei.

La tenni stretta per ore. Prima sul pavimento dell'ospedale. Poi, una volta che l'avevo convinta che doveva andare via da lì, di nuovo a casa sua. Mi avvolsi intorno a lei da dietro, entrambi ancora completamente vestiti mentre eravamo distesi sulla trapunta sul suo letto.

Rimasi al suo fianco mentre organizzava il funerale, e l'aiutai a scegliere una bara. Una che si abbinasse a quella di sua sorella, perché sua madre sarebbe stata sepolta nella tomba accanto alla sua.

Anche oggi, nel giorno del funerale, ero al suo fianco nel cimitero, mentre teneva la testa abbassata e piangeva.

Non aveva mai smesso di piangere, neppure una volta. E questo mi uccideva.

Tenni un braccio avvolto intorno alla sua vita mentre vecchi amici e conoscenti di sua madre le si avvicinavano per offrirle le loro condoglianze.

Le fronde degli alberi si agitavano e si dimenavano mentre il cielo riversava la sua furia intorno a noi.

Come se anche la terra stesse piangendo insieme a lei.

Vennero anche i miei amici. Ovvio che vennero. Erano tutti lì per offrire il loro sostegno. Le ragazze si fecero avanti con i loro occhi gentili velati di lacrime, promettendole che ci sarebbero state per qualsiasi cosa. I ragazzi rimasero in disparte lì accanto, con tutta la loro silenziosa e incrollabile lealtà.

Mai una volta lasciai il suo fianco.

E non avrei saputo dire con precisione quando avvenne.

Quando il mio mondo si inclinò e ogni vana promessa che avessi mai fatto divenne una bugia. Quando il mio tutto divenne *lei*.

Perché in un dato momento in quei tre giorni, da qualche parte lungo la via, giurai silenziosamente che non l'avrei mai fatto.

Non avrei mai lasciato il suo fianco.

«Devi mangiare qualcosa» disse Emily preoccupata, contorcendosi le mani e camminando avanti e indietro di fronte a Willow.

Quest'ultima era rannicchiata sotto una coperta su una vecchia sedia a dondolo nel suo salotto.

Non faceva freddo.

Ma sapevo bene che a volte il freddo non proveniva dall'esterno. Talvolta, scaturiva dall'interno. Un gelo che nasceva nel tuo spirito e si propagava come una ragnatela gelida, avvolgendo le tue ossa e intorpidendo il tuo sangue, prima di espandersi lentamente, ma inesorabilmente, in superficie.

Willow scosse la testa. «Non ho fame.»

Emily sospirò pesantemente. «D'accordo.» Si voltò e ritornò in cucina, dove avrebbe potuto continuare a dare sfogo alla sua agitazione.

Willow rimase seduta lì con quella massa di capelli raccolti disordinatamente sopra la testa, l'espressione colma di tristezza.

E tutto quello che sentivo era la sua pace.

La pace che lei mi aveva dato.

La pace che volevo donarle in cambio.

Volevo mettermi in ginocchio e dirle che l'amavo. Che ero terrorizzato dai miei sentimenti. Terrorizzato che potessi mandare di nuovo tutto a puttane, ma che ero stanco di fuggire.

Perché come mi aveva detto una volta, anche i cuori selvaggi avevano bisogno di un posto dove riposare.

E lei era diventata il mio.

Ma non volevo confessarglielo in un momento come questo. Non volevo che pensasse che lo stessi dicendo solo perché volevo strapparla al suo dolore, perché Dio sapeva che meritava un po' di tempo per elaborarlo.

Così, invece, mi accasciai sul pavimento di fronte a lei e presi il suo dolce viso tra i palmi delle mie mani.

Willow alzò lo sguardo su di me.

Occhi color cioccolato.

Anima spezzata.

Spirito ben lungi dall'essere debole.

«Ho bisogno che tu mangi qualcosa, tesoro. Sono quattro giorni che non mandi giù nulla. Non ti sto dicendo di reagire o di asciugarti gli occhi o che è stato meglio così. Sto solo dicendo che ci tengo un casino a te, e ho bisogno che tu metta qualcosina in questo dolce corpo prima che avvizzisca.»

Lei mi rivolse un mezzo sorriso tremulo.

Le strinsi il viso più forte. «Affare fatto?»

Annuì nella mia presa. «Affare fatto.»

«Grazie a Dio.» Premetti un bacio sulla sua fronte.

Cominciai ad alzarmi in piedi quando Emily mi interruppe, scattando subito in azione. «Preferisci la famosa zuppa di pollo di Campbell o il non tanto famoso pasticcio di tonno di Maude?»

Willow emise una risata, mogia e breve, ma comunque una risata. «Prendo la zuppa.»

«Vada per la zuppa, allora.»

Mi voltai di nuovo verso Willow, che mi carezzò il viso con la punta delle dita, in una maniera così maledettamente tenera.

«Grazie per essere qui. Non immagini quanto significhi per me. Non so se ce l'avrei fatta senza di te.»

Presi la mano con cui mi stava sfiorando il viso e mi portai le sue dita alle labbra. «Non vorrei essere da nessun'altra parte. Né ora né mai.»

Forse era da stronzi dirglielo adesso. Farle promesse quando era in questo stato. Ma non riuscivo a pentirmene. Non mentre mi guardava in quel modo. Come se magari le avessi ridato un po' di vita, proprio come lei aveva fatto con me.

«Tu mi rendi felice» disse ripetendo ciò che le avevo detto quella sera, prima che le cose andassero a rotoli.

Sussultammo entrambi quando suonò il campanello. «Vado io.»

Lei annuì e io mi alzai in piedi. Passandomi stancamente una mano tra i capelli, mi diressi all'ingresso. Guardai attraverso una delle piccole finestre situate di lato. Sheila, la badante di sua madre, aspettava all'altro lato della porta con una scatola in mano.

Aprii la porta, mi passai una mano tra i capelli a disagio, e mormorai: «Salve.»

Mi sentivo tremendamente in colpa per aver inveito contro questa povera donna pensando che fosse quel bastardo di Bates.

«So che è un momento difficile, ma volevo lasciare queste cose a Willow. So che le piacerebbe averle» disse con voce sommessa.

Accettai la scatola, che era piena di fotografie e ninnoli vari. «È gentile da parte sua. Willow lo apprezzerà molto.»

Sheila si mosse leggermente e lanciò una cauta occhiata in casa. «Spero che stia bene.»

«Non ancora... ma lo sarà.»

Lei sorrise. «Ok, allora vado.»

«Grazie di nuovo» dissi, prima di chiudere la porta.

Girando sui tacchi, salii i tre gradini che conducevano alla sala principale dove Willow era ancora seduta. «Sheila ti ha portato le cose di tua madre. Che ne dici se più tardi, quando sei pronta, io e te gli diamo un'occhiata?»

Emily entrò portando una scodella di zuppa fumante. «Direi che più tardi è perfetto.» Indicò le scale con un gesto della spalla. «Perché non porti la scatola di sopra nella camera in più? È lì che Willow tiene tutta la roba dal valore sentimentale. Dobbiamo stare attenti o questa qui si trasformerà in un'accumulatrice compulsiva.»

Un piccolo sbuffo uscì dalla bocca di Willow. «Lavoro con oggetti d'antiquariato. E non mi faccio problemi a frugare tra i rifiuti. Pensi davvero che mi separerò dalle cose belle?»

Al suo tono quasi giocoso, un po' di sollievo si stabilì nel mio cuore. Salii le scale, girai a sinistra ed entrai nella camera in cui non ero mai stato finora.

Emily non stava scherzando. Questa stanza era il paradiso degli accumulatori compulsivi.

Luce naturale filtrava attraverso la finestra. Le tende, aperte su entrambi i lati, erano decorate con un antico ricamo floreale, e la trapunta che copriva il letto proveniva da un'epoca in cui Willow non aveva sicuramente mai messo piede. Il pavimento era ricoperto da pile di scatoloni e bauli, con un vecchio armadio nell'angolo.

Soffocai una risatina.

Adoravo questa ragazza.

Adoravo che fosse umile. Modesta. Lontana anni luce dalle donne che andavano in giro come avvoltoi nel mio mondo.

Attraversai la stanza e posai la scatola su un'altra appoggiata contro la parete in fondo.

Raddrizzando la schiena, osservai il grande cassettone ingombro di cianfrusaglie e fotografie. Non potei fare a meno di sorridere quando vidi una che ritraeva un'adorabile bambina. Doveva essere Willow. Non poteva avere più di sei o sette anni, teneva le braccia avvolte intorno al collo di sua madre con quel suo sorriso incantatore già stampato sul viso, i capelli che svolazzavano tutt'intorno a lei mentre sedevano su un prato.

Sua madre le sorrideva a sua volta.

Tracciai la punta delle dita su una collana e un anello, le tamburellai su una coppa d'argento appannata.

Perché volevo imparare a conoscere questa ragazza in tutte

le sue sfaccettature.

Mi fermai di botto quando giunsi alla piccola scatola di legno situata al centro. Era di un grigio cenere con cerniere e gancetto in bronzo. Sulla parte superiore era inciso lo stesso logo intagliato sull'insegna del suo negozio, lo stesso impresso sulla sua pelle.

Il terrore si insinuò nei miei sensi confusi e incasinati.

Sbattei le palpebre per quelle che dovevano essere un centinaio di volte.

Nel tentativo di ottenere un'immagine diversa.

Invece, tutto si concretizzò nello stesso istante in cui quella solita familiarità si abbatté su di me come una valanga.

Mi afferrai i capelli tra le mani.

No.

Il panico vorticò per la stanza, rimbalzando contro le pareti e acquistando potenza. Mi lacerò il cuore, lo spirito, e mi fece quasi cadere in ginocchio.

Cazzo.

No.

La mia testa girava in preda alle vertigini.

Eppure, non riuscii a impedirmi di allungare la mano e sollevare con esitazione il coperchio per sbirciare dentro, come se magari ci avrei trovato una risposta diversa.

All'interno c'era un foglietto di carta piegato in quattro.

Barcollai all'indietro come se mi avesse scottato.

Spostai freneticamente gli occhi per la stanza, sul resto degli oggetti.

Sulle fotografie che improvvisamente notai.

Il respiro mi si mozzò nei polmoni.

Mi sentivo sventrato.

Mi portai un pugno alla bocca e lo morsi. Per la prima volta dopo quella che sembrava un'eternità, volevo piangere. Mettermi in ginocchio e implorare.

Perché?

Perché cazzo la vita doveva essere così?

Ingiusta.

Fuggii via dalla stanza con il panico alle calcagna e un dolore opprimente che mi schiacciava il petto.

Ecco cosa ottenevo per essermi innamorato come uno stupido.

Sapevo sin dall'inizio che sarebbe andata a finire così.

Mi aggrappai alla ringhiera mentre mi precipitavo giù per le scale.

Willow alzò lo sguardo quando raggiunsi il pianerottolo.

Il mio petto si serrò.

Così fottutamente forte che ero certo mi avrebbe strangolato.

«Io... ah.... ho ricevuto una telefonata. Devo andare.»

Lei si accigliò, ma poi mi rivolse uno dei suoi sorrisi comprensivi. «Ok.»

Non mi fermai a salutarla. Non la baciai, non la toccai, non l'abbracciai. Mi fiondai direttamente fuori dalla porta.

Una fredda luce bianca splendeva dall'alto.

Sangue.

Schizzi.

Impronte.

Macchie.

Dolore, orrore e shock.

Un singhiozzo mi sfuggì dalle labbra. Caddi in ginocchio e la presi tra le braccia.

Il suo corpo era gelido ed esanime.

La scossi.

«Che cosa ho fatto? Che cosa ho fatto? No! Ti prego.» Le mie urla rimbalzavano contro le pareti del bagno.

Schiacciai la bocca sulla sua fronte, mentre ogni parte di me tremava. Sussultava. «No, piccola, no. Anna, no. Dio, ti prego, no.»

Mi misi seduto di scatto sul letto, il sudore che mi imperlava la pelle e il cuore che mi martellava nel petto.

Mi sfregai il viso con entrambe le mani.

Cazzo.

Qualcuno bussò alla porta della mia camera, e mi resi conto che era stato questo a destarmi dal sogno.

Da quel maledetto incubo che era diventato la mia vita. Avrei dovuto sapere che non potevo sfuggirgli per sempre.

Con un gemito, mi accasciai di nuovo sul letto e mi tirai il cuscino sopra la testa, bloccando gli ultimi raggi di luce della sera. «Vattene.»

Negli ultimi tre giorni, Zee mi era stato addosso senza tregua. Continuava a entrare qui come se la mia stanza gli appartenesse, dicendomi di smetterla di fare la femminuccia e di andare a sistemare qualsiasi casino avessi combinato.

Non aveva neppure dovuto chiedermi se fossi io il colpevole. Chiaramente, sapeva già su chi ricadeva la colpa.

Bussò di nuovo, e trattenni una sfilza di imprecazioni, perché non era da me inveire contro i miei compagni, cazzo. Gemetti un po' più forte quando non colse la mia imbeccata e la porta si aprì cigolando.

«Maledizione, Zee, ti ho detto che non sono dell'umore...»

La mia sfuriata si interruppe bruscamente non appena quell'assurda energia risucchiò tutta l'aria dalla stanza. Crepitò con quell'asfissiante senso di familiarità. Pace e caos. Tenerezza e ferocia. La mia perfetta rovina.

Emettendo un brusco respiro, balzai a sedere sul letto.

«Willow.»

Cristo santo. Cercai di contenere l'ondata di sollievo nel vederla sulla soglia della mia camera da letto. Ci provai davvero.

Ma merda.

Era così dannatamente bella. Come il respiro che mi era mancato negli ultimi tre giorni.

Sbatté le palpebre, trafiggendomi con i suoi occhi color cioccolato mentre si reggeva alla maniglia della porta come se avesse bisogno di sostenersi per continuare a stare in piedi. Teneva i capelli raccolti in maniera disordinata sopra la testa, con ciocche erranti che le incorniciavano il viso.

Stava male tanto quanto me?

Fui travolto dall'assalto di emozioni contenute nel suo

sguardo. Così tante che non riuscivo a dargli un senso.

O forse, l'unica cosa che riuscivo a leggere era il mio rimorso.

Rimorso per il dolore che le stavo causando.

Rimorso per averla lasciata senza una parola o una spiegazione. Ma quella spiegazione l'avrebbe soltanto ferita di più. Perciò, invece di tirare fuori le palle e rompere fra di noi, mi ero rintanato nella mia stanza.

Questa dannata stanza dove lei era dappertutto e da nessuna parte allo stesso tempo.

I raggi del tramonto filtravano attraverso la finestra. Un duello tra notte e giorno. Uno scontro di ombre e luci sfavillanti.

Una di esse si riversò su Willow, facendola risplendere come un fuoco incandescente.

Dio.

Era magnifica.

Così dannatamente splendida che le mie ossa tremarono e il mio petto palpitò.

Come cazzo avrei fatto a sopravvivere a tutto questo?

Sollevò il mento tremante, mettendo in mostra il suo collo delicato. La mia mente cambiò direzione e, da stronzo qual ero, immaginai di seppellire la faccia nella sua pelle setosa. Di prendere un piccolo assaggio, prima di tuffarmi a capofitto e divorarla fino a saziarmi.

Le mie dita si contrassero per il desiderio.

Indossava un abito corto e sottile, uno di quelli che mi faceva perdere completamente la testa e che lasciava scoperte le sue lunghe e snelle gambe. Ma la cosa che mi colpì di più? Era avvolta in un cardigan che abbracciava perfettamente il suo dolce e flessuoso corpo, come se non riuscisse ancora a scuotersi il freddo di dosso.

La mia bocca si seccò e il battito del mio cuore si trasformò in un galoppo che non riuscivo a domare.

Peaches.

Volevo pronunciarlo ad alta voce e reclamarla. Invece, mi spostai finché non fui seduto sul bordo del letto. Ovviamente, indossavo soltanto un paio di boxer. Non sapevo cosa mi rendesse più trasparente: il fatto che potesse vedere il mio corpo reagire alla sua sola presenza o il fatto che il mio spirito stesse urlando a squarciagola.

Così forte che potevo praticamente udirlo gridare in agonia.

Suppongo che questo fosse ciò che accadeva quando sfioravi quella linea di demarcazione.

Precipitavi.

Willow avanzò nella stanza.

Rabbrividii quando la sentii fermarsi proprio davanti a me.

Continuai a tenere lo sguardo fisso sul pavimento, desiderando che si aprisse e mi inghiottisse per intero.

Perché questo ero io. Un codardo. Un uomo che non riusciva a guardarla in faccia mentre le conficcava l'ultimo paletto nel cuore.

«Mi hai lasciata.» Scivolò dalla sua bocca come una tagliente lama accusatoria.

Mi costrinsi a guardarla.

«È stato meglio così, tesoro» gracchiai, rifilandole una scusa patetica.

I suoi occhi color cioccolato mi osservarono. Sondando e valutando. Scrutandomi fin nel profondo.

Volevo che si scagliasse su di me o che mi dicesse che ero un bastardo. Che rendesse le cose più facili per entrambi. Invece, questa dolce e tenera ragazza posò delicatamente una mano sul mio viso. Un fremito mi percorse il corpo e il calore si diffuse sotto la superficie della mia pelle.

«Ricordi cosa ti ho detto?» chiese.

Probabilmente ero perso nell'improvvisa ondata di conforto che non meritavo perché la mia fronte si corrugò per la confusione.

Willow deglutì. «Quel giorno nella tua cucina, quando mi hai chiesto quale fosse la mia più grande paura.»

L'angoscia mi schiacciò nello stesso istante in cui la comprensione si fece strada dentro di me. Annuii, e con voce rauca dissi: «Mi hai detto che la tua più grande paura è di restare sola. Di sentirti sola. Di non avere nessuno a cui dare tutto l'amore che tieni nel cuore.»

La sua bocca tremolò e le parole vennero fuori incrinate dalla sua gola. «E negli ultimi tre giorni, ogni volta che mi sono girata... *ogni volta*... ero sola. Non c'era nessuno accanto a me su cui riversare il mio amore.»

«Willow.» Allungai le braccia e l'afferrai per i fianchi. Non potevo farne a meno. Non potevo trattenermi dal toccarla.

La sentii tremare sotto le mie mani. Mi carezzò lo zigomo col pollice, continuando a parlare. «E tu mi hai detto che la tua più grande paura è quella di innamorarti.»

L'energia sfrigolò intorno a noi. Disorientante e sconcertante.

Posò la mano libera sull'altra mia guancia, consumandomi col suo tocco e costringendomi a guardarla dritto negli occhi. «Ed eccoci qua... entrambi prigionieri della sofferenza. Perché le nostre più grandi paure sono ora la nostra realtà.»

L'aria fuoriuscì di getto dai miei polmoni.

Dio, questa ragazza.

Questa straordinaria, perspicace e brillante ragazza.

La stessa che mi aveva fatto ricordare.

La mia presa sui suoi fianchi si strinse, le mie dita affondarono nella sua carne, perché non volevo lasciarla andare.

Non la meriti.

Non puoi averla.

La distruggerai.

Gemetti quando cominciò a sfilarsi il cardigan lentamente. Lo fece scivolare lungo le spalle e lo lasciò cadere sul pavimento dietro di sé, rivelando il vestito che in verità non era altro che una sottoveste. I suoi seni tendevano il tessuto sottile che carezzava ogni morbida curva del suo corpo.

«Willow.» Uscì come un avvertimento dalla mia gola serrata.

Lei si sfilò le scarpe, prima di passare le sue tenere mani tra i miei capelli, suscitandomi un gemito. Avanzò ulteriormente verso di me, ritagliandosi un posto tra le mie ginocchia.

Con un sospiro tremante, premetti il viso contro la sua pancia piatta e fremente e l'afferrai dietro le cosce per tenerla stretta a me, anche se sapevo benissimo che avrei dovuto spingerla via.

Quando si ritrasse quel tanto da mettere un po' di spazio tra di noi, fui tentato di attirarla di nuovo verso di me. Un brivido le percorse la pelle, poi si afferrò l'orlo della veste e, molto lentamente, la tirò su, centimetro dopo centimetro.

Mi sentii quasi venir meno quando se la sfilò dalla testa.

Era completamente nuda sotto.

Non c'era nulla che coprisse la sua pelle cremosa e vellutata.

Gemetti, sforzandomi di mantenere una parvenza di controllo. Ma merda. Ero soltanto un uomo. Un uomo che moriva dalla voglia di avere l'unica cosa che non poteva avere.

Willow si chinò verso di me. I miei respiri divennero i suoi. «Fingi con me. Anche se solo per un po', non voglio sentirmi così vuota. Così sola. Fingi con me.»

La vergogna mi trafisse come un proiettile.

Se avesse saputo la verità, l'ultima cosa che avrebbe fatto era chiedermi una cosa simile. Mi avrebbe odiato. Esattamente come meritavo.

L'afferrai per un fianco mentre carezzavo il tatuaggio sulla sua clavicola con la punta delle dita. Tutti quei sogni fugaci. Ricacciai indietro l'ondata di dolore che mi travolse e feci scivolare il palmo sulla curva del suo collo, allargando le dita sulla sua pelle.

Il suo battito cardiaco palpitava e martellava sotto il mio tocco.

Attirai il suo viso verso il basso. Lentamente. Molto lentamente. Finché la sua dolce e setosa bocca non incontrò la mia.

Questo bacio?

Era troppo tenero.

Troppo profondo.

Troppo delicato.

Una supplica. Una resa di un istante.

Ma in quel momento? Non potevo fare a meno di trattarla come l'inestimabile tesoro qual era.

Sesso e brutale, crudele conforto.

Perché faceva più male quando svaniva.

La voltai e la feci distendere sul materasso mentre salivo

sopra di lei. Mi tolsi i boxer senza mai interrompere il bacio.

Continuai a baciarla mentre le sue mani tremanti mi carezzavano la pelle, scivolando su e giù per la mia schiena. Toccandomi il viso. Premendo sul mio cuore.

Questa ragazza toccava sempre e immancabilmente il mio cuore.

Riusciva a farlo in un modo in cui nessun altro ci era mai riuscito.

E sapevo che quella familiarità era reale.

Che apparteneva a noi.

Che non era soltanto una percezione distorta e incasinata.

Senza dire una parola, mi ritrassi e frugai nel cassetto del comodino e mi infilai velocemente il preservativo.

L'emozione mi serrò il petto quando mi fermai a guardarla.

Stava tremando al centro del mio letto.

Implorandomi con il suo incrollabile sguardo.

Lentamente, scivolai di nuovo sopra di lei e mi posizionai tra le sue cosce.

Willow emise un sospiro tremulo carico di nervosismo e desiderio.

Intrecciai le mie dita alle sue e tenni le nostre mani unite tra di noi mentre puntellavo i gomiti sul letto, intrappolandola sotto di me.

Naso contro naso.

Petto contro petto.

I nostri respiri confusi.

I nostri cuori simili al rombo di un tuono nei confini della mia stanza.

Potei sentirla penetrare dentro di me quando affondai in lei.

Le sue labbra si schiusero e i suoi occhi si colmarono di adorazione quando la riempii completamente, tremando e rabbrividendo.

Fuoco. Fiamme. Un incendio divampante.

La tenni il più vicino possibile. Solo per questi brevi attimi.

I nostri corpi si mossero lentamente.

In sincronia.

In silenzio.

In preda al rimorso.

Le lacrime scivolarono dagli angoli dei suoi occhi e si riversarono nei suoi capelli mentre la fissavo intensamente, cercando di dirle tutte le cose che non potevo dirle.

In quel momento, sapevo di essere più vicino a una persona
di quanto non fossi mai stato.

Più vicino di quanto avessi mai voluto essere. Più vicino di
quanto *potessi* essere.

E sapevo che non mi sarei mai più sentito così.

Quello che provavamo era ben lungi dall'essere una finzione.

Willow venne silenziosamente, la bocca spalancata in un
gemito silenzioso. La strinsi più forte a me e poggiai la fronte
contro la sua quando il mio corpo si irrigidì.

E per un istante... io e Peaches?

Ci perdemmo tra le stelle.

Che brillavano e danzavano nel cielo infinito.

Eterno.

Ardendo luminosamente prima di spegnersi rapidamente.

Diventando cenere.

Chiusi gli occhi con forza e stampai un bacio sulla sua bocca. Mi crogiolai in lei qualche secondo in più. Poi, senza pronunciare una parola, scesi dal letto, afferrai i boxer dal pavimento e mi diressi in bagno.

Tutto in me si dibatteva e ruggiva mentre mi sbarazzavo del
preservativo e indossavo le mutande. Era in corso una feroce
guerra tra la mia mente e il mio cuore che voleva tenerla per
sempre con sé e il briciolo di coraggio che mi chiedeva con
insistenza di tirare fuori gli attributi.

Con un sospiro stanco, appoggiai entrambe le mani sul ri-
piano del lavandino e accasciai la testa in avanti.

Cristo.

Che cosa avevo fatto?

Avevo combinato un casino.

Uno bello grosso, cazzo.

Mi obbligai a lasciare la sicurezza del mio bagno e feci un
singolo, prudente passo nella tempesta che potevo sentire

montare nell'aria.

Willow sedeva sul baule che aveva strategicamente posizionato ai piedi del mio enorme letto, la schiena rivolta verso di me. Si era rivestita e si stringeva il cardigan intorno al corpo mentre fissava la parete ancora spoglia.

Era l'unico posto di questa stanza che non aveva avuto modo di completare prima che l'incredibile beatitudine che avevamo toccato venisse frantumata.

Il mio petto si strinse in una morsa e tentai di mandar giù le schegge di vetro che si erano formate alla base della mia gola.

Era una fottuta tortura.

Una risata malinconica e sommessa sgorgò dalla sua dolce bocca. Abbassò la testa, scoprendo la sua nuca delicata, mentre giocherellava con un filo sciolto del cardigan. «Quella mattina in cui ti ho trovato... ti ho sentito. Non ti ho semplicemente udito, Ash. Ti ho *sentito*. È successo nel momento in cui hai aperto gli occhi. Sono rimasta sbalordita. Quel giorno, quando sei entrato nel mio negozio, sapevo che le cose non sarebbero finite bene. Sapevo che avrei dovuto proteggermi dalla collisione che ho sentito arrivare nell'istante in cui hai incrociato il mio cammino.»

Piegò la testa di lato e tirò un respiro palpabile che risucchiò l'aria dalla stanza. «All'epoca non lo sapevo, ma credo di averti mentito quando sono venuta qui la prima volta... quando ti ho detto che non credevo nell'amore a prima vista.»

Esitò, prima di continuare. «Perché sono piuttosto sicura che una parte di me si sia innamorata di te la prima volta che ti ho visto in fin di vita per terra. E da allora, il mio amore non ha fatto altro che aumentare.»

Il nodo che mi stringeva la gola pulsò dolorosamente.

«Willow» mormorai con voce roca.

Lei si spostò di una frazione, voltando verso di me quel suo splendido, indimenticabile viso. I suoi occhi caldi come il cioccolato fuso erano gentili e teneri. Così teneri che mi fecero quasi crollare in ginocchio.

Si portò una mano sul petto. «Dimmi che mi ami... come io amo te.» Strinse il cardigan più forte; uno scudo e un'ancora.

«Perché ho così tanto amore. Così tanto, Ash. E l'unica cosa che voglio è darlo a te.»

Quelle furono le parole che mi spezzarono in due.

Amore. Maledetto amore. Era ovunque. Tormentava la mia coscienza e si dibatteva nel mio spirito.

Il dolore mi schiacciò, e distolsi lo sguardo da lei, abbassandolo sul pavimento. Mi sfregai il dorso della mano sulla bocca e mi costrinsi a dirle la più blasfema delle bugie. «Non posso dirtelo.»

Formulai le parole nell'unico modo in cui potevo, perché il mio cuore non mi permetteva di pronunciare una falsità tanto grande.

Potei vederla racimolare il coraggio per accettare la mia affermazione. Le sue spalle sussultarono e la sua testa si chinò.

Alla fine, raddrizzò la schiena, si asciugò il viso con le maniche del cardigan e si alzò in piedi. Si guardò intorno per la stanza, piegando la bocca in una parvenza di sorriso.

«È una bella stanza, Ash. Grazie per avermi permesso di condividerla con te. Di essere parte di essa.»

Le lacrime corsero libere lungo le sue guance mentre si portava le mani unite al petto. «Grazie per avermi *salvata*. Mi dispiace di non essere riuscita a finire il mio lavoro, ma non posso più fingere. Non quando la mia finzione è una bugia.»

La nostra bugia.

Iniziò ad avviarsi verso la porta.

Lasciala andare. Lasciala andare.

Il panico vorticò dentro di me. Troppo veloce. Troppo intenso...

«Willow.»

Lei esitò, continuando a darmi la schiena mentre le sue spalle si alzavano e si abbassavano affannosamente.

Era così fragile e così forte allo stesso tempo.

Attratto come un magnete, mi mossi nella sua direzione e mi fermai dietro di lei, la sua schiena a pochissimi centimetri dal mio petto. Poggiai le mani su entrambi i lati del suo collo e sentii il battito del suo cuore martellare selvaggiamente sotto le mie dita, una supplica palpitante contro la mia pelle. La sua testa si piegò all'indietro in una sorta di resa.

Mi chinai in avanti e premetti le labbra sulla sua fronte, pronunciando una flebile preghiera. «Resta.»

Cazzo.

Non sapevo neppure cosa le stessi chiedendo.

Cosa stessi chiedendo a me stesso.

Perché cosa avevo da darle, se non altro dolore?

La tristezza danzò con le ombre sul suo viso. Lentamente, si girò verso di me. Le sue parole erano sommesse ma piene di risolutezza. Di fiducia. Questa ragazza che era ben lungi dall'essere debole.

«Mi hai detto che quel ragazzo è lì fuori a cercarmi. Che un giorno mi troverà perché lo merito. Mi hai fatto promettere di non accontentarmi di nulla di meno. Voglio che quel ragazzo sia tu. Lo desidero così tanto che mi sento morire dentro. Ma non mi accontenterò, Ash. Non mi accontenterò di niente di meno dell'altra metà del mio cuore.»

Allargò le braccia e sollevò il viso verso il soffitto, come se stesse cercando una promessa situata al di là della stanza in cui eravamo, persa nel cielo notturno che non poteva vedere. «Forse è lì fuori che fluttua su quei sogni che mia mamma mi ha fatto soffiare nell'aria. Forse non l'ho ancora raggiunto.»

Con le lacrime che le rigavano le guance, riportò l'attenzione su di me. Mi rivolse un sorriso disorientante che fece fare un'assurda capriola al mio cuore. Un sorriso intriso di tristezza e traboccante di speranza.

Le mie viscere si contorsero in preda all'agonia e al rimpianto.

Ti amo. Morirei per te. Vivrei per te. Ma l'unica cosa che non posso fare è cancellare la tua sofferenza.

Quelle parole rimasero bloccate sulla punta della mia lingua.

«Ti amo, Ash Evans. Spero tu sappia che per te è valsa la pena correre il rischio.»

Passò la punta delle dita sulla mia bocca e lungo la mia barba un'ultima volta.

In maniera così dannatamente dolce.

Poi si voltò e uscì dalla stanza.

33

WILLOW

Mi premetti una mano sulla bocca mentre correvo fuori da casa sua, precipitandomi giù per i gradini del portico. Dovevo tenere le mie emozioni sotto controllo solo per qualche altro secondo. Balzai in auto e mi sbattei la portiera alle spalle, armeggiando con le chiavi per inserirle nell'accensione. Sospirai sollevata quando finalmente avviai il motore e partii.

Dovevo andare via da lì.

Lontano.

Le lacrime mi rigavano il viso e i miei occhi erano appannati mentre mi sforzavo di mettere a fuoco la strada al di là del parabrezza. Mi passai il dorso della mano sotto l'occhio, facendo del mio meglio per trattenere il singhiozzo che voleva sfuggirmi dalla gola.

Eruppe comunque.

Fuoriuscì libero.

Potevo sentire ogni cosa dentro di me andare in mille

pezzi.

Perdita. Dolore. Disperazione.

Si agitavano con la stessa potenza di un uragano all'interno dell'abitacolo.

Quanto ancora potevo sopportare?

Soffocai il grido che mi salì su per la gola.

Ash.

Il mio bellissimo, audace, meraviglioso Ash.

Così pieno di vita, eppure così terrorizzato di vivere.

Avevo visto la paura nei suoi occhi.

Avevo sentito l'amore nelle sue carezze.

Avevo udito la verità nelle sue bugie.

Forse era questo ciò che lo aveva spaventato di più.

Forse stasera avevo fatto la cosa più stupida che avessi mai potuto fare. Mi ero sbilanciata e messa sulla linea di tiro.

Ma non potevo andare avanti senza sapere. Non potevo trascorrere un altro giorno in attesa che tornasse. Non potevo sopportare di starmene da sola pregando che si sarebbe fatto vivo e che mi avrebbe confessato cos'era che l'aveva fatto fuggire.

L'avevo intuito quando l'avevo inseguito fuori dal ristorante quella sera.

Quest'uomo, così arrogante e malizioso, celava un profondo pozzo di segreti e dolore. L'avevo sentito così vicino a condividerli con me.

Avevo percepito la sua resa nei giorni in cui era rimasto al mio fianco. Quando mi aveva sostenuta durante uno dei momenti più difficili che avessi mai dovuto sopportare. Ecco perché non riuscivo a comprendere cosa l'avesse fatto fuggire tre giorni fa, quando era passato dall'essere un uomo che mi aveva promesso di non abbandonarmi mai a uno che si era precipitato fuori dalla porta di casa mia.

Così mi ero fatta avanti. Avevo corso il rischio. E mi ero ritrovata nel bel mezzo di un fallimento che avevo fatto di tutto per evitare.

Solitudine.

Avrei potuto giurare che fosse un essere vivente e rigoglioso.

Emettendo un singhiozzo strozzato, mi passai la manica del cardigan sul viso e cercai di concentrarmi sulla strada mentre calava la notte.

Infausta. Opprimente.

Potevo sentirla schiacciarmi. Sopraffarmi.

Mia mamma mi aveva insegnato sin da bambina che ero più forte di quanto credessi.

Che ero padrona della mia vita. Anche se era in mille pezzi.

Ma stasera, quei pezzi erano sparpagliati così lontano gli uni dagli altri che non ero sicura sarei mai riuscita a rimetterli insieme.

Tutte le persone che amavo non c'erano più.

Svoltai sulla strada che conduceva alla mia casa vuota e vacante.

Sentii gli ultimi brandelli di me sgretolarsi quando vidi il pick-up parcheggiato davanti alla mia abitazione. La rabbia e l'odio si mescolarono con la disperazione che pervadeva il mio corpo.

Perché mi stava facendo questo?

Tremavo da capo a piedi quando entrai nel mio vialetto, parcheggiai il SUV e spensi il motore.

Scesi dall'auto barcollando.

Al limite dell'esasperazione.

«Devi andartene dalla mia proprietà» dissi con voce graffiante.

Bates si staccò dalla fiancata del pick-up di Billy, che sedeva ancora al posto di guida. «Sono venuto qui per parlarti.»

Gli diedi la schiena e mi diressi verso la porta d'ingresso. Le mie mani cooperavano a malapena mentre tentavo di aprirla. «Te l'ho già detto, non ho nulla da dirti.»

«Oh, penso che potresti avere qualcosa da dire su questo.»

Sbuffai con scherno, cercando di trattenere le lacrime che minacciavano di sgorgare di nuovo. L'ultima cosa che volevo era piangere di fronte a lui. Non riuscivo a capacitarmi del fatto che fosse qui a torturarmi in questo modo, nonostante avessi perso mia madre da poco. Non c'erano dubbi che lo sapesse, perché i pettegolezzi correvano in fretta in questa piccola città.

La porta si spalancò di fronte a me. «Per favore, lasciami in pace. Non ce la faccio a discutere con te, Bates.»

Lui mi afferrò il braccio. Un respiro scioccato mi sfuggì dalle labbra, e cercai di scrollarmelo di dosso. La sua mascella si serrò mentre rafforzava la presa su di me, conficcandomi le dita nella carne. Sogghignò. «Quel ragazzo... quello per cui hai allargato le gambe? Quello con cui hai fatto la puttana?»

Puttana?

La mia bocca si contorse per la furia. «Non hai il diritto di accusarmi di nulla. Non appartengo a te. Non più. Quello che faccio e con chi esco non è affar tuo. Adesso vattene... prima che chiami la polizia.»

Bates rise come se fossi ridicola. Come se avesse di nuovo tutto il controllo che aveva sempre avuto. Improvvisamente, mi lasciò andare e barcollai all'indietro nel soggiorno. Avanzò, invadendo il mio spazio.

La paura montò dentro di me.

Questo prima che richiamasse la mia attenzione sulla cartellina che aveva in mano.

La confusione turbinò nella mia mente, il terrore si accumulò nel mio stomaco. Non potevo sopportare altra crudeltà da parte sua.

Ma non ebbe alcuna pietà quando tirò fuori la prima foto. Un ingrandimento in bianco e nero.

L'orrore si abbatté su di me.

Caddi in ginocchio e mi premetti le mani sulla bocca.

La nausea si agitò nel mio stomaco e le pareti si chiusero intorno a me.

No.

Scossi la testa. «No. N-n-no.»

Bates lasciò cadere la cartellina a terra di fronte a me. Pagine e pagine di lucide immagini in bianco e nero scivolarono fuori per rivelare la loro brutalità.

Spietate.

Disumane.

Sbagliate.

«No.»

Il vile respiro di Bates mi sfiorò il lato del viso. «Willow, sempre così ingenua. Sembra che tu non lo conosca affatto, vero?»

34

WILLOW ~ VENTUNO ANNI

I singhiozzi echeggiavano attraverso la linea telefonica. Frenetici e convulsi. Incoerenti. Erano il tipo di singhiozzi che Willow aveva imparato a riconoscere negli anni antecedenti la partenza di sua sorella, anche se non si sarebbe mai abituata ad essi.

Il terrore le serrò lo stomaco.

Willow si premette maggiormente il telefono all'orecchio. Con l'altra mano, cercò a tentoni l'interruttore della lampada sul comodino. L'accese e strinse gli occhi contro la luce invasiva che trafisse il buio della sua cameretta. Viveva ancora con sua madre così da potersi prendere cura di lei nei giorni no. Sbatté le palpebre e cercò di orientarsi. Di stare al passo con il treno in corsa su cui Summer sembrava viaggiare da troppo tempo.

«Calmati, Summer. Non capisco cosa dici.»

Da quando sua sorella se n'era andata quattro anni prima, Willow non sapeva mai che tipo di telefonata avrebbe ricevuto. Se sua sorella fosse stata piena di vita, spumeggiante e raggiante. O se fosse sprofondata di nuovo nelle profondità della sua malattia dov'era buio e tetro.

Willow sentì la distanza tra di loro allungarsi. Diventare più grande di quanto non fosse mai stata.

«Mi ha detto che mi amava... me l'ha detto» balbettò Summer, i respiri affannosi intrisi di lacrime. «Mi sta tradendo. Oh mio Dio... non posso crederci.»

Altri singhiozzi, e Willow poté quasi vedere sua sorella strapparsi i capelli. «Gliel'ho detto... gliel'ho detto... Non vuole ascoltarmi. *Non vuole ascoltarmi!*»

L'ultima parte venne fuori come un urlo lancinante, e un istante dopo, si udì il suono di vetro che andava in frantumi.

Summer piagnucolò, senza fiato. «Non posso... non ce la faccio.»

«Calmati, parla con me.»

L'isteria sgorgò dalla bocca di sua sorella. «L'ho sentita, Willow. L'ho sentita. Oddio... non volevo che succedesse questo. No, no, no, no, no. Non volevo che accadesse. Non ce la faccio.»

«Che vuoi dire?»

«Non posso... mi dispiace tanto. Ti voglio bene, Willow. Ti voglio tanto bene. Ma non posso andare avanti così. Non più.»

La linea cadde.

«Summer!» gridò Willow a pieni polmoni. «Summer!»

Freneticamente, compose il numero di sua sorella. La linea risultò occupata.

D'un tratto, sua madre comparve sulla soglia della stanza, sbattendo le palpebre per scacciare via il sonno mentre si sforzava di concentrarsi su Willow.

«Ho paura, mamma.»

Il dolore si fece strada sul viso di sua madre, che si avvicinò a lei e la strinse tra le braccia. Willow inspirò il suo odore: lillà, borotalco e conforto. «Che ne dici se andiamo a prenderla, tesoro? Io e te. Riportiamola a casa, il luogo a cui appartiene.»

Willow venne travolta dal sollievo e annuì contro il petto di sua madre.

«Bene. Prepara le valigie.»

35

ASH

«Che cazzo credi di fare?» sbottò Zee alla mie spalle, percorrendo il pavimento avanti e indietro e stringendosi la nuca come se stesse cercando di trattenersi dall'avventarsi su di me.

Infilai un paio di cose nel borsone situato al centro del letto. *Quel fottuto letto.*

«Cosa ti sembra che stia facendo? I bagagli, ovviamente» risposi, infondendo più sarcasmo che potevo nella voce. Sai, perché ero un tipo davvero divertente.

Tirai la cerniera e chiusi il borsone. C'erano poche cose qui di cui avessi bisogno dal momento che non *vivevo* davvero in questa città. Tutta la mia roba era a Los Angeles, il luogo a cui appartenevo. Il posto che non avrei mai dovuto lasciare. Dove le feste erano infinite e le donne non scarseggiavano.

Dove tutto era più *facile.*

Questo posto era solo una fantasia distorta. Un santuario. Un rifugio.

Non potevo restarci un secondo di più.

«E dove pensi di andare, esattamente?» domandò Zee.

«A casa.»

Le sue sopracciglia scomparvero sotto il ciuffo dei suoi capelli. «A casa?»

«È quello che ho detto.»

Lui sbuffò. «Ti rendi conto che per colpa tua la produzione dell'album è già indietro di otto settimane?»

Scrollai le spalle come se non mi importasse mentre venivo travolto da una nuova ondata di rammarico.

«Sì, beh, forse stiamo andando avanti da troppo tempo. Ormai quasi tutti si sono creati una famiglia. Baz e Lyrik hanno dei figli, e Austin e mia sorella ne hanno uno in arrivo. A me pare che stiamo tenendo insieme il gruppo senza un motivo apparente.»

Incredulo, Zee scosse la testa. «E questo sta a te deciderlo? Sul serio? Vuoi buttare via tutto quello che i ragazzi hanno messo in questa band perché un mattino ti svegli e decidi che è ora di farla finita? Quello che mi piacerebbe sapere è quando lo *spavaldo* Ash Evans si è trasformato in una femminuccia. Perché sappiamo entrambi che questo non ha niente a che vedere con i ragazzi o le loro famiglie o i *Sunder* che sono arrivati al capolinea. Ha tutto a che fare con la ragazza che è appena corsa fuori dalla tua stanza.»

«Qualunque sia la ragione, io me ne vado. Non posso restare qui.»

Mi misi il borsone in spalla e afferrai le chiavi.

Uscii dalla mia stanza e cominciai a scendere le scale con Zee alle calcagna. «E cosa dovrei dire ai ragazzi? Sai che non possiamo andare avanti senza di te.»

Rifiutandomi di guardare indietro, raggiunsi il pianoterra.

«Sto parlando con te» sbottò Zee, allungando il braccio e afferrandomi per la spalla.

Mi voltai di scatto e feci un passo nella sua direzione, prendendolo di petto. «Ripetiamo quelle stesse dannate parole da un'eternità. Ci diciamo che la band non può andare avanti. Eppure eccoci qua, disposti a tutto pur di sistemare le cose ogni volta che qualcosa va storto. Sono stanco. Stanco di preoccuparmi di tutte queste cazzate. Di cercare di tenere la band unita quando tutti si stanno estraniando.»

Sbalordito, Zee dondolò all'indietro sui talloni. «Questo è quello che pensi davvero? Che questa famiglia sia debole? Perché, per come la vedo io, non è mai stata più forte di così. Sappiamo tutti da che parte stiamo. Che cosa vogliamo. Abbiamo ancora tutta la grinta e il talento di un tempo senza le stronzate da rockstar che ci hanno ostacolato per anni.»

Abbassai lo sguardo sul pavimento. «Bé, non sono più sicuro di cosa voglio.»

Bugia.

Strafottuta bugia.

Volevo lei.

Incrociai gli occhi di Zee. «Forse sono io l'anello debole.»

Lui emise uno sbuffo dal naso. «O forse sei solo un cagasotto. Un codardo che non lotta per ciò che vuole davvero perché in tal caso dovresti lasciar perdere i tuoi giochini del cazzo. Smettila di fingere. Perché so che la vuoi. Come so che sai che stai meglio insieme a lei. Eppure, ti fai prendere dalla paura e mandi tutto a puttane. È questo ciò che vuoi? Tornare da tutte quelle ragazze che non se ne fregano un cazzo di te se non di cosa possono ottenere dalla tua fama? Perché così puoi voltarti e fregartene anche tu di loro? Comodo, eh?»

La rabbia irradiava da lui.

Chiaramente, il coglione era ansioso di combattere.

Avrebbe dovuto sapere che era meglio non istigarmi.

Perché avrei contrattaccato.

Digrignai i denti. «Non sai niente. Quindi smettila di rompere il cazzo prima che uno di noi due faccia qualcosa di cui si pentirà.»

«Ah, sì? Come ad esempio lasciare che quella dolce ragazza, che per qualsiasi assurda ragione ti adora, e che per di più ha appena perso sua madre, esca da quella porta con il cuore a pezzi? O ti riferivi al fatto di deludere la tua band? *La tua famiglia?* Perché non sono sicuro di cosa stiamo parlando qui. Perché non mi schiarisci le idee?»

Fui su di lui in un lampo, i pugni stretti nella sua maglietta.

Zee fece un sorrisetto compiaciuto che non ero sicuro di avergli mai visto fare. «Siamo un po' permalosi, eh?»

Le parole vennero fuori graffianti. «Ti avverto, Zee. Pianta-la.»

«Bé, anch'io ti avverto.» Qualcosa di simile alla pietà balenò sul suo viso. «Ti osservo da anni, amico. Sin dal giorno in cui mi sono fatto avanti e ho preso il posto di mio fratello nella band. Sai cosa si prova ad unirsi a un gruppo sette anni dopo? A cercare di riempire il vuoto della morte di mio fratello, il ragazzo che amavo più di chiunque altro al mondo e che ammiravo di più in assoluto?»

Allentai la presa su di lui e tentai di mandar giù l'insopportabile groppo che mi ostruiva la gola.

«Ho rinunciato a tutto per voi. *A tutto*. Tu, Baz, Lyrik... eravate così uniti. Ne avevate passate tante insieme. Non potevo fare a meno di sentirmi un estraneo. Di voler essere abbastanza in gamba da far parte di questa fratellanza che significava molto di più della musica che suonavamo. E tu... eri questo ragazzo spensierato, sempre l'anima della festa. Il centro dell'attenzione. Mi hai fatto sentire a casa. Mi hai preso sotto la tua ala. Mi hai mostrato che il mio posto era con voi anche quando non ne ero convinto.»

La vergogna mi fece mollare del tutto la stretta sulla sua maglietta.

Essere quel ragazzo spensierato era l'unico modo in cui riuscivo a sopravvivere.

Zee fece un passo indietro, corrugando le sopracciglia per dare enfasi alle sue parole. «In tutto questo tempo, pensi che non mi sia accorto che stai fuggendo? Non ho idea da che cosa, cazzo, ma so che è così. E Willow... è la prima persona che sia riuscita a farti smettere di correre quella folle corsa. Questa è la prima volta che hai rallentato. La prima volta che ti ho visto in *pace* con te stesso. Ed ora eccoti qui... sul punto di fuggire di nuovo. Da cos'è che stai scappando?»

Sollevai il mento. «Non lo vedi? Non ho mai pace. Fuggire è molto meglio che crollare in ginocchio.»

Il cellulare squillò nella mia tasca. Lo tirai fuori e mandai la chiamata alla segreteria quando vidi che era il nostro manager, Anthony. Avrei parlato con lui più tardi.

Il cellulare squillò di nuovo, e di nuovo mandai la telefonata alla segreteria. Feci per rinfilarmelo in tasca quando un messaggio illuminò lo schermo.

Non ero sorpreso che fosse Anthony.

Ma l'immagine che fungeva da anteprima al link che aveva allegato mi colpì come un pugno allo stomaco.

Questo è appena sbucato sui siti di gossip. Chiamami.

Boccheggiai nell'aria improvvisamente stagnante, e la mia vista si offuscò di fronte alla foto e al titolo dell'articolo.

«Cazzo» sussurrai a malapena, cercando di capire come diavolo era saltata fuori quest'informazione. Che cosa significava.

Quali danni avrebbe causato.

Barcollai all'indietro di un passo mentre il panico e il dolore mi sopraffacevano.

«Che succede, amico?» chiese Zee, non più arrabbiato ma preoccupato.

«Devo...» Sbattei le palpebre, lasciai cadere il borsone a terra e mi passai agitatamente una mano tra i capelli. «Devo andare da lei.»

Mi fiondai fuori dalla porta come se avessi un demone alle calcagna. Uno intenzionato a trascinarmi di nuovo nelle fosse ardenti dell'inferno.

Salii a bordo della mia Navigator, avviai il motore e sfrecciai come un razzo lungo le strade di Savannah. Ansioso di raggiungerla. Di spiegarle l'inspiegabile.

Ma almeno dovevo provarci, prima che lo facesse qualcun altro. Prima che vedesse quell'orrore stampato su una pagina di giornale.

Meritava di sentirlo da me, anche se sapevo che dopo non avrebbe più voluto vedermi.

Facendo stridere gli pneumatici, svoltai l'ultima curva verso casa sua, lo stomaco annodato e il petto sul punto di scoppiare.

Il tempo si fermò quando vidi il pick-up parcheggiato davanti alla sua abitazione.

Panico.

Paura.

Quelle emozioni furono cancellate dall'istinto di protezione che montò dentro di me.

Sterzai di lato e schiacciai i freni, fermandomi ad una strana angolazione sul marciapiede. La mia attenzione si posò a malapena sul viso dell'uomo seduto nel pick-up davanti al quale avevo appena frenato.

La rabbia divampò dentro di me.

Il bisogno di annientare.

Ma la mia attenzione era concentrata unicamente sulla casa. Sulla ragazza all'interno.

Mi misi a correre. Corsi più veloce che potevo lungo il prato e, senza nemmeno fermarmi, spalancai la porta.

Presi nota della scena davanti ai miei occhi in meno di un secondo.

La mia ragazza con le mani e le ginocchia poggiate a terra. Il viso rigato di lacrime. L'espressione colma di tradimento. Le foto sparpagliate di fronte a lei sul pavimento. Il bastardo che sogghignava compiaciuto alle sue spalle, senza dubbio portatore delle immagini disseminate per terra come una piaga.

Un'antica sofferenza mi squarciò lo spirito, infliggendo nuove ferite, facendo nuove vittime.

Non avevo idea di come Bates ne fosse venuto in possesso.

Willow singhiozzò e seppellì il suo prezioso viso tra le mani.

Non avrebbe dovuto scoprirlo in questo modo.

Un secondo dopo, sentii il mio autocontrollo scheggiarsi, andare in frantumi.

Bates alzò lo sguardo nello stesso istante in cui mi avventai su di lui. La mia spalla entrò in contatto con il suo stomaco. Lo sbattei all'indietro, facendogli perdere l'equilibrio, perché il mio unico intento era di allontanarlo dalla mia ragazza.

La stessa ragazza che gridò allarmata quando mi misi a cavalcioni sopra di lui, tirai indietro il braccio e gli assestai un pugno sul lato del viso. Lasciai libero sfogo al mio odio. «Pensi che questo sia un gioco? Perché ferirla in questo modo? Bastardo. Bastardo!»

Lui mi sputò in faccia. «Sono io che la ferisco? Penso che la colpa sia unicamente tua.»

Afferrai la sua maglietta con entrambe le mani, lo sollevai e lo sbattei di nuovo a terra. «Dove hai preso quelle foto?»

Una miriade di pensieri vorticò nella mia testa. Questo stronzo aveva tartassato Willow con tutte quelle fotografie. All'improvviso fui colpito da una tremenda consapevolezza. Quell'unico paparazzo che mi seguiva ovunque, probabilmente non era affatto un paparazzo.

Era stato pagato per scovare qualche scheletro nel mio armadio.

Suppongo che lo avesse trovato.

Il sorriso di Bates era compiaciuto, la voce strozzata per via della stretta che avevo su di lui. «Che c'è? Pensavi di poterlo nascondere? Di farla franca? Non avrei mai permesso che Willow si immischiasse con uno come te. Sapevo che se avessi scavato abbastanza a fondo, avrei trovato quello che mi serviva. Dovevo solo aprirle gli occhi e mostrarle chi sei davvero. Che cosa hai fatto.»

Persi completamente il lume della ragione.

La follia prese il suo posto.

I miei pugni volarono senza controllo.

Furia.

Caos.

Sentii la carne spaccarsi sotto i miei colpi. Non sapevo dire se fossi più arrabbiato con questo stronzo o con me stesso. Eravamo entrambi un ostacolo. Indegni. Nessuno di noi due si avvicinava neanche lontanamente ad essere abbastanza buono per questa ragazza.

Bates si dibatté nel tentativo di contrattaccare.

Proprio come avevo sempre immaginato, questo smidollato non valeva nulla senza la sua banda di amici.

Con il sangue che schizzava ovunque, grugnii e mi avventai su di lui con più forza, sentendo le sue ossa spaccarsi sotto le mie nocche.

Ancora e ancora.

Willow urlò, ma non c'era nulla che potessi fare per fermare il mio assalto. Avevo sempre desiderato eliminare questo figlio di puttana. Cancellarlo per sempre dalla sua vita.

Ero così perso nel momento che fui colto completamente alla sprovvista dall'improvviso colpo che si abbatté sulla mia nuca. La mia vista si oscurò. Ruggii, mi voltai di scatto e mi alzai in piedi incespicando mentre la stanza vorticava intorno a me. La mia attenzione si posò su Billy.

Lo stronzo che aveva messo in moto tutto questo.

Lo caricai, afferrandolo per la vita. Volammo entrambi, e la sua schiena si schiantò contro una libreria. Libri e fotografie piovvero a terra, il vetro si frantumò sul pavimento ed entrambi atterrammo nel mezzo di quel caos. Lottammo per ottenere il controllo. Gli assestai tre colpi sul fianco e lui me ne assestò uno alla mascella.

Il dolore si irradiò per tutta la mia faccia mentre la testa mi pulsava ancora per il colpo di prima.

Grida echeggiavano tra le pareti.

Willow. Willow. Willow.

Questo mi fece solo combattere con più foga. Per lei. Perché non volevo lasciarla andare. Non volevo che soffrisse. Volevo cancellare tutto il suo dolore.

Voltai Billy sulla schiena e lo colpii con pugni carichi di furia, violenza e isteria. Un piede si abbatté sul mio stomaco, mozzandomi il fiato, e un attimo dopo Bates balzò sulla mia schiena.

«Smettetela!» implorò Willow.

Figlio di puttana.

A quanto pareva, nessuno di questi bastardi era in grado di combattere le proprie battaglie da solo.

Conficcai un gomito nelle costole di Bates e, contemporaneamente, mollai un altro pugno in faccia a Billy.

La voce di Willow penetrò di nuovo nella mia coscienza, irrompendo nel caos della mia mente. «Alzati. Alzati subito.»

Sia Bates che Billy si irrigidirono; il primo si staccò lentamente dalle mie spalle mentre il secondo si accasciò sotto di me.

Mi voltai verso di lei e vidi che teneva una pistola puntata nella nostra direzione, il braccio che tremava vistosamente.

La sua voce era tremula quando parlò, ma ero certo che le sue parole non fossero una vana minaccia. «Alzati, Bates. Alzati e vattene. Andatevene tutti e due. Non tornare mai più e fa' in modo di non incrociare più il mio cammino o quello di Ash. O ti giuro che troverò un modo per dimostrare che sei tu il colpevole. Che siete voi due gli artefici dell'aggressione avvenuta fuori al mio negozio. Che mi hai derubata.» Deglutì forte. Risoluta. «Troverò un modo.»

Cautamente, Bates si mise a sedere. Si passò il dorso della mano sulla bocca. Teneva un labbro spaccato, un occhio tumefatto e un sopracciglio tagliato. Mi lanciò uno sguardo che prometteva che me l'avrebbe fatta pagare. Non me ne fregava un cazzo, a meno che questa ragazza non fosse stata il prezzo da pagare.

«Willow» disse lui in tono conciliante.

Lei lo guardò dritto negli occhi. «Mai più, Bates. Non voglio vederti mai più.»

Non confondere mai spezzato con debole.

Billy si alzò in piedi, gli occhi sgranati mentre osservava Willow puntare la pistola nella sua direzione. «Portiamo il culo via da qui. Non ne valgono la pena.»

Bates sbatté le palpebre, continuando a fissare Willow come se volesse discutere, poi scosse bruscamente la testa. «Te ne pentirai, Willow. Te ne pentirai.»

Già.

Ero maledettamente certo che se ne sarebbe pentita.

Ma dubitavo che quel rimorso avrebbe avuto qualcosa a che fare con lui.

Le lacrime corsero lungo le sue guance quando la porta si chiuse con un tonfo alle spalle di quei due bastardi.

«Willow» mormorai con cautela, detestando che le cose fossero andate in questo modo. Se solo mi fossi fatto coraggio e le avessi detto prima la verità. Forse avevo soltanto cercato di proteggerla, anche se meritava la mia completa onestà.

Ma la verità era che ero stato terrorizzato.

Terrorizzato che mi guardasse nel modo in cui mi stava

guardando ora.

Il suo braccio tremava terribilmente mentre abbassava piano la pistola. Con cautela, avanzai verso di lei, le tolsi l'arma dalle dita e la cinsi tra le braccia. «Willow.»

Un grido proruppe dalla sua gola.

«Come hai potuto?» Serrò i pugni nella mia maglietta. «Come hai potuto farmi questo? È stato solo un gioco per te? Un gioco perverso e crudele?»

Le parole rimasero bloccate sulla mia lingua.

«Dimmelo!» urlò.

L'abbracciai più forte. «Non lo sapevo, Willow. Ti giuro che non lo sapevo. Non fino al giorno in cui ho trovato la sua scatola al piano di sopra.»

Willow si accasciò contro di me quando le cedettero le ginocchia. Crollai sul pavimento con lei tra le braccia. «Non lo sapevo» sussurrai tra i suoi capelli.

«Come?» chiese con voce implorante.

Le mie viscere tremarono. «L'ho conosciuta a Los Angeles. Io e i ragazzi avevamo da poco firmato con una casa discografica e avevamo appena scoperto che stavano organizzando un tour. Eravamo fuori a festeggiare.»

Occhi marroni come il caffè si puntarono su di me mentre la cameriera da cui non riuscivo a staccare lo sguardo posava un bicchierino color liquirizia di fronte a me. «Mi chiamo Anna. Fammi sapere se c'è qualcos'altro che posso portarti.»

«Il tuo numero» dissi.

Lei alzò gli occhi al cielo. «Funziona sempre come frase da rimorchio?»

«Sì, il più delle volte funziona.»

Le parole vennero fuori roche mentre ogni rimpianto che avessi mai avuto risaliva in superficie. «L'ho assillata finché non si è arresa.»

Willow rabbrividì tra le mie braccia. La strinsi più forte mentre continuavo la storia che sapevo non voleva sentire ma di cui aveva bisogno. La verità che avrebbe meritato di sapere sin dall'inizio. «Mi ha avvisato sin da subito che uscire con lei non era una buona idea. Onestamente, non ne comprendevo il motivo, perché dal mio punto di vista era perfetta. Bellissima. Sorridente e sicura di sé.»

Willow emise un singhiozzo strozzato, e soffocai il dolore che mi schiacciava il petto, costringendomi a proseguire. «Mi sono innamorato di lei, Willow. Per la prima volta nella mia vita, ho provato qualcosa di diverso per una ragazza. Ero spaventato perché le cose con la band stavano accadendo così in fretta. Ma volevo stare con lei. Lo volevo davvero.»

I suoi capelli erano sparpagliati sul mio cuscino mentre mi sfiorava le labbra con la punta delle dita. «Raccontami i tuoi sogni» sussurrò.

L'affetto mi scaldò il petto, insinuandosi in un posto che non avevo nemmeno saputo che esistesse. «Sai, è assurdo, perché ho la sensazione di aver già ottenuto tutto ciò che ho sempre desiderato. La band ha finalmente una casa discografica. Il tour sta per iniziare. Non pensavo che avessi bisogno di qualcos'altro... che volessi qualcosa di più. Finché non ho incontrato te.»

Un dolce sorriso affiorò sulla sua bocca. «È a questo che servono i sogni. Ce ne sono milioni là fuori che fluttuano intorno a noi, appena fuori dalla nostra portata, in attesa che li afferriamo. E ce ne sono tanti altri pronti a prendere il posto di quelli che realizziamo.»

Strinsi a me il suo corpo caldo e sfregai il naso contro il suo collo. «Chi ti ha dato quel cuore tenero, Anna?»

«Non è tenero.»

Ridacchiai. «Bugiarda.»

Un delizioso rossore le imporporò il viso.

«Raccontami i tuoi sogni» la incitai.

La sua risposta venne fuori come una confessione. «Voglio solo essere felice.»

Mi sollevai sulle ginocchia e le sorrisi mentre strisciavo tra le sue cosce. «Penso di poterti dare un po' di quella felicità.»

Lei ridacchiò, poi mugolò di piacere, ed ebbi l'improvvisa sensazione di essere più felice di quanto non fossi mai stato.

L'amore avrebbe dovuto essere sempre così.

Un rapido scivolone nella beatitudine.

Le parole di Willow erano intrise di tormento quando le pronunciò tra le lacrime contro la mia maglietta. «È l'unica cosa che lei abbia mai desiderato. Essere felice.»

Le passai dolcemente le dita tra i capelli. «Lo so. La prima volta che l'ho incontrata non ho intuito la disperazione che si nascondeva dietro il suo desiderio. Avrei dovuto, Willow. Avrei dovuto riconoscere i segnali.»

Una folle energia vorticava nella mia stanza, simile a un circuito saltato. Il caos rimbalzava tra le quattro mura, acquistando potenza e velocità.

Le lenzuola erano state strappate via dal letto e la lampada sul mio comodino era stata gettata a terra. I cassetti erano stati rimossi dal comò e i vestiti sparpagliati sul pavimento.

Lacrime nere rigavano il viso tormentato di Anna. «Come hai potuto? Come hai potuto farmi questo?»

Mi afferrai la testa con entrambe le mani. Volevo scuoterla. Dirle di smetterla. Di tornare ad essere la donna che conoscevo. La donna che mancava da due settimane.

«Di cosa stai blaterando?» le chiesi.

«Della ragazza con cui stavi parlando. Come hai potuto farmi questo?»

La rabbia e la frustrazione mi attanagliarono il petto. «Non ho toccato nessun'altra» dissi a denti stretti.

«Non mentirmi» implorò tra i singhiozzi. «Ti ho sentito... in cucina. Le hai detto che le volevi bene.»

La confusione mi annebbiò il cervello un attimo prima che la comprensione si facesse strada nella mia mente. «Edie?»

«Sì!» strillò.

«Intendi mia sorella... Edie?» sbottai in tono accusatorio.

L'istante in cui lo dissi, Anna si accasciò a terra per il sollievo. Mi lasciai cadere anch'io sul pavimento.

«Mi dispiace tanto, mi dispiace tanto» piagnucolò. «Ti prego, non lasciarmi.»

Serrai gli occhi contro i ricordi a cui avevo appena dato voce. «Ricordo di essere stato terrorizzato quel giorno... Quella è stata la prima volta che l'ho vista perdere il controllo. Era come se... non la riconoscessi più. Mi ha supplicato di perdonarla. Mi ha promesso che non sarebbe più successo. Le ho detto che andava tutto bene. Volevo credere che fosse così.»

Willow gemette. «Non stava bene. Era malata.» Singhiozzò.

«Cos'è successo *quel* giorno? Ho bisogno di sapere com'è accaduto.»

Premetti un bacio sui suoi capelli, come se con quel gesto potessi alleviare parte del suo dolore. «È stato orribile, Willow. Orribile. Farei qualsiasi cosa per tornare indietro. Non sapevo che fosse malata.»

Un rivolo di sangue scorreva dall'angolo della bocca di Anna. Il rossetto era sbavato, un livido le deturpava la guancia e altri si stavano formando sulle sue cosce.

La afferrai per le braccia. «Devi dirmi chi ti ha fatto questo, Anna. Subito.»

Lei sbatté le palpebre e la sua bocca si mosse come se non volesse formulare il nome. «Lyrik.»

Trasalii come se quella parola mi avesse scottato.

Lyrik? Non l'avrebbe mai sfiorata, nemmeno con un dito.

Eppure la prova era disseminata su tutto il suo corpo.

«Cos'ha fatto?»

«Ha... ha cercato di... Dobbiamo allontanarci da lui.»

Come aveva potuto? Il mio migliore amico di cui mi fidavo ciecamente?

Tirai un respiro profondo. «L'istante in cui l'ha accusato, credo di aver capito che qualcosa non andava. Ma mi rifiutavo di credere che potesse mentire su una cosa simile.»

Tenevo le mani strette a pugno mentre mi fiondavo fuori dalla porta d'ingresso. Mi scagliai su Lyrik che stava scendendo dalla moto, sbattendogli le mani sul petto. «Che cazzo hai fatto?»

Colto alla sprovvista, lui barcollò all'indietro, il viso colmo di confusione e incredulità mentre recuperava l'equilibrio e mi restituiva lo spintone. «Che cazzo ti prende, amico?»

Barcollai all'indietro di un passo, prima di rimettermi dritto. «Mi hai sentito, che cazzo le hai fatto?»

I suoi occhi scuri si socchiusero. «A chi?»

«Anna!» gridai.

Bisbigliai la mia confessione contro la testa di Willow. «Eccomi lì, ad accusarlo di aver tentato di stuprarla, pur sapendo, nel profondo di me, che qualcosa non andava.»

Lyrik puntò un dito in direzione della piccola casa che condividevamo tutti. La sua voce si abbassò in un mormorio di avvertimento. «Ma ti senti, amico? Corri qua fuori come un pazzo, lanciando accuse senza fondamenta. So che la ami, ma c'è qualcosa che non va. Non vedi che cosa ti sta facendo? Ti tiene completamente in pugno.»

La mia gola era stretta in una morsa. Cazzo, odiavo sottoporre Willow a tutto questo. Sottoporre me a tutto questo. Detestavo rivangare i dettagli che mi avevano fatto fuggire negli ultimi sette anni.

Willow tentò di recuperare il fiato, le dita conficcate nelle mie spalle. «Aveva un buon cuore. Te lo giuro. Solo che a volte non riusciva a trovarlo.»

«Lo so, Willow. Lo so. Ma è avvenuto tutto così in fretta. Dal nulla. Non sapevo come gestire la situazione. Se l'avessi saputo, avrei reagito in maniera diversa. Te l'assicuro. Quando sono tornato dentro per affrontarla... ero così confuso. Così arrabbiato. Una parte di me la odiava e l'altra parte voleva salvarla.»

Anna mi fissò timorosamente dal fondo del corridoio dove si era nascosta.

Le puntai un dito contro. «Vattene via da qui.»

«Ash» mi implorò frenetica.

«Non riesco a credere a quello che hai appena tentato di fare... incolpare il mio migliore amico di aver cercato di violentarti? Provare a mettermi contro di lui? Non ti rendi conto di quanto sia sbagliato?»

«Io... tu... non puoi andartene. Non puoi lasciarmi qui. Ti prego, Ash...»

Si trattava di questo? Non voleva che andassi in tournée?

Inconcepibile.

Annaspai in cerca d'aria, i polmoni stretti in una morsa. «Le ho detto di andare via. Di raccogliere le sue cose e andarsene. Ero furioso. Si era picchiata da sola, Willow. *Da sola.* Non avevo idea di come gestire la cosa.»

Anna balzò sulla mia schiena quando cominciai ad avviarmi verso la porta. «Sono malata, Ash. Sono malata. Non so come impedirlo. Non so come impedirlo.»

La mia bocca si schiuse in un sospiro teso. Le afferrai un polso e, lentamente, sciolsi la presa che aveva intorno al mio collo. I suoi piedi toccarono terra.

Senza neppure fidarmi di me stesso, mi voltai per affrontarla. Lei abbassò lo sguardo e si accasciò sul pavimento. «Te l'ho detto... ci sto provando. Ci sto provando con tutte le mie forze. Odio questa parte di me, ma non so come contrastarla.»

Sollevò lo sguardo su di me, un'espressione di puro tormento sul viso.

Il dolore mi stritolò il petto, questo folle amore che avevo per lei in contrasto con il risentimento che bruciava nel mio sangue.

Mi inginocchiai di fronte a lei.

«Voglio solo sentire qualcosa. Ma certe volte sento troppo.» Si strinse le mani al petto. «E questa paranoia si stabilisce qui... proprio qui... finché non è l'unica cosa che sento. Improvvisamente faccio cose, dico cose che non avrei mai voluto dire. E tutto è alimentato dalla paura di perdere qualcosa senza la quale potrei morire.»

Avevo la sensazione di aver ingoiato una montagna di pezzi di vetro rotto.

«Questo non ti giustifica.»

Lei sussultò. «Pensi che non lo sappia? Pensi che non detesti quello che ho appena fatto? Che non odi me stessa per essere così? Ma il pensiero che tu te ne vada... Non so se posso farcela, Ash.» La disperazione si fece di nuovo strada nelle sue parole. «Ho bisogno di te. Ti amo così tanto.»

«Hai bisogno d'aiuto, Anna. Non ti conosco nemmeno.»

«Lo so... te lo prometto... chiederò aiuto. Farò qualsiasi cosa. Solo, non abbandonarmi. Questa non è la vera me.» Mi afferrò la mano e se la premette contro il battito frenetico del proprio cuore. «Tu conosci la vera me stessa. Proprio qui. Mi conosci.»

«Come posso fidarmi di nuovo di te?»

«Te lo dimostrerò. Te lo prometto. Solo... dimmi che mi ami ancora.»

Aprii la bocca, poi la richiusi. Alla fine, sospirai e premetti le labbra sulla sua tempia. Cantai le strofe della canzone che avevo scritto per lei in quei momenti bui in cui avevo percepito il suo dolore, senza avere la minima idea di come alleviarlo.

Rassicurami
Svelami il tuo fardello
Accada quel che accada
Non puoi nascondere
Il dolore nei tuoi occhi

Anna mi abbracciò più forte.

Quindi resta con me
Non mi spiace
Trova il tuo conforto
Proprio qui al mio fianco
Ci sono passato anch'io
E voglio strappartelo via
Quindi resta con me
Non mi spiace
Trova il tuo conforto
Proprio qui al mio fianco

«Hai presente quel giorno... quando ti ho accompagnata da tua madre?» chiesi con voce roca.

Willow annuì.

«Le ho cantato quella canzone. Quella che avevo scritto per Anna. Qualcosa mi ha spinto a cantarla a tua madre. Pensavo che magari l'avrebbe calmata. Tuttavia, non avevo idea che cantarla mi avrebbe fatto così male.»

Un singhiozzo sfuggì dalle labbra di Willow. Ma continuai, bisbigliando le parole contro il suo orecchio. «Penso che nel profondo di me sapessi che mi stavo innamorando di te. Ed ero terrorizzato al pensiero di sentirmi di nuovo così impotente. Terrorizzato di amare una persona e non essere abbastanza forte da aiutarla. Da starle accanto quando contava di più.»

«Aveva bisogno di te.»

Annuii piano, colmo di rimorsi. «E io l'ho abbandonata. Subito dopo quell'episodio, ero così scosso e confuso sul da farsi. Il tour sarebbe iniziato due giorni dopo, e d'un tratto Anna era disperata e cercava di farmi restare lì. Sono andato a casa dei miei genitori perché sentivo di aver bisogno di un attimo di tregua. Di allontanarmi e schiarirmi le idee.»

La strinsi più forte, e il dolore mi stritolò mentre mi costringevo a pronunciare la mia confessione. «È stata la notte peggiore della mia vita, Willow. Ero dai miei quando ho ricevu-

to un messaggio che mi invitava ad andare a casa di questo tizio.»

La furia ribollì in me mentre ripensavo a quel fatidico giorno. «In qualche modo, Edie mi ha convinto a portarla con me
a quella festa.»

«No» gemette Willow, facendo due più due. Mettendo insieme i pezzi di quella notte che aveva distrutto entrambi.

*La musica risuonava attraverso le pareti sottili. Non appena bussai,
la porta si spalancò per rivelare Paul, già ubriaco. Feci velocemente le
presentazioni e mi sfuggì una smorfia quando diede a mia sorella una
birra. Ma cazzo, un solo bicchiere era ben lontano dalla merda che io
avevo già provato all'età di quattordici anni. Tuttavia, Edie era diversa.
Innocente. Per nulla adatta a questo squallido ambiente.*

*Di solito, appena mettevo piede in un posto così, mi lasciavo subito
trascinare dall'atmosfera. Crogiolandomi in essa. Godendomela.*

Non stasera.

*Anche se aveva promesso di mantenere la calma, Anna non aveva
smesso di messaggiarmi da quando me n'ero andato. Il mio cellulare continuava a squillare come un allarme. Costante. Incessante.*

*Una parte di me capiva che lei aveva paura che stessi mettendo distan-
za tra di noi. L'altra parte era incazzata che questa fosse l'esatta ragione
per cui volevo quella distanza.*

*La verità era che mi mancava quella ragazza che era diventata la mia
migliore amica.*

*Solo, non sapevo come gestire la dicotomia: la Anna che adoravo e
quella che mi terrorizzava.*

*Mia sorella stava ridendo e divertendosi, perciò feci del mio meglio per
rilassarmi. Mandai giù qualche drink e lasciai che il mondo intorno a me
si sfocasse.*

*Il cellulare vibrò di nuovo. Con riluttanza, lo tirai fuori dalla tasca,
immaginando di non poterla ignorare per sempre. Non quando le avevo
detto che l'avrei sostenuta. Svignarmela come una femminuccia ed evitare
di affrontare quello che stava accadendo non mi stava certo facendo guadagnare punti in più.*

*Mi alzai in piedi e andai verso il corridoio dov'era più tranquillo, en-
trai in una camera vuota e accettai la chiamata.*

«Ehi» dissi.

Anna stava piangendo sommessamente, e ciò mi trafisse come una lama smussata. Detestavo che stesse soffrendo. «Ho bisogno di parlarti, Ash. Ti prego, torna a casa.»

Mi accasciai sul bordo del letto e mi sfregai gli occhi stanchi col pollice e l'indice. «Pensavo che fossi tornata al tuo appartamento.»

«Io... avevo bisogno di vederti. Di parlarti.»

«Non ho voglia di parlare stasera, Anna. Domani passerò da te e ci chiariremo. Decideremo come gestire questa cosa, ok?» Cercai di mantenere un tono di voce calmo, di farle sapere che ci tenevo a lei ma che non avrei ceduto.

Un singhiozzo risuonò attraverso la linea telefonica. «Ho bisogno di parlarti. Ti prego, Ash, torna a casa.»

Sospirai. «Non voglio discutere di queste stronzate ora, Anna. Tu...»

«Sono incinta» implorò improvvisamente.

Calò il silenzio e il mondo si fermò. Si spostò dal suo asse. Vorticò alla massima velocità.

Alla fine, mi ripresi dallo shock.

«Hai davvero intenzione di usare mezzucci simili, Anna?» Digrignai i denti, senza più un briciolo di compassione. «Hai il coraggio di startene lì e cercare di intrappolarmi dicendo che ho un figlio in arrivo? Dopo la fesseria che hai detto su Lyrik stamattina?»

Cercai di tirare un respiro profondo. «Non sono un fottuto giocattolo, e non ti permetterò di usarmi come tale. Basta, ho chiuso con te. Quando torno a casa, devi essertene già andata.»

«È la verità» gemette lei.

«Smettila, Anna. Non posso sopportare altre bugie.»

Terminai la chiamata e mi premetti un pugno sulla bocca. Desideravo gridare, fare a pezzi qualcosa.

Il mio racconto stava uccidendo Willow. Lo sapevo. Potevo percepire l'angoscia che attraversava il suo corpo. Volevo fermarmi. Proteggerla dalla verità. Ma continuai imperterrito, la voce incrinata mentre le rivelavo i miei peccati. «Non le ho creduto, Willow. Non le ho creduto, cazzo. Volevo solo dimenticare tutto. Tornare alla persona che ero prima di incontrarla.»

La porta della camera si aprì con un cigolio, lasciando entrare uno spiraglio di luce. Casey la richiuse dietro di sé e attraversò la stanza. La-

sciai che mi spingesse sul letto, che strisciasse sopra di me.

Perché non volevo sentire nulla.

Né il dolore delle bugie di Anna.

Né lo straziante senso di perdita dentro di me.

Né il rimorso.

Né il senso di colpa.

Ma quest'ultima emozione era lì quando Casey mi baciò, quando le sue mani si posarono sul mio petto. Serrai gli occhi e cercai di escludere tutto il resto, di concentrarmi unicamente sulla sensazione di pelle contro pelle. Era quello che avevo fatto per tutta la vita. Non doveva essere diverso ora.

Non doveva.

Ma lo era.

Il cellulare si illuminò di nuovo, e il senso di colpa si amplificò. Spinsi via Casey, che mi sorrise mentre si stendeva di fianco sul letto.

Confuso, accettai la chiamata e mi portai il telefono all'orecchio. «Anna.»

Volevo scusarmi. Dirle che avremmo superato questo momento. Che avremmo trovato una soluzione. Che sì, la conoscevo.

All'altro lato della linea, la sentii piangere sommessamente. «Ti amo, Ash. Ho bisogno che tu lo sappia.»

«Dio, ti amo anch'io. Così tanto.»

Improvvisamente, Casey era in ginocchio accanto a me. «Ohh, che carino, Ash Evans che professa il suo amore eterno quando un attimo fa teneva la lingua infilata nella mia bocca» cantilenò con voce smielata.

«Chi era?» domandò Anna.

«Nessuno.»

«Chi era?» ripeté più forte. Anche a miglia di distanza, riuscii a sentire qualcosa dentro di lei scattare. Spezzarsi.

Anna cominciò ad andare in iperventilazione. «Oddio, oddio. Lo sapevo. Lo sapevo. Mi stai tradendo. No, no, no» balbettò. «Non ce la faccio. No.»

«Anna, ascoltami!» urlai in preda al panico.

«Non ce la faccio» gemette e la linea cadde.

Imprecai, strinsi il cellulare nella mano e mi rivolsi a Casey. «Sta' lontana da me.»

Sfrecciai fuori dalla stanza, determinato a trovare Edie per dirle che ce ne andavamo da lì, quando il mio cellulare vibrò di nuovo.

Ero sul punto di scagliarlo contro il muro, finché non vidi che era un messaggio da parte di Edie.

Sto tornando a casa. Non preoccuparti per me.

Una parte di me voleva chiamarla e sgridarla per essersene andata da sola. Non era sicuro. L'altra parte di me era sollevata che fosse andata via. Che non facesse parte di questo casino.

Le mie mani si chiusero a pugno sulla schiena di Willow e le parole rimasero bloccate sulla mia lingua. Riuscivo a malapena ad ammettere con me stesso che, mentre lasciavo che quella ragazza si strusciasse contro di me, la mia sorellina veniva stuprata. «Ho commesso così tanti errori quella notte, Willow. Così tanti. Ma quello che sapevo con certezza era che dovevo sistemare le cose con Anna. Nel profondo di me, sapevo che non era colpa sua. Che era malata.»

Guidai verso casa.

Il senso di colpa creava un velo di sudore sulla mia pelle. Non potevo credere di aver permesso a quella stronza di baciarmi. Di aver ricambiato il suo bacio. Di averla toccata.

Non c'era da stupirsi che Anna non si fidasse di me. Che fosse terrorizzata al pensiero che andassi via per mesi interi. Esserle fedele sembrava così semplice, finché non lo era più.

Avevo davvero la forza di cambiare? Anna aveva la forza di fare lo stesso?

L'unica cosa che sapevo era che volevo provarci. Che non potevo sopportare il pensiero di lasciare la città senza risolvere i problemi tra di noi.

Ma soprattutto, sapevo che era malata. Ero certo che questa non fosse una bugia. Anche se non fossimo rimasti insieme, almeno potevo aiutarla ad affrontare la malattia. Aiutarla a trovare quella felicità che desiderava disperatamente trovare.

Tirai un respiro profondo, aprii lo sportello dell'auto e mi diressi verso la casa silenziosa. Le finestre erano scure come la notte, la porta d'ingresso chiusa a chiave. Infilai quest'ultima nella serratura e la aprii.

Un profondo silenzio mi accolse.

Feci un passo incerto in avanti. «Anna?» chiamai, più piano di quan-

to intendessi.

Niente. Avanzai lungo il corridoio, entrai nella mia camera da letto e accesi la luce. La mia attenzione vagò per la stanza, prendendo nota del caos che regnava: lo specchio rotto appeso al muro e le schegge sparpagliate sul pavimento, i fogli disseminati ovunque, i cassetti aperti del comodino e i miei vestiti che si riversavano fuori. Era come se fosse uscita fuori di testa, come se avesse cercato un segreto che le avevo tenuto nascosto.

Mi passai agitatamente una mano tra i capelli. L'inquietudine affiorò in superficie. Per qualche ragione, ero più spaventato che avesse fatto quello che le avevo detto di fare, ovvero che se ne fosse andata.

Raddrizzai la schiena e ritornai nell'oscurità del corridoio, stringendo il cellulare in mano e cercando di capire come scusarmi. Come farle sapere che non volevo nessun'altra. Che quello che era successo con Casey era stato un errore. Un passo falso nel mezzo di un momento a cui non riuscivo a dare un senso.

Volevo supplicarla di perdonarmi come io ero disposto a perdonare lei.

Al diavolo.

Sarei andato al suo appartamento e avremmo chiarito le cose come avremmo dovuto fare sin dall'inizio.

Girai sui tacchi e feci un passo lungo il corridoio, poi mi pietrificai. Un brivido gelido mi percorse la spina dorsale, scatenato unicamente dalla sensazione che provai quando vidi il tenue bagliore che filtrava dallo spiraglio inferiore della porta del bagno.

Col fiato corto, avanzai in quella direzione. Mi fermai, prima di girare lentamente il pomello e aprire la porta.

Una fredda luce bianca splendeva dall'alto.

Sangue.

Schizzi.

Impronte.

Macchie.

Dolore, orrore e shock.

Il suo corpo era piegato ad una strana angolazione, i suoi polsi erano segnati da profondi e numerosi tagli, e un flacone vuoto di pillole sedeva rovesciato su un fianco accanto alla sua mano insanguinata.

No.

Un singhiozzo strozzato mi sfuggì dalle labbra. Lentamente, caddi in ginocchio accanto a lei.

«No. Anna, no» sussurrai in un lamento.

La presi tra le braccia e la cullai ripetutamente mentre supplicavo e imploravo.

«No.»

Il suo corpo era gelido, il viso cinereo.

«No. Anna, no. Dio, ti prego, no.»

Willow pianse disperatamente, dibattendosi per districarsi dal mio abbraccio. Ma io la strinsi più forte a me.

«Come hai potuto? Aveva bisogno di te. Oh mio Dio. Aveva bisogno di te. Era malata. Era malata.»

«Mi dispiace così tanto. Se solo sapessi quanto.»

«Era malata» piagnucolò di nuovo Willow, accasciandosi tra le mie braccia.

Il dolore ci schiacciava entrambi. Cazzo. Volevo mettere fine a tutto questo, ma aprii la bocca e le raccontai l'ultima parte della storia di sua sorella.

Sedevo sulla dura sedia di plastica nella sala d'attesa dell'ospedale, aprendo e chiudendo ripetutamente con mani tremanti il bigliettino che Anna aveva scritto e lasciato sul pavimento. Come se facendolo, la confessione impressa sulla carta macchiata di sangue potesse cambiare.

Mi dispiace tanto. Non ho mai voluto essere questa persona. Ma non riesco a contrastarla, e sono troppo spaventata di affrontare questa cosa da sola. E se trasmettessi questa malattia al mio bambino? Questo pensiero? Questa possibilità? Fa troppo male. Ti prego, perdonami. Voglio essere libera.

Le parole si intrecciarono alla mia anima come un male orrendo e incurabile, sbeffeggiandomi con la loro intrinseca possibilità.

Non aveva mentito.

L'avevo intuito in quel fugace istante in cui l'avevo trovata distesa sul pavimento e presa tra le braccia. Avevo percepito la sua paura. La sua tristezza. La sua disperazione.

«Mr. Evans?» chiese una donna.

Alzai lo sguardo con un cenno del capo.

Lei si sedette accanto a me. «Sono la dottoressa Kirklen.»

Riuscii a stento a deglutire, perché quello che si apprestava a dirmi era già scritto nei suoi occhi.

«*È morta?*» *Tortura. Pronunciare quelle parole fu una vera tortura.*

«*Mi dispiace. Ha avuto un arresto cardiaco. Tra l'overdose e la perdita di sangue, non siamo riusciti a rianimarla. Abbiamo fatto tutto il possibile.*»

Non importava che lo sapessi già, il dolore mi trafisse comunque.

Simile a lame di ghiaccio e fuoco.

Distruggendomi.

«*Il bambino?*» *gracchiai a malapena.*

La dottoressa mi toccò l'avambraccio. «*Il test di gravidanza è risultato positivo.*»

Sbattei le palpebre, completamente intorpidito e in preda all'agonia allo stesso tempo.

Sarei diventato papà. Cazzo. Sarei diventato papà. Qualcosa che non avevo mai desiderato finché la possibilità non mi era stata strappata via.

Mi premetti i palmi delle mani sugli occhi.

Mia.

Era tutta colpa mia.

«Mi hanno detto che il suo nome era diverso sulla tessera sanitaria. È stato allora che mi sono reso conto che si era trasferita a Los Angeles e che si era cambiata nome, nel disperato tentativo di diventare qualcun altro. Forse pensava di star inseguendo i propri sogni e di poterli trovare lì. Non ho voluto sapere il suo vero nome, Willow. Non ho voluto sapere chi fosse all'infuori della ragazza di cui mi ero innamorato. Volevo cancellare tutto il resto. Così, come un codardo, ho rinfilato la lettera che aveva scritto nella scatola e l'ho lasciata lì. Poi sono scappato via.»

Da allora, non avevo smesso di scappare.

Freneticamente, schiacciai il pulsante dell'ascensore, ansioso di fuggire, perché non c'era più niente per me qui.

Le pesanti porte di metallo si chiusero alle mie spalle e il vuoto mi inghiottì.

Appena l'ascensore si fermò al piano terra, uscii di corsa. Ad ogni passo assordante, sentivo un pezzo di me rimanere indietro.

I pezzi che Anna aveva portato alla luce, perché appartenevano tutti a lei.

L'amore.

La lealtà.

La compassione.

Nessuna di queste cose era stata abbastanza. Perché io non ero abba-stanza. Ero troppo avventato. Vivevo una vita troppo spericolata.

Pensieri di un bambino che non avrei mai conosciuto mi sopraffecero.

Le possibilità che non avevano mai avuto un'occasione.

Era folle che amassi qualcuno che non conoscevo nemmeno?

Mai più, cazzo.

Non potevo innamorarmi di nuovo.

Non quando non potevo promettere di restare.

Aumentai il passo, lasciando che la presa che Anna aveva su di me si rompesse e lacerasse. Stavo quasi correndo quando fuggii in direzione delle porte scorrevoli in vetro.

Potevo sentire la mia anima spezzarsi in due. Andare in frantumi.

Provai l'improvviso impulso di voltare la testa mentre sfrecciavo fuori dall'ospedale. Il mio sguardo si intrecciò con un paio di grandi occhi color cioccolato. Riconobbi l'agonia nelle loro profondità. Come se questa ragaz-za desiderasse entrare dentro tanto disperatamente quanto io desideravo uscire.

Distolsi in fretta l'attenzione, non volendo elaborare il dolore di qual-cun altro.

Perché non avrei mai più tenuto un cuore fragile tra le mie mani.

Non quando l'unica cosa che avrei fatto sarebbe stato schiacciarlo nel-la mia presa.

Quella familiarità. Era lei. La mia Peaches.

Willow era completamente stremata tra le mie braccia. Di-strutta.

La vergogna ululò nel mio spirito mentre concludevo la sto-ria che ero stato troppo codardo da raccontare. Sia quel giorno che ero fuggito dall'ospedale lasciando lei e sua madre con mi-gliaia di domande a cui avrebbero meritato risposta, sia il gior-no in cui quella familiarità che avevo percepito in Willow aveva finalmente acquistato un senso.

La domanda era: cosa avevo riconosciuto esattamente?

Perché nell'istante in cui avevo lasciato l'ospedale, per i successivi sette anni, avevo scelto la via più facile. Rifiutandomi di affezionarmi troppo a qualcuno. Vivendo per qualsiasi tipo di gioia riuscissi a trovare.

Finché non mi ero scontrato con Willow Langston.

Perdendo completamente la testa e il cuore.

«Era malata, Ash. Era malata.»

«Te lo giuro, non sapevo quanto fosse grave. Non finché non è stato troppo tardi» mormorai sopra la sua testa.

«Non posso...» Willow si districò dalle mie braccia e si alzò in piedi. Io feci lo stesso, desiderando di stringerla di nuovo ma consapevole di non averne il diritto.

Mi diede le spalle, come se non sopportasse di guardarmi.

Questo era il motivo per cui avevo fatto quello che avevo fatto. Perché glielo avevo tenuto nascosto. Perché avevo finto un altro po'. Perché le avevo fatto credere di non amarla quando mi ero reso conto che non avrei mai potuto averla davvero.

Percepii il brivido che le attraversò il corpo, il dolore intriso nella sua accusa. «Lo sapevi... quando sei venuto a letto con me oggi.»

«Willow» dissi in tono sommesso e implorante.

Le sue labbra tremolarono. «Sai... in qualche modo, quando sono arrivata in ospedale sapevo che non c'era più. Io e mia madre eravamo già partite per andarla a prendere e portarla a casa, perché sapevamo che stava precipitando in una spirale buia.»

Ogni cellula del mio corpo si serrò in preda al dolore. Dolore per lei. Per Anna. *Per la Summer di Willow.*

Sollevò lo sguardo al soffitto. «Ci hanno portate in una stanza dove ci hanno fatto sedere e raccontato tutto. Ci hanno consegnato la scatola, dicendoci che l'aveva lasciata l'uomo che era venuto con lei.»

Riportò l'attenzione su di me. «Ho odiato quell'uomo.» La sua voce divenne un bisbiglio sommesso. «Ho odiato l'uomo che l'aveva messa incinta e poi lasciata. Quello che non si era preso cura di lei. Quello che era stato così codardo da non aspettare neppure il nostro arrivo per dirci cos'era successo.»

Il suo corpo tremò. «Sapevi che era terrorizzata di diventare mamma? Terrorizzata di trasmettere la sua malattia? Mi disse che avrebbe lasciato quel ruolo a me. Il lavoro sporco, lo definiva scherzosamente, perché sapeva che non poteva correre il rischio. Ma mi promise che sarebbe stata la zia migliore del mondo.»

«*Colpa mia*» dissi. Proprio come le avevo detto quella sera. Ero sempre io il colpevole. Tutto... era colpa mia.

Si asciugò il viso bagnato di lacrime con la mano. «Ho bisogno che tu te ne vada.»

Il panico mi attanagliò il cuore. «Willow.»

Lei serrò gli occhi con forza. «Per favore... vattene e basta.»

Abbassai la testa e annuii lentamente, accettando questo crudele e perverso destino, prima di dirigermi verso la porta. Esitai sulla soglia, racimolando il coraggio di guardarla un'ultima volta, desiderando di averlo avuto sin dall'inizio. Le sorrisi. Dolcemente. Tristemente.

«Non si trattava di finzione, Peaches.» Mi portai una mano sul cuore. «Non si può simulare un sentimento simile.»

«No... ma non posso vivere all'ombra di mia sorella.»

Volevo contraddirla. Ma mi domandai se io e lei non avessimo vissuto all'ombra di sua sorella per tutto questo tempo.

36

WILLOW

La porta si chiuse silenziosamente alle sue spalle.

Crollai sul pavimento. Il dolore mi consumò, l'angoscia si diffuse come una lenta e scheggiata crepa mentre mi stringevo le fotografie al petto.

Le abbracciai. Un amaro, bellissimo tesoro che riuscivo a malapena a sostenere.

Summer sorrideva in quegli scatti rubati. Piena di gioia e disinibizione. La sua esuberanza traboccava dalle stampe lucide, come se avesse ancora il potere di comandare l'attenzione dell'intera stanza. Proprio come aveva sempre fatto.

Avvinghiato a lei c'era l'uomo che amavo. Con tutta me stessa. Cuore. Corpo. Anima. *Per sempre.*

Mi accasciai in avanti e piansi.

Schiacciata dal dolore.

Sopraffatta dalla tristezza.

Debole.

Il silenzio aleggiava come un sudario nella stanza in più al piano di sopra. Sedevo su un'antica sedia a dondolo, fissando fuori dalla finestra. Era la stanza dove conservavo tutti i ricordi che non potevo sopportare di vedere ogni giorno, in cui mettevo piede quando volevo sentirmi vicina a tutto ciò che avevo perso.

Un acquazzone di fine estate stava riversando la sua furia sul mio cortile. Affascinata, osservai la pioggia picchiettare sul tetto del piccolo laboratorio in cui ero capitolata del tutto.

Perché innamorarmi di Ash Evans ne era valsa la pena.

I giorni erano passati in un lampo confuso mentre cercavo di superare il dolore più intenso che avessi mai sperimentato. La perdita di Ash. L'angoscia di Summer.

Il problema era che non riuscivo a capire se fossero una cosa sola.

Ricordi di mia sorella mi attraversarono la mente.

«Giro giro tondo
Casca il mondo
Casca la Terra
Tutti giù per terra»

Willow e Summer caddero insieme a terra, le loro risatine che fluttuavano verso il cielo.

Summer intrecciò il mignolo a quello di sua sorella e sorrise. «Willow e Summer per sempre.»

Willow sorrise a sua volta. «Per sempre.»

La tristezza ghermì la mia anima. Per anni avevo voluto rintracciare l'uomo che credevo l'avesse abbandonata. Accusarlo e pretendere risposte. Ma da qualche parte dentro di me, dopo aver ascoltato la sua storia, dopo aver udito il suo rammarico, sapevo che il suo amore per lei era stato impotente quanto il mio. Che l'immagine che mi ero creata nella mente era completamente sbagliata. Anche se avevo fatto tutto quello che potevo, non era comunque bastato a salvare Summer da se stessa.

E dovevo credere che quella verità si applicasse anche ad Ash.

Il dolore si intensificò, stringendomi ovunque.

Perché anche quello faceva male.

Tantissimo.

Il suo amore per lei.

Questo mi rendeva una persona orribile?

Summer corse attraverso l'erba alta e le ciocche selvagge dei suoi capelli neri svolazzarono intorno al suo viso sorridente quando si girò per guardarsi alle spalle. Willow seguì l'esempio di sua sorella, come faceva sempre, correndo giù lungo l'argine in direzione del profondo e gorgogliante torrente nascosto tra gli alberi. Summer si tuffò dentro con tutti i vestiti, andando a fondo e risalendo in superficie due secondi dopo. La sua risata echeggiò nell'aria calda mentre gettava le braccia sopra la testa.

«È fantastico, Willow. Non tentennare. Non dimenticare mai quello che ha detto mamma. Il mondo ti aspetta.»

Willow esitò, desiderando di essere più simile a sua sorella, poi chiuse gli occhi con forza e saltò.

Era quella la differenza tra me e Summer. Io avevo sempre guardato il mondo con cautela mentre lei l'aveva preso per le corna, finché quel mondo che aveva desiderato abbracciare non le era crollato lentamente addosso e la paura aveva preso il sopravvento.

Willow asciugò le lacrime da sotto gli occhi di sua sorella, e Summer si avvinghiò a lei, singhiozzando contro il suo petto. «Non dovrebbe essere così, Will. Non dovrebbe. Dovrei essere io a prendermi cura di te, non il contrario. Odio tutto questo. Lo odio da morire.»

«Shh... va tutto bene. Mi prenderò sempre, sempre cura di te.»

Scacciai via le lacrime che mi scorrevano sul viso. Ci avevo provato. Dio, quanto ci avevo provato. La parte più difficile era che non riuscivo a capire come io e Ash fossimo arrivati a questo punto. Perché il destino mi avesse tirato uno scherzo così crudele. Poiché non avevo idea di cosa fosse giusto e se amare Ash fosse sbagliato.

Da quando era uscito da casa mia, non aveva smesso di chiamarmi e di mandarmi messaggi, supplicandomi di rispondergli. Forse adesso era il mio turno di essere codarda. Ma non sapevo come affrontarlo. Come guardare negli occhi l'uomo che amavo perdutamente e chiedermi se ci fosse qualche possibilità che ricambiasse il mio amore.

Per due volte l'avevo sorpreso a bordo del suo SUV dall'altra parte della strada, la sua ipnotizzante e inebriante presenza che si allungava fino a me, che annegavo nella solitudine di casa mia mentre soffrivo e mi interrogavo, supplicando di trovare le risposte che nessuno di noi due aveva.

Mi strinsi al petto la scatola di mia sorella quando i ricordi mi assalirono la mente. Ondeggiai avanti e indietro mentre ripensavo alla conversazione che avevamo avuto il giorno prima che partisse.

«Bates è... sicuro» obbiettò Summer, scuotendo la testa.

Willow continuò a lavorare sul vecchio pezzo d'arredamento, grattando via il marcio per rivelare il bello che si celava sotto. Scrollò anche lei la testa. «Ha detto che mi sposerà. Sai che è quello che voglio. Una famiglia.»

Summer le si avvicinò. «Ti fa fremere?» le sussurrò all'orecchio.

No. Mai.

«L'amore deve essere stabile. Equilibrato» ribatté Willow.

Summer rise, e il suono riverberò contro le pareti della bottega. «Oh, mia dolce Willow.» Afferrò sua sorella minore per le guance e premette un bacio sulla sua fronte. «L'amore non è mai, mai come te lo aspetti. Vedrai. Quando lo troverai davvero, scommetto che non userai parole come stabile e sicuro. Aspetta e vedrai.»

Si diresse verso l'uscita del negozio, poi si voltò di nuovo verso Willow. Qualcosa di profondo e significativo permeava le sue parole. «E quando lo troverai? Promettimi che non lo lascerai mai andare.»

Singhiozzando tra le lacrime, mi premetti entrambe le mani sulla pancia, perché non mi sarei mai aspettata che questo amore si rivelasse così. Che mi devastasse e scombussolasse così tanto.

Casca la Terra, tutti giù per terra.

Ma mia madre... aveva insegnato a me a Summer che eravamo padrone della nostra vita. Anche se era in mille pezzi. Anche se i nostri sogni erano sparpagliati nel vento. Perché non potevamo sapere dove quei semi dispersi sarebbero atterrati e avrebbero messo radici.

37
ASH

Le mie dita incespicarono sui tasti del basso.

«Maledizione» imprecai a denti stretti, abbassando la testa, cercando quell'inafferrabile calma che faticavo sempre di più a trovare.

La voce di Baz filtrò dagli altoparlanti nella cabina dove stavo tentando e fallendo di incidere la mia canzone.

Fallire era la parola chiave.

Miseramente.

«Perché non ti prendi una pausa? Va' a fare due passi. Possiamo continuare più tardi.»

Bruscamente, mi sfregai il dorso della mano sulla bocca. «L'album è già indietro di settimane.»

Zee aveva fatto bene a rimproverarmi per le mie cazzate. Lasciare la band era l'ultima cosa che volessi fare. Ma considerando quanto poco produttivo fossi, tanto valeva che lo facessi.

«Fai una pausa» ripeté Baz. Stavolta non era un suggerimento.

Misi da parte il mio basso preferito, allargando e stringendo le mani in due pugni stretti. Come se quell'azione potesse bruciare l'aggressività e la disperazione che minacciavano di farmi ribollire il sangue nelle vene.

Uscii dalla cabina e lanciai un'occhiataccia a Baz, seduto dietro la console, come se tutto questo fosse colpa sua. «Contento?» dissi con sarcasmo e dispetto.

Mi seguì quando mi precipitai nel salotto fuori dallo studio di registrazione. Zee e Austin erano nell'angolo più lontano, immersi in una privata e sommessa conversazione che quasi sicuramente aveva a che fare con me. Lyrik e Tamar erano seduti su uno dei divani, lei appollaiata sul suo grembo e lui che le sussurrava dolcemente mentre la guardava negli occhi.

Non pensavo che i nodi che mi aggrovigliavano le viscere potessero diventare più stretti di così.

Invece lo fecero.

Mi diressi verso le scale, sentendo il bisogno di uscire da lì.

Baz mi fermò poggiandomi una mano sulla spalla, le sue parole misurate ma severe. «Vuoi prendertela con me? Fai pure. Ma sappi che comportarti da stronzo non risolverà nulla. Non so cosa diavolo sia successo con Willow, ma è ovvio che devi sistemarlo al più presto.»

Sistemarlo.

Sbuffai con derisione e mi voltai ad affrontarlo. Incredulo. «Sistemarlo? Alcune cose non possono essere sistemate. Non quando sono stato proprio io a distruggerle.»

Le avevo distrutte sin dal principio.

Avrei potuto giurare che Baz lo lesse nei miei occhi, perché la sua voce si abbassò ulteriormente e la compassione addolcì la sua espressione. «So che quello che è successo con Anna ti ha sconvolto, amico. È stato orribile.

Tremendo. Nessuno dovrebbe affrontare una cosa simile. E so che hai scelto di gettartelo alle spalle. Di vivere la vita al meglio delle tue possibilità. Di trarre il meglio da ogni singolo giorno. Pensi che non sappia che non hai mai permesso a nessuno di quei giorni di contare? Ma arriva un momento nella vita in cui questo non è più abbastanza. In cui abbiamo bisogno che i giorni contino qualcosa, perché che senso ha vivere se non abbiamo niente per cui valga davvero la pena vivere?»

L'emozione montò dentro di me, troppo in fretta, e mi ritrovai a stringere di nuovo i pugni, sforzandomi di aggrapparmi alla rabbia così da non dover affrontare il dolore.

Baz sbatté le palpebre e serrò la mascella. «Dio non voglia, Ash, *Dio non voglia*, ma se perdessi Shea oggi? Non rimpiangerei mai di essermi dato una calmata, di aver compreso cos'era importante e aver scelto di dare valore ad ogni singolo giorno. Un giorno trascorso con lei vale molto più di un milione di giorni trascorsi senza di lei.»

Il dolore mi frustò e flagellò. «È solo che non sono sicuro di essere degno di trascorrere anche un singolo giorno con Willow.»

Mi voltai e barcollai su per le scale, la testa abbassata tra le spalle mentre salivo. Appena raggiunsi la cima, un paio di mani si posarono sul mio petto, interrompendo la mia fuga.

Alzai lo sguardo. Edie era lì, il viso colmo di apprensione e preoccupazione.

«Edie» mormorai, sentendo l'ultimo brandello del mio contegno sgretolarsi.

«Mi stai spaventando, Ash. Che cosa ti succede?»

La strinsi fra le braccia. «Edie, mi dispiace tanto. Mi dispiace dannatamente tanto.»

Tutti i nodi stavano venendo al pettine. Il mio passato

aveva cominciato a presentarmi il conto sin da quel giorno di un anno fa, quando avevo scoperto cos'era successo alla mia sorellina per colpa mia.

Edie scosse la testa contro il mio petto. «Non capisco.»

«Ho combinato un casino. Ho combinato un gran casino.»

Lei si districò dal mio abbraccio, il viso colmo di compassione mentre mi prendeva per mano e mi conduceva verso il soggiorno al piano terra della casa di Baz e Shea. Mi fece sedere su una sedia e si inginocchiò davanti a me.

Mi sfregai la faccia con entrambe le mani. «Devo dirti una cosa.»

Edie mi carezzò il ginocchio. «Puoi dirmi qualsiasi cosa. *Qualsiasi cosa.*»

«Quella sera... quello che ti è successo...» Non riuscivo nemmeno a formulare le parole.

Lei annuì, incoraggiandomi.

«Stavano accadendo così tante cose nella mia vita. C'era questa ragazza...»

Racimolai il coraggio e raccontai alla mia sorellina la stessa storia che avevo raccontato a Willow due settimane fa. Cominciai dall'inizio, dalla sera in cui conobbi Anna fino alla notte conclusasi in tragedia.

Per Edie.

Per Anna.

Per Willow.

«Quello che ti è successo è stata colpa mia, Edie. Ero così preso dai miei problemi che non mi sono preso cura di te come avrei dovuto.»

Mia.

Era sempre stata mia la colpa.

Le lacrime rigarono il viso di Edie. «Come puoi dire una cosa simile? È Paul il colpevole. *Paul.* Non tu.»

«Ti sbagli.»

Lei scosse la testa. «No, invece. Ho trascorso troppi anni a incolpare me stessa, e mi rifiuto di lasciarti fare lo stesso.» La sua bocca tremolò. «Mi fa star male sapere cosa ti è accaduto quella notte. Cos'è accaduto a lei. È orribile e sbagliato. Non so dirti quanto mi dispiace. Vorrei averlo saputo.»

Appoggiai i gomiti sulle ginocchia, congiunsi le mani e sollevai gli occhi per guardare mia sorella. «Mi distrugge il fatto che non sapessi cosa ti stesse succedendo, Edie. Che in tutti quegli anni non avessi la minima idea di cosa tu avessi patito quella notte. E pensare che sono stato sollevato quando ho ricevuto il tuo messaggio che mi diceva che te n'eri andata, pensando che almeno tu fossi al sicuro, quando in realtà non lo eri affatto.»

«Siamo piuttosto bravi a nasconderci segreti a vicenda, eh?»

«Già» concordai. «Troppo bravi. Non voglio più che lo facciamo. D'ora in poi dobbiamo raccontarci tutto.»

Edie abbassò lo sguardo sul pavimento, prima di riportarlo su di me. «Non posso credere che fosse la sorella di Willow.»

Mi strofinai il mento. «È tutto così assurdo.»

«Non è stata colpa tua, Ash. Era malata. Lo sai, vero?»

Una parte di me lo sapeva. L'altra stava contando tutti gli errori che avevo commesso. I segnali di avvertimento che avevo ignorato.

«Io... vorrei solo...» Tutte le incognite rimasero bloccate sulla punta della mia lingua.

La fronte di Edie si corrugò. «Certo che vorresti poter cambiare le cose. Tutti vorremmo impedire che avvengano cose brutte nella nostra vita. Vorremmo poter cancellare il dolore delle persone che amiamo. Tornare indietro e cambiare il passato. Ma solo perché non puoi farlo, non significa che la colpa sia tua.»

Si portò una mano sulla pancia e il suo viso si riempì d'affetto. Quando sollevò lo sguardo su di me, i suoi occhi erano così intensi e luminosi. «Odio quello che Paul mi ha fatto, Ash, e non direi mai che non fa niente o che doveva andare così. Ma mi chiedo se io e Austin ci saremmo trovati se non fosse successo. Se non mi fosse stato accanto. A volte i doni più preziosi ci vengono concessi nella nostra ora più buia.»

Piegò la testa di lato. «E se Willow fosse quel dono per te?»

Mi afferrai la nuca. «Mi ha detto che non può vivere all'ombra di sua sorella.»

«È così? Vive all'ombra di sua sorella? È lei che vedi quando la guardi?»

Emisi un sospiro. «Temevo che potesse essere così... quando ho capito chi era. Sin dall'istante in cui l'ho incontrata... ho sentito questa strana familiarità quando la guardavo. Come se già la conoscessi. Ero terrorizzato che vedessi Anna in lei.»

«E cosa pensi ora?»

Il mio sguardo si intrecciò con un paio di grandi occhi color cioccolato. Riconobbi l'agonia nelle loro profondità. Come se questa ragazza desiderasse entrare dentro tanto disperatamente quanto io desideravo uscire.

Mi resi conto che avevo visto sempre e solo Willow sin dall'inizio.

Incrociai gli occhi di Edie. «Penso che sia impossibile che possa vivere all'ombra di sua sorella. Non quando è il mio sole.»

Un sorriso d'intesa spuntò sulle labbra di Edie. «La ami.»

«Tantissimo.»

Più di qualsiasi altra cosa al mondo.

«Lo sa?»

Lo sapeva?

La mia mente scavò nei miei ricordi, nelle parole che le avevo detto.

«Fingi con me.»

«Non sono l'uomo giusto per te, dolcezza. Non posso darti tutte quelle cose che desideri davvero.»

«Dimmi che mi ami... come io amo te.»

«Non posso dirtelo.»

La consapevolezza mi serrò il petto.

«E se lei non provasse lo stesso? Se non riuscisse a guardarmi senza pensare a sua sorella? A quello che le ho fatto? A come l'ho delusa? E se deludessi anche *lei*?»

Edie mi sfiorò il ginocchio. «Forse dovresti mostrarle perché dovrebbe credere in te. Perché vuoi che lo faccia. Ci siamo accorti tutti di come ti guarda, Ash. Non puoi lasciarla andare.»

Qualcuno si schiarì la gola. Sollevai lo sguardo e vidi Tamar avanzare nella stanza, avendo chiaramente colto il succo della nostra conversazione. Lasciò cadere una foto in bianco e nero sul mio grembo. Quella che aveva scattato a me e a Willow in questo stesso punto.

Il mio cuore accelerò di un battito.

Perché la mia ragazza... la mia Peaches... era rannicchiata sul mio grembo, accoccolata tra le mie braccia sicure mentre io tenevo le labbra premute sulla sua testa.

Facile.

Non il tipo di facilità che avevo perseguito negli ultimi sette anni.

Ma qualcosa di semplice e reale.

Come se entrambi fossimo esattamente dove dovevamo essere.

Quella folle energia scintillava intorno a noi come un'essenza palpabile. Quell'emozione che non ero mai riuscito a decifrare.

Amore.

La mia Tam Tam mi diede una stretta alla spalla. «Nel caso avessi bisogno di una prova.»

38

WILLOW

*U*na calma che non sentivo da settimane riempì lo spazio mentre mi perdevo nel suono rilassante della carta vetrata. La feci scorrere sul legno del vecchio pezzo d'antiquariato più e più volte. Rivelando la bellezza nascosta sotto.

Alla fine, mi ero costretta ad alzarmi dal letto e uscire di casa. A trovare una distrazione dal dolore che mi perseguitava giorno dopo giorno, consapevole di dovermi prendere cura di me stessa. Forse non voltare pagina, perché dopo Ash Evans sarebbe stato impossibile. Ma fare almeno un passo in avanti.

Emily batté le mani sul bancone accanto al registratore di cassa, interrompendo la mia concentrazione. Riportandomi alla realtà che non volevo affrontare.

«Quindi è finita? Lo lasci andare così?» Una pacata sollecitudine permeava le sue parole.

Tentai di deglutire, malgrado mi tremasse il petto. «Non vedo altra soluzione» gracchiai infine, mentre il mio spirito si ribellava alla mia affermazione.

Sollevai lo sguardo giusto in tempo per vedere la sua fronte corrugarsi per l'incredulità. «Non vedi altra soluzione? Chi credi di prendere in giro? L'altra "soluzione" è proprio di fronte a te. Hai presente quella rockstar incredibilmente sexy che hai salvato? Quella che ha salvato te? Quella che ti ha riportato in vita? Che ti ha fatto credere di nuovo? Ecco, proprio quella.»

Era anche l'uomo che mi aveva devastata.

«Sai che non è così semplice» dissi, ritornando a lavorare il legno, le mie mani che riversavano il loro amore contro le venature. Potevo quasi vedere questo pezzo d'arredamento arricchire quella stanza extra dove conservavo tutti i miei ricordi.

Quella stanza non sarebbe più stata portatrice di vergogna.

«No?» mi sfidò Emily.

Sbattei le palpebre per scacciare via le lacrime formatesi nei miei occhi. «Era innamorato di mia sorella.»

«E allora?»

Alzai la testa di scatto.

«*E allora?*» ripetei, il viso contorto dall'agonia e il corpo scosso da un brivido. «Come faccio a sapere se mi ama davvero, Emily? *Come?* Come faccio a sapere per certo che quando vado a letto con lui è *me* che vede e non mia sorella? Non potrei mai...»

«Competere con tua sorella? È questo che stavi per dire?»

«No... non è...»

Era così?

Non lo sapevo. L'unica cosa che sapevo era che avevo amato mia sorella più del mondo intero. Finché quest'uomo non era diventato il mio tutto.

Il senso di colpa si mescolò al dolore. «E se fosse un disonore per lei? Se fosse un disonore per tutti noi?»

Lentamente, Emily mi si avvicinò. Si fermò all'altro lato della sedia a dondolo e mi cinse il viso con entrambe le mani. «E se fosse un disonore ignorare *questo*? Quello che ti è stato dato.»

La compassione luccicò nei suoi occhi. «Tua sorella era fantastica, Willow. Era una forza della natura. Luminosa. Talentuosa. Una stella splendente. E so che l'amavi con tutta te stessa. Però non c'è più. Ma quell'uomo? Quello che sta impazzendo nel tentativo di mettersi in contatto con te? Di farti capire?

Di aprirti gli occhi? Per come la vedo io, l'unica persona che vede sei tu.»

Chiusi gli occhi. «Sei stata tu a dirmi che mi avrebbe spezzato il cuore, Emily. Avevi ragione.»

Solo che l'aveva fatto in un modo completamente diverso da quello che lei aveva insinuato.

Una lieve risata scaturì dalle sue labbra. «Non sono così matura da saper ammettere quando ho torto, Will. E penso che adesso anche tu abbia torto. Tutto quello che hai sempre desiderato... tutto... quei sogni sono proprio lì, in attesa che tu allunghi la mano e li afferri.»

«Io... non so se posso. Lui non le vuole nemmeno quelle cose.»

Trasalimmo entrambe quando il campanello della porta suonò. Da quando Ash Evans era entrato nella mia vita, aveva preso a suonare sempre più spesso. Grazie a lui, il mio negozio non era più sconosciuto. Mi aveva salvata in più modi di quanti potesse immaginare, e distrutta nella stessa maniera.

Era un giovane in divisa da lavoro con un berretto in testa, una clipboard digitale in una mano e una grossa scatola nell'altra. «Ho una consegna per Miss Langston.»

«Sono io» dissi, alzandomi in piedi e pulendomi le mani sui jeans per accettare il pacco.

«Firmi qui, per favore.»

Dopo che scribacchiai il mio nome nel punto da lui indicato, mi consegnò la scatola e uscì dal negozio gridando da sopra la spalla: «Buona giornata.»

Andai al bancone, afferrai un attrezzo affilato e lo feci scorrere sul sigillo. Aprii il pacco e mi pietrificai quando vidi la piccola scatola rettangolare all'interno. Il battito del mio cuore accelerò, diventando un martello contro le mie costole, e quell'orribile groppo che si era stabilito alla base della mia gola pulsò dolorosamente.

Con mani tremanti, la tirai fuori.

Era verniciata di bianco e vecchia chissà quanti anni. Sia consunta che bella. La posai sul bancone e passai le dita trementi sulla parola incisa sul coperchio.

Le incisioni erano grezze e non rifinite.

Ti.

Emily si mise di fronte a me dall'altro lato del bancone. «Cos'è?» Le sue sopracciglia si corrugarono mentre osservava il crudo e irregolare intaglio.

Le lacrime corsero libere lungo le mie guance. «Ash.»

Lo sapevo con ogni fibra del mio essere e, allo stesso tempo, avevo la sensazione di non sapere nulla.

«Oh, Will» sussurrò Emily in una sorta di incoraggiamento.

Lentamente, sollevai il coperchio. I vecchi cardini cigolarono mentre rivelavano un antico orologio da taschino in argento e un foglio di carta ripiegato in quattro parti.

Dio.

Cosa stava cercando di farmi?

Aggrottai le sopracciglia di fronte alle lettere e ai numeri scritti in alto, ma la mia attenzione fu catturata dalla marcata calligrafia impressa sul foglio.

Willow,

da dove comincio? Mi hai chiesto di andarmene e l'ho fatto, perché non sapevo come dare un senso alla nostra realtà. Pensavo che lasciarti fosse la cosa migliore. Perché sapevo di meritare il tuo odio. Poi, quando mi sono reso conto che non riuscivo a lasciare questa città – a lasciare te – ho deciso che quello che dovevo darti era del tempo.

Ci ho provato, ma onestamente non sono più sicuro di cosa significhi darti del tempo. Tutto quello che so è che le ultime due settimane sono state le più insopportabili della mia vita. Ogni giorno che passa è più lungo del precedente, e ogni secondo che scorre via sembra un'eternità che abbiamo perso.

Sembrerà strano, ma sono piuttosto sicuro che il tempo abbia cominciato a scorrere solo dal giorno in cui ti ho incontrata.

Tre mesi fa, passeggiavo per questa strada come se non avessi nessuna preoccupazione al mondo. Pareva che fosse davvero così. Avevo rinunciato all'idea di avere una

relazione seria, alla possibilità di amare di nuovo qualcuno, perché non pensavo di potermi accollare quel tipo di responsabilità.

Stavo solo... tirando avanti. Lasciando che il tempo passasse senza dargli alcun significato.

Pensavo che più felice di così non potessi essere.

Quella notte di tre mesi fa? Sapevo di essere a un passo dal tirare il mio ultimo respiro. Era come se potessi sentire la morte librarsi sopra di me. E poi sei arrivata tu. E mi hai donato altro *tempo*.

Cinque giorni dopo, sono tornato nello stesso posto in cui ero quasi morto. Non riuscivo a stare lontano. Non riuscivo a scuotermi di dosso la sensazione che avessi qualcosa di importante da fare. Forse in quel preciso momento ero già un uomo diverso. Forse, quando mi sono ritrovato in una pozza di sangue, convinto che non avrei più rivisto le persone che amavo, qualcosa si è sciolto dentro di me. Forse quella barriera rinforzata che avevo costruito intorno al mio cuore ha subito una crepa.

Ma quando ti ho vista per la prima volta?

Non avevo idea che avessi già trovato un modo per insinuarti nella mia anima.

Lacrime calde rigarono le mie guance e quel posto vuoto dentro di me pulsò. Con gli occhi appannati, cercai di dare un senso ai numeri e alle lettere segnate in fondo al foglio. Assetata di altre sue parole. Domandandomi se fossi una completa stupida a desiderarle.

Alzai lo sguardo su Emily, che mi stava sorridendo dall'altra parte del bancone.

«Cosa sono queste?» le chiesi implorante.

Smanettò col cellulare e voltò lo schermo verso di me. «Penso... penso che siano delle coordinate.» Indicò la fila di numeri e lettere in cima al foglio. «Queste sono le coordinate esatte del negozio.»

Inserì nel telefonino il secondo codice. Una piccola esclamazione proruppe dalle sue labbra quando vide il risultato della ricerca. Mi guardò con un sorriso sulla bocca. «È il resort in cui si è svolta la rimpatriata scolastica.»

«Oh mio Dio» ansimai. Scacciai via le lacrime che persistevano sulle mie ciglia e lottai per calmare il battito selvaggio del mio cuore.

Cosa faccio?

Cosa potrebbe mai cambiare?

«Come farò a saperlo?»

Emily allungò il braccio e afferrò la mia mano tremante. «Non lo sappiamo mai per certo, Willow. Mai. Nella vita non ci sono garanzie. Ci sono solo possibilità. Devi scoprire dove ti condurrà questa.»

L'emozione montò dentro di me.

Speranza, disperazione e desiderio.

Rinfilando la lettera nella scatola, afferrai la borsa e le chiavi. Mi avviai verso la porta ma mi fermai quando Emily gridò: «*Tu* cosa vedi quando lui ti guarda?»

Le rivolsi un mesto sorriso e un cenno del capo. Mi precipitai fuori dal negozio, incerta su come sarebbe finita questa caccia. Ma consapevole di non poter continuare a ignorare la voce che gridava dentro di me.

Mi asciugai le lacrime con la manica della camicetta, cercando di schiarirmi la vista e calmare il mio cuore impazzito. Inserii le coordinate nel mio cellulare e le seguii fino al resort. Mi condussero attraverso l'atrio e fuori sul retro dove il ricevimento si era tenuto sotto le stelle e le luci scintillanti.

Una risata piagnucolosa mi sfuggì dalla gola quando trovai un'altra scatolina annidata vicino a una fila di cespugli fioriti.

Mi inginocchiai e me la misi in grembo. Questa era quadrata e teneva la parola *Va* incisa in cima. Era antica e bella come la precedente. Il mio battito accelerò mentre un'ondata di affetto curvava le mie labbra in un sorriso.

Sollevai il coperchio. Dentro c'era una delle foto che aveva scattato col suo cellulare la notte in cui mi aveva obbligata a vedere il modo in cui mi guardava quando l'unica cosa che vedevo era lui.

L'immagine era un primo piano del mio viso, l'espressione

sia timida che sicura. Colma di tutto l'amore che avevo scoperto grazie a lui.

Spiegai la nota che aveva lasciato insieme alla foto.

Mia cara Willow,
due mesi fa ti ho chiesto di fingere con me. Di fingere
che mi appartenessi, anche se una parte terrorizzata di
me desiderava che tu potessi esserlo davvero. Da un gior-
no all'altro, mi sono ritrovato davanti questa ragazza fan-
tastica, diversa da chiunque altra avessi mai incontrato,
così fuori dalla mia portata perché voleva tutte le cose che
non avrei mai potuto darle. Non potevo avere quelle cose.
Ero dannatamente spaventato di correre di nuovo quel
rischio. E, onestamente, non ero ancora pronto. Non pen-
savo di aver bisogno dell'amore o di volerlo. Ma da qual-
che parte lungo la via? In quei giorni trascorsi velocemen-
te? Mi hai mostrato di nuovo cos'è l'amore. Mi hai fatto
ricordare. Hai risvegliato una parte di me che avevo di-
menticato da molto tempo. Una parte che avevo deriso
come qualcosa di stupido e spericolato quando, in realtà,
stavo vivendo la vita più spericolata di tutte. Ma soprat-
tutto, hai portato alla luce qualcosa di nuovo. Qualcosa di
***meglio*. Qualcosa che non ho mai saputo fosse parte di**
me.
Ad un certo punto, in un determinato momento, mi
sono innamorato di te.

Amore.
Era tutto intorno a me. L'abbraccio più caldo contro il buio
gelido in cui mi ero persa per settimane. Ero stata così sicura di
averlo visto nei suoi occhi... di averlo percepito nelle sue carezze. Ma avevo permesso che lo shock e il dolore per Summer mi
convincessero del contrario.

Ash, con il suo aspetto duro e bellissimo e il suo cuore tenero e meraviglioso.

Presi la lettera e la scatolina e riattraversai di corsa l'atrio fino alla mia auto mentre quest'emozione travolgente sbocciava

337

dentro di me. Diffondendosi ovunque. Prendendo d'assedio la mia anima, il mio cuore e la mia mente.

Un caotico conforto.

Con dita frenetiche, inserii le coordinate riportate in fondo alla seconda lettera. Misi in moto l'auto e lasciai che la voce automatica del navigatore mi conducesse verso la parte vecchia della città.

L'entusiasmo che sentivo mutò e si amplificò.

Trasformandosi bruscamente in tristezza.

Quando parcheggiai la macchina, stavo singhiozzando.

Non sapevo se ce l'avrei fatta.

Faceva troppo male.

Eppure, eccomi lì, a scendere barcollando dall'auto e a incespicare su per la collina erbosa. Alberi secolari allungavano i loro rami verso l'esterno, come se stessero offrendo il loro conforto a questo luogo che piangeva di dolore.

Il vento soffiò, facendo cadere le foglie sul terreno.

Caddi in ginocchio tra le due lapidi che riposavano l'una accanto all'altra.

Cautamente, feci scorrere le dita sulla tomba di mia madre che era stata aggiunta da poco. Troppo nuova. Troppo brutale. Un fresco bouquet di fiori era stato posto accanto alle parole che contrassegnavano i suoi giorni. La sua vita. La sua eredità.

«Ti voglio bene, mamma. Ti voglio un mondo di bene. Vorrei che fossi qui... perché non so cosa fare.»

Il vento soffiò di nuovo, e racimolai la forza per spostare l'attenzione sulla pietra tombale di mia sorella. Una pietra che era stata incisa troppo presto. Anch'essa era ornata da un fresco mazzo di fiori, un segno d'amore e di rammarico. Accanto c'era un'altra piccola scatola. Sul coperchio, incisa nella stessa grezza maniera, c'era la parola *Di*.

Quest'uomo mi stava distruggendo. Mi asciugai il naso sulla spalla, per la prima volta riluttante ad aprire la scatola. Terrorizzata da ciò che avrei trovato dentro. Consapevole di doverlo scoprire lo stesso.

All'interno c'era un altro foglio ripiegato. E al di sotto di esso, una manciata di soffioni spogli. Come quello tatuato sul suo fianco dove riposavano i suoi demoni.

Fui sopraffatta dalla tristezza e mi accasciai in avanti, scoppiando in un pianto sommesso mentre dispiegavo la piccola nota che temevo potesse spezzare gli ultimi fili che tenevano insieme il mio cuore.

Willow,
chiederti di venire qui è una delle cose più difficili che abbia mai fatto. Da una parte, mi sembrava crudele. Eccessivo. Ma dall'altra, avevo la sensazione che portarti qui potesse essere il momento più importante dei *nostri* giorni.

Mi hai detto che non puoi vivere all'ombra di tua sorella.

Non sminuirò mai quello che provavo per lei. La amavo. L'amavo davvero. Ma penso che io e tua sorella ci siamo lasciati trasportare l'uno dall'altra. Entrambi eravamo alla ricerca di qualcosa, senza sapere esattamente cosa stessimo cercando. Per un breve momento, l'abbiamo trovato l'uno nell'altra. Due fiamme destinate a estinguersi.

Quello che è successo a tua sorella è stata una tragedia, Willow. Un orribile spreco di un'anima meravigliosa. Farei qualsiasi cosa per tornare indietro e cambiare le cose. Per agire in maniera diversa. E sono pronto a scommettere che anche tua sorella avrebbe fatto le cose diversamente se ne avesse avuto la possibilità.

Ha amato la vita nell'unico modo in cui le era possibile. Penso che abbia amato anche me nello stesso modo. Il suo amore per me era frenetico, fugace e temporaneo. Ma l'amore che aveva per te e tua madre? Era del tipo più vero. Il tipo d'amore che la spaventava di più perché era l'unica cosa reale per lei.

Di questo puoi esserne sicura. La tua luce... il tuo amore... la tua pace... erano la sua certezza.

Penso che forse... forse io e tua sorella stessimo inseguendo i nostri sogni, e durante quella ricerca, ci siamo scontrati nel mezzo. Sto ancora male per il fatto che la sua ricerca sia stata interrotta troppo presto quando aveva ancora tanta strada davanti a sé.

Ma adesso sono sicuro che scontrarmi con lei mi abbia in qualche modo condotto da te.

I singhiozzi mi sconquassarono il petto, strappandomi l'anima. Non mi ero mai sentita così lacerata in due. Spezzata nel mezzo. Divisa tra la devozione che sentivo per mia sorella e l'amore che provavo per quest'uomo.

A malapena capace di vedere, balzai in piedi e corsi verso l'auto, digitando i numeri scritti in fondo alla lettera. Strinsi forte il volante, come se potesse infondermi una certa calma mentre seguivo le direzioni che conducevano fuori città.

Le strade cittadine lasciarono il passo a sentieri più rurali, dove gli alberi crescevano alti e rigogliosi. Un'ondata di familiarità pervase i miei sensi, stringendomi il cuore.

Ti ricordi, mamma, ti ricordi?

Mi fermai quando giunsi al piccolo spiazzo sterrato in fondo alla strada che conduceva al luogo della storia che avevo raccontato a mia madre il giorno in cui Ash era venuto con me a farle visita. Quando le aveva cantato la sua canzone. Quando più tardi era venuto da me e mi aveva posseduta.

Il giorno in cui il mio cuore aveva smesso di appartenere a me.

Arrancai lungo lo stretto sentiero finché non sbucai su un prato.

Un prato dove un tempo giocavamo io e mia sorella. Dove mia mamma si sedeva con noi e soffiavamo insieme i nostri sogni nell'aria.

I soffioni coprivano ogni centimetro del terreno. Alla fine dell'estate, erano sbocciati in tutto il loro splendore. Una brezza soffiò sul prato e i pistilli si sollevarono e si dispersero nell'aria come piccole fate bianche che volavano via per esaudire i sogni che custodivano.

Incantata, sollevai le braccia e girai in cerchio mentre tutti quei sogni danzavano intorno a me.

Premetti le mani sul mio cuore spezzato. Un cuore che palpitava e gemeva. Un cuore che quest'uomo caotico, arrogante e straordinario voleva guarire.

Fu facile trovare la scatola da collezione che aveva lasciato proprio al centro del campo di fiori. Mi lasciai cadere in ginocchio e me la portai in grembo.

Tremavo terribilmente mentre sfioravo con la punta delle dita la parola incisa sul coperchio in quella stessa grezza grafia.

Restare.

Inspirai bruscamente quando il significato del messaggio che mi aveva mandato prese forma.

Ti va di restare?

Il mio spirito si dimenò e implorò. Lentamente, aprii il coperchio.

Tutta l'aria fuoriuscì dai miei polmoni. Mi portai una mano alla bocca. Dentro c'era un'altra piccola scatola, ma in velluto nero. Anche senza toccarla o aprirla, sapevo che era antica come le altre. Riuscii a malapena a far cooperare le mie mani quando afferrai la lettera situata accanto. La aprii con cura, il mio cuore alla mercé delle sue parole.

Peaches,

Peaches.

Mi premetti una mano sul petto, cercando di trattenere tutte le emozioni che volevano disperatamente traboccare fuori.

Avevi ragione. Sono stato un codardo il giorno in cui ho lasciato l'ospedale. Ho scelto la via più *facile*. Mi sono incamminato su quella strada e ho giurato a me stesso che non mi sarei più guardato indietro.

Poi mi sono imbattuto in te. Solo allora ho capito cosa mi mancava. Che volevo qualcosa di più. Che volevo che i miei giorni contassero e che ognuno di essi appartenesse a te.

Sei la mia pace. La mia luce. La mia definizione di amore. Sì, è un amore frenetico, caotico e selvaggio. Ma è

anche tenero, calmo e solenne. È un fuoco scintillante e scoppiettante, una fiamma costante.

Voglio trascorrere tutto il mio tempo con te. L'eternità. La vita intera.

Sono spaventato? Sì.

Ma non voglio più essere un codardo. Non quando si tratta di te. Ti ho detto che quel ragazzo è là fuori ad aspettare che tu lo trovi. Ti ho fatto promettere di non accontentarti di niente di meno dell'uomo che può darti tutte le cose che meriti.

E tu?

Tu meriti tutto.

Se me lo permetterai, ti darò il mio mondo. Perché tu, Willow, sei diventata il fulcro della mia esistenza.

Tu... tu non potresti mai stare al secondo posto o nascosta nell'ombra. Brilli troppo luminosa. La tua fede è troppo splendente e il tuo amore troppo vivido.

Sei il mio sole.

Tutti i tuoi sogni... stanno vorticando intorno a te, in attesa che tu li raggiunga.

Ti sto aspettando.

Il mio cuore batteva all'impazzata, spronandomi verso casa. Senza nemmeno sapere come ci riuscii, aprii la piccola scatola di velluto e il mio cuore martellante fu sul punto di scoppiarmi nel petto.

L'anello all'interno era finemente decorato. Di platino e incastonato di diamanti. Raffinato.

Così antico.

Così perfetto.

Così adatto a me.

C'era un'altra parola in fondo alla lettera che mi aveva scritto, proprio sotto alle successive coordinate.

Resta.

Non avevo neppure bisogno di inserirle nel navigatore. Sapevo già dove mi avrebbero condotta. Tuttavia, quando rimontai nel mio piccolo SUV, avevo in mente una destinazione completamente diversa. Ritornai di corsa in città e parcheggiai davanti alla splendida casa che avevo visitato soltanto una volta.

Mi precipitai su per i gradini del portico anteriore e bussai alla porta d'ingresso.

Tre secondi dopo, una preoccupata Tamar comparve sulla soglia, cercando di reggere la sua piccola bambina scalpitante su un fianco mentre si concentrava su di me. «Willow... stai bene?»

«Ho bisogno del tuo aiuto.»

I suoi occhi azzurri luccicarono. «Certo. Qualsiasi cosa.»

«Ci servirà la tua macchina fotografica.»

Un sorriso malizioso spuntò sul suo viso. «Mi piace il tuo modo di pensare.»

39

ASH

*E*ntrai nella mia enorme casa in cui riecheggiava un silenzioso e triste vuoto. Buffo come avessi rincorso le cose più stravaganti. Riempiendo la mia vita di cose che non significavano nulla.

Beni materiali.

Donne.

Un tipo di vita che scorreva alla velocità della luce.

Adesso, l'unica cosa che volevo era riempire questo posto con la sua *luce*. Con la sua risata, la sua speranza e la sua dolcissima anima.

La fioca luce del crepuscolo filtrava attraverso le finestre che davano sul portico, immergendo il piano terra in una foschia di ombre e dubbi. La giornata era terminata e tutta la *speranza* che avevo provato era ormai svanita.

Ero stato sulle spine tutto il giorno, in attesa che lei arrivasse.

Che scegliesse me.

Ero rimasto in casa per quasi sei ore dopo che il mio pacco era stato consegnato. Camminando nervosamente avanti e indietro. Desiderando strapparmi i capelli dalla testa ad ogni secondo che passava.

Poi, naturalmente, poiché l'universo mi odiava, Lyrik e Austin mi avevano convocato per una riunione di emergenza due ore fa, alludendo a qualche cazzata che stava succedendo a Los Angeles. Mi avevano detto che dovevo esserci anch'io, il che era assurdo dal momento che non ero riuscito a elaborare nulla di ciò che avevano detto; fisicamente ero lì, ma con la mente ero altrove. Mi ero sentito ansioso e irrequieto per tutto il tempo, e avevo controllato il cellulare un milione di volte per vedere se Willow mi avesse messaggiato o chiamato.

Niente.

Stavo male da morire per questo.

Ma come le avevo detto, ero stufo di comportarmi da codardo. Mi ero messo in gioco. Le avevo offerto la mia vita, doveva solo allungare la mano e prenderla se la voleva.

Emettendo un profondo sospiro, mi diressi verso le scale. Il mio palmo scivolò sul corrimano mentre mi trascinavo verso quella stanza che mi tormentava con i rimasugli della sua presenza. Solo che stasera era peggio. Perché avevo fatto tutto quello che potevo e non era bastato.

Arrancai lungo il corridoio e aprii un'anta delle doppie porte. Gli ultimi raggi del tramonto si riversavano all'interno, donando una tenue sfumatura rosa alla stanza in cui aleggiava lo spirito di Willow.

Inspirai a fondo, e l'odore persistente di pesca riempì i miei sensi. Mi attanagliò il petto. Sbattei le palpebre, domandandomi se stessi perdendo la testa perché quel profumo era più intenso del solito.

Quella folle energia crepitò e sfrigolò nell'aria.

Mi ritrovai a girarmi e a portare lo sguardo sulla parete spoglia di fronte al mio letto. Quel posto vuoto che Willow aveva lasciato come uno sfregio contro di me.

Solo che adesso non era più vuoto.

Una fila di otto foto adornava l'intera parete. Tutte in bianco e nero e circondate da una cornice di legno antico e vintage.

Ognuna di esse era enorme e assolutamente intensa.

In ogni scatto si intravedeva solo un accenno della mia ragazza: la curva della sua spalla, il profilo del suo viso tenace catturato come un segreto, un lembo di pizzo nero.

Un brivido di consapevolezza mi corse lungo la spina dorsale, facendomi rizzare i peli sulla nuca.

Non era il tipo di consapevolezza che incuteva terrore.

No. Era quella che rallentava il tempo perché *sapevi* che avresti voluto ricordare quel momento per sempre.

La speranza montò nel mio petto.

Lentamente, mi voltai.

Attratto.

Col cuore in gola.

Willow era in piedi sulla soglia del bagno.

Indossava solo un intimo di pizzo nero e una camicia bianca che aveva preso dal mio cassetto. L'indumento sbottonato metteva in mostra la sua pelle morbida e cremosa. I capelli mogano erano raccolti sopra la testa e alcune ciocche incorniciavano il suo dolce, dolcissimo viso.

Avrei potuto giurare che la stanza prese a vorticare.

Faticavo a parlare tanto era serrata la mia gola, ma riuscii a dire l'unica cosa che contava. «Willow.»

Lei avanzò nei fasci di luce scintillante del giorno calante. Potei sentire la timidezza che si fece strada nel suo corpo, il rossore che le imporporò le guance quando indicò le foto sulla parete alle mie spalle. Eppure, la sua voce era colma di speranza. «Mi hai detto che volevi svegliarti ogni mattina e vedere me.»

La devozione sbocciò nel mio petto, questo immenso amore che provavo per questa preziosa ragazza.

Avanzai nella sua direzione e il mio cuore prese a battere all'impazzata quando cominciai a respirare i suoi respiri. Allungai la mano e la posai sulla sua mascella, sentendo il suo battito cardiaco palpitare sotto il mio tocco.

«Lo voglio, Willow. Te lo giuro... lo voglio. Quello che ti ho detto in quelle lettere... è la pura verità. Sei il mio sole. La mia vita.»

I suoi occhi color cioccolato luccicarono, colmi delle stesse emozioni che provavo io. «Pensavo... pensavo che amandoti stessi disonorando mia sorella. Il suo ricordo. *I suoi sogni.* Ma il giorno prima che partisse... mi ha fatto promettere... che se avessi trovato l'amore, quello vero, non l'avrei mai lasciato andare.»

Una singola lacrima scivolò da un angolo del suo occhio. «Penso... penso che vorrebbe che fossimo felici. Credo che sia stata lei a condurci qui, sin dall'inizio. Perché è in te che ho trovato il vero amore.»

Le cinsi il viso tra le mani. «Peaches.»

«Dimmi che è reale» sussurrò.

Sfregai teneramente il naso contro il suo. «È reale. È impossibile fingere l'amore immenso che provo per te.»

Un sorriso tremulo affiorò sulla sua bocca. Si catturò il labbro inferiore tra i denti e, con mano tremante, sollevò la scatolina di velluto. «Quello che hai detto nell'ultima lettera... che vuoi tutto... che lo vuoi con me. Ho bisogno di sapere che lo desideri davvero.»

«Voglio ogni cosa. Tutto quello che hai da offrire, Willow. Tutto.»

Nessuna bugia.

Zero incertezze.

Il suo sguardo si spostò sulla parete più lontana. Sul punto che non avevo notato quando ero entrato nella stanza.

Avrei potuto giurare che il mondo intero tremò intorno a me.

Accanto alla finestra c'era una culla di legno. Una di quelle in vecchio stile con la base di assi ricurve e le stecche ornate e intagliate. Un antico oggetto restaurato che portava il marchio di Willow.

Scioccato, riportai lo sguardo su di lei, che mi fissava intensamente.

Con speranza. Amore. Fiducia.

«Perché ho la sensazione che quello che vogliamo accadrà più presto di quanto pensassi, tesoro?» Le mie parole erano roche per l'emozione, ma ciò non impedì alla mia bocca di piegarsi in un sorriso.

«Perché ho afferrato un sogno. Forse è diverso da come l'ho sempre immaginato. Diverso da come mi aspettassi. Ma è reale, e l'unica cosa che voglio è condividerlo con te.»

Caddi in ginocchio sul pavimento di fronte a lei, chiusi le mani intorno ai suoi fianchi e seppellii il naso nel suo dolce ventre. «Lo voglio, Willow. Voglio tutto. Non ho mai saputo di volerlo finché non ho incontrato te.»

Willow mi carezzò teneramente il viso mentre faceva scorrere le dita tra i miei capelli.

Con il cuore gonfio d'amore, premetti un bacio sulla sua pancia, poi mi ricomposi e le rivolsi un sorrisetto. «Allora, dov'è quella scatolina?»

Lei emise una risata strozzata e me la porse. Tirai fuori l'anello che sapevo sarebbe stato perfetto per lei.

Un cimelio.

Un tesoro.

Inestimabile.

«Willow Langston, poni fine alle mie sofferenze e dimmi che mi sposerai.»

Le lacrime corsero liberamente lungo le sue guance. I suoi grandi occhi color cioccolato traboccarono d'amore. «Sì» bisbigliò.

Infilai l'anello al suo legittimo posto, spostando lo sguardo tra il suo dito e il suo viso, domandandomi come avessi fatto a meritarmi qualcosa di così bello, promettendo silenziosamente di custodirlo per sempre. Poi mi alzai in piedi e sollevai la mia ragazza tra le braccia, facendola volteggiare più e più volte.

Willow gettò la testa all'indietro e rise. Emise quel suono perfetto e poetico che mi sfiorò come una carezza. La feci girare più velocemente. «Oh mio Dio, Ash, mettimi giù, mi farai cadere!»

Strillò quando feci esattamente quello, lasciandola cadere proprio al centro del *nostro* letto. Le sorrisi mentre mi sfilavo la camicia di dosso. «Che c'è? Pensi che non possa reggerti?» Flettei le braccia. «Guarda quanto sono forte.»

«Oh, sembra che il mio spavaldo e arrogante ragazzo sia in vena di giocare.»

«Il tuo spavaldo ragazzo ha sempre voglia di *giocare*, dolcezza. Che te ne pare, futura signora Willow Evans?»

Ridacchiò mentre scivolavo sopra di lei. «Mi pare che sia la cosa migliore che abbia mai sentito.»

«Questo vuol dire che ora posso sprofondare in questo delizioso corpo? Muoio dalla voglia di farlo, piccola. Sai quanto ti ho desiderata? Quanto mi sei mancata?»

Willow mi carezzò il volto.

Sesso e comfort.

Crepitarono per l'intera stanza.

Fissandola intensamente, scostai una ciocca di capelli dal suo prezioso viso. «Ti amo. Più di quanto tu possa immaginare.»

La sua espressione si addolcì, colmandosi di tutta quella tenerezza che solo lei era in grado di donare. «Lo so, Ash. Lo so. E ti prometto che ti amerò allo stesso modo... fino alla fine del mondo.»

Epilogo
WILLOW

In alto, il cielo azzurro si estendeva all'infinito. Ciuffi di nuvole bianche come la neve fluttuavano nella brezza eterna. Gli uccelli cinguettavano e svolazzavano di albero in albero.

Risate gioiose fluttuavano verso la volta celeste mentre correvano attraverso il campo di soffioni.

Amore, amore, amore. Aleggiava tutt'intorno a loro.

Ash posò una mano sulla sua guancia. «Mia moglie. Il mio sole.»

Willow si premette maggiormente la sua mano contro il viso. «Il mio tutto.»

La sua vita. La sua gioia. Il suo dono.

Quella gioia turbinò intorno a lei mentre allungava un soffione verso il loro bambino che scalciava e ridacchiava tra le braccia del papà.

Il cuore di Willow traboccò di tutto quell'amore che aveva da dare mentre con voce roca sussurrava a loro figlio: «Che cosa desideri, tesoro? I tuoi sogni sono là fuori ad aspettarti. Devi solo allungare la mano e afferrarli.»

Inseguire i propri sogni comportava sempre dei rischi.

Sogni che si disperdevano e volavano via, e che spesso sembravano irraggiungibili.

resta

Ma alla fine, quei sogni?
Si fermavano e mettevano radici.
Trovavano l'unico posto in cui erano destinati a restare per sempre.

Altre opere di A.L. Jackson disponibili in italiano

Un sasso nell'oceano
(Bleeding Stars #1)

Lui non voleva niente...
Finché non ha scoperto che lei aveva tutto da offrire.

Sebastian Stone, frontman dei Sunder, si caccia sempre nei guai.
I problemi lo seguono ovunque vada.
Con i suoi precedenti, avrebbe dovuto sapere che Shea Bently sarebbe stata un problema. Ma la dolce e innocente ragazza del Sud era l'unica cosa che riusciva a vedere. L'unica cosa che voleva vedere.
Adesso annegano entrambi in un mare di desiderio, affondando irrimediabilmente in un mondo di lussuria, e la loro passione si rifiuta di lasciarli risalire a galla per respirare.
Per quanto lui voglia che le cose tra di loro funzionino, Shea ha un tormentato passato alle spalle, uno da cui è intenzionata a fuggire a tutti i costi.
Tuttavia, alcuni segreti non muoiono mai.
Se il passato di Shea venisse riportato alla luce, potrebbe distruggere il mondo di Sebastian. Quest'ultimo deve decidere se vale la pena sfidare la corrente per lei o se dovrebbero semplicemente affondare come un sasso nell'oceano.

"Un'appassionante lettura ricca di segreti, colpi di scena e sesso bollente." – Penelope Ward, autrice bestseller del The New York Times.

353

Annego in te
(Bleeding Stars #2)

Il pericolo di fingere è che la finzione diventi realtà...

Sebastian Stone, frontman e chitarrista dei Sunder con una fedina penale lunga un chilometro, è fuggito a Savannah, Georgia, per allontanarsi dai guai che ha causato.
Non per trovarne altri.
Nell'istante in cui ha visto Shea Bentley, ha scorto in lei qualcosa di molto più profondo della sua dolcezza e innocenza.
Qualcosa di più oscuro.
La loro relazione è stata costruita sui segreti, il loro amore sulle bugie.
Ma Sebastian non immaginava neanche lontanamente quanto grandi fossero i suoi segreti.
Quando il passato e il presente si scontrano, Sebastian e Shea si ritrovano a lottare per un futuro che nessuno di loro credeva di meritare. La loro passione è intensa, e il bisogno che provano l'uno per l'altra è infinito.
Adesso che la verità è nelle sue mani, Sebastian deve decidere se è pronto a sacrificare tutto ciò a cui tiene per proteggere Shea e la propria famiglia.
Due passati che si intrecciano.
Due vite che si legano.
Shea e Sebastian annegheranno nei loro demoni o impareranno finalmente a vivere?

"Passionale e struggente, dolce e sexy... Non potete... non potete assolutamente perdervi la conclusione di questa storia incredibile!" – M. Leighton, autrice bestseller del New York Times.

"La storia di Shea e Sebastian è semplicemente magnifica, ed è impossibile non innamorarsene." – Mia Sheridan, autrice bestseller del New York Times.

Come un fulmine a ciel sereno
(Bleeding Stars #3)

Lei è un meraviglioso incubo e lui un perfido sogno...

Sai cosa si prova subito prima che un fulmine cada? Il modo in cui puoi sentire l'elettricità scorrerti nelle vene? I fremiti di avvertimento che crepitano nell'aria densa? Questa è un'emozione che Tamar King ha inseguito per tutta la vita finché non è diventata proprio la cosa da cui è dovuta fuggire.

Negli ultimi quattro anni, Tamar si è nascosta in un mondo isolato creato da lei stessa. Era al sicuro. Nessuno poteva toccarla. Finché Lyrik West non è piombato nella sua vita.
Lui è il primo chitarrista dei Sunder e tutto ciò che lei non potrà mai avere. Tuttavia, l'oscuro e bellissimo rockettaro diventa l'unica cosa che Tamar desidera ardentemente.

Lyrik ha dedicato la sua vita alla band e il successo che ha raggiunto gli è costato caro. Amareggiato, duro e pieno di rimpianti, si rifiuta di lasciarsi andare di nuovo, ma dall'istante in cui vede Tamar King, non desidera altro che passare una notte di passione con lei.
La splendida barista si rivela essere molto più di quanto si aspettasse. La loro attrazione è irrefrenabile, il loro desiderio travolgente. Basta un solo tocco ed entrambi prendono fuoco.
Ma vale la pena essere bruciati?

"Crepitante di emozioni e sfrigolante di passione, la storia di Lyrik e Tamar è così elettrizzante che vi lascerà felicemente soddisfatte, eppure desiderose di averne di più." – M. Leighton, autrice bestseller del NYT

"Temo di non avere abbastanza stelline da dare a una storia magnifica come questa, perché anche il punteggio più alto non renderebbe

giustizia a questo libro." – Natasha is a Book Junkie

"Questa storia vi trafiggerà la mente e il corpo come un fulmine che squarcia il cielo durante una pioggia torrenziale che si abbatte sul vostro cuore. Do a questo romanzo 5 stelline piene e lo consiglio vivamente a tutte." – Smokin' Hot Reads

Aspettami
(Bleeding Stars #4)

Lei è la sua forza e lui la sua debolezza. E stavolta non la lascerà andare.

Edie Evans è stupenda.
Sexy.
Gentile.
E anche la definizione di "off-limits".
Ma questo non mi ha impedito di intrufolarmi di notte nella sua stanza per consolarla.
Tuttavia, i tipi come me distruggono tutto, perciò non avrei dovuto sorprendermi quando ho distrutto anche noi.
La sera in cui l'ho fatta fuggire via, ho pensato che non l'avrei mai più rivista.
Finché non l'ho vista tra la folla come una sorta di visione.

Austin Stone è pericoloso.
Affascinante.
Seducente.
Mi ha spezzato il cuore e mi rifiuto di dargli la possibilità di rifarlo.
Sono passati anni dall'ultima volta che l'ho visto, e adesso non posso fare a meno di fissare il magnifico uomo tatuato che suona sul palco. Dovrei scappare via. So che dovrei. Ma come una sciocca, corro dritta tra le sue braccia.

Il nostro desiderio è irrefrenabile.
Il nostro bisogno inarrestabile.

Lei è la mia speranza.
Lui è la mia debolezza.
Avremmo dovuto sapere che una passione così intensa ci avrebbe ridotto in cenere.

'È un libro che ti consuma l'anima e ti incanta ad ogni pagina. Un

357

puro splendore... 5+++ stelle per questo romanzo vivamente consigliato."
- MJ Fryer

"*6 stelle! Aspettami è sia devastante che splendido! A.L. Jackson ha un modo di riversare le parole su carta che ti fa anelare ogni singola parte di una storia, anche dopo che le parole sono terminate.*" - Molly McAdams, autrice bestseller del NTY